古典新探

徐鼎鼎學術論文選

徐鼎鼎 著

浙江古籍出版社

圖書在版編目(CIP)數據

古典新探:徐鼎鼎學術論文選 / 徐鼎鼎著. —杭州:浙江古籍出版社，2022.7
ISBN 978-7-5540-2271-9

Ⅰ.①古… Ⅱ.①徐… Ⅲ.①古典文學研究—中國—文集 Ⅳ.①I206.2-53

中國版本圖書館 CIP 數據核字(2022)第 074702 號

古典新探:徐鼎鼎學術論文選

徐鼎鼎 著

出版發行	浙江古籍出版社 (杭州市體育場路 347 號　郵編:310006)
網　　址	https://zjgj.zjcbcm.com
責任編輯	沈宗宇
責任校對	吴穎胤
封面設計	吴思璐
責任印務	樓浩凱
照　　排	浙江時代出版服務有限公司
印　　刷	浙江新華印刷技術有限公司
開　　本	880mm×1230mm　1/32
印　　張	8.625
字　　數	201 千
版　　次	2022 年 7 月第 1 版
印　　次	2022 年 7 月第 1 次印刷
書　　號	ISBN 978-7-5540-2271-9
定　　價	98.00 元

序

大學是探討學術的地方。哈佛大學首位女校長、歷史學家福斯特説:"大學最重要的使命,不外乎教育全世界的年輕人,以開放的姿態鼓勵他們參與探討、辯論、思考,在探索中發現。"在香港中文大學讀博士的徐鼎鼎,經歷了從臺灣到香港的十年求學路,受到了港臺高校嚴格的學術訓練,發表了諸多論文,如今這本《古典新探:徐鼎鼎學術論文選》由浙江古籍出版社出版,作爲父母,我們表示祝賀,並答應作此序言。

徐鼎鼎小學、中學都是在杭州讀的,二〇一二年從杭州師範大學附屬中學畢業後,通過高考順利被臺灣中國文化大學録取,成爲第二届陸生中的一員,就讀於該校文學院中國文學系中國文學組古典文學專業,這是徐鼎鼎自己填報的志願。她在高中其實是理科生,但是擔任學校新知文學社的社長,曾獲全國青少年冰心文學大賽金獎,曾任杭州市作協青少年分會主席團成員;彼時臺灣録取陸生,文理不分家,由於高考語文和英語成績很好,於是由理轉文,攻讀中國古典文學。

中國文化大學爲臺灣最早設立中文系博士點的院校之一。古典文學博大精深,大學四年,課程設置相當純粹;徐鼎鼎績點很高,先後六次獲得該校"華岡獎學金"。在念本科期間,她撰寫了多篇論文,其中《〈毛詩序〉美刺説探微》刊於《河北師範大學學報(社科版)》二〇一六年第一期。並出版了《認知與情懷》(中國書籍出版社二〇一六年一月第一版)一書,徐迅雷、徐鼎鼎父女合著,其中收入徐鼎鼎學術論文十萬字,包括《〈報任安書〉與〈太史公自序〉作者疑》《〈毛詩序〉美刺説探微》《蒲松齡〈于去惡〉解析》《〈聊齋·席方平〉解析》《范欽〈范氏奇書〉研究》《從數篇小説淺觀唐傳奇女主之共性與個性》《裴铏〈昆侖奴〉與〈聶隱娘〉比較研究》等。

二〇一六年六月四日下午,我們夫妻倆在臺北陽明山上的中國文化大學校園,參加了徐鼎鼎的畢業禮。鳳凰花開,驪歌響起,學士帽飛向空中。此前的五月份,徐鼎鼎已成功地被臺灣成功大學中國文學系中國文學碩士班録取。成功大學地處臺南市,在臺灣高校中綜合排名前三,QS 亞洲排名第四十一;徐鼎鼎繼續負笈臺灣,從臺北來到臺南,仍然攻讀中國古典文學專業。

碩士念了三年,徐鼎鼎獲得成功大學優秀陸生獎學金。她師從成功大學中國文學系系主任黄聖松教授,碩士期間陸續在港臺發表了多篇論文。在黄聖松教授的指導下,撰寫碩士論文《〈左傳〉齊、衛、晋、秦交通路綫研究》;以碩論爲基礎的《春秋時期齊、衛、晋、秦交通路綫考論》一書,將由廣西師範大學出版社出版。

二〇一八年五月,因論文入選第八屆香港中文大學、臺灣成功大學研究生論壇,徐鼎鼎首次抵達香港中文大學,由此與該校結緣。後來她向該校中國語言及文學系申請攻讀博士學位,成功録取,獲全額獎學金,於二〇一九年八月入學,師從潘銘基教授,從事《史記》《漢書》相關研究。因良好的學業成績,榮獲該校"何海天紀念獎學金"。

如今出版的這本《古典新探:徐鼎鼎學術論文選》,是繼本科期間出版《認知與情懷》後,徐鼎鼎在港臺大學讀碩博期間發表論文之選編;共收有論文十一篇,先經學再文學,有考辨有探析,此前或刊於期刊,或發表於學術研討會;主要内容爲:

1.《〈左傳“錫命”考〉》:通過查考“命”字本義,及《左傳》有關“錫命”之十二則記載,結合西周“錫命”金文,發現以往將“錫命”解釋爲“封官授職”之説有待商榷。

2.從《〈左傳〉預言探〈中庸〉“至誠之道,可以前知”》:從《左傳》預言出發,探究《中庸》“至誠之道,可以前知”中所藴涵之邏輯與思想。

3.《從清初官方經解探科舉廢〈胡傳〉》:先以《日講春秋解義》《欽定春秋傳説彙纂》《御纂春秋直解》三部清朝官方經解爲範圍,探討科舉廢除《胡傳》之原因;次論官方的態度與科舉制度的變化對當時《春秋》經學的影響。

4.《〈詩經〉〈屈騷〉忠怨之情比較》:比較《詩經》與《屈騷》中“愛國”“怨誹”兩類詩歌的共同點與差異性。

5.《稼軒詞引〈詩經〉考》:從稼軒詞引用《詩經》的技巧、對《詩經》的繼承、對《詩經》的發展三個方面,探尋稼軒詞引用《詩經》的風格與特色。

6.《夢窗詞借鑒〈屈騷〉探析》:從借鑒技巧、内容與意象、情感與思想三方面探析夢窗詞借鑒《屈騷》的特點。

7.《〈文心雕龍·時序〉“十代九變”説考論》:考析劉勰《文心雕龍·時序》篇末贊語所言之“蔚映十代,辭采九變”中所謂“十代”“九變”的意涵。

8.《蘇、辛〈南鄉子〉倚聲填詞之異同》:以《南鄉子》一調比較蘇、辛二人倚聲填詞在平仄、用韻、主題内容方面之異同。

9.《陳霆〈渚山堂詞話〉家國情懷探析》:由陳霆所撰之《唐餘紀傳》《宣靖備史》《兩山墨談》等書,剖析他明正統、别華夷、親忠賢、戒奢靡的價值取向,繼而查探在此種觀念的主導下,其《渚山堂詞話》論詞時所體現出的家國情懷。

10.《〈無稽讕語〉同性戀書寫探析》:考察清代文人王蘭沚所撰

文言筆記小説《無稽讕語》中同性戀書寫的内容來源、藝術技巧與思想意義，兼及《無稽讕語》的版本考證。

11.《〈柳如是别傳〉論錢謙益選録許友詩考》：探究錢謙益《吾炙集》選録許友詩篇章繁多，是否如陳寅恪《柳如是别傳》所言，與順治十四年錢謙益在金陵之復明運動相關。論及《吾炙集》編選許友詩之時間與時代背景、許友復明之意圖與能力、《吾炙集》版本與多選許友詩之原因等。

十年港臺求學路，亦是"板凳能坐十年冷"。徐鼎鼎是全國陸生中首位完整經歷港臺本科與碩博教育的女博士。而這本集子，則屬於"探微識小"的學術論文選，文藝學和文獻學相結合，是一個階段性的成果，優缺點自在其中。

是爲序。

徐迅雷（中國作家協會會員）
季日麗（主任藥劑師）
二〇二二年五月於杭州

作者簡介

徐鼎鼎，女，生於一九九四年，浙江杭州人；香港中文大學中國語言及文學系博士，主要研究方向爲先秦兩漢文學及文獻學。本科畢業於臺灣中國文化大學中國文學系，碩士畢業於臺灣成功大學中國文學系。於《南方文壇》《思與言》《河北師範大學學報（社科版）》等期刊及研討會上發表論文十餘篇，出版專著《認知與情懷》。

目　録

《左傳》“錫命”考[1]

一、前　言

“錫命”又作“賜命”,《説文解字》云:“賜,予也。”[2]又云:“錫,銀鉛之間也。”清人段玉裁(1735—1815)曰:“經典多叚錫爲賜字。凡言錫予者,即賜之叚借也。”[3]齊思和(1907—1980)《周代錫命禮考》曰:“甲骨文金文賜予率作易,則金、貝皆後加者,故可通也。”[4]何樹環《西周錫命銘文新研》曰:“其反映於早期文獻者,係先借‘錫’字記録‘易’,後乃用本字‘賜’……則西周時文獻所書之意雖爲‘賜命’,然所用之字則爲‘錫命’。故以‘錫命’書之,較‘賜命’更近於古。”[5]《左傳》中“賜命”“錫命”兼有,且“賜命”使用次數更多,然學界已習於“錫命”,故本文仍以“錫命”統稱。

有關“錫命”最早的系統性研究見於清人朱爲弼(1770—1840)《蕉聲館集》,其中《補周王錫命禮》《侯氏入覲錫命禮》《王親錫命

---

① 本文原發表於第十三届“有鳳初鳴——漢學多元化領域之探索”學術研討會。

② 〔漢〕許慎撰,〔清〕段玉裁注:《説文解字注》(上海:上海古籍出版社,1981 年),頁 280。

③ 〔漢〕許慎撰,〔清〕段玉裁注:《説文解字注》,頁 702。

④ 齊思和:《周代錫命禮考》,《燕京學報》第 32 期(1947 年 6 月),頁 200。

⑤ 何樹環:《西周錫命銘文新研》(臺北:文津出版社,2007 年),頁 71。

禮》《巡狩錫命禮》《諸侯嗣位錫命禮》《公侯錫作牧伯禮》《附古錫命禮》七篇，以先秦典籍輔以少量出土銘文，將錫命禮分爲五類，分別論述。朱爲弼雖未明言何爲錫命，然其舉例云："《博古圖·師毀敦銘》：'惟王元年正月初吉丁亥，伯和父若曰："師毀，錫汝戈、琱、戟、縞、韠，彤矢十五，錞鐘一磬，五金。"'"①可見朱爲弼將賞賜亦視爲錫命。

民國學者齊思和作《周代錫命禮考》，論及錫命禮之儀式及賞賜物，然並未明確錫命之定義與範圍。齊思和將"錫命"等同於"册命"和"策命"："錫命時必有策，故亦稱策命。……策亦作册，故策命亦作册命。"②陳夢家（1911—1966）《西周銅器斷代》則直接以"册命"統稱，之後學者受陳夢家影響多稱"册命"，直至何樹環《西周錫命銘文新研》纔改回"錫命"。陳夢家云："册命的主要內容有三：一、賞錫，二、任命，三、誥誡。"③陳氏又云："西周册命中包含兩個主要內容：一是命以官職，一是賜以寶物。此兩事又互相關聯，因命以官職，故附帶的錫以命服、車服；因其有功，故有寶物的賞賜。"④可見陳夢家將因功而受賞亦視作錫命。且陳夢家將命令臣子執行任務亦視爲"任命"一類，而歸入册命銘文之屬。

黄然偉《殷周青銅器賞賜銘文研究》曰：

> 在西周賜命銘文中，記王所策命之內容，主要有以下三種：(1)任命，(2)賞賜，(3)誥誡。……上述第一類任命之銘文，主要記王令某人任某職……第二類賞賜，主要爲王呼令其臣屬賞賜某人之辭。……第三類誥誡銘文，爲王訓誡其臣屬，多謂先祖創業艱難，守成之不易，勉以克盡厥職，敬明其心，以

---

① 〔清〕朱爲弼：《蕉聲館集》[哈佛燕京圖書館藏咸豐二年(1852)刊本]，卷1，頁19。

② 齊思和：《周代錫命禮考》，頁200。

③ 陳夢家：《西周銅器斷代》(北京：中華書局，2004年)，頁408。

④ 陳夢家：《西周銅器斷代》，頁415。

輔佑君王云云。[①]

黄然偉所劃定的賜命銘文的範圍,與陳夢家一脉相承,並無出入。

陳漢平《西周册命制度研究》則與陳夢家、黄然偉相异,其云:

> 商周銅器銘文内容,其重要者大概可分爲以下諸類:1. 册命。2. 誥誡。3. 賞賜。4. 祭祀典禮。5. 征伐紀功。6. 契書約劑。7. 訴訟糾紛。8. 稱揚先祖。9. 記爲親屬或自己作器。……所謂"册命",簡而言之,即指封官授職,是爲封建社會中之隆重典禮。無論天子任命百官,封建諸侯,諸侯之封卿大夫,卿大夫之封臣宰,均須舉此種禮儀。[②]

陳漢平將"册命"與"誥誡""賞賜"對舉,顯然縮小原本陳夢家、黄然偉認定的册命範圍。且陳漢平將"册命"特指爲"封官授職",亦與前人截然不同。

汪中文《西周册命金文所見官制研究》,對"册命"之指稱與陳漢平論述一致。汪氏一大創見在於提出賞賜物與被賞賜者之命數相關。

何樹環《西周錫命銘文新研》通過再次爬梳存世典籍,認爲"册命"與"錫命"之文獻意涵實有差别,以往出土文物中所謂"册命銘文"仍應稱"錫命銘文"較妥。此一正名釐清以往"錫命""册命"混用現象。其次,何樹環曰:"文獻中有'錫命'一詞,據相關注疏,可知其内含與銅器銘文命官授職、賞賜命服、車服之事無甚差异。"[③]可見何樹環對於錫命意涵的認定,仍與陳漢平、汪中文所認爲的"封官授職"相同。

---

① 黄然偉:《殷周青銅器賞賜銘文研究》,收入氏著《殷周史料論集》(香港:三聯書店,1995年),頁120。

② 陳漢平:《西周册命制度研究》(上海:學林出版社,1986年),頁2。

③ 何樹環:《西周錫命銘文新研》,頁60。

綜上所述,以往有關錫命之研究呈現指稱範圍逐漸縮小、意涵逐漸精確之趨勢。“任命”之命令臣子執行任務者,“賞賜”之單純因爲有功而受賞者,以及“誥誡”意,都逐漸被排除出“錫命”範圍。然回歸文本,若以“封官授職”解釋《左傳》中之“錫命”,似猶有未當。今不揣疏漏,將拙見形諸文字,就教方家學者。

二、“錫命”本義爲“賜予爵命”

(一)“命”本義爲“爵命”

陳克炯《左傳詳解詞典》釋“命”有十一義:一、動詞,命令、差使。[①] 二、名詞,泛指上對下的指令。[②] 三、動詞,接受命令。[③] 四、名詞,使命。[④] 五、名詞,天子賜給諸侯的爵命。[⑤] 六、動詞,告訴。[⑥] 七、動詞,猶計劃。[⑦] 八、動詞,肯定。[⑧] 九、名詞,天的意志、命運。[⑨]

① 隱公元年(722 B. C.)《傳》:“公聞其期,曰:‘可矣。’命子封帥車二百乘以伐京。”(頁54)本文《左傳》引文均據〔晋〕杜預注,〔唐〕孔穎達正義:《春秋左傳正義》,收入李學勤主編《十三經注疏》(北京:北京大學出版社,1999 年),下文重複徵引處僅以括號標示頁數。

② 隱公元年(722 B. C.)《傳》:“制,巖邑也,虢叔死焉,佗邑唯命。”(頁 51)

③ 宣公二年(607 B. C.)《傳》:“鄭公子歸生命于楚伐宋,宋華元、樂吕禦之。”(頁 591)

④ 宣公十八年(591 B. C.)《傳》:“子家還,及笙,壇帷,復命於介。”(頁 682)

⑤ 僖公十一年(649 B. C.)《傳》:“天王使召武公、内史過賜晋侯命。”(頁 365)

⑥ 襄公二十六年(547 B. C.)《傳》:“叔向命晋侯拜二君,曰:‘寡君敢拜齊君之安我先君之宗祧也,敢拜鄭君之不貳也。’”(頁 1039)

⑦ 宣公十一年(598 B. C.)《傳》:“令尹蔿艾獵城沂,使封人慮事,以授司徒。量功命日。”(頁 628—629)

⑧ 襄公十年(563 B. C.)《傳》:“戰而不克,爲諸侯笑。克不可命,不如還也。”(頁 891)

⑨ 定公十五年(495 B. C.)《傳》:“存亡有命,事楚何爲?”(頁 1606)

十、名詞,生命、壽命。[①] 十一、動詞,通"名",取名、給予名稱。[②] 以上十一種解釋中唯第五則與錫命相關,陳克炯所舉例子亦爲錫命。錫命之"命"確爲"爵命"之意,然是否特指天子賜予諸侯者則未必。《周禮·秋官司寇·大行人》曰:"以九儀辨諸侯之命,等諸臣之爵,以同邦國之禮而待其賓客。"[③]此處似以"命"爲諸侯特有,然而同在《周禮》,《周禮·春官宗伯·典命》則曰:

> 典命掌諸侯之五儀、諸臣之五等之命。上公九命爲伯,其國家、宫室、車旗、衣服、禮儀,皆以九爲節;侯伯七命,其國家、宫室、車旗、衣服、禮儀皆以七爲節;子男五命,其國家、宫室、車旗、衣服、禮儀皆以五爲節。王之三公八命,其卿六命,其大夫四命。及其出封,皆加一等。其國家、宫室、車旗、衣服、禮儀亦如之。凡諸侯之適子誓於天子,攝其君,則下其君之禮一等;未誓,則以皮帛繼子男。公之孤四命,以皮帛視小國之君,其卿三命,其大夫再命,其士壹命,其宫室、車旗、衣服、禮儀各視其命之數。侯伯之卿大夫士亦如之。子男之卿再命,其大夫壹命,其士不命,其宫室、車旗、衣服、禮儀各視其命之數。[④]

根據《周禮》此段記述,上公九命,侯、伯七命,子、男五命,此爲諸侯之命數。王之三公八命,卿六命,大夫四命,又鄭玄注云:"王之上士三命,中士再命,下士一命。"[⑤]此爲王臣之命數。公、侯、伯之卿三命,大夫再命,士一命,子、男之卿再命,大夫一命,士不命,此爲諸侯之臣之命數。

---

① 成公十三年(578 B. C.)《傳》:"民受天地之中以生,所謂命也。"(頁 755)

② 桓公二年(710 B. C.)《傳》:"晋穆侯之夫人姜氏以條之役生大子,命之曰仇。"(頁 152)

③ 〔漢〕鄭玄注,〔唐〕賈公彦疏:《周禮注疏》,收入李學勤主編《十三經注疏》(北京:北京大學出版社,1999 年),頁 996。

④ 〔漢〕鄭玄注,〔唐〕賈公彦疏:《周禮注疏》,頁 544—547。

⑤ 〔漢〕鄭玄注,〔唐〕賈公彦疏:《周禮注疏》,頁 546。

《周禮》所載不同身分的命數區别,未必盡合於史實。僖公三十三年(627 B. C.)《傳》曰:"反自箕,襄公以三命命先且居將中軍,以再命命先茅之縣賞胥臣,曰:'舉郤缺,子之功也。'以一命命郤缺爲卿,復與之冀,亦未有軍行。"(頁 477—478)郤缺、胥臣、先且居身分同爲晋國之卿,却有一命、再命、三命之别,可見《周禮》所載僅爲理想化之命數劃分。然"命"指"命數""爵命"之意,且不僅是諸侯,卿、大夫、士皆有命數,此説則應可確定。成公二年(589 B. C.)《傳》曰:"秋七月,晋師及齊國佐盟于爰婁,使齊人歸我汶陽之田。公會晋師于上鄍。賜三帥先路三命之服,司馬、司空、輿帥、候正、亞旅皆受一命之服。"(頁 700—701)又襄公十九年(554 B. C.)《傳》曰:"晋侯先歸。公享晋六卿于蒲圃,賜之三命之服;軍尉、司馬、司空、輿尉、候奄皆受一命之服;賄荀偃束錦、加璧、乘馬,先吴壽夢之鼎。"(頁 956—957)魯成公與晋平公分别根據晋國諸臣不同命數而賜予相應之命服。"三帥"根據前文"郤克將中軍,士燮佐上軍,欒書將下軍",知爲中軍將郤克、上軍佐士燮、下軍將欒書,晋三軍將佐皆爲卿。

至於司空、司馬,晋人杜預(222—285)《集解》曰:"晋司馬、司空皆大夫。"[①]清人顧棟高(1679—1759)曰:"文公以後,世主夏盟,諸卿皆以軍將爲號,而司馬、司空僅列軍尉、輿師之閒,亦世變之亟也。"[②]晋國司馬、司空並非是卿,而僅爲大夫。趙曉斌謂:"晋文公建立三軍後,以將、佐爲卿,司空遂降爲大夫。"趙氏又言:"(司馬)地位開始僅次於將、佐。……晋悼公時,設立軍尉之官……司馬地位有所下降……次於軍尉而高於其他諸大夫。"[③]

① 〔晋〕杜預注,〔唐〕孔穎達正義:《春秋左傳正義》,頁 701。

② 〔清〕顧棟高:《春秋大事表》(北京:中華書局,1993 年),頁 1058。

③ 趙曉斌:《春秋官制研究——以宗法禮治社會爲背景》(杭州:浙江大學中國古典文獻學博士論文,2009 年),頁 270、264。

輿帥又見於僖公十年(650 B. C.)《傳》曰:“遂殺丕鄭、祁舉,及七輿大夫。”(頁 364)唐人孔穎達(574—648)《正義》曰:“每車一大夫主之,謂之七輿大夫。服虔云上軍之輿帥七人屬申生者,往前申生將上軍,今七輿大夫爲申生報怨。”[①]則“輿帥”即“七輿大夫”,杜預《集解》曰:“侯伯七命,副車七乘。七子,七輿大夫。”[②]杜預云侯伯之君有七輛副車,而七輿大夫即掌管此副車七乘。

軍尉、輿尉又見於閔公二年《傳》曰:“羊舌大夫爲尉。”(頁 314)杜預《集解》曰:“軍尉。”[③]成公十八年(573 B. C.)《傳》曰:“鐸遏寇爲上軍尉。”(頁 804)《國語》曰:“知鐸遏寇之恭敬而信彊也,使爲輿尉。”[④]則上軍尉又稱爲爲輿尉。

候正、候奄之意,楊伯峻(1909—1992)曰:“候正爲軍中主管偵探諜報者。”[⑤]顧棟高曰:“候奄當即候正。”[⑥]由成公二年《傳》文可知,候正爲大夫之官,且地位尚低於司馬、司空、輿帥等。

亞旅之意,杜預《集解》曰:“亞旅亦大夫也。”[⑦]孔穎達《正義》曰:“亞旅次於卿,是衆大夫也,無專職掌,散共軍事,故後言之。”[⑧]則亞旅或是軍中某一類大夫的泛稱。

晉六卿受三命之服,司馬、司空、輿帥、軍尉、輿尉、候正、候奄、亞旅皆爲大夫,受一命之服,可見卿與大夫確有命數之别。且職官不同然爵級相同者命服亦相同,故此“命”應與官職無關,蓋指“爵命”而言。

---

① 〔晉〕杜預注,〔唐〕孔穎達正義:《春秋左傳正義》,頁 364。
② 〔晉〕杜預注,〔唐〕孔穎達正義:《春秋左傳正義》,頁 364。
③ 〔晉〕杜預注,〔唐〕孔穎達正義:《春秋左傳正義》,頁 314。
④ 徐元誥:《國語集解》(北京:中華書局,2002 年),頁 408。
⑤ 楊伯峻:《春秋左傳注》(臺北:洪葉文化事業有限公司,2015 年),頁 801。
⑥ 〔清〕顧棟高:《春秋大事表》,頁 1110。
⑦ 〔晉〕杜預注,〔唐〕孔穎達正義:《春秋左傳正義》,頁 701。
⑧ 〔晉〕杜預注,〔唐〕孔穎達正義:《春秋左傳正義》,頁 701。

(二)《左傳》中的"錫命"

《左傳》中有關"錫命"之記載共十二則。爲行文與閱讀之便,今將《左傳》"錫命"相關記載依年代先後編以序號臚列於下:

1. 王使榮叔來錫桓公命。(莊公元年,693 B.C.,頁 216)

2. 王使虢公命曲沃伯以一軍爲晋侯。(莊公十六年,678 B.C.,頁 256)

3. 王使召伯廖賜齊侯命,且請伐衞,以其立子頹也。(莊公二十七年,667 B.C.,頁 287)

4. 天王使召武公、内史過賜晋侯命,受玉惰。過歸,告王曰:"晋侯其無後乎!王賜之命,而惰於受瑞,先自弃也已,其何繼之有?禮,國之幹也;敬,禮之輿也。不敬,則禮不行;禮不行,則上下昏,何以長世?"(僖公十一年,649 B.C.,頁 365)

5. 王命尹氏及王子虎、内史叔興父策命晋侯爲侯伯,賜之大輅之服、戎輅之服,彤弓一、彤矢百,玈弓矢千,秬鬯一卣,虎賁三百人,曰:"王謂叔父:'敬服王命,以綏四國,糾逖王慝。'"晋侯三辭,從命,曰:"重耳敢再拜稽首,奉揚天子之丕顯休、命。"受策以出。出入三覲。(僖公二十八年,632 B.C.,頁 449—450)

6. 反自箕,襄公以三命命先且居將中軍,以再命命先茅之縣賞胥臣,曰:"舉郤缺,子之功也。"以一命命郤缺爲卿,復與之冀,亦未有軍行。(僖公三十三年,627 B.C.,頁 477)

7. 天王使毛伯來錫公命。(文公元年,626 B.C.,頁 483)

8. 王使毛伯衞來賜公命,叔孫得臣如周拜。(文公元年,626 B.C.,頁 486)

9. 秋,七月,天子使召伯來賜公命。(成公八年,583 B.C.,頁 730)

10. 秋，召桓公來賜公命。（成公八年，583 B.C.，頁734）

11. 王使劉定公賜齊侯命，曰："昔伯舅大公右我先王，股肱周室，師保萬民。世胙大師，以表東海。王室之不壞，緊伯舅是賴。今余命女環，茲率舅氏之典，纂乃祖考，無忝乃舊。敬之哉！無廢朕命！"（襄公十四年，559 B.C.，頁929—930）

12. 衞齊惡告喪于周，且請命。王使郕簡公如衞弔，且追命襄公曰："叔父陟恪，在我先王之左右，以佐事上帝，余敢忘高圉、亞圉。"（昭公七年，535 B.C.，頁1251）

首先應釐清本文研究範圍，與"錫命"相關之記載除上述十二則，尚有前文提及成公二年（589 B.C.）《傳》："秋七月，晋師及齊國佐盟于爰婁，使齊人歸我汶陽之田。公會晋師于上鄍。賜三帥先路三命之服，司馬、司空、輿帥、候正、亞旅皆受一命之服。"（頁700—701）及襄公十九年（554 B.C.）《傳》："晋侯先歸。公享晋六卿于蒲圃，賜之三命之服；軍尉、司馬、司空、輿尉、候奄皆受一命之服；賄荀偃束錦、加璧、乘馬，先吴壽夢之鼎。"（頁956—957）然此二則非賜予爵命，而是賜予有功之臣與其命數相符合之命服。尤其前一則是魯君對晋臣之賞賜，顯然不可能是賜予爵命，僅是在臣子已有爵命基礎上，賞賜其命數相應之服物，故不列入錫命範圍。

以上十二則引文記載錫命之辭者爲引文第5、11、12則。引文第5則錫命之辭爲"敬服王命，以綏四國，糾逖王慝"。杜預《集解》曰："逖，遠也。有惡於王者，糾而遠之。"①清人惠棟（1697—1758）《左傳補注》曰："《魯頌》'逖彼東南'，鄭《箋》云：'狄當爲剔。剔，治也。'此《傳》當訓爲治也。"②周王勉勵晋文公要服從周天子之命令，安定四方諸侯，糾察懲治有惡於王者。

---

① 〔晋〕杜預注，〔唐〕孔穎達正義：《春秋左傳正義》，頁451。

② 〔清〕惠棟：《春秋左傳補注》（臺北：臺灣商務印書館，1983年《景印文淵閣四庫全書》本），卷2，頁9。

引文第11則錫命之辭:"昔伯舅大公右我先王,股肱周室,師保萬民。世胙大師,以表東海。王室之不壞,繄伯舅是賴。今余命女環,兹率舅氏之典,纂乃祖考,無忝乃舊。敬之哉!無廢朕命!"杜預《集解》曰:"胙,報也。""環,齊靈公名。""纂,繼也。"①楊伯峻曰:"兹借爲孳,孜孜不倦。"②此則是周靈王勉勵齊靈公之語,期許齊靈公能够效法先祖,輔弼周室,不違王命。

引文第12則錫命之辭:"叔父陟恪,在我先王之左右,以佐事上帝,余敢忘高圉、亞圉。"清人王引之(1766—1834)《經義述聞》曰:"陟恪,謂魂升於天也。"③孔穎達《正義》曰:"高圉是公劉玄孫之孫。高圉生亞圉。亞圉,大王亶父之祖也。並爲殷之諸侯。"④高圉、亞圉皆周之先祖,殷時賢諸侯。知此段文字乃周景王追命衞襄公之語。

從第5、11、12三則辭命觀之,第5則僅是泛泛地希望晋侯能够遵循王命,安定諸侯。第11則追溯昔日姜子牙輔弼周室的功勞,以勉勵齊侯繼續輔佐周王室,聽從王命。第12則追憶殷時賢臣,僅有褒揚、贊美衞侯之意。以上三則錫命之辭全文只有嘉勉之意,無授予實際之官職。故楊伯峻曰:"賜命只是一種寵命,表示倚畀之深耳。"⑤

記録當時之事者爲引文第2、3、6則。引文第2則是曲沃武公吞併晋國後受封爲晋侯,此處顯然是賜予爵命之意。引文第3則是周天子希望齊侯幫助周王室伐衞,特地派召伯錫命以示拉攏,亦是表示倚畀之深的寵命,與官職無關。引文第6則記載晋襄公以三命命先且居爲中軍將,杜預《集解》曰:"且居,先軫之子;其父死

① 〔晋〕杜預注,〔唐〕孔穎達正義:《春秋左傳正義》,頁930。
② 楊伯峻:《春秋左傳注》,頁1019。
③ 〔清〕王引之:《經義述聞》(臺北:廣文書局,1979年),頁461。
④ 〔晋〕杜預注,〔唐〕孔穎達正義:《春秋左傳正義》,頁1251。
⑤ 楊伯峻:《春秋左傳注》,頁338。

敵,故進之。"[1]竹添光鴻(1842—1917)《左傳會箋》云:"所以克狄者,軫之功也。"[2]則先且居是子承父位,且其父戰勝白狄子有功,又戰死於敵陣,故先且居得以三命爲中軍將。胥臣則因舉薦郤缺有功,而被賜以再命。根據前文"晋侯敗狄于箕。郤缺獲白狄子"(頁476),知郤缺亦是因爲戰功而被賜予一命。

先且居、胥臣、郤缺皆因功而受錫命,先且居獲三命的同時,還擔任中軍將,似乎錫命與封官授職有關。然與先且居同時受賜的胥臣,據《傳》文記載,僅是獲得先茅曾有之封地,杜預《集解》曰:"先茅絶後,故取其縣以賞胥臣。"[3]胥臣之職位則未變動,據黄聖松《清·顧棟高〈春秋大事表·春秋晋中軍表〉證補》考證,自僖公二十八年(632 B.C.)《傳》曰"胥臣佐下軍"(頁443),至文公五年(622 B.C.)胥臣卒,其職位一直爲下軍佐。"'臼季'即胥臣,謝世前爲下軍佐。"[4]因此在僖公三十三年晋襄公對胥臣的錫命顯然與職位無關。

而與先且居、胥臣同時受賜的郤缺,《傳》曰:"復與之冀,亦未有軍行。"(頁478)杜預《集解》曰:"還其父故邑。"[5]郤缺與胥臣一樣僅獲得封邑,而《傳》文明言"未有軍行",可見郤缺並未擔任軍職。因此郤缺以一命被命爲卿,亦與官職無關。

從同時受賞的胥臣與郤缺之例可合理推論,晋襄公"以三命命先且居"與"將中軍"是兩件事,晋襄公先賜先且居三命,後令先且居擔任中軍將,其中錫命與任職是並列關係。雖然兩者可伴隨發生,然錫命本身並不包括授予官職。

---

① 〔晋〕杜預注,〔唐〕孔穎達正義:《春秋左傳正義》,頁477。

② (日本)竹添光鴻:《左傳會箋》(臺北:天工書局,1998年),頁552。

③ 〔晋〕杜預注,〔唐〕孔穎達正義:《春秋左傳正義》,頁477。

④ 黄聖松:《清·顧棟高〈春秋大事表·春秋晋中軍表〉證補》,第七届國際暨第十二届全國清代學術研討會(高雄:中山大學中國文學系,2012.11.17—18)。

⑤ 〔晋〕杜預注,〔唐〕孔穎達正義:《春秋左傳正義》,頁478。

餘下的引文第1、2、4、7、8、9、10則雖皆僅言錫命,記載頗爲簡略,但也可據前後文分析當時情況。引文第7則與第8則、第9則與第10則記載同一事,只是一則爲《經》一則爲《傳》,文字略有出入。

引文第4、7、8則皆爲國君嗣位後,天子遣使來錫命。杜預曰:"諸侯即位,天子賜之命圭爲瑞。"[①]雖然杜預之説已受後人駁斥,如楊伯峻曰:"據《周禮·考工記·玉人》,命圭,諸侯自始封以來受諸天子,世世守之,無新君再賜之禮,杜注實誤。"[②]然新君即位,天子賜命,應爲慣例。故清人沈欽韓(1775—1831)《春秋左氏傳補注》曰:"蓋成周之隆,天子統御,諸侯畏威,外諸侯雖得出國,猶須王命,方敢用其車服。"[③]謂賜命即賜爵,諸侯必受天子爵命,方敢用其車服。只是春秋時期禮崩樂壞,繼位之君已不必待周天子錫命。宋人胡寧(1109?—?)曰:"先王之時,諸侯嗣子誓於天子,然後爲世子,三年喪畢,以士服入朝於王,王乃錫命,使爲諸侯也。春秋時,爲子多不受命於父,爲臣皆不請命於王。"[④]故《左傳》所載即位而錫命者僅此三則,且第7、8則實爲一則。此種即位之錫命顯然是指賜予爵命,而與封官授職無關。

引文第1則記魯桓公已薨,下葬後周天子派人追命桓公。此時桓公已卒,錫命内容雖未記載,但據常理推斷,顯然不可能是授予官職,而應是類似第12則衛襄公卒,周王追命襄公,皆是賜予寵命。

引文第9、10則載魯成公即位八年後,周天子派人錫命。此時

---

① 〔晉〕杜預注,〔唐〕孔穎達正義:《春秋左傳正義》,頁365。

② 楊伯峻:《春秋左傳注》,頁338。

③ 〔清〕沈欽韓:《春秋左氏傳補注》,收入王雲五主編《叢書集成初編》(上海:商務印書館,1935年),頁36。

④ 〔明〕胡廣:《春秋大全》(臺北:臺灣商務印書館,1983年《景印文淵閣四庫全書》本),卷23,頁22。

既非即位，亦非既葬，成公並無戰勝獻俘等功績，且周天子亦無何事需仰賴成公幫助。故宋人胡安國（1074—1138）曰："諸侯嗣立而入見則有賜，已修聘禮而來朝則有賜，能敵王所愾而獻功則有賜。成公即位，服喪已畢，而不入見，既更五服一朝之歲矣，而不如京師，又未嘗敵王所愾而有功也，何爲來賜命乎？……譏天子之僭賞也。"[①]宋人孫復（992—1057）曰："成雖即位八年，非有勤王之績，天子使召伯來賜公命，濫賞也。"[②]宋人沈棐（生卒年不詳）亦曰："成公未嘗朝覲於天子，又無功德之可褒，而王遣使就國，錫之命，是長其驕傲之心也。"[③]由此可見歷來對此次錫命，大抵視爲周天子不合時宜的濫賞。然《左傳》對此次錫命並無任何貶斥之辭。《公羊傳》曰："其稱天子何？元年春王正月，正也。其餘皆通矣。"[④]亦未單獨指斥此次錫命。故後世經學家所謂"濫賞説"，尚有待斟酌。

筆者認爲成公八年的錫命，應爲西周錫命銘文常見的"申命"，或稱"重命"，蓋指"或爲新王繼位，對先王舊臣重新册命。或爲本王既曾册命，而今復重新册命"[⑤]。成公八年是周簡王三年，天子依禮有三年之喪。《禮記·王制》曰："三年之喪，自天子達。庶人縣封，葬不爲雨止，不封不樹。喪不貳事，自天子達於庶人。"[⑥]孟子曰："三年之喪，齊疏之服，飦粥之食，自天子達於庶人，三代共

① 〔宋〕胡安國：《春秋胡氏傳》（杭州：浙江古籍出版社，2010 年），頁 317。

② 〔宋〕孫復：《春秋尊王發微》（臺北：臺灣商務印書館，1983 年《景印文淵閣四庫全書》本），卷 8，頁 7。

③ 〔宋〕沈棐：《春秋比事》（臺北：臺灣商務印書館，1983 年《景印文淵閣四庫全書》本），卷 1，頁 7。

④ 〔漢〕公羊壽傳，〔漢〕何休解詁，〔唐〕徐彦疏：《春秋公羊傳注疏》，收入李學勤主編《十三經注疏》（北京：北京大學出版社，1999 年），頁 386。

⑤ 陳漢平：《西周册命制度研究》，頁 29—31。

⑥ 〔漢〕鄭玄注，〔唐〕孔穎達疏：《禮記正義》，收入李學勤主編《十三經注疏》（北京：北京大學出版社，1999 年），頁 379。

之。"[①]因此成公八年的錫命，或爲周簡王三年喪期過後，對先王舊臣的重新錫命。"申命"本爲常例，並不需特殊理由。因此成公既非即位亦無功勛，却能受此錫命。此錫命與諸侯即位所受錫命相似，皆是虛泛地賜予爵命，與實際官職無關。

綜上所述，《左傳》錫命記載十二則，皆與封官授職無關，而只是賜予爵命之意。

（三）金文中的"錫命"與賞賜物

出土材料有爲數衆多的錫命銘文，且據銘文記載，不同等級的錫命，往往有與之相應之不同等級賞賜物。何樹環云："有明確標識身分等級作用的賞賜物，是服飾中的冕服、爵弁服，和車馬飾中的金膺、攸勒，以及旂旗。"[②]若錫命之本義爲封官授職，則賞賜物的等級應與所授官職之高低相關。如黃盛璋《西周銅器中服飾賞賜與職官及册命制度關係》即主張：

> 服飾制度與職位的具體區分，主要有三：一是器物享用的有無，二是數量上的多寡，三是色飾上的分别。並不是所有器物皆用作職位的標志與行使職權之憑藉，已考明的主要有三：一是衣服（包括自冕黻、衣、衮以至帶、舄），二是車馬飾、戎器飾，三是旂旗與其附飾。這些東西不僅在享用上有等級區别，並且在享用數量的多寡上和色飾上也有一定的等級區别，例如市，以赤爲貴，衣以玄爲貴，有紋飾較無紋飾爲貴等。[③]

黃盛璋認爲職位高低與賞賜物的器物有無（即賞賜物種類的

---

① 〔漢〕趙岐注，〔宋〕孫奭疏：《孟子注疏》，收入李學勤主編《十三經注疏》（北京：北京大學出版社，1999 年），頁 130。

② 何樹環：《西周錫命銘文新研》，頁 205。

③ 黃盛璋：《西周銅器中服飾賞賜與職官及册命制度關係》，《傳統文化與現代化》（1997 年第 1 期），頁 45。

多寡）、數量多寡（即單一種賞賜物數量的多寡）、色飾分别關聯。若以錫命爲封官授職，則極易得出以上結論，然而此結論實有待商榷。

黄然偉《殷周青銅器賞賜銘文研究》比照 14 篇錫命銘文，發現職位同爲“師”“善夫”“嗣土”“嗣工”，及職司同爲“掌虎臣”“嗣百工”者，所得賞賜物之多寡相差甚大。不同職位相互比較後可見，官職更高者所得賞賜物未必更多。所以黄然偉曰：“據銘文所示，西周之册命賞賜，賞賜物數量之多寡，與官階之高低及官員之職司，並無嚴格之規定，同一官階所得賞賜，其質與量並不儘相同。”①

至於賞賜物之色飾，黄盛璋本人在比較後亦云：

> 同一職務不一定同一服飾，同一服飾不一定同一官職，如“玄衣黹屯”“赤市朱黄”“戈雕内縞必彤沙”“鑾旂”“攸勒”等，金文册命錫中多見之，不同的職官也有可以服用某一相同服飾的。②

綜上所述，錫命之賞賜物的等級與所授職官其實並無對應關係，相同職官可以賞賜不同，不同職官也可賞賜相同。

既然筆者主張錫命的本義應爲“賜予爵命”而非“封官授職”，則與錫命相關之賞賜物應與爵命相關。事實上汪中文《西周册命金文所見官制研究》已提出賞賜物之等級可能與爵命有關，其曰：“推論册命賜物相同而官職有所不同者，乃因同一爵等、命數，有不同之職官，所以命服相同，其官職可以有所不同。”③何樹環《西周錫命銘文新研》則進一步歸納賞賜物與爵命之關係，並整理表格如下：

---

① 黄然偉：《殷周青銅器賞賜銘文研究》，收入氏著《殷周史料論集》（香港：三聯書店，1995 年），頁 163。

② 黄盛璋：《西周銅器中服飾賞賜與職官及册命制度關係》，頁 41。

③ 汪中文：《西周册命金文所見官制研究》（臺北：編譯館，1999 年），頁 328。

表 1　錫命銘文所見服物與爵級、命數對照表①

種類		性質	爵級	命數
衣之屬	玄衮衣	命服、冕服	諸侯	
	玄衣黹屯	命服、冕服	卿大夫以上	
	戠衣	命服、爵弁服	大夫、士	
裳之屬	朱市悤黃	命服		三命
	赤市幽黃	命服		二命
	赤市	命服		一命
車馬飾	金膺		似諸侯始能有	
	攸勒		似大夫、士以上始能有	
旂之屬	朱旂二鈴		凡朝覲天子，在天子會同諸侯之列者，服儀中皆必備有旂	
	朱旂			
	䜌旂			
	旂			

何樹環總結曰：

又前文探析各類錫命賞賜物之意義中，已明確可知具區別作用的戠衣、玄衣黹屯、玄衮衣、金膺、攸勒，亦皆是與身分等級有關。至於市黃之組合，則明確與命數有關。凡此，皆表示了賞賜這些具區別爵級、命數作用的服物，其意義即是標識受賜者爵級和命數的改變。亦即錫命銘文賞賜物與受賜者之間可明確有對應關係者，當不在於是否爲同一職官，或同一職官職級之高低，或職掌内容相同與否，而在於其爵位、命數等級。服物等級的改變，即是受賜者身分等級、命數的改變。②

① 何樹環：《西周錫命銘文新研》，頁 249。

② 何樹環：《西周錫命銘文新研》，頁 244。

綜上所述，錫命銘文所載具有區分等級作用的賞賜物，與受賜者職位及職司無關，而與受賜者爵等及命數緊密相關，更可證錫命之本義應爲賜予爵命，而非封官授職。

三、"錫命"分類與周王禮制

最早對錫命進行分類的是清人朱爲弼，其《補周王錫命禮》曰：

> 周王錫命之禮有五，有因諸侯入覲而使王臣錫命者，《儀禮·覲禮》所謂賜侯氏車服是也；有于太廟親錫命者，《禮祭統》所謂賜爵禄于太廟是也；有巡狩而錫命者，《禮·王制》所謂有功德于民者，加地進律是也；有諸侯嗣位而錫命者，如《春秋》毛伯來錫公命是也；有公侯有大功錫命作伯者，如書文侯之命是也。①

朱爲弼因時代較早、所見資料亦不足，故其分類尚未形成嚴謹系統，"于太廟親錫命"與"巡狩而錫命"似是依錫命地點而分，然"諸侯嗣位而錫命"與"公侯有大功錫命作伯"又依錫命原因而分。且朱爲弼將"諸侯入覲而使王臣錫命"合稱爲一類，然朝覲錫命與遣使錫命實應分爲兩類爲妥。朱爲弼之錫命分類雖有開創之功，然草創未密，猶待後人增補。

其後陳夢家《西周銅器斷代》與黄然偉《殷周青銅器賞賜銘文研究》對錫命分類基本相同，陳夢家曰："册命的主要内容有三：一、賞錫，二、任命，三、誥誡。"②黄然偉亦云："策命之内容，主要有以下三種：(1)任命，(2)賞賜，(3)誥誡。"③然因陳夢家與黄然偉對

---

① 〔清〕朱爲弼：《蕉聲館集》，卷1，頁13。

② 陳夢家：《西周銅器斷代》，頁408。

③ 黄然偉：《殷周青銅器賞賜銘文研究》，頁120。

錫命銘文的範圍界定過於寬泛，因此在分類時難免將如今並不被視爲錫命者亦列入其中。

陳漢平《西周册命制度研究》據錫命緣由和受命對象，將錫命分爲六類：一、始命。亦即初命。如周初大封建。二、襲命。公侯臣宰過世，子孫襲位。如周公子孫世爲周公。三、重命。或爲新王繼位，對先王舊臣重新册命。或爲本王既曾册命，而今復重新册命。四、增命。即加官進禄之重命。五、改命。即改變既往之册命。六、追命。即對死者追加册命。[①]

因陳漢平將命令臣子執行任務、因功而受賞，以及單純的誥誡皆排除出錫命之範圍，對錫命銘文範圍界定較前人更爲精確，因此其錫命分類多爲後人采納。惠翔宇、彭邦本《錫命制度與周王"正統"及"天子"信仰》在陳漢平分類基礎上，又據銘文本身用語，對各類别及其名稱進行部分調整：

> 根據銘文記載及其話語表達，周王錫命大臣的内容可抽繹出五個方面，即：初次册命某人的"初命"；重新册命某人（或爲先王故臣，或爲今王既命之臣）一次，令其恪守舊志，或擴大職掌範圍的"申命"；册命大臣或賡續先王所命之職，或令之襲任父位，紹述父志的"更命"；册命大臣改任新職，一明其職掌，再宣天子之"明德"的"改命（令）"；册命大臣承襲父位，不遷舊志，並"在原册命基礎上加官進爵"的"增命"。[②]

惠翔宇分類的"初命"對應陳漢平的"始命"，"更命"對應"襲命"，"申命"對應"重命"，"增命"與"改命"兩者措辭相同。惠翔宇删去"追命"，蓋因西周銘文本無"追命"，"追命"僅見於《經》《傳》。因此

---

① 陳漢平：《西周册命制度研究》，頁 29—31。

② 惠翔宇、彭邦本：《錫命制度與周王"正統"及"天子"信仰》，《西南民族大學學報》（人文社會科學版）2016 年第 4 期，頁 224。

根據出土銘文,錫命可分爲初命、更命、申命、增命、改命五類。

以此五種分類檢視前文所列《經》《傳》十二則十次錫命(第7、8則與第9、10則實爲同一次),即可見其中真正在諸侯嗣位時,受“襲任父位,紹述父志”之“更命”者,僅引文第4則之晋惠公與引文第7則之魯文公二人。魯國自魯隱公至魯哀公共12位國君,僅一人即位時受“更命”;晋國自晋武公至晋出公共17位國君,亦僅一人即位時受“更命”。晋國或許存在雖有錫命,但《經》《傳》未曾記載的情况。但以魯國而言,《春秋》本爲魯史,錫命又是國之大事,當不至於有記載遺漏之情况。而春秋時期即位之周天子,自周桓王至周貞定王共17位,僅周簡王能行“申命”禮。由此可見,春秋時期錫命之禮,尤其“更命”與“申命”兩種常禮已日趨荒廢。若將西周出土銘文與春秋時期《經》《傳》記載兩相對照,則此種趨勢應更爲明顯。錫命銘文之範圍與界定各家見解皆有出入,何樹環統計諸人不同説法,歸納38篇爲各家共同認定之錫命銘文。[①] 筆者將此38篇銘文分類如下:

表2 共同認定之錫命銘文分類表[②]

	器名	錫命銘文(節選)	集成號	分類
1	康鼎	唯三月初吉甲戌,王在康宫,燮(榮)伯内(入)右(佑)康,王令死(尸)嗣王家。(頁48)	2786	更命
2	利鼎	唯王九月丁亥,王客于般宫,井伯内(入)右(佑)利,立中廷,北鄉(嚮),王乎乍(作)命内史册命利。(頁50)	2804	更命
3	南宫柳鼎	王乎乍(作)册尹册命柳:嗣六師牧、陽(場)大沓(友),嗣羲夷陽(場)佃史(事)。(頁50)	2805	初命

① 何樹環:《西周錫命銘文新研》,頁86—88。

② 本表“器名”部分來自何樹環《西周錫命銘文新研》總結之38篇各家共同認定之錫命銘文。因何樹環所列銘文内容並無標點,故本表“錫命銘文”部分均據張亞初編《殷周金文集成引得》,北京:中華書局,2001年。而“分類”部分爲筆者所分。

續表

	器名	錫命銘文(節選)	集成號	分類
4	師奎父鼎	王乎内史駒册令(命)師奎父。……用嗣乃父官、友,奎父拜䭫首。(頁50)	2813	更命
5	無叀鼎	王乎史翏册令(命)無叀,曰:官嗣穆王遉(正)側虎臣。(頁51)	2814	初命
6	師晨鼎	王乎乍(作)册尹册命師晨:疋(胥)師俗嗣邑人,唯小臣、善(膳)夫、守、[友]、官、犬、眔奠人、善(膳)夫、官、守、友。(頁51)	2817	初命
7	善鼎	王曰:善,昔先王既令女(汝)左(佐)疋(胥)㝬侯,今余唯肈黼(申)先王令,令女(汝)左(佐)疋(胥)㝬侯,監燮(豳)師戍。(頁51)	2820	申命
8	善夫山鼎	王曰:山,令女(汝)官嗣歙(飲)獻人于㝵。(頁52)	2825	初命
9	頌鼎	王曰:頌,令女(汝)官嗣成周貯(廛)廿家,監嗣新造,貯(廛)用宫御。(頁52)	2827	初命
10	大克鼎	王乎尹氏册令(命)善(膳)夫克,王若曰:克,昔余既令女(汝)出内(入)朕令(命),今余唯黼(申)䵼(就)乃令(命)。(頁54)	2836	申命
11	師毛父簋	唯六月既生霸戊戌,旦,王各于大室,師毛父即立井伯右(佑),内史册命。(頁76)	4196	更命
12	免簋	王受(授)乍(作)册尹者(書),卑(俾)册令(命)免,曰:令女(汝)疋(胥)周師嗣歔(廩)。(頁79)	4240	初命
13	𢦏簋	唯正月乙巳,王各于大室,穆公入右(佑)𢦏,立中廷,北鄉(嚮),王曰:𢦏,令女(汝)乍(作)嗣土(徒),官嗣耤(藉)田。(頁80)	4255	初命
14	弭伯師耤簋	唯八月初吉戊寅,王各于大室,焚(榮)伯内(入)右(佑)師耤(藉),即立中廷,王乎内史尹氏册命師耤(藉)。(頁80)	4257	更命
15	趩簋	王若曰:趩,命女(汝)乍(作)燮(豳)師冢嗣馬,啻(嫡)官僕、射、士,訊小大又(右)鄰。(頁81)	4266	初命

續表

	器名	錫命銘文(節選)	集成號	分類
16	同簋	王命同:差(佐)右(佑)吴(虞)大父,嗣昜(埸)、林、吴(虞)、牧,自虐東至于河,厥逆(朔)至于玄水,世孫孫子子(差)佐(右)佑吴(虞)大父。(頁82)	4270	初命
17	望簋	王乎史年册命朢:死(尸)嗣畢王家。(頁82)	4272	初命
18	元年師兑簋	王乎内史尹册令(命)師兑:疋(胥)師龢父,嗣左右走(趣)馬、五邑走(趣)馬。(頁82)	4274	初命
19	豆閉簋	王乎内史册命豆閉,王曰:閉……用倂(抄)乃祖考事,窒(窡)俞邦君嗣馬、弓、矢。(頁82)	4276	更命
20	師艅簋	王乎乍(作)册内史册命師俞:䜌(纘)嗣𠬝人。(頁82)	4277	初命
21	元年師旋簋	王乎乍(作)册尹克册命師旋,曰:備于大左,官嗣豐還,(左)佐(右)佑師氏。(頁82)	4279	初命
22	師瘨簋	王乎内史吴册令(命)師瘨,曰:先王既令(命)女(汝),今余唯䌰(申)先王令(命),令(命)女(汝)官嗣邑人、師氏。(頁83)	4283	申命
23	諫簋	王乎内史宄(敖、佚)册命諫,曰:先王既命女(汝)䜌(纘)嗣王宥,女(汝)某(謀)不又(有)聞(昏),毋敢不善,今余唯或嗣(嗣)命女(汝)。(卷3,頁403)	4285	申命
24	伊簋	王乎命尹封册命伊:䜌(纘)官嗣康宫王臣妾、百工。(頁83)	4287	初命
25	師酉簋	王乎史墻册命師酉:嗣(嗣)乃祖,啻(嫡)官邑人、虎臣、西門尸(夷)、㠱尸(夷)、秦尸(夷)、京尸(夷)、弁身尸(夷)。(頁83)	4288	更命
26	揚簋	王乎内史史宄(敖、佚)册(令)命揚,王若曰:揚,乍(作)嗣工(空),官嗣量田佃,眔嗣宂(位)、眔嗣芻、眔嗣寇、眔嗣工(空)司(事)。(頁84)	4294	初命

續表

	器名	錫命銘文(節選)	集成號	分類
27	師虎簋	王乎内史吳曰:册令(命)虎,王若曰:虎,截(載)先王既令(命)乃取(祖)考事,啻(嫡)官嗣左右戲繁荆,今余唯帥井(型)先王令(命),令(命)女(汝)更乃取(祖)考,啻(嫡)官嗣左右戲繁荆,敬夙夜勿灋(廢)朕令(命)。(頁 87)	4316	更命
28	三年師兑簋	王乎内史尹册令(命)師兑:余既令女(汝)疋(胥)師龢父,嗣左右走(趣)馬,今余唯灩(申)稾(就)乃令(命),令(命)女(汝)粸(纘)嗣走(趣)馬。(頁 87)	4318	申命
29	師嫠簋	王乎尹氏册令(命)師嫠,王曰:師嫠,在先王小學,女(汝)敏可事(使),既令(命)女(汝)更乃祖考嗣小輔,今余唯灩(申)稾(就)乃令(命),令(命)女(汝)嗣乃祖舊官小輔眔鼓鐘。(頁 88)	4324	更命 + 申命
30	蔡簋	王乎史兂(敖、侁)册令(命)蔡,王若曰:蔡,昔先王既令女(汝)乍(作)宰,嗣王家,今余唯灩(申)稾(就)乃令(命),令(命)女(汝)眔曶粸(纘)疋(胥)對各,从嗣王家外内,毋敢又(有)不聞,嗣百工,出入姜氏令。(頁 91)	4340	申命
31	師詢簋	今余唯灩(申)稾(就)乃令(命),令(命)女(汝)叀(惠)雍(擁)我邦小大猷,邦弜潰辟(嬖),敬明乃心,率以乃友干(捍)吾(禦)王身,谷(欲)女(汝)弗以乃辟陷于艱。(頁 91)	4342	申命
32	牧簋	王乎内史吳册令(命)牧,王若曰:牧,昔先王既令女(汝)乍(作)嗣士,今余唯或㲋改,令女(汝)辟百寮(僚)……今余唯灩(申)稾(就)乃令(命)。(頁 91—92)	4343	改命 + 申命
33	盠方尊	曰:用嗣六師、王行、參(叁)有嗣:嗣土(徒)、嗣馬、嗣工(空),王令(命)盠曰:粸(纘)嗣六師眔八師埶(藝)。(頁 115)	6013	初命
34	趩觶	王乎内史册令(命)趩:更厥祖考服。(頁 119)	6516	更命

續表

	器名	錫命銘文(節選)	集成號	分類
35	曶壺	王乎尹氏册令(命)曶,曰:更乃祖考,乍(作)冢嗣土(徒)于成周八師。(頁145)	9728	更命
36	吴方彝	王乎史戊册令(命)吴:嗣旃眔叔金。(頁149)	9898	初命
37	休盤	王乎乍(作)册尹册賜休。(頁154)	10170	更命
38	寰盤	王乎史減册賜寰。(頁154)	10172	更命

銘文云“嗣乃父官”“令乃祖考事”“更乃祖考”等,明確提及繼承先父、先祖之命者,如師奎父鼎、師虎簋、曶壺等;及僅言錫命某人,文辭頗爲簡略,顯是前代已有錫命所以省略不複言者,如利鼎、弭伯師耤簋、休盤等,皆歸入“更命”類。銘文云“申先王命”“先王既命”等,表明先王已錫命某臣,今新王嗣位重新錫命者,如師瘨簋、諫簋等;及銘文云“余既令汝……今余唯申京乃令”,表明天子昔日已錫命某臣,今又重新錫命者,如大克鼎、三年師兑盤等,皆歸入“申命”類。銘文云“改令汝”,表明改命之意者,如牧簋,歸入“改命”類。若文獻不足,僅憑銘文内容無法判斷受賜者是否爲子承父業,或是否曾受過錫命,則歸爲“初命”一類,然在西周世官制度之下,本表中的部分“初命”實際上或應爲“更命”。

據上表統計,西周銘文38篇中,“更命”銘文共13篇,占總數的34.2%。“申命”銘文9篇,其中僅大克鼎、三年師兑盤屬“本王既曾册命,而今復重新册命”;其餘7篇皆屬“新王繼位,對先王舊臣重新册命”;新王即位册命舊臣之“申命”銘文占總數18.4%。在《經》《傳》中,“更命”僅2例,占總數的20%;“申命”僅1例,占總數10%。相較於西周銘文,其比例皆有明顯下滑。此比例之下滑現象,應與周天子地位下降息息相關。

首先,“更命”之意義在於彰顯周天子“普天之下,莫非王土”的所有權。諸侯之即位,卿、大夫、士之承襲父職,須經周天子錫命才算獲得正統,這使各級貴族的權利與地位不再源於父親,而是授權自周天子。貴族自己的爵位亦無法直接傳給子孫,須再次經周天子錫命,這表示貴族對自己之封地臣民,只是在周天子允許下的暫時占有,而非永久所有。楊師群《東周秦漢社會轉型研究》曰:"各級貴族按等級領有部分的土地與臣民,此'領有',絶不能等同於私有。……西周貴族完全是按世官的等級,並經隆重册命,方領有土田民人。"①這就是"更命"的意義所在。

新王即位册命舊臣之"申命"亦是如此,張經《西周時期天子擁有土地法權的意義》分析周天子擁有土地法權之意義曰:

> 一、分配性意義:推行分封制,確立納貢體系,保證周天子天下共主的地位。二、確認性意義:周天子通過"申命"的方式,確保與諸侯建立的等級關係的延續。三、保護性意義:周天子至上權的體現和維護。四、衡量性意義:世官制度下,世家大族世有職守。②

張經特别指出,周天子需通過"申命"鞏固與諸侯建立的等級關係。周天子即位後,通過"申命"使貴族明確其權利皆來自周天子賜予,以此强化自身天下共主之地位,維護其至上之權力。

惠、彭二氏曰:"錫命禮不僅是諸侯、大臣獲取權力'正統'的象征與源泉,而且成爲周天子懷柔諸侯、籠絡大臣,尤其是樹立威權的神聖表達與見證。"③因此,自西周至春秋時期"更命""申命"的逐步荒廢,實際上是象徵周天子權力的日漸流失。所以齊思和曰:"當春秋之世,王室式微,實權已失,諸侯放恣,目無天子久矣。朝

---

① 楊師群:《東周秦漢社會轉型研究》(上海:上海古籍出版社,2003年),頁32—33。
② 張經:《西周時期天子擁有土地法權的意義》,《史學月刊》2007年第2期,頁16—21。
③ 惠翔宇、彭邦本:《錫命制度與周王"正統"及"天子"信仰》,頁226。

覲罕行，貢幣不如，錫命之典，遂亦寖廢。即偶一行之，亦僅爲粉飾之具文，而失其真義。"①

四、結　語

周代之錫命前人多有探討，而錫命範圍之界定隨歷年研究，亦逐步精確至特指"封官授職"。然錫命之"命"字本身之意涵應爲爵命，且筆者通過逐條分析《左傳》有關錫命之十二則記載，發現《左傳》之錫命與官職並無關聯。且通過分析西周出土銘文的賞賜物與受賜者關係，發現賞賜物的等級與受賜者官職無關，而與受賜者爵級、命數明顯相關。由此可見錫命之本義並非"封官授職"，而是"賜予爵命"。

在明確錫命本義後，筆者以錫命銘文之五種分類"初命""更命""申命""增命""改命"，分析春秋《經》《傳》的十二則錫命記載。發現原本應爲常禮的"更命"與"申命"，在《經》《傳》中出現次數極少。而通過統計各家共同認定之西周錫命銘文中，"更命"與"申命"銘文的數量與所占比例，對照《經》《傳》兩者數量與所占比例，發現自西周至春秋時期，"更命""申命"之禮逐漸荒廢。而此種荒廢則表現周王室之衰頹，及周天子對普天之下土田臣民的所有權的逐步喪失。

---

① 齊思和：《周代錫命禮考》，頁 225。

從《左傳》預言探《中庸》“至誠之道，可以前知”

一、前　言

“誠”的觀念在春秋時期鮮少見載於經典，然至戰國時期則《孟子》《易傳》《中庸》《大學》皆對“誠”的思想做了一定的發揮，其中《中庸》論“誠”者尤多。宋人朱熹（1130—1200）釋《中庸》之“誠”曰：“誠者，真實無妄之謂，天理之本然也。”①但若置於整個《中庸》之語境以觀之，“真實無妄”似乎難以包含“誠”的多重意蘊。陳榮捷（1901—1994）《中國哲學資料》曰：

> 使天與人合一的那種性質爲“chéng”（誠）、“sincerity”（誠實）、“truth”（真理）或“reality”（實在）。在這部經典著作中，對這個觀念的廣泛討論，使它同時成爲心理學的、形而上學的和宗教的概念。誠不只是一種精神狀態，而且還是一種能動的力量，它始終在轉化事物和完成事物，使天（自然）和人在流行過程中一致起來。②

陳榮捷認爲《中庸》中有關“誠”的詮解應是一個多層次的復合性概

---

① 〔宋〕朱熹：《四書章句集注》（高雄：復文圖書出版社，1985 年），頁 31。

② 陳榮捷：《中國哲學資料》（臺北：仰哲出版社，1963 年），頁 96。

念,而其核心立足點應是天人合一。"誠"既是精神狀態又是能動的力量,它有轉化萬物的能力,並最終達到"與天地參"的境界。

梅廣同樣認爲《中庸》中的"誠"有多個層面的意義,他將"誠"分爲"宗教或神靈(numinous)的誠、天道的誠和心性的誠"①。其中天道的誠"一方面它指的是一種超人文所以也是非道德的境界(真實 real 無所謂道德不道德),另一方面,這境界因爲也是修爲所要達到的目標,所以誠這概念也被賦予最高的道德意義"②。而心性的誠則側重於躬行實踐的層面。

《中庸》在"誠"的基礎上提出了"至誠"的概念:"唯天下至誠,爲能盡其性;能盡其性,則能盡人之性;能盡人之性,則能盡物之性;能盡物之性,則可以贊天地之化育;可以贊天地之化育,則可以與天地參矣。"③在"天命之謂性"(頁 17)的前提下,人性與天性、人道與天道、人德與天德,其本質是同一的。而"誠者,天之道也"(頁 31),天的本性是誠,因此人的德性其本質與終極實在也即是誠。所以至誠之人必能盡己之性、盡人之性、盡物之性,最終贊天地化育。正如杜維明所説:"人的本性是天所賦予的,但是,人並不僅僅是一種被創造物,而天也没有窮盡創造的全部過程。從終極的意義上講,爲了實現人性,人就必須充分地參與宇宙的創造過程。他們並不是從虛無中創造(就此而言,天也不是從虛無中創造),然而,他們却能够'贊天地之化育'。"④至誠之人可以轉化他人,"唯天

① 梅廣:《釋"修辭立其誠":原始儒家的天道觀與語言觀——兼論宋儒的章句學》,《臺大文史哲學報》2001 年第 55 期,頁 225。

② 梅廣:《釋"修辭立其誠":原始儒家的天道觀與語言觀——兼論宋儒的章句學》,頁 225。

③ 〔宋〕朱熹:《四書章句集注》,頁 32。本文《中庸》引文均據此本,爲簡省文章篇幅與便於讀者閱讀,下文重複徵引處均不再額外加注,僅以括號在文中標識頁數。

④ 杜維明:《論儒學的宗教性——對《中庸》的現代詮釋》,收入郭齊勇、鄭文龍編《杜維明文集(第三卷)》(武漢:武漢出版社,2002 年),頁 447。

下至誠爲能化"（頁 33），且"至誠無息"（頁 34），至誠具有連續而不息的創造性，"是天地化育過程得以出現的原動力。……既是自我潛存（self-subsistent），又是不斷自我實現（self-fulfilling）的生生不息的創造過程。"①

比較特殊的是，《中庸》中還論述了"至誠"者的前知能力："至誠之道，可以前知。國家將興，必有禎祥；國家將亡，必有妖孽。見乎蓍龜，動乎四體。禍福將至：善，必先知之；不善，必先知之。故至誠如神。"（頁 33）朱熹《章句》云："然惟誠之至極，而無一毫私僞留於心目之間者，乃能有以察其幾焉。神，謂鬼神。"②朱熹將"至誠如神"詮解爲如鬼神，後人則在此基礎上多做發揮，如楊祖漢曰："吾人以爲此章是借知吉凶的鬼神以言誠體之神感神應之妙。至誠者感格天地，明通萬物，呈現於他的生命中的，便是生天生地之神，故至誠如神，可直接就誠體神用說。"③再如梅廣雖多不贊同朱熹的説法，但也將至誠視作是一種"預知吉凶的超人文特异能力"，並認爲這是先秦儒學中"顯著的神秘主義成分"④。

然而《中庸》論"誠"與"至誠"其實一直都立足在天人合一宇宙觀的基礎上，這裏的"天"既不是人格天，也不等同於西方"上帝"的概念。若以"鬼神""神感神應""神秘主義"來理解"至誠前知"的預言能力，則似乎猶有未當。因此，要詮釋所謂的"前知"，則應先瞭解先秦時期儒家的預言觀念。而先秦儒家經典中對預言記載最爲詳盡者，則非《左傳》莫屬。甚至《左傳》因多言預言，遭到了後人的不少議論，如漢人王充（27—97？）《論衡》曰："（《左傳》）言多怪，頗

① 杜維明：《論儒學的宗教性——對〈中庸〉的現代詮釋》，頁 450。
② 〔宋〕朱熹：《四書章句集注》，頁 33。
③ 岑溢成、楊祖漢：《大學中庸義理疏解》（臺北：鵝湖出版社，1989 年），頁 132。
④ 梅廣：《釋"修辭立其誠"：原始儒家的天道觀與語言觀——兼論宋儒的章句學》，頁 226。

與孔子不語怪力相違返也。"[①]晋人范寧(339? —401?)《春秋穀梁傳序》曰："左氏艷而富，其失也巫。"[②]清人朱軾(1665—1736)《左綉·序》則云："《春秋》主常，而《左氏》好怪；《春秋》崇德，而《左氏》尚力；《春秋》明治，而《左氏》喜亂；《春秋》言人，而《左氏》稱神。"[③]然而《左傳》中的預言確實僅是多言怪力亂神而失之於"巫"嗎？徐復觀就指出《左傳》其實已經逐漸遠離了原始宗教的制約，而用人文道德之行爲因果作爲盛衰興亡的審判依據："把宗教性的預言，轉變爲行爲的責任，以合理性代替了神秘性。"[④]因此，本文將探討《左傳》中的預言和《中庸》中的"前知"，如何在保有殷商宗教神秘色彩之餘，同時亦突破原始宗教的制約，在天人合一的觀念下，發展出人文道德的向度。

《中庸》曰："國家將興，必有禎祥；國家將亡，必有妖孽。"(頁33)朱熹《章句》云："禎祥者，福之兆。妖孽者，禍之萌。"則祥妖福禍之兆，正可對應《左傳》中的機祥類預言。[⑤] "見乎蓍龜"，朱熹云："蓍，所以筮；龜，所以卜。"對應《左傳》中的卜筮類預言。"動乎四體"，朱熹云："四體，謂動作威儀之閒，如執玉高卑，其容俯仰之

① 黄暉：《論衡校釋》(北京：中華書局，1990年)，頁1164。

② 〔晋〕范寧：《春秋穀梁傳序》，《春秋穀梁傳集解》，收入《漢魏古注十三經》(北京：中華書局，1998年)，頁2。

③ 〔清〕朱軾：《左綉·序》，收入〔清〕馮季驊《左綉》，收入馬小梅主編《國學集要二編》(臺北：文海出版社，1963年)，頁1—2。

④ 徐復觀：《兩漢思想史》(上海：華東師範大學出版社，2001年)，頁171。

⑤ 機祥類預言"是利用自然界的特殊現象做出的關於某個人物、家族或諸侯國興衰成敗的預測或判斷……它主要是根據星變、日食、山崩等自然界的一些反常現象而作出的預測"。見黄明磊《〈左傳〉預言研究》(西安：陝西師範大學中國古代史碩士論文，2011年)，頁10。

類。”對應《左傳》中的人事類預言。[①] 因此本文據以上三類預言與《中庸》的對應關係，分爲三個小節論述，以下詳述之。

二、天垂象而聖人象之：禎祥、妖孽中隱含的天道

錢穆在《中國文化對人類未來可有的貢獻》一文中指出，在中國古代文化思想中，天文學即是人文學："現代人如果要寫一部討論中國古代文化思想的書，莫如先寫一本中國古代人的'天文觀'，或寫一部中國古代人的'天文學'，或'人文學'。總之，中國古代人，可稱爲抱有一種'天即是人，人即是天，一切盡是天命的天人合一觀'。"[②]陳榮捷《中國哲學資料》亦云，儒家的人文主義"不是那種否認或輕視最高力量的人文主義，而是一種承認天人一體的人文主義"[③]。昭公二十五年(517 B. C.)《傳》曰：

> 簡子曰："敢問，何謂禮？"對曰："吉也聞諸先大夫子産曰：'夫禮，天之經也，地之義也，民之行也。'天地之經，而民實則之，則天之明，因地之性，生其六氣，用其五行。……爲父子、

---

① 曲文曰："'人事'一詞取其狹義的概念，即專指人的具體言行和神態表情。……預言者將預言對象個體的行爲細節作爲預言依據，利用富含理性的分析、推理方法，對個體未來發展趨勢作出準確的預見和判斷，稱爲人事預言。"見曲文：《〈左傳〉人事預言研究》(長春：吉林大學古籍研究所碩士論文，2005 年)，頁 2。但曲文在定義人事類預言時，就已將"富含理性的分析、推理方法"這一主觀判斷摻入其中，因此並不妥當，仍應如黄明磊所言，人事類預言是"預言者通過對某個人物的言談舉止、某個家族及諸侯國的行爲進行仔細觀察而得出的一種關於該人物、家族及諸侯國未來命運的推測或判斷。"見黄明磊：《〈左傳〉預言研究》，頁 5。

② 錢穆：《中國文化對人類未來可有的貢獻》，《錢賓四先生全集》(臺北：聯經出版公司，1996 年)，第 43 册，頁 421。

③ 陳榮捷：《中國哲學資料》，頁 3。

兄弟、姑姊、甥舅、昏媾、姻亞，以象天明。[①]

法天道以明人事一直是先秦時期的重要思想，《左傳》的這一段記載就體現了聖人的象天以制禮，"透過觀天文、天象以體會出禮制的時、空秩序"[②]。《尚書·堯典》曰："乃命羲和，欽若昊天，歷象日月星辰，敬授人時。"[③]《禮記·禮運》曰："夫政必本於天。"[④]子曰："爲政以德，譬如北辰，居其所而衆星共之。"[⑤]無論是制禮、定曆抑或是爲政，皆須法天之運行，故《易·繫辭上》曰："仰以觀於天文，俯以察於地理，是故知幽明之故，原始反終，故知死生之説。"[⑥]梅廣認爲像孔子此種法天的體驗就是後儒所指認的"誠"[⑦]，也即《中庸》中"誠之者，人之道也"(頁31)的"誠"。

而天道之運行既有如日升月落、四時更替等恒常而有規律者，亦有如"星隕如雨"[⑧]"星孛大辰"[⑨]等特殊而不可推求者，此種异常之天象受到古人的注意，則會被視爲特殊事件的先兆，故《易·繫辭上》云："天垂象，見吉凶，聖人象之。河出圖，洛出書，聖人則

---

① 楊伯峻：《春秋左傳注》(臺北：洪葉文化公司，2015年)，頁1457—1458。本文《左傳》引文均據此本，爲簡省文章篇幅與便於讀者閱讀，下文重複徵引處均不再額外加注，僅以括號在文中標識頁數。

② 林素娟：《天秩有禮、觀象製文——戰國儒家的德之體驗及禮文化成》，《清華學報》(新竹)2017年第3期，頁438。

③ 〔漢〕孔安國傳，〔唐〕孔穎達正義：《尚書正義》，收入李學勤主編《十三經注疏》(北京：北京大學出版社，1999年)，頁28。

④ 〔漢〕鄭玄注，〔唐〕孔穎達正義：《禮記正義》，收入李學勤主編《十三經注疏》(北京：北京大學出版社，1999年)，頁683。

⑤ 〔宋〕朱熹：《四書章句集注》，頁53。

⑥ 〔三國魏〕王弼、〔晋〕韓康伯注，〔唐〕孔穎達正義：《周易正義》，收入李學勤主編《十三經注疏》(北京：北京大學出版社，1999年)，頁266。

⑦ 梅廣：《釋"修辭立其誠"：原始儒家的天道觀與語言觀——兼論宋儒的章句學》，頁221。

⑧ 楊伯峻：《春秋左傳注·莊公七年》，頁170。

⑨ 楊伯峻：《春秋左傳注·昭公十七年》，頁1390。

之。"[①]正如陳美東《中國古代天文學思想》所云："天文現象與地上的事物存在著對應的關係，天象乃萬物之象、人事之象。"[②]"在中國古人的觀念中，天不是獨立於人的存在，天文現象也不是獨立於人的現象，中國古人研究天是爲了研究人，對天的探索從來也没有脱離對人的探索。"[③]此種天垂象而聖人象之的思想，使得天道之運行與人事之興衰被緊密聯結在一起，如此，則异象之發生即可對應吉凶禍福之先兆，正如昭公十七年（525 B. C.）《傳》所云："天事恒象。"（頁 1390）故先秦時期設有專門的官員以觀天道之移動，如《周禮・春官・保章氏》曰：

> 保章氏掌天星，以志星辰日月之變動，以觀天下之遷，辨其吉凶。以星土辨九州之地，所封封域，皆有分星，以觀妖祥。以十有二歲之相，觀天下之妖祥。以五云之物，辨吉凶、水旱降豐荒之祲象。以十有二風察天地之和、命乖别之妖祥。[④]

再如春秋後期的宋景公，對於善於觀星的人才都有特殊的優待，"宋景公之世，有善星文者，許以上大夫之位，處於層樓延閣之上，以望氣象。設以珍食，施以寶衣。"[⑤]可見時人對於自然之异象的重視。《左傳》中多有見星相灾异而言禍福之事，這一點前人已多做過總結。[⑥] 但需要注意的是，這種預言並不適宜被單純地理解爲預知吉凶的迷信，它只是如禮文一樣，是時人在象天、法天的過程中所總結出來的系統性的對天道的感知與體認。成公五年（586 B.

① 〔三國魏〕王弼、〔晉〕韓康伯注，〔唐〕孔穎達正義：《周易正義》，頁 290。
② 陳美東：《中國古代天文學思想》（北京：中國科學技術出版社，2007 年），頁 677。
③ 陳美東：《中國古代天文學思想》，頁 674。
④ 〔漢〕鄭玄注，〔唐〕賈公彦疏：《周禮注疏》，收入李學勤主編《十三經注疏》（北京：北京大學出版社，1999 年），頁 704—708。
⑤ 〔晉〕王嘉撰，〔梁〕蕭綺録：《拾遺記》（北京：中華書局，1981 年），頁 84—85。
⑥ 梅廣：《釋"修辭立其誠"：原始儒家的天道觀與語言觀——兼論宋儒的章句學》，頁 226。

C.)《傳》曰:

梁山崩,晋侯以傳召伯宗。伯宗辟重,曰:"辟傳!"重人曰:"待我,不如捷之速也。"問其所。曰:"絳人也。"問絳事焉。曰:"梁山崩,將召伯宗謀之。"問將若之何。曰:"山有朽壤而崩,可若何? 國主山川,故山崩川竭,君爲之不舉、降服、乘縵、徹樂、出次、祝幣史辭,以禮焉。其如此而已。雖伯宗,若之何?"伯宗請見之。不可。遂以告,而從之。(頁822—823)

重人對於"梁山崩"的解釋是,山因爲有腐朽的土壤而崩。這個説法在今人看來未必合於事實,但却是較爲接近自然科學理念的,因此楊伯峻(1909—1992)對他的評價是"不作'鬼神禍福'之預言,足爲一時有識者"[①]。但是繼而宗伯詢問重人對此應采取何種措施,重人給的建議是國君應該爲此"不舉",食不殺牲;"降服",素服縞官;"乘縵",車無彩飾;"徹樂",徹除享樂;"出次",舍次於郊;"祝幣史辭",以玉帛和文辭禮祭神。

由此可見,重人並不因爲山崩而作禍福預言,是因爲預言只是聖人體察宇宙變化後自然而然推導出的某種結論,這只是結果而非根源。重人所强調的仍是人對於天道運行中的變化之理的領會與體認,以及由此而産生的對於禮樂秩序的建構,因此纔有對國君不舉、降服、乘縵、徹樂等一系列作爲的建議。

昭公八年(534 B.C.)《傳》曰:

八年春,石言于晋魏榆。晋侯問於師曠曰:"石何故言?"對曰:"石不能言,或馮焉。不然,民聽濫也。抑臣又聞之曰:'作事不時,怨讟動于民,則有非言之物而言。'今宫室崇侈,民力彫盡,怨讟並作,莫保其性,石言,不亦宜乎?"於是晋侯方築

① 楊伯峻:《春秋左傳注》,頁823。

> 虒祁之宫，叔向曰："子野之言君子哉，君子之言，信而有徵，故怨遠於其身。小人之言，僭而無徵，故怨咎及之。詩曰：'哀哉不能言，匪舌是出，唯躬是瘁。哿矣能言，巧言如流，俾躬處休。'其是之謂乎！是宫也成，諸侯必叛，君必有咎，夫子知之矣。（頁 1300—1301）

晋國魏榆有石頭説話，師曠對此的看法是晋侯"作事不時，怨讟動于民"。"不時"即違於農時。春季本爲萬物興發、農人播種之季，晋侯却選擇在此時大興土木，修建宫室，這就違背了天時。《左傳》中有大量關於"時也"與"不時也"的評價，蓋春生、夏長、秋收、冬藏，本就是自然之常理，唐君毅（1909—1978）云："凡自然之事而合當然者，皆是義，亦皆可由之以見天命。"[①]師曠對於石何故言的解釋，或許是"馮焉"，有神馮焉；或許是"民聽濫也"，人民聽錯了。他所强調的並不是灾异或預言本身，而是晋侯没有選擇在冬季的農閒時，反而是選擇了春季的農忙時築造高崇奢侈的宫殿，且這一不必要的享受還導致"民力彫盡"，這違背了古人從天道運行中所體認的自然形成的四時流轉之序。因此，師曠和叔向才最終推導出了"是宫也成，諸侯必叛，君必有咎"的預言。

張高評《春秋書法與左傳學史》曰："蓋仰觀日月星辰之運行，俯察山川蟲鳥之動静，默識陰陽四時之迭代，體悟人事成敗代謝之理趣，在在暗示天地造化與人事物理之消息盈虚彼此往來相通。……要之，《左傳》之言機祥，大抵不離人事。"[②]《左傳》中的預言往往是將宇宙的秩序與人世間的政治與社會道德相對應，這種對應所指向的是對於天道、天時、天秩、天序的體認，並在由此而衍生出的"常"與"异"的對立觀念中，延伸出預言的行爲。因此《中庸》中關

---

① 唐君毅：《中國哲學原論・原道篇（一）》（臺北：臺灣學生書局，1986 年），頁 119。

② 張高評：《春秋書法與左傳學史》（上海：上海古籍出版社，2005 年），頁 57。

於"國家將興，必有禎祥；國家將亡，必有妖孽"的論述，其本質是聖人在達到"至誠"的境界後，達到"與天地一體的通澈透明的心理狀態"[①]，全然掌握天道之運行甚至參天地之化育，因此能從任何一點微小的表象中體察順應天道（禎祥）與違背天道（妖孽），從而見微知著，"前知"未來之發展。此種看似預言的"前知"，其本質其實是人事萬物隨時間發展推移後的應然與必然。

三、法於天地，明象日月，以定天下之吉凶

徐復觀談論春秋時期宗教的人文化曰："宗教是任何民族長久的生活傳統，決不容易完全歸於消失。當某一新文化發生時，在理念上可能解消了宗教，但在生活習慣上仍將予以保持。……所以春秋時代以禮爲中心的人文精神的發展，並非將宗教完全取消，而係將宗教也加以人文化，使其成爲人文化的宗教。"[②]同樣的概念亦可類比於卜筮，《左傳》中的卜筮並不能簡單地看作殷商以降一路流傳下來而一成不變的、只帶有神學與迷信色彩的宗教行爲。正如徐復觀所云："殷周用卜，春秋時代亦用卜。但殷周之卜辭，乃神意之顯示；而春秋時代的卜辭，絕大多數不復是表示某種神意，而只是表示運命中的某種盲目性的數。這一大的區別，是經常被人忽略了的。"[③]徐復觀認爲春秋時期的卜辭已經跳脱了宗教神學的範圍，而成爲先民希望用"數"來詮釋與把握"命"的媒介。這在今人看來或許是較爲"盲目的"，但在先秦時期，古人們在卜筮中所運用的"象""數"與"辭"，其實就是他們試圖以此種方式對天道做出詮解與回應。《易・繫辭上》曰：

---

① 張高評：《春秋書法與左傳學史》（上海：上海古籍出版社，2005年），頁57。

② 徐復觀：《中國人性論史（先秦篇）》（臺北：臺灣商務印書館，1969年），頁51。

③ 徐復觀：《中國人性論史（先秦篇）》，頁52。

> 法象莫大乎天地。變通莫大乎四時。縣象著明莫大乎日月。崇高莫大乎富貴。備物致用,立成器以爲天下利,莫大乎聖人。探頤索隱,鈎深致遠,以定天下之吉凶,成天下之亹亹者,莫大乎蓍龜。是故天生神物,聖人則之;天地變化,聖人效之。……易有四象,所以示也;繫辭焉,所以告也;定之以吉凶,所以斷也。[①]

唐人孔穎達(574—648)《正義》曰:"此又明《易》道之大,法於天地,明象日月,能定天下之吉凶。"[②]聖人對天地萬物的變化有一種體會和興感,從天地、日月、四時的流變中領會天地變化之理,並藉以體認天道、天德。所以聖人就藉"象""數""辭"等形式使天道得以體現。而以"象""數""辭"爲基礎的卜筮就具備了窺探幽昧之理、求索隱藏之機,最終以定吉凶的功用。正如陳來《古代宗教與倫理》所云:

> 從整個占卜傳統的發展演變來看,《周易》的體系和實踐,其意義不應從原始思維的意義上來理解,而應當把它視爲周文化"袪除巫魅"過程的一部分。……《易經》的卦爻辭體系正好與周人的"天命"思想相配合,而天命思想正是早期中國文化得以發展出獨特形態的重要基礎。由此纔導致神格的淡化,逐漸發展起天數、天道的哲學觀念。[③]

《左傳》中的占卜並非皆藉助於《周易》,但其中象天悟道從而創立、建構某種體系,再經由此種體系以得知吉凶徵兆的理路和思想脉絡却是一貫的。《左傳·昭公十二年》(530 B.C.)記載了魯國的南

---

① 〔三國魏〕王弼、〔晋〕韓康伯注,〔唐〕孔穎達正義:《周易正義》,頁289—290。

② 〔三國魏〕王弼、〔晋〕韓康伯注,〔唐〕孔穎達正義:《周易正義》,頁289。

③ 陳來:《古代宗教與倫理:儒家思想的根源》(北京:生活·讀書·新知三聯書店,1996年),頁88—89。

蒯因爲私人的恩怨，打著重振魯國公室的名號試圖去除季氏，他在叛亂前進行了一次占卜，《傳》曰：

> 南蒯枚筮之，遇坤之比，曰“黄裳元吉”，以爲大吉也。示子服惠伯，曰：“即欲有事，何如?”惠伯曰：“吾嘗學此矣，忠信之事則可，不然，必敗。外强内温，忠也；和以率貞，信也。故曰‘黄裳元吉’。黄，中之色也；裳，下之飾也；元，善之長也。中不忠，不得其色；下不共，不得其飾；事不善，不得其極。外内倡和爲忠，率事以信爲共，供養三德爲善，非此三者弗當。且夫《易》不可以占險，將何事也? 且可飾乎? 中美能黄，上美爲元，下美則裳，參成可筮。猶有闕也，筮雖吉，未也。”(頁1337—1338)

從惠伯的言語中可以看出，《易》在當時人們的觀念中是一套完整的道德系統，所以惠伯論述的核心就是“象”和“辭”中所蘊含的道德原則。他從比卦卦象的外坎内坤中，解讀出忠和信的象徵，“以卦言之，比，外卦爲坎，坎，險也，故强；内卦爲坤，坤，順也，故温。强于外而温于内，故爲忠。……以比卦言之，坤爲水，坎爲土，水土相合則和。貞，卜問也。率，行也。以和順行卜問之事，故爲信。”[①]繼而從爻辭“黄裳元吉”中解讀出忠、共(即“恭”)、善。“黄”對應忠、“倡和”“中美”；“裳”對應恭、誠信、“下美”；“元”對應善、養德、“上美”。“中美”“下美”“上美”三美並，最終纔能導向於吉。由此可見，吉這一預言結果並非憑空得來，其成立的基礎是《易》本身完整、有條理、成系統的天道哲學觀。

---

① 楊伯峻：《春秋左傳注》，頁1337。

南蒯隱藏所求之事而徑行占卜[1]，且欲行叛亂之事而有違德行，他對於《易》背後的天道無知、無敬、無誠，他所掌握的只是占卜的形式而非内核。也因此即使南蒯占卜的結果是吉，惠伯仍言“筮雖吉，未也”。

與南蒯相似的例子又見於襄公九年(B. C. 564)，《傳》曰：

> 穆姜薨於東宫。始往而筮之，遇艮之八。史曰：“是謂艮之隨。隨，其出也。君必速出！”姜曰：“亡！是於《周易》曰：‘隨，元、亨、利、貞，無咎。’元，體之長也；亨，嘉之會也；利，義之和也；貞，事之幹也。體仁足以長人，嘉德足以合禮，利物足以和義，貞固足以幹事。然，故不可誣也，是以雖隨无咎。今我婦人，而與於亂。固在下位，而有不仁，不可謂元。不靖國家，不可謂亨。作而害身，不可謂利。弃位而姣，不可謂貞。有四德者，隨而無咎。我皆無之，豈隨也哉？我則取惡，能無咎乎？必死於此，弗得出矣。(頁 965—966)

穆姜占卜得的結果是“元、亨、利、貞，無咎。”但她對人事吉凶的判斷所依據的並不是爻辭字面上所展現的“無咎”，而是爻辭“元、亨、利、貞”所蘊涵的四德。穆姜深知自己的一系列行爲無一合於四德，因此雖占得“無咎”，仍必死無疑。由此可見，預言並不是簡單地根據爻辭吉凶預知未來。“‘辭’爲聖人體會宇宙道動的文、言”[2]，聖人體會宇宙道動，通過“辭”的會通，以具有感通的動力，天道的“誠”都在“辭”中得以展現。趨吉避凶固然是古人藉助卦象與爻辭所欲達到的目的之一，但若是忽略了“象”“辭”中所蘊含的深

---

① 晋人杜預釋“枚筮”曰：“不指其事，泛卜吉凶。”見〔晋〕杜預注，〔唐〕孔穎達正義：《春秋左傳正義》，收入李學勤主編《十三經注疏》(北京：北京大學出版社，1999 年)，頁 1300。清人俞樾曰：“枚當讀爲微。微，匿也。匿其事而使之筮，故爲微筮。”見〔清〕俞樾：《群經平議·春秋左傳平議》(北京：北京大学图书馆藏清刻本)，卷 27，頁 15。

② 林素娟：《天秩有禮、觀象製文——戰國儒家的德之體驗及禮文化成》，頁 459。

意，則實是買櫝還珠。因此《左傳》中亦有遵循天德、義不避禍的例子，文公十三年(614 B. C.)《傳》曰：

> 邾文公卜遷于繹。史曰："利於民而不利於君。"邾子曰："苟利於民，孤之利也。天生民而樹之君，以利之也。民既利矣，孤必與焉。"左右曰："命可長也，君何弗爲？"邾子曰："命在養民。死之短長，時也。民苟利矣，遷也，吉莫如之！遂遷于繹。五月，邾文公卒。君子曰："知命。"(頁 597—598)

邾文公欲遷都於繹，占卜的結果却是"利於民而不利於君"，但邾文公執意遷都，並認爲民苟利矣，吉莫如之。邾文公重新定義了"吉"的概念，他的觀念已經跳脱了卜辭的吉凶，而上升至了天德的範疇，因此君子稱贊他"知命"。所謂知命並不是知個人之命運，而是知天命。這也是卜筮的終極意義，趨吉避凶猶是小道，領悟天命方爲正途。因此，卜筮只是人們體認天道的工具，所以《中庸》曰："見乎蓍龜。"人通過蓍龜而得見天道，天道也通過蓍龜以現於人世。

四、有動作禮義威儀之則，以定命也

從《左傳》大量的人事類預言中可以看出，時人相信即使僅從微小的動作、儀態、言語等，也可以看出個人、宗族乃至國家的禍福興衰，即《中庸》"至誠前知"思想中所謂的"動乎四體"。本節主要探討的是此種預言方式得以成立的邏輯脉絡以及其背後所藴含的核心思想。昭公二十五年(517 B. C.)《傳》曰：

> 夫禮，天之經也，地之義也，民之行也。天地之經，而民實則之，則天之明，因地之性，生其六氣，用其五行。氣爲五味，發爲五色，章爲五聲。淫則昏亂，民失其性。是故爲禮以奉之：爲六畜、五牲、三犧，以奉五味；爲九文、六采、五章，以奉五

> 色；爲九歌、八風、七音、六律，以奉五聲。爲君臣上下，以則地義；爲夫婦外內，以經二物；爲父子、兄弟、姑姊、甥舅、昏媾、姻亞，以象天明；爲政事、庸力、行務，以從四時；爲刑罰，威獄，使民畏忌，以類其震曜殺戮；爲温慈惠和，以效天之生殖長育。民有好惡喜怒哀樂，生于六氣，是故審則宜類，以制六志。……哀樂不失，乃能協于天地之性，是以長久。（頁 1457—1459）

“禮”最初的造字有着宗教性、祭祀的意涵①，但發展至後來，從《左傳》中的這一則記載中可以明確看出，“禮”是人效法天地，從“天明”“地性”“四時”“震曜”等自然現象中，通過“審則宜類”所總結出來的規範準則。禮用以節制人從六氣、五行、五味、五色、五聲的接觸中而產生的好、惡、喜、怒、哀、樂六志，以期望使民性最終能够“協于天地之性”。由此可見，“禮之生成是將天地之文理意義化，而成爲行事依循的過程。……禮產生於類天地的過程，並期望達到‘協於天地之性’的理想。”②由於禮由法象天地而產生，所以禮就具備了彰顯天道的重要性，昭公二十六年（516 B. C.）《傳》曰：“禮之可以爲國也久矣，與天地並。”（頁 1480）文公十五年（612 B. C.）《傳》曰：“禮以順天，天之道也。”（頁 614）基於此種認知，禮與非禮，自然就成爲《左傳》中最常見的預言禍福因果的依據。例如襄公四年（569 B. C.）《傳》曰：“多行無禮，必自及也。”（頁 935）成公十二年（579 B. C.）《傳》載文子曰：“無禮，必食言，吾死無日矣夫！”（頁 858）襄公二十六年（547 B. C.）《傳》曰：“子產其將知政矣，讓不失禮。”（頁 1114）

禮展現於人的言貌舉止精神則爲“威儀”，成公十三年（578 B.

---

① 王國維：《釋禮》，《觀堂集林》（上海：上海書店，1992 年），頁 14—15。

② 林素娟：《以詩詮禮——先秦禮儀中〈詩〉所開顯的感通、達類與修身、倫理實踐》，頁 529—531。

C.)《傳》曰:

> 成子受脤于社,不敬。劉子曰:"吾聞之:民受天地之中以生,所謂命也。是以有動作禮義威儀之則,以定命也。能者養之以福,不能者敗以取禍。是故君子勤禮,小人盡力。勤禮莫如致敬,盡力莫如敦篤。敬在養神,篤在守業。國之大事,在祀與戎。祀有執膰,戎有受脤,神之大節也。今成子惰,弃其命矣,其不反乎!(頁 860—861)

楊儒賓《儒家身體觀》將劉子所言總結爲四點:"1. 人性要受威儀法則的規範,威儀是人性的具體化原則。2. 禮義威儀法則的總原則是'禮',而'禮'的分殊内涵則是威儀。3. 行禮(含威儀)的主觀心境是種'敬'的態度。4. 敬的心境及禮之準則所運用的場合,主要在宗教的祭典上。"[①]其中與本文關聯最緊密的是第二點,禮與威儀的關係。清人阮元(1764—1849)曰:"人既有血氣心知之性,故聖人作禮樂以節之,修道以教之,因其動作以禮義爲威儀,威儀所以定命。"[②]楊儒賓則云:"威儀是因禮義而爲之,威儀是果報,禮義纔是威儀觀真正的内涵。"[③]禮是威儀的精神内涵,威儀則是禮的展現。故劉子認爲"動作禮義威儀之則"與"得天命"實是息息相關,所以可以見吉凶。成公十四年(577 B.C.)《傳》曰:"觀威儀,省禍福也。"(頁 869)因此,當"成子受脤于社,不敬"時,劉子才會認爲他弃天之命而將死。

威儀從貌言行事層面主要講究的是"容"[④],從精神意志層面主

---

① 楊儒賓:《儒家身體觀》(臺北:"中央研究院"中國文哲研究所籌備處,1996 年),頁 30。

② 〔清〕阮元:《揅經室集》,收入王雲五主編《四部叢刊初編》(臺北:臺灣商務印書館,1965 年),卷 10,頁 120。

③ 楊儒賓:《儒家身體觀》,頁 31。

④ 楊儒賓:《儒家身體觀》,頁 30。

要講究的是“敬慎”①。《周禮・地官・保氏》曰：“乃教之六儀：一曰祭祀之容，二曰賓客之容，三曰朝廷之容，四曰喪紀之容，五曰軍旅之容，六曰車馬之容。”②

僖公二十二年(638 B.C.)《傳》曰：“初，平王之東遷也，辛有適伊川，見被髮而祭於野者。”是失於祭祀之容，故《傳》載辛有曰：“不及百年，此其戎乎，其禮先亡矣。”

文公九年(618 B.C.)《傳》曰：“冬，楚子越椒來聘，執幣傲。”(頁 573—574)是失於賓客之容，故《傳》載叔仲惠伯曰：“是必滅若敖氏之宗。”(頁 574)

定公十五年(495 B.C.)《傳》曰：“十五年春，邾隱公來朝。子貢觀焉。邾子執玉高，其容仰；公受玉卑，其容俯。”(頁 1600)是失於朝廷之容，故《傳》載子貢曰：“以禮觀之，二君者皆有死亡焉。”(頁 1601)

襄公十九年(554 B.C.)《傳》曰：“衛石共子卒，悼子不哀。”(頁 1051)是失於喪紀之容，故《傳》載孔成子曰：“必不有其宗。”(頁 1051)

僖公三十三年(627 B.C.)《傳》曰：“晋秦師過周北門，左右免冑而下，超乘者三百乘。”(頁 494)是失於軍旅車馬之容，故《傳》載王孫滿曰：“秦師輕而無禮，必敗。”(頁 494)

楊儒賓曰：“每一容，皆是學者在某一特定場合展現出的行爲模態，而每一模態皆是學者對自己原始身體的調整，以取得個體與體制的規範間之和諧。”③當某人無法在各個場合展現其合宜的儀容時，這就意味著他失去了威儀，失去了個人與禮、個人與天命的

① 杜正勝：《從眉壽到長生——中國古代生命觀念的轉變》，(《“中央研究院”歷史語言研究所集刊》1995 年第 66 本第 2 分，頁 419—422。

② 〔漢〕鄭玄注，〔唐〕賈公彦疏：《周禮注疏》，收入李學勤主編《十三經注疏》，頁 352。

③ 楊儒賓：《儒家身體觀》，頁 30。

象徵間的和諧。

威儀從精神意志層面主要講究的是“敬慎”。《詩・大雅・抑》曰：“敬慎威儀，維民之則。”[①]《詩・大雅・民勞》曰：“敬慎威儀，以近有德。”[②]僖公十一年（649 B. C.）《傳》曰：“敬，禮之輿也。”（頁338）昭公五年（537 B. C.）《傳》曰：“慎吾威儀。”（頁 1267）故杜正勝曰：“威儀講究‘敬’和‘慎’，不僅是裝飾門面的儀物，更在言語進退中反映一個人的精神意志。”[③]故《左傳》中多將敬慎與否作爲省察某人吉凶的方式，如前文“成子受脤于社，不敬”之例，再如宣公十五年（594 B. C.）《傳》曰：“晋侯使趙同獻狄俘于周，不敬。劉康公曰：‘不及十年，原叔必有大咎。天奪之魄矣。’”（頁 765）成公四年（587 B. C.）《傳》曰：“夏，公如晋。晋侯見公，不敬。季文子曰：‘晋侯必不免。詩曰：“敬之敬之！天惟顯思，命不易哉！”夫晋侯之命在諸侯矣，可不敬乎！’”（頁 818）

從以上幾則例子中可以看出，“不敬”最終都和“天”聯繫在了一起：“民受天地之中以生，所謂命也。……弃其命矣。”“天奪之魄。”“天惟顯思，命不易哉。”由此亦可證明本文中反復論證的一點，即當時的預言無論是通過天象、卜辭還是禮文的方式，最終都會殊途同歸，合於天道。

綜合而言之，襄公三十一年（542 B. C.）《傳》曰：“故君子在位可畏，施舍可愛，進退可度，周旋可則，容止可觀，作事可法，德行可象，聲氣可樂，動作有文，言語有章，以臨其下，謂之有威儀也。”《左傳》人事類預言在發表時，預言者都會給出一個理由或者説法，而此種理由或者明言“禮”或“非禮”，或者通過位階、施舍、進退、周

---

① 〔漢〕毛公傳，〔漢〕鄭玄箋，〔唐〕孔穎達正義《毛詩正義》，收入李學勤主編《十三經注疏》（北京：北京大學出版社，1999 年），頁 576。

② 〔漢〕毛公傳，〔漢〕鄭玄箋，〔唐〕孔穎達正義：《毛詩正義》，頁 533。

③ 杜正勝：《從眉壽到長生——中國古代生命觀念的轉變》，頁 419。

旋、容止、作事、德行、聲氣、動作、言語等,體現爲"有威儀"或"失威儀",又因威儀之真正内涵爲禮,故最終仍歸於"禮"或"非禮"。而禮爲法象天地所生,故此種預言與禨祥、卜筮類預言皆爲體悟天道運轉變化的産物。

五、結　語

本文從《左傳》預言出發,探究《中庸》"至誠之道,可以前知。國家將興,必有禎祥;國家將亡,必有妖孽。見乎蓍龜,動乎四體。禍福將至:善,必先知之;不善,必先知之。故至誠如神"(頁 33)中所蘊涵之邏輯與思想,茲將所得結論總結如下:

聖人在象天、法天的過程中總結出了對天道系統性的感知與體認,這成就了古代特殊的與人文學合而爲一的天文學。於是,人們在通過自然萬物的感通從而體認天道、天時、天秩、天序的同時,也産生了天常和异象的對立概念。而因爲宇宙自然的秩序是與人世間的政治與社會道德相對應的,所以當人們體察宇宙變化後,就自然而然産生了預言的行爲。因此《中庸》中關於"國家將興,必有禎祥;國家將亡,必有妖孽"的論述,其本質是聖人在達到"至誠"的境界後,全然掌握天道之運行,因此能從任何一點微小的表象中體察順應天道(禎祥)與違背天道(妖孽),從而見微知著,"前知"未來之發展。此種看似預言的"前知",其本質其實是人事萬物隨時間發展推移後的應然與必然。

聖人從天地、日月、四時的流變中領會天地變化之理,並藉以體認天道、天德之後,藉著"象""數""辭"等形式使天道得以體現。因此,以"象""數""辭"爲基礎的卜筮就具備了探賾索隱,最終以定吉凶的功用。與之相類似的,聖人法象天地而成禮,因此"禮乃是法天而展現的文制，此文制正是天德的具體化”[①]。《易》“象”和禮“文”都“牽涉深刻的自然天地之感通及象類過程”[②]，因此都具有彰顯天道的力量。聖人體會宇宙道動，通過“辭”“象”“文”的會通，以具有感通的動力，天道的“誠”都在“辭”“象”“文”中得以展現。因此“至誠”之聖人作爲貫通天人的存在，得以如前知一般由天道推理出人世的發展，故曰：“至誠之道，可以前知。”

---

① 林素娟：《天秩有禮、觀象製文——戰國儒家的德之體驗及禮文化成》，頁 442。

② 林素娟：《以詩詮禮——先秦禮儀中〈詩〉所開顯的感通、達類與修身、倫理實踐》，頁 526。

從清初官方經解探科舉廢《胡傳》

一、前　言

南宋紹興(1131—1162)初年,胡安國(1074—1138)奉宋高宗詔令,撰寫《春秋傳》一書,甫一面世,便頗具影響力。至元代,《胡傳》被定爲科舉考本,與《左傳》《公羊》《穀梁》三傳並列。① 明代早期科考仍兼用四《傳》②,至永樂年間(1403—1424)《五經大全》編纂後,遂以《胡傳》爲獨尊③。清初科舉仍沿襲明制,據《清史稿》記載,

① 《元史・選舉志》曰:"經義一道,各治一經,《詩》以朱氏爲主,《尚書》以蔡氏爲主,《周易》以程氏、朱氏爲主,已上三經,兼用古注疏,《春秋》許用《三傳》及胡氏《傳》,《禮記》用古注疏,限五百字以上,不拘格律。"見〔明〕宋濂:《元史》(北京:中華書局,1976年),頁 2019。

② 《明史・選舉志》曰:"初設科舉時,初場設經義二道……《春秋》主左氏、公羊、穀梁三《傳》及胡安國、張洽《傳》。"見〔清〕張廷玉等:《明史》(北京:中華書局,1974 年),頁 1694。

③ 《明史・選舉志》曰:"永樂間,頒《四書五經大全》,廢注疏不用。"見〔清〕張廷玉等:《明史》,頁 1694。郭培貴曰:"鄉、會考試内容相同……永樂後,'四書''五經'皆主《大全》。"見郭培貴:《明代科舉史事編年考證》(北京:科學出版社,2008 年),頁 15—16。清人顧炎武曰:"至《春秋大全》則全襲元人汪克寬《胡傳纂疏》,但改其中'愚按'二字爲'汪氏曰',及添廬陵李氏等一二條而已。"見〔清〕顧炎武撰,黄汝成集釋:《日知録集釋》(上海:上海古籍出版社,2006 年),頁 1042,"四書五經大全"則。

順治二年(1645)頒布《科場條例》云:“《春秋》主胡安國《傳》。”[①]直至乾隆五十七年(1792),據《高宗實録》載:

> 禮部尚書紀昀等奏,向來考試《春秋》,用胡安國《傳》,《胡傳》中有經無傳者多,出題處甚少。且安國當宋南渡時,不附和議,借經立説,原與本義無當。聖祖仁皇帝欽定《春秋傳説彙纂》,駁《胡傳》者甚多,皇上御製文亦多駁其説。科場試題不應仍復遵用,請嗣後《春秋》題,俱以《左傳》本事爲文,參用《公羊》《穀梁》,即自下科鄉試爲始,一體遵行。得旨此奏是。[②]

科舉遂廢《胡傳》。從紀昀的奏疏中可以看出,當時主張科舉廢除《胡傳》主要出於兩點原因:其一是《胡傳》僅有《經》文而無《傳》文的條目頗多,可用以發揮的範圍較小,不利於考官出題。其二是胡安國本就是借《春秋》經文抒發個人之學説,因此常有不符合《經》之本義處,康熙、乾隆的御製經解皆對其多有駁斥。本文即是從第二項原因切入,分析康熙與乾隆時期的三部官方經解——《日講春秋解義》《欽定春秋傳説彙纂》《御纂春秋直解》,以探尋科舉廢除《胡傳》之原因,以及此項舉措對於《春秋》經學所造成的影響。

前代學者著眼於此問題者並不多,與此關聯最緊密之研究成果爲康凱淋《論清初官方對胡安國〈春秋胡氏傳〉的批評》[③]。此文主要以官方經解與《四庫全書》爲研究對象,從官方詮解《春秋》的基本立場、官方對《胡傳》態度的改變歷程、官方辨正《胡傳》的共同面向三個角度切入,論述之重點在於深入察看官學之態度,分析自康熙至乾隆的觀念變化。而對於官方對於《胡傳》的辨正,則總結爲一字褒貶之失、夷狄文字之删削兩項,仍有補充之空間。此外尚

---

① 趙爾巽等撰:《清史稿》(北京:中華書局,1977 年),頁 3148。

② 未署作者:《清實録·高宗純皇帝實録》(北京:中華書局,1986 年),卷 1419,頁 7—8。

③ 康凱淋:《論清初官方對胡安國〈春秋胡氏傳〉的批評》,《漢學研究》第 28 卷第 1 期(2010 年 3 月),頁 295—323。

有戴榮冠《清初胡安國〈春秋傳〉中"華夷之辨"論析》[①]一文，主要從《四庫全書》對《胡傳》華夷文字的刪削，看清廷對《胡傳》華夷論述的不滿，從中亦可看出清朝官方對於華夷之辨的敏感態度。

二、官方經解對《胡傳》的批駁

《日講春秋解義》（以下簡稱《日講》）是康熙經筵日講的講義，列三《傳》之説法，並以《胡傳》爲主，康熙帝作《序》曰："爰命儒臣，撰集進講，大約以胡氏爲宗，而去其論之太甚者，無傳經文，則博采諸儒論注以補之，朕亦時有所折衷，期歸於一。"[②]此書雖然以胡氏爲宗，但在具體的傳注過程中，已開始有意識地對《胡傳》進行過濾，"去其論之太甚者"。

《欽定春秋傳説彙纂》（以下簡稱《彙纂》）是康熙三十八年（1699）皇帝詔命王掞、張廷玉等所編纂，前後用時二十餘年，采録自漢董仲舒至明張溥等共 131 家學説。在排序上，《彙纂》將《胡傳》列於《左傳》《公羊》《穀梁》之後，其地位已遜於三《傳》。康熙六十年（1721）書成，皇帝親自作《序》云："迨宋胡安國進《春秋解義》，明代立於學官，用以貢舉取士，於是四《傳》並行。宗其説者，率多穿鑿附會，去經義逾遠。"[③]康熙帝此時對於《胡傳》已愈發不滿，因此在措辭上以爲《胡傳》穿鑿附會、去經逾遠，相較《日講》而言對《胡傳》之批駁亦更爲嚴厲。

---

① 戴榮冠：《清初胡安國〈春秋傳〉中"華夷之辨"論析》，《高應科大人文社會科學學報》第 10 卷第 1 期（2013 年 7 月），頁 51—82。

② 〔清〕康熙：《聖祖仁皇帝御製日講春秋解義序》，收入〔清〕庫勒納、〔清〕李光地等奉敕撰：《日講春秋解義》（中國臺北：臺灣商務印書館，1983 年《景印文淵閣四庫全書》第 172 册），卷前，頁 2。

③ 〔清〕康熙：《聖祖仁皇帝御製春秋傳説彙纂序》，收入〔清〕王掞、〔清〕張廷玉等奉敕撰：《欽定春秋傳説彙纂》（《景印文淵閣四庫全書》第 173 册），卷前，頁 1。

《御纂春秋直解》(以下簡稱《直解》)爲乾隆二十三年(1758)傅恒等奉敕撰，乾隆親自作《序》，直斥《胡傳》“傅會臆斷，往往不免”①。《四庫全書總目》亦曰：“(《直解》)大旨在發明尼山本義而鏟除種種迂曲之説，故賜命曰‘直解’，冠以御製序文，揭胡安國《傳》之傅會臆斷，以明誥天下，與《欽定春秋傳説彙纂》宗旨同符。”②《直解》承《彙纂》之旨，批《胡傳》之傅會臆斷，但與《日講》《彙纂》不同的是，《直解》已不再援引各家之説法，而是直書經解，自成一説。

清初三部官方經解對《胡傳》的態度從基本接受，到部分接受，再到拋却《胡傳》自立新説，從中亦可以看出清朝官方對於《胡傳》的批評日趨激烈，以至於最終科舉選擇廢除《胡傳》。本章從解經之方法、解經之思想、解經之缺失三個方面，論述《日講》《彙纂》《直解》對於《胡傳》的批駁。

(一)解經之方法

宋鼎宗《春秋胡氏學》歸納胡安國治《春秋》之方法，即有“嚴一字褒貶，以昭春秋之大義”之法③，並曰：“文定之治春秋也……執例與理以求聖筆之微旨，尤斷斷於一字之間以求大義也。下文‘求諸於例’，可知其因例索義，每因例之一字之間而斷褒貶。”④“一字褒貶”是胡安國解釋經文、闡明義理的重要方法之一，然而後人對此多有駁斥，如明人賀燦然(生卒年不詳)曰：“蓋據事筆削，褒貶自

---

① 〔清〕康熙：《御纂春秋直解序》，收入〔清〕傅恒等奉敕撰《御纂春秋直解》(《景印文淵閣四庫全書》第174册)，卷前，頁4。

② 〔清〕永瑢等撰：《四庫全書總目》(北京：中華書局，1965年)，卷29，頁235，“御纂春秋直解”條。

③ 宋鼎宗將胡安國治春秋之法總結爲四點：1. 考之經傳以發春秋之微言。2. 悟之義理用探聖意之幽微。3. 嚴一字褒貶以昭春秋之大義。4. 繩之條例以闡春秋之奥旨。宋鼎宗：《春秋胡氏學》(臺南：友寧出版有限公司，1978年)，頁34。

④ 宋鼎宗：《春秋胡氏學》，頁34。

見,非拘拘於日月爵氏以爲衮鉞也。”[①]清人錢謙益(1582—1664)亦曰:“仲尼之所削者,不可見矣;其所筆者具在據事直書,内不敢易史書,外不敢革赴告,而一字褒貶,口銜天憲,亦可以令吴、楚之僭王者乎? 此又胡之失也。”[②]

同樣的,清初的官方經解對於《胡傳》此種解經方法亦頗不以爲然。《彙纂》於卷首專有《綱領》一篇,引先賢之言論,述治經之綱領,體現了清朝官方詮釋經文的基本原則。其中“論傳注得失及讀《春秋》之法”一節,引宋人朱熹(1130—1200)之言曰:“當時天下大亂,聖人且據實而書之,其是非得失付諸後世公論,蓋有言外之意,若必於一字一辭之間求褒貶所在,竊恐不然。……若説道聖人當時之意,説他當如此,我便書這一字以褒之,他當如彼,我便書那一字以貶之,則恐聖人不解恁地。”[③]又引明人章潢(1527—1608)曰:“胡氏一時進御之言,意存納約,是故不免激焉而偏,索聖人之精義於一字筆削之文,是故不免竅焉而深。”[④]從《綱領》所引用之見解可以看出,官方在解經時對於僅憑一字一辭即决定褒貶的做法,抱持了明顯反對的態度。

清初官方解經的方法,正如乾隆爲《直解》作《序》時所言:“中古之書莫大於《春秋》,推其教不越乎屬辭比事。……用筆削以正褒貶,不過據事直書,而義自爲比屬其辭,本非得已贊且奚爲乎?”[⑤]官方對於解經的方法主要采用的是“屬辭比事”,即通過相同或相似的史事間的比較,來探尋《春秋》的精義微旨。此種方法相較於

---

① 〔明〕賀燦然:《春秋翼附序》,收入〔明〕黄正憲《春秋翼附》(上海:上海古籍出版社,2002年《續修四庫全書》第135册),卷前,頁4。

② 〔清〕朱彝尊、〔清〕翁方綱、羅振玉:《經義考·補正·校記》(北京:中國書店,2009年),頁1391。

③ 〔清〕王掞、〔清〕張廷玉等奉敕撰:《欽定春秋傳説彙纂》,卷首上,頁40—42。

④ 〔清〕王掞、〔清〕張廷玉等奉敕撰:《欽定春秋傳説彙纂》,卷首上,頁44。

⑤ 〔清〕傅恒等奉敕撰:《御纂春秋直解》,卷前,頁5。

一字褒貶之義例，更側重於從史實闡發事理。

解經方法的不同使得官方經解對於《胡傳》一字定褒貶處頗有微詞，譬如桓公二年（710 B.C.）《經》曰："滕子來朝。"《胡傳》曰：

> 《春秋》爲誅亂臣討賊子而作，其法尤嚴於亂賊之黨，使人人知亂臣賊子之爲大惡而莫之與，則無以立於世。無以立於世，則莫敢勸於爲惡，而篡弑之禍止矣。今桓公弟弑兄，臣弑君，天下之大惡，凡民罔弗憝也，已不能討，又先鄰國而朝之，是反天理肆人欲，與夷狄無异，而《春秋》之所深惡也，故降而稱子以正其罪。[①]

《胡傳》對於稱爵、稱名、稱字皆有正例與變例，以一字之稱謂來定褒貶，"是故正例非聖人莫能立，變例非聖人莫能裁；正例天地之常經，變例古今之通誼。惟窮理精義，於例中見法、例外通類者，斯得之矣。"（序頁 11）具體到"滕子來朝"這一則的詮釋，《胡傳》認爲滕國國君在此前出現兩次，隱公七年（716 B.C.）《經》曰："滕侯卒。"（頁 25）隱公十一年（712 B.C.）《經》曰："十有一年春，滕侯、薛侯來朝。"（頁 35）皆稱"侯"，而此處稱"子"，是孔子特以稱"子"貶之。

然而御製經解對於此種解讀皆持反對意見。《日講》曰："或以爲孔子之褒貶，非也。諸侯之惡有大於三國者矣，何以不貶？是以知其不可通也。"[②]《彙纂》引朱熹曰："滕子來朝，或以《春秋》惡其朝桓，特削而書子。自此之後，滕一向稱子，豈《春秋》惡其朝桓而並後代子孫削之乎？"[③]《直解》曰："名爵自有定稱，是非在乎其事，不

---

① 〔宋〕胡安國著，錢偉強點校：《春秋胡氏傳》（杭州：浙江古籍出版社，2010 年），頁 46。本文《春秋胡氏傳》引文均據此本，爲免贅述，以下之引文不再另行加注，僅於正文中以括號標示頁碼。

② 〔清〕庫勒納、〔清〕李光地等奉敕撰：《日講春秋解義》，卷 5，頁 9。

③ 〔清〕王掞、〔清〕張廷玉等奉敕撰：《欽定春秋傳説彙纂》，卷 4，頁 12。

於事求義，而以名稱爲褒貶，斯害《春秋》矣。”[①]《日講》認爲《經》文中僅有滕國、杞國、薛國三個小國國君曾被稱爲“子”，然而諸侯爲惡有甚於此三國者絶不在少數，可見胡安國“爲惡稱子”之説並不合理。《彙纂》從自此以後滕國國君一律稱“滕子”這一現實來否認胡安國的説法，《直解》則是自方法切入，從根本上否定《胡傳》以名稱爲褒貶的做法，並且措辭頗爲嚴厲。

除名爵字號以外，《胡傳》還以是否有記載日月季節來决定褒貶，譬如宣公五年（604 B. C.）《經》曰：“叔孫得臣卒。”（頁 258）《胡傳》曰：

> 内大夫卒，無有不日者，以《春秋》魯史也，其或不日，則見恩數之略爾。仲遂如齊，謀弑子赤，叔孫得臣與之偕行，在宣公固有援立之私，其恩數豈略而不書日？是聖人削之也。君臣父子，妃妾適庶，人道之大倫也。方仲遂以殺適立庶往謀於齊，而與得臣並使也，若懵然不知其謀，或知之而不能救，則將焉用彼相矣？《春秋》治子赤之事，專在仲遂，以其内交宫禁，外結强鄰，大惡無所分也，而叔孫得臣有同使于齊之罪，故特不書日以貶之。若曰大夫而不能爲有無者，不足加以恩數云爾。（頁 258—259）

《胡傳》認爲叔孫得臣身爲魯國大夫卒，《春秋》却不書日，是孔子因得臣未能阻止仲遂殺嫡立庶，爲貶之而特地删其卒日。然而官方經解對《胡傳》此種詮釋嗤之以鼻，《日講》曰：“得臣之卒不日，史失之也。胡氏安國據何休之説謂得臣不能止仲遂之逆謀，故《春秋》削之，非也。仲遂身爲大惡而卒書日，季孫行父助逆尤力而卒書日，何獨苛於得臣乎？凡以日不日爲褒貶皆傳者之誤也。”[②]《彙纂》

---

① 〔清〕傅恒等奉敕撰：《御纂春秋直解》，卷 2，頁 3。

② 〔清〕庫勒納、〔清〕李光地等奉敕撰：《日講春秋解義》，卷 28，頁 2。

之意與《日講》大抵相同，僅文辭略有改易。《直解》曰："不日，闕文也。"[①]《日講》《彙纂》《直解》皆認爲此則没有書日是最早魯國史官在記載時就已缺漏，與孔子之删削無關，而《日講》提出的理由亦有理有據，畢竟相較得臣而言，仲遂與季孫行父爲惡更甚，爲何僅得臣卒不書日？可見《胡傳》之詮解確實無法自圓其説。

綜上所述，《胡傳》與《日講》《彙纂》《直解》在解經的方法上即存在着根本性的分歧，這就使得官方經解在面對《胡傳》有關名爵字號、日月季節等以一字一詞决定褒貶的説解時，大抵皆采取批駁反對之態度。

(二)解經之思想

1. 華夷之辨

胡安國歷仕宋哲宗、徽宗、欽宗、高宗四朝，親身經歷過靖康之難、北宋之亡，眼見半壁江山爲外族所侵，一國之尊只得幽禁北鄙，難免傷黍離而悲麥秀，哀慟後又興滿腔之激憤，故元人汪克寬(1304—1372)曰：

> 文定作《傳》，當高宗南渡之初。是時，徽宗、欽宗及二后被幽於金。國遭戮辱，不可勝紀。而高宗信任秦檜之奸，偷安江左一隅，忘君父大讎，不敢興兵致討，反與之議和講好，下拜稱藩。既無外攘之策，又乏内修之備。君臣、父子，上下、内外，大義不明，莫此爲甚。[②]

胡安國見高宗苟且偷安、喪權議和，全不知内修國政以外攘夷狄，遂有感於時事而作《胡傳》。胡安國作《春秋傳序》曰："近世推隆王氏新説，按爲國是，獨於《春秋》，貢舉不以取士，庠序不以設官，經

① 〔清〕傅恒等奉敕撰：《御纂春秋直解》，卷 7，頁 12。

② 〔元〕汪克寬：《春秋胡傳附録纂疏》(《景印文淵閣四庫全書》第 165 册)，卷首，頁 3。

筵不以進讀，斷國論者無所折衷，天下不知所適，人欲日長，天理日消，其效使夷狄亂華，莫之遏也。"（序頁 2）胡安國特意點出了"夷狄亂華"四字，足見其作《傳》之宗旨與意圖。康凱淋《胡安國〈春秋傳〉研究》云："胡安國處於世變大辱，壯氣激憤，愍惜痛心，於紹興初成《春秋傳》一書，借麟經發揮夷夏之辨，寄托高宗復仇雪耻，就是時勢趨變的具體影響。"[①]

然而清廷對於夷夏之别則尤爲敏感。清初官方經解中所有涉及"華夷""夷夏""夷狄"等相關意義之詞彙，一律被修改或删削。如宣公八年（601 B. C.）《胡傳》曰：

> 按《詩》稱："戎狄是膺，荆舒是懲。"在周公，所懲者其自相攻滅，中國何與焉？然《春秋》書而不削者，是時楚人疆舒蓼，及滑、汭，盟吴、越，勢益强大，將爲中國憂，而民有被髮左衽之患矣。經斯世者當以爲懼，有攘却之謀而不可忽，則聖人之意也。（頁 266）

《彙纂》引《胡傳》改曰："楚人疆舒蓼，及滑、汭，盟吴、越，勢益强大。經斯世者當以爲懼而不可忽，則聖人之意也。"[②]《彙纂》將《胡傳》原文删削過半，"戎狄""中國""攘却"等能突顯華夷之辨之意涵者皆被删去。

此外還有改易《胡傳》原文者，如僖公十八年（642 B. C.）《胡傳》曰："深著中國諸侯之罪也。"（頁 174）《彙纂》則改爲："深著列國諸侯之罪也。"[③]將"中國"改爲"列國"，淡化内中國與外夷狄之分。再如僖公二十二年（638 B. C.）《胡傳》曰："宋方主會，而蠻夷執而

---

① 康凱淋：《胡安國〈春秋傳〉研究》（桃園："中央大學"中國文學系博士論文，2012 年），頁 129—130。

② 〔清〕王掞、〔清〕張廷玉等奉敕撰：《欽定春秋傳説彙纂》，卷 20，頁 13。

③ 〔清〕王掞、〔清〕張廷玉等奉敕撰：《欽定春秋傳説彙纂》，卷 14，頁 15。

伐之。"(頁 180)《彙纂》則改爲:"宋方主會,而荆楚執而伐之。"[1]《胡傳》將楚國蔑稱爲"蠻夷",《彙纂》則又改回較爲中性的"荆楚"。

《胡傳》中標舉"中國""諸夏"與"蠻夷""夷狄"等類似的詞彙或句子,清廷皆會通過改易與删削兩種方式將其全盤抹去。從中亦可看出官方對於華夷之辨的敏感與厭惡程度。

2. 君臣之倫

胡安國《春秋傳序》曰:"天縱聖學,崇信是經,迺於斯時,奉承詔旨,輒不自揆,謹述所聞爲之説以獻。雖微辭奥義,或未貫通,然尊君父、討亂賊、闢邪説、正人心、用夏變夷,大法略具,庶幾聖王經世之志,小有補云。"(序頁 2)胡安國將"尊君父"列於諸多聖王經世之志之首,可見其對此之重視。莊公十一年(683 B. C.)《胡傳》曰:"《春秋》之義,尊君抑臣。"(頁 105)成公六年(585 B. C.)《胡傳》曰:"此《春秋》尊君抑臣,以辨上下,謹於微之意也。人倫之際,差之毫釐,繆以千里,故仲尼特立此義以示後世臣子,使以道事君,而無朋附權臣之惡。"(頁 309)由此可見,《胡傳》尤其重視尊君抑臣、君臣之分,蓋因胡安國認爲"治國平天下之本肇基於君臣之正位"[2]。

然而胡安國雖然主張尊君抑臣,却反對盲目且無道之尊君,故宣公八年(601 B. C.)《胡傳》曰:"《春秋》雖隆君抑臣,而體貌有加焉,則廉陛益尊而臣節礪。後世法家,專欲隆君而不得其道,至以犬馬國人相視,大倫滅矣。"(頁 265)胡安國認爲尊君亦應"體貌有加",蓋"君之視臣如手足,則臣視君如腹心;君之視臣如犬馬,則臣視君如國人;君之視臣如土芥,則臣視君如寇讎"(《孟子·離婁下》)。如果過分推崇尊君而抑臣,以至於國君將臣子視作犬馬、土芥,則君臣之大倫亦不存矣。章權才《宋明經學史》曰:"在闡發'尊

---

① 〔清〕王掞、〔清〕張廷玉等奉敕撰:《欽定春秋傳説彙纂》,卷 14,頁 37。

② 宋鼎宗:《春秋胡氏學》,頁 61。

君抑臣'的微旨中,胡安國强調了兩個問題,很引人注目。一個是君臣之間要相互尊重、互盡義務的問題,一個是陪臣辦事要出自公心,不搞朋黨比周的問題。"[①]君臣之間的"相互尊重、互盡義務"是胡安國尊君抑臣思想中不可忽視的一個部分。也正是基於此種觀念,在《胡傳》中若國君因自身爲政有失、舉措不當等原因,以至於出奔、被弒、戰敗、亡國等,胡安國皆會直指國君之過而歸罪於君。然而此種指斥國君的行爲並非藐視君權,正相反,胡安國是希望後世君王能够引以爲戒,從而更好地維持與鞏固君權。康凱淋曰:"胡安國對於聖人所記常探求事亂之本,意從根源處洞察禍福之由,細查國君始謀不臧、殘暴淫虐之罪,端本清源以警戒人君。"[②]

然而清初官方經解並不認同胡安國"警戒人君"的苦心,《胡傳》中歸罪於君之詮解大抵皆遭到删削。如隱公四年(719 B. C.)《經》曰:"戊申,衛州吁弒其君完。"(頁 16)《胡傳》曰:

> 此衛公子州吁也,而削其屬籍,特以國氏者,罪莊公不待之以公子之道,使預聞政事,主兵權,而當國也。以公子之道待州吁,教以義方,弗納於邪,不以賤妨貴,少陵長,則桓公之位定矣,亂何由作? 州吁有寵,好兵,而公弗禁。石碏盡言極諫,而公弗從。是不待以公子之道,使預聞政事,主兵權,而當國也。春秋之旨,在於端本清源。以衛詩《緑衣》諸篇考之,所謂前有讒而不見,後有賊而不知者,莊公是也。(頁 16—17)

《胡傳》認爲衛莊公寵愛幼子州吁,使其干政事、主兵權,纔使得其最終能够弒君篡位。然而《日講》曰:"州吁,衛公子。程子謂春秋之初,弒君者多不稱公子、公孫,蓋身爲大惡,自絶於先君也。"[③]只

---

① 章權才:《宋明經學史》(廣州:廣東人民出版社,1999 年),頁 168。

② 康凱淋:《胡安國〈春秋傳〉研究》,頁 101。

③ 〔清〕庫勒納、〔清〕李光地等奉敕撰:《日講春秋解義》,卷 2,頁 13。

强調州吁之大惡，而全然不提衛莊公。《彙纂》將《胡傳》此段全部删削，並引家鉉翁(1213? —1297)以駁斥《胡傳》曰："胡氏謂州吁削屬籍以國氏，罪莊公不待以公子之道，愚謂此方誅討弑賊，未當追議莊公既往之咎。"[①]明確地否定了《胡傳》罪責衛莊公的做法。《直解》曰："弑逆大惡，聖人所不忍言，然而必書之者，定亂賊之罪名，欲以行天討而戒萬世也。"[②]亦是着重於强調州吁弑逆之大惡。將《胡傳》與《日講》《彙纂》《直解》對比，可明顯發現《胡傳》在論述時注重追本溯源，直刺先代國君之寵愛失當，以爲後世之警戒。官方經解則僅歸罪於州吁一人，强調臣子篡逆之大惡，而避諱國君昔日之過失。

(三)解經之缺失

1. 穿鑿臆度

宋鼎宗《春秋胡氏學》曰："傳《春秋》之家，漢儒依傍三《傳》，雖云實學，已多附會。自唐大歷中，啖助、趙匡、陸淳三子者出，既破顓家之藩籬，啓通學之大門。於是，後儒之解《春秋》者，莫不競尚新奇以爲高。由是穿鑿附會者有之，憑胸臆度者有之。……知穿鑿臆度，乃有宋一代治經者之風尚也。"[③]宋代解經者爲求出奇而有新變，往往易淪於穿鑿臆度，胡安國亦存在著此種弊病。《朱子語録》載朱熹答門生云："問胡《春秋》。曰'亦有過當處。'"[④]又云："胡《春秋傳》有牽强處。"[⑤]然而朱熹雖然認爲《胡傳》有失之牽强處，但仍肯定《胡傳》總體之價值，曰："若胡文定公所解，乃是以義理穿

---

① 〔清〕王掞、〔清〕張廷玉等奉敕撰:《欽定春秋傳説彙纂》,卷 2,頁 16。

② 〔清〕傅恒等奉敕撰:《御纂春秋直解》,卷 1,頁 11。

③ 宋鼎宗:《春秋胡氏學》,頁 164—165。

④ 〔宋〕黎靖德編,王星賢點校:《朱子語類》(北京:中華書局,2008 年),頁 2155。

⑤ 〔宋〕黎靖德編,王星賢點校:《朱子語類》,頁 2155。

鑿，故可觀。"[1]元人吴師道（1283—1344）曰："子朱子之論謂其以義理穿鑿，夫曰穿鑿則不可謂之義理，蓋義理正而事情未必然，故曰以義理穿鑿耳。"[2]宋元之時，《胡傳》雖因穿鑿而受非議，但因治經者多以義理爲上，故視穿鑿爲白璧微瑕，並不嚴加批判或以此否定《胡傳》。

然至清初，《胡傳》昔日多爲人所推崇之義理已顯得"不合時宜"，夷夏之辨自是不能再提，"尊君有體"亦被認爲是有礙君臣大義。失去義理之庇護後，《胡傳》解經時本身存在的缺失便愈發彰明較著，故康熙斥其"多穿鑿附會，去經義逾遠"[3]，乾隆譏其"傅會臆斷，往往不免"[4]。康熙、乾隆的評斷或許摻雜有部分主觀因素，然不可否認的是，《胡傳》中確實有部分穿鑿臆斷至不可理喻者，如隱公元年（722 B. C.）《經》曰："元年。"（頁 2）《胡傳》曰：

> 即位之一年必稱元年者，明人君之用也。"大哉乾元，萬物資始"，天之用也；"至哉坤元，萬物資生"，地之用也。成位乎其中，則與天地參。故體元者人主之職，而調元者宰相之事。元即仁也，仁人心也。《春秋》深明其用當自貴者始，故治國先正其心，以正朝廷與百官，而遠近莫不壹於正矣。《春秋》立文兼述作，按《舜典》紀"元日"，商《訓》稱"元祀"，此經書"元年"，所謂祖二帝、明三王，述而不作者也。正次王，王次春，乃立法創制，裁自聖心，無所述於人者，非史册之舊文矣。（頁 2）

《胡傳》僅從"元年"之"元"字，即可聯想至乾元、坤元，人君、宰相之

---

① 〔宋〕黎靖德編，王星賢點校：《朱子語類》，頁 2146。

② 〔元〕吴師道：《春秋胡氏傳附辨雜説序》，《吴正傳先生文集》（臺北：臺灣圖書館，1970 年），頁 404。

③ 〔清〕康熙：《聖祖仁皇帝御製春秋傳説彙纂序》，收入〔清〕王掞、〔清〕張廷玉等奉敕撰《欽定春秋傳説彙纂》，卷前，頁 1。

④ 〔清〕康熙：《御纂春秋直解序》，收入〔清〕傅恒等奉敕撰《御纂春秋直解》，卷前，頁 4。

事。又謂“元”即“仁人心也”,繼而祖二帝、明三王,皆孔子聖心也,可謂極盡穿鑿之能事。故《日講》斥《胡傳》“非《經》之本旨也”,且謂“《舜典》稱‘元日’,《商書》稱‘元祀’,古之帝王義或有取,而遂目爲聖人之書法則鑿矣”[①]。《彙纂》所述與《日講》大抵相同,僅文辭略有改易。《胡傳》中似此種穿鑿臆度者著實不少,官方經解皆一一駁斥之。

2. 自相矛盾

宋鼎宗《春秋胡氏學》曰:“文定之解《春秋》,雜采諸家之説以入《傳》,因是,固得擷取諸家之長。然各家立意分歧,折中匪易,是以,疏誤頗多。又緣《經》立義,矛盾隨之。後儒抉摘者亦甚夥。”[②]胡安國在解經時,綜合了前代諸家之説法,因此難免有前後説法不一而自相矛盾之處,譬如成公七年(584 B. C.)《經》曰:“不郊,猶三望。”《胡傳》曰:

> 吴郡朱長文曰:“《禮》,天子有四望,諸侯則祭境内山川而已,魯當祭太山。太山,魯之境也,禮所得祭,故不書。三望,僭天子禮,是以書之。”其説是矣。楚子軫言三代命祀,祭不越望,而曰江、漢、沮、漳,楚之望,非也。楚始受封,濱江之國,漢水、沮、漳,豈其境内哉?此亦據後世并兼封略言之爾。(頁311—312)

《彙纂》曰:“僖公三十一年猶三望,《胡傳》本《公羊》以三望爲泰山、河、海,謂河、海不在其封,魯不當祀。今又引朱長文之説,以爲天子有四望,泰山魯所當祭,三望僭天子禮。則是泰山之外猶有三望也,與前説不合。”[③]“望”爲祭禮之一種。僖公三十一年(629 B. C.)

---

① 〔清〕庫勒納、〔清〕李光地等奉敕撰:《日講春秋解義》,卷1,頁2。

② 宋鼎宗:《春秋胡氏學》,頁178。

③ 〔清〕王掞、〔清〕張廷玉等奉敕撰:《欽定春秋傳説彙纂》,卷23,頁11—12。

《胡傳》認爲“三望”指祭泰山、河、海,則泰山屬於“三望”之一。但成公七年(584 B. C.)《胡傳》則認爲“四望”指祭泰山加其餘“三望”,則泰山又不屬於“三望”,與前説自相矛盾。而造成此種矛盾的原因即是《胡傳》時而采用《公羊》之説法,時而又采用宋人朱長文(1039—1098)之説法,以至於産生分歧。官方經解在《胡傳》發生此種錯失時,往往能通過前後對照敏鋭洞察,並直指其誤。

綜上所述,在解經方法上,《胡傳》常以名爵字號、日月節令等字詞之區别定褒貶,詮經義。然而清朝官方則主張此乃史官記載之别,未必有孔子筆削之大義。在解經思想上,胡安國因身處外敵入侵、國難當頭之際,因此尤爲强調華夷之辨。而清朝官方則因爲自身即是外族入關,因此極力回避夷夏之别。此外,《胡傳》主張“尊君有體”,若君不君,則臣不臣。清朝官方則出於其統治之必要,主張盲目尊君,全然忽視君王之過錯,而僅歸罪於臣子。以上諸多矛盾與衝突,使得官方經解對《胡傳》屢屢删削且多加批駁。並且《胡傳》在解經之時,也確實存在著穿鑿臆度、自相矛盾等弊病。基於以上種種原因,科舉最終廢弃了《胡傳》。

三、科舉對《春秋》經學的影響

(一)順治、康熙年間

1. 重視《胡傳》之風氣

科舉考試内容的變化,對於當時《春秋》經學的發展必然會産生一定程度的影響。首先,在順康時期,因科舉仍專主《胡傳》,所以當時學者無論尊崇或批判,仍多以《胡傳》爲焦點。羅軍鳳《清代春秋左傳學研究》曰:“《春秋胡傳》作爲官方經義的範本,在清初隨著科舉考試的推行而大行朝野,與之相應的是濃厚的宋學空氣。"[1]當時不僅是科舉用書主《胡傳》,連一般之學術著作亦多有以《胡傳》爲宗者,譬如汪紱(1692—1759)一生著書論學,未經仕途,然其《春秋集傳》雖然參考三《傳》,仍以《胡傳》高于三《傳》,並以《胡傳》作爲去取之主要標準。

此時亦有對《胡傳》有强烈之反對與批駁者,譬如毛奇齡(1623—1716)之《春秋毛氏傳》。文廷海云:"宋元時期傳解《春秋》的著作有一百多家,僅見於《四庫全書》著録者亦有數十家。毛奇齡對其他學者不加置辯,而對胡安國《春秋傳》持極力批評的態度。"[2]據文廷海統計,"毛奇齡《春秋毛氏傳》中涉及對胡安國《春秋傳》評論者,達到二百五十多處"[3]。而與之相對的,毛奇齡引用《左傳》僅一百二十餘處,引用《公羊傳》僅一百四十多處[4],兩者相加之數目方與《胡傳》相近。由此可見,因科舉考《胡傳》之緣故,時人即時對《胡傳》頗不以爲然,但是其批評校證之心力仍主要投入於《胡傳》。

而同時期的其餘代表作品如俞汝言(1614—1679)《春秋四傳糾正》、萬斯大(1633—1683)《學春秋隨筆》等,雖然對《胡傳》不盡贊同甚至頗有微詞,但在篇幅與地位上,皆頗重視《胡傳》而將與其餘三《傳》等列。

2. 尊崇朱子之風氣

戴維《春秋學史》云:"《春秋傳説彙纂》《日講春秋解義》代表的是官方的意旨,也就是所謂官學,所以在當時産生極大的影響,甚至左右著《春秋》學發展的方向與態勢。"[5]康熙序《春秋傳説彙纂》

---

① 羅軍鳳:《清代〈春秋左傳〉學研究》(北京:人民出版社,2010年),頁21。
② 文廷海:《清代前期〈春秋〉學研究》(北京:中國社會科學出版社,2012年),頁110。
③ 文廷海:《清代前期〈春秋〉學研究》,頁113。
④ 文廷海:《清代前期〈春秋〉學研究》,頁114—115。
⑤ 戴維:《春秋學史》(長沙:湖南教育出版社,2004年),頁433。

云:"迨宋胡安國進《春秋解義》,明代立於學官,用以貢舉取士,於是四《傳》並行。宗其説者,率多穿鑿附會,去經義逾遠。朕於《春秋》,獨服膺朱子之論。"(卷前,頁1)雖然科舉主《胡傳》,然而康熙本人相較《胡傳》更推崇朱熹。《彙纂》於康熙六十年(1721)始編成刊行,然而其尊朱之旨早在康熙三十八年(1699)敕命修書時已然確定。而在康熙三十八年後通過科考舉進士而得以進入權力中心者,其論著則常聚焦於朱熹而非胡安國。譬如康熙四十二年(1703)進士張自超(1654—1718),其著《春秋宗朱辨義》"大意本朱子據事直書之旨,不爲隱深阻晦之説"[①]。該書卷首《總論》云:"其於朱子則已言者引其言,未言者推其意,間有非朱子之意,或朱子曾言之而鄙見微有不然者,亦未敢阿私而曲殉之也"[②]。戴維《春秋學史》亦認爲張自超"受朝廷宗朱影響而著此書(《春秋宗朱辨義》)的可能性較大"[③]。

再如桐城派之代表人物方苞(1668—1749),其於康熙三十八年(1699)中舉,四十五年(1706)中會試,五十二年(1713)入南書房。而就在方苞入南書房僅三年之後,康熙五十五年(1716)方苞即撰成《春秋通論》,程晉芳(1718—1784)《勉行堂文集》卷五《春秋通論跋》"謂其學自宋入手"[④]。稍後之康熙五十六年(1717),方苞撰《春秋直解》,《清代春秋左傳學研究》云:"方氏(方苞)在《春秋直解》中大言褒貶,仍襲宋儒弃傳講經之風。"[⑤]

3. 廣輯傳注之風氣

皮錫瑞(1850—1908)《經學歷史》云:"國初諸儒治經,取漢、唐

---

① 〔清〕永瑢等撰:《四庫全書總目》,卷29,頁239,"春秋宗朱辨義"條。

② 〔清〕張自超:《春秋宗朱辨義》(《景印文淵閣四庫全書》第178册),卷前,頁2。

③ 戴维:《春秋學史》,頁430。

④ 〔清〕程晉芳:《勉行堂文集》[《續修四庫全書》第1433册影印清嘉慶二十五年(1820)冀蘭泰吴鳴捷刻本],卷5,頁9。

⑤ 羅軍鳳:《清代春秋左傳學研究》,頁51。

注疏及宋、元、明人之説，擇善而從。由後人論之，爲漢、宋兼采一派，而在諸公當日，不過實事求是，非彼欲自成一家也。”[①]清初儒者治經，往往廣羅歷朝歷代各家之説法，互相參照，確定去取。蓋因一方面，科舉主《胡傳》，且皇帝重朱熹，二者同屬宋學，因此宋學之風不減；另一方面，王夫之、顧炎武、黄宗羲等博學大儒又主漢學，漢學之風日增。因此清初《春秋》學呈現出一種漢、宋兼采，廣輯傳注的現象。羅軍鳳《清代春秋左傳學研究》曰：

> 清初廣輯傳注解經，持續時間七十年左右。從朱鶴齡《春秋傳注集説》（康熙二十年前）、《讀左日鈔》（康熙二十年，公元1681年）至乾隆十三年（公元1748年）顧棟高《春秋大事表》，都無不表現出廣輯傳注以求孔聖微言大義的意味。直至乾隆二十三年（公元1758年）《春秋直解》，不依傳注，而自成其説，清初的廣輯傳注解經方告一段落。[②]

清初廣輯傳注之風氣盛行，《彙纂》即可算是此種風氣下的集大成之作。而後乾隆年間的《直解》，直書經解，自定去取，羅軍鳳謂清初廣輯傳注之風遂告一段落，則從中亦可見清廷官修之經解對當時的學風實具有一定的影響。

（二）乾隆年間

1. 考據之風興起

趙伯雄《春秋學史》曰：“自乾隆以後，《春秋》學基本上是沿着實證的道路發展的。”[③]《春秋左傳學史稿》亦曰：“至乾、嘉時考據之

---

① 〔清〕皮錫瑞：《經學歷史》（北京：中華書局，1959年），頁305。

② 羅軍鳳：《清代春秋左傳學研究》，頁54。

③ 趙伯雄：《春秋學史》，頁649。

風臻於極盛。"[①]這種考據之風的極盛與皇帝的態度以及科舉的變化是密切相關的。李潤强《清代進士群體與學術文化》云:"乾隆帝重視'五經',重視儒家原典,也就開始改變了自康熙帝以來對程朱理學至高無上的尊崇,僅把它看做對儒家典籍較爲權威的闡釋,不要以程朱理學來代替全部。這就爲儒家典籍的重新詮釋提供了可能,預設了學術空間。"[②]李潤强又云:"乾隆帝以科舉的手段倡導了博通務實的學風,而這種學風,直接促進了考據學風的形成。"[③]

乾隆帝崇實學,重經義,他對於學風的改革於其執政前期已初見端倪,《清高宗實録》載乾隆十年(1745)殿試題曰:

> 五、六、七、九、十一、十三之經,其名何昉?其分何代?其藏何人?其出何地?其獻何時?傳之者有幾家?用以取士者有幾代?得縷晰而歷數歟?三選、四科、五問、十條乃周漢以下取士之别,爲取爲弃,爲同爲异,爲得爲失,可得而詳言歟?其銓除也,代復不同,魏晋而下,率循資格,有四科、九班之别,五保七流之异,其體例亦能條對論列否耶?[④]

此題已脱離義理而進入經史考據之範疇,而與此同類型的題目在乾隆年間屢見不鮮。通過此種考題而選拔出來的進士,自然考據功底深厚,故《清代進士群體與學術文化》云:

> 如果説,這些乾嘉學者當年及第,是皇帝對考據學風的認可和鼓勵的話,那麼讓他們充任考官、學政,則是對考據學的進一步的推動和普及,他們身體力行的考據學,也被乾隆帝視作儒學發展的新方向。後來他們的學術主張頗受朝廷重視,

① 沈玉成、劉寧:《春秋左傳學史稿》(南京:江蘇古籍出版社,1992年),頁257。
② 李潤强:《清代進士群體與學術文化》(北京:中國社會科學出版社,2007年),頁238。
③ 李潤强:《清代進士群體與學術文化》,頁243。
④ 《清實録·高宗純皇帝實録》,卷239,頁29。

> 大多身居要職，影響着乾隆時期的文化政策，成爲乾嘉時期的學術領袖。後來朱筠倡開四庫館，紀昀負責其事，錢大昕又在東南主持書院。自上而下，在京城有四庫館等各館的宿儒名家，在地方有他們大批的門生弟子，這些都使乾嘉考據學的風氣蔚爲大觀。[①]

朱筠(1729—1781)、紀昀(1724—1805)、錢大昕(1728—1804)皆乾隆十九年(1754)進士。此後作爲乾嘉學派中流砥柱的學者們，大抵皆乾嘉年間進士及第者或其門生。陳康祺(1840—1890)《郎潛紀聞》云："乾嘉以來，朝士宗尚漢學，承學之士，翕然從風，幾若百川之朝東瀛，三軍之隨大纛。"[②]科舉的引導促進了考據漢學的興盛，故戴維曰："清中期考據學達到頂盛時期，方法縝密，人材輩出，學派林立。"[③]

2. 整頓空疏之學風

乾隆三年(1738)兵部侍郎舒赫德言："士子各占一經，每經擬題，多者百餘，少者數十。古人畢生治之而不足，今則數月爲之而有餘。表、判可預擬而得，答題隨意敷衍，無所發明，實不足以得人。"[④]舒赫德認爲當時士子五《經》中只需選考一《經》，考前擬題幾十上百則，不過準備數月即可下場參加科考。但如此選中的人才其有多少實學可想而知，並且長此以往亦不利於學子們讀書之風氣。

且科舉專主《胡傳》還有一長期以來廣受詬病之弊端："過尊胡氏，久之，惟知有胡氏，更不知有他氏。又久之，惟從《胡傳》中牽合

---

① 李潤强：《清代進士群體與學術文化》，頁245。

② 〔清〕陳康祺：《郎潛紀聞初筆二筆三筆・郎潛紀聞初筆》(北京：中華書局，1984年)，卷6，頁128，"唐確慎公理學"條。

③ 戴維：《春秋學史》，頁444。

④ 趙爾巽等撰：《清史稿》，頁3150。

穿鑿,並不知有《經》。”[①]“且他經雖限以一説立言,猶主經文。《春秋》一經則惟主發揮《傳》義,其以經文命題,不過傳文之標識,知爲某公某年某事而已。觀張朝瑞《貢舉考》,備列明一代試題,他經皆具經文首尾,惟《春秋》僅列題中兩三字,如‘盟密夾谷’之類。其視經文,不爲輕重可知矣。是《春秋》雖列在學官,實以《胡傳》當一《經》,孔子特擁其虚名而已,經義之荒,又何足怪乎?”[②]科舉長期只考《胡傳》,士子們答題作文亦以《胡傳》作爲唯一之標準,這使得《春秋》之原意已無人關注。實際上造成的後果是《胡傳》代替《春秋》成了五經中的一經,而《春秋》之經義只得逐漸荒廢。而在科舉廢除《胡傳》後,此種以《胡傳》爲經的學風遂得以遏止。

3. 徹底擺脱《胡傳》影響

《胡傳》自成書以來,對《春秋》學之影響甚巨。南宋之時,因《胡傳》解經之大義頗符合當時之時事,衆多士人皆將《胡傳》奉爲圭臬。[③] 宋人樓鑰(1137—1213)爲陳傅良(1137—1203)《春秋後傳》作序曰:“《春秋》之學不明久矣……伊川程先生頤雖無全書,而一序所該,聖人之大法備矣。自王荆公安石之説盛行,此道幾廢。建炎紹興之初,高宗皇帝復振斯文,故文定安國承伊洛之餘,推明師道,勸講經筵,然後其學復傳,學者以爲標準,可謂大全矣。”[④]南宋時期詮解《春秋》之著作,或直引《胡傳》以爲經解,或沿襲《胡傳》之概念而加以解説,總之大抵皆受《胡傳》之影響。[⑤]

元代統治者爲外族入侵,故《胡傳》因其尊王攘夷之思想又備受士人青睞。且科舉又將《胡傳》定爲考本之一,這就更有助於《胡

---

① 〔清〕永瑢等撰:《四庫全書總目》,卷 30,頁 251,“春秋五傳平文”條。
② 〔清〕永瑢等撰:《四庫全書總目》,卷 31,頁 262,卷末案語。
③ 汪嘉玲:《胡安國〈春秋傳〉研究》(臺北:東吴大學中國文學研究所碩士論文,1998 年),頁 91。
④ 〔清〕朱彝尊、〔清〕翁方綱、羅振玉:《經義考・補正・校記》,頁 1223。
⑤ 汪嘉玲:《胡安國〈春秋傳〉研究》,頁 98—105。

傳》之推廣與其地位之提升。而後元人俞皋（生卒年不詳）《春秋集傳釋義大成》將《胡傳》抬至與三《傳》相同之地位："經文之下備列三《傳》，其胡安國《傳》亦與同列。吴澄《序》謂'兼列胡氏以從時尚'，而四《傳》之名亦權輿於澄《序》中，《胡傳》日尊，此其漸也。"[1]

明代時期自永樂帝《五經大全》頒布後，科舉專主《胡傳》，但當時亦興起了部分反胡之聲浪，涂茂奇曰："不滿於《胡傳》，因而檢討胡安國之説者日漸盛矣，或有直斥《胡傳》之非者，亦有重新檢討四《傳》者。然爲維持政治安定，雖以檢討胡氏爲主，亦有回護《胡傳》者，如姜寶、徐溥。"[2]但因科舉主胡，以及由科舉而造成的學術氛圍，使得當時亦多有沿襲《胡傳》之誤，不敢直斥其非者。

清初，學者對於《胡傳》的反思與批評較之明代愈甚，然而直至科舉廢除《胡傳》，《胡傳》對於《春秋》經學的影響纔真正告一段落。在此之前，《胡傳》常年作爲科舉之定本，並與《左傳》《公羊》《穀梁》合稱四《傳》。此後，學者治《春秋》則稱三《傳》，《胡傳》則與其餘傳注家等列，再不復昔日尊崇之地位。

四、結　語

自元明至清初，《胡傳》一直是科舉之考本。然乾隆五十七年（1792），由紀昀等上奏科舉廢除《胡傳》，自此《胡傳》再未被納入科舉之範圍。故本文先以《日講春秋解義》《欽定春秋傳説彙纂》《御纂春秋直解》三部自康熙至乾隆時期，由清朝官方所編纂的經解爲研究範圍，藉以探討官方爲何會選擇廢除《胡傳》。

首先，在解經的方法上，《胡傳》重視一字之褒貶，但清朝官方

---

① 〔清〕永瑢等撰：《四庫全書總目》，卷31，頁260。

② 涂茂奇：《明代學者對胡安國〈春秋傳〉之檢討研究》（臺北：東吴大學中國文學系博士論文，2012年），頁282。

則更傾向於據事直書、屬辭比事,不以個別字詞之差异作爲解經之依據。其次,在解經的思想上,《胡傳》重視華夷之辨,而清朝官方則力圖完全抹煞華夷之辨。《胡傳》認爲"尊君有體",若君王有錯則不避諱歸罪於君,但清朝官方則一味推崇尊君,即使君王有錯亦歸罪於臣子。思想與價值觀的衝突使得官方經解對《胡傳》頻加删削且指斥不斷。並且《胡傳》本身即存在著穿鑿臆度、自相矛盾等弊病,這也使得清廷對於《胡傳》的不滿程度愈發加深。基於以上諸多原因,科舉最終廢弃了《胡傳》。

而在《胡傳》廢除前後,官方的態度與科舉制度的變化對於當時的《春秋》經學亦産生了一定的影響。首先在順康時期,主要體現爲重視《胡傳》、尊崇朱子以及廣輯傳注之風氣。而在乾隆時期,則體現爲考據之風興起、空疏學風之整頓與擺脱《胡傳》影響三個方面。

《詩經》《屈騷》忠怨之情比較[①]

一、前　言

《詩經》《楚辭》是我國文學兩大源頭，對於其相互間之關聯，淮南王劉安最早提出："《國風》好色而不淫，《小雅》怨誹而不亂，若《離騷》者，可謂兼之矣。"[②]劉勰《文心雕龍·辨騷》則云《離騷》有四事"同於風雅"，亦有四事"异乎經典"[③]。强調繼承中有變革，並首次指出《離騷》之忠怨源於《詩經》："每一顧而掩涕，嘆君門之九重，忠怨之辭也。……同於風雅者也。"[④]程廷祚《騷賦論》繼承劉勰之觀點曰："屈子之作，稱堯、舜之耿介，譏桀、紂之昌披，以寓其規諷；誓九死而不悔，嗟黄昏之改期，以致其忠怨。近於《詩》之陳情與志者矣。……故《詩》者，騷賦之大原也。"[⑤]

子曰："《詩》可以興，可以觀，可以群，可以怨，邇之事父，遠之事君，多識於鳥獸草木之名。"（《論語·陽貨》）"遠之事君"即《詩

---

① 本文原發表於2018年"儒學與文化"兩岸研究生學術研討會。

② 〔漢〕司馬遷：《史記》（北京：中華書局，1959年），頁2482。

③ 黄叔琳等：《增訂文心雕龍校注》（北京：中華書局，2000年），頁50—51。

④ 黄叔琳等：《增訂文心雕龍校注》，頁50。

⑤ 〔清〕程廷祚：《騷賦論》，收入郭紹虞主編《中國歷代文論選》（上海：上海古籍出版社，2001年），頁144—145。

經》之忠。同時可看出,《詩經》之主題包羅甚廣,忠僅是其中之一。及至《屈騷》,忠則一變而爲其骨幹核心,“在屈原傳世的二十五篇作品中,絶大部分都抒發了忠君戀國的深厚情感,可以毫不誇張地説,忠於楚王、熱愛宗國構成了屈原作品的主旋律”①。屈原的忠君之辭受到《詩經》一定影響,故胡儼《述古》詩云:“屈子變風雅,騷經寓孤忠。光華並日月,耿耿垂無窮。”②宋濂亦曰:“夫《詩》一變而爲《楚騷》,雖其爲體有不同,至於緣情托物,以憂戀懇惻之意而寓尊君親上之情,猶夫《詩》也。”③《楚騷》形式體例雖异於《詩經》,但其緣請托物之技法、尊君親上之情感却與《詩經》相類。

詩可以怨,《毛詩序》曰:“亂世之音怨以怒,其政乖。”④《左傳·襄公二十九年》(B. C. 544)吴公子季札於魯觀樂而嘆曰:“(《小雅》)思而不貳,怨而不言,其周德之衰乎?猶有先王之遺民焉。”⑤《毛詩正義序》曰:“時當慘黷,亦怨刺形於咏歌。”⑥而《屈騷》之怨正繼承自《詩經》,劉師培曰:“屈原《離騷》……抑鬱沉怨,與風雅爲節,其原出於《詩經》。”⑦《屈騷》之怨不僅源於《詩經》,且得《詩經》之精髓,其情纏綿悱惻,其意寄托深遠,爲千古文人所稱道。

《屈騷》於《詩經》固然有所繼承,然更多則是變革與創新,故劉

---

① 龍文玲:《屈原學與儒家文化關係研究》,收入戴錫琦等編《屈原學集成》(北京:中央編譯出版社,2007年)頁247。

② 〔明〕胡儼:《述古》,收入氏著《頤庵文選》(《景印文淵閣四庫全書》,臺北:臺灣商務印書館,1983年),頁619。

③ 〔明〕宋濂:《樗散雜言序》,收入氏著《文憲集》(《景印文淵閣四庫全書》,臺北:臺灣商務印書館,1983年),頁515。

④ 〔漢〕毛亨傳,〔漢〕鄭玄箋,〔唐〕孔穎達疏:《毛詩正義》,收入李學勤主編《十三經注疏》(北京:北京大學出版社,1999年),頁8。

⑤ 楊伯峻:《春秋左傳注》(臺北:洪葉文化事業有限公司,2015年),頁1164。

⑥ 〔漢〕毛亨傳,〔漢〕鄭玄箋,〔唐〕孔穎達疏:《毛詩正義》,頁3。

⑦ 〔清〕劉師培:《論文雜記》,收入氏著《劉申叔遺書》(南京:江蘇古籍出版社,1997年),頁722。

勰稱其"雖取熔經意,亦自鑄偉辭"[①]。本文比較《詩經》與《楚辭》中屈原作品的忠怨之情,故文題稱《屈騷》而非《楚辭》。屈原作品之範圍依陳怡良之觀點,爲二十六篇:《離騷》、《九歌》(《東皇太一》《雲中君》《湘君》《湘夫人》《大司命》《少司命》《東君》《河伯》《山鬼》《國殤》《禮魂》)、《天問》、《九章》(《惜誦》《涉江》《哀郢》《抽思》《懷沙》《思美人》《惜往日》《橘頌》《悲回風》)、《遠游》、《卜居》、《漁父》、《招魂》。

二、文獻探討

以《詩經》《楚辭》之比較作爲主題的研究頗多,但以忠怨尤其是忠作爲切入點的却並不多見。趙沛霖《屈賦研究論衡》中《關於屈原的愛國精神》一章,梳理歷代有關屈原愛國問題之争議,肯定屈原之愛國精神。[②] 郭維森《屈原評傳》於《屈原作品的思想意義與審美追求》一章中論及屈原愛國思想的時代内容。[③] 陳煒舜《屈騷纂緒》指出屈原之怨已過於《詩經》哀而不傷之境界而轉至滿腔憤懣。[④] 李金坤《〈風〉〈騷〉詩脉傳承論》論及《楚辭》對《詩經》怨刺精神和憂患意識的傳承。[⑤] 陳怡良《屈騷審美與修辭》中《屈原對〈詩經〉怨刺詩之繼承與開拓》一節,認爲屈原不僅將"詩可以怨"全部承襲,且發揮得淋漓盡致,尤能反映憂國憂民之忠藎,身受迫害之慘痛。[⑥]

單篇論文方面,李金坤《〈楚辭〉憂患意識原論——兼與〈詩經〉

---

① 黄叔琳等:《增訂文心雕龍校注》,頁 51。

② 趙沛霖:《屈賦研究論衡》(天津:天津教育出版社,1993 年)76—102

③ 郭維森:《屈原評傳》(南京:南京大學出版社,1998 年),頁 274—287。

④ 陳煒舜:《屈騷纂緒》(臺北:臺灣學生書局,2008 年),頁 118。

⑤ 李金坤:《〈風〉〈騷〉詩脉傳承論》,蘇州大學中國古代文學博士論文,2007。

⑥ 陳怡良:《屈騷審美與修辭》(臺北:文津出版社,2008 年),頁 125。

憂患意識比較》認爲《詩經》句短情促,憂患層面豐富,多呈平民化色彩;《楚辭》句長情婉,集中抒發憂國憂民情懷,屬貴族階層身分。[①] 王承斌《〈詩經〉與〈楚辭〉怨情之比較》認爲《詩經》表現的是最基本的生存、幸福受到威脅時産生的哀怨,而《楚辭》的怨則由個人理想抱負、人生價值無法實現而導致。[②]

至若對原典之解讀,由於歷朝歷代各類研究《詩經》之專著數量甚巨,本文對於《詩經》之詩義、章旨,以不拘於一家之言爲原則。傳統之《毛傳》《鄭箋》《孔疏》固應作爲基礎,專主《毛傳》而用力頗深者如馬瑞辰《毛詩傳箋通釋》、陳奂《詩毛氏傳疏》等;攻擊《詩序》如朱熹《詩集傳》《詩序辯説》等;以及雜采衆説、不固守門户者如嚴粲《詩緝》、姚際恒《詩經通論》、方玉潤《詩經原始》等,皆應參酌。

《楚辭》之章旨、句義,以王逸《章句》、洪興祖《補注》爲基礎。餘則以崔富章總編《楚辭學文庫》之《楚辭集校集釋》所收諸家爲基本範圍,其他則視需要收録。

三、《詩經》與《屈騷》忠之同

鄭玄曰:"事君無二志,勤身以事君,忠也。"[③]然本文所謂的"忠"不僅指忠君,亦包括愛國,陳怡良云:"由於'君'爲國家之表徵,'君'與'國'之含義本如一,故屈原之'忠君',其實即置於'報國'一念上,而其報國乃爲整個國族與生民利益,並非爲楚王私人利益而已,故屈原竭忠盡智以事君,實際即一心一德以報國。"[④]故

① 李金坤:《〈楚辭〉憂患意識原論——兼與〈詩經〉憂患意識比較》,《雲夢學刊》28:1(2007.1),頁59—63。

② 王承斌:《〈詩經〉與〈楚辭〉怨情之比較》,《新疆職業大學學報》18:1(2010.2),頁28—30。

③ 〔漢〕毛亨傳,〔漢〕鄭玄箋,〔唐〕孔穎達疏:《毛詩正義》,頁172。

④ 陳怡良:《屈原文學論集》(臺北:文津出版社,1992年),頁399。

本文所謂“忠”兼指忠君與愛國而言。曾有學者認爲屈原並無所謂愛國精神，然近世學者如趙沛霖於其《屈賦研究論衡》中《關於屈原的愛國精神》一章已詳細辯駁之，而筆者亦認爲屈原是具有愛國精神的。何念龍《楚辭散論》云：“我國古代愛國主義文學大致包括以下幾方面的内容：第一，憂念國家，關懷民衆的憂患意識。第二，無比忠誠並報效國家民族的獻身精神。第三，抵禦外侮、反對投降、力主恢復以及對一切腐朽邪惡勢力勇於進行鬥争的抗争態度。第四，對祖國山河故土和文化傳統的眷戀情懷。”[①]故本節論《詩經》與《屈騷》忠之同，分爲以下四個方面論述：（一）忠於君王、忠於社稷的愛國情操；（二）憂念國家、心繫百姓的憂患意識；（三）保家衛國、勇於禦敵的戰鬥精神；（四）懷念故國、狐死首丘的眷戀深情。

（一）忠於君王、忠於社稷的愛國情操

《鄘風·載馳》被譽爲《詩經》中一篇“充滿愛國激情的不朽詩章”，而其作者許穆夫人亦因此被稱作“第一位名著於册的女詩人”[②]。閔公二年《傳》曰：“冬十二月，狄人伐衛。……衛師敗績，遂滅衛。……衛之遺民男女七百有三十人，益之以共、滕之民爲五千人。立戴公以廬于曹。許穆夫人賦《載馳》。齊侯使公子無虧帥車三百乘、甲士三千人以戍曹。”[③]狄人攻打衛國，衛國戰敗，狄於是滅亡衛國。衛國遺民男女共七百三十人，加上共、滕兩衛邑人民共五千人，立戴公爲君寄居曹地。許穆夫人爲衛戴公之妹，哀故國之亡遂作《載馳》，其詩曰：

> 載馳載驅，歸唁衛侯。驅馬悠悠，言至于漕。大夫跋涉，我心則憂。

① 何念龍：《楚辭散論》（武漢：湖北人民出版社，2009 年），頁 27。

② 周嘯天主編：《詩經楚辭鑒賞辭典》（成都：四川辭書出版社，1990 年），頁 143。

③ 楊伯峻：《春秋左傳注》，頁 265—267。

既不我嘉,不能旋反。視爾不臧,我思不遠。既不我嘉,不能旋濟。視爾不臧,我思不閟。

陟彼阿丘,言采其蝱。女子善懷,亦各有行。許人尤之,衆稺且狂。

我行其野,芃芃其麥。控于大邦,誰因誰極?大夫君子,無我有尤。百爾所思,不如我所之。

《詩序》云:"《載馳》,許穆夫人作也。閔其宗國顛覆,自傷不能救也。"[①]其詩首章寫許穆夫人聽聞國家之亡而歸唁衛侯,"載馳載驅"四字盡顯其歸心之急迫,"我心則憂"更是直抒胸臆,表達其對於家國的憂思。次章寫許國大夫拘於禮制而反對其歸唁,"在禮,父母既歿,不得寧父母"[②]。詩人則態度堅決,重言"我思不遠""我思不閟",强調其對於故國的思念絶不會止歇。馬瑞辰曰:"遠猶去也,'我思不去'猶不止,與下文'我思不閟'同義。閟,閉也,閉亦止也。"[③]三章詩人登上高丘,"言采其蝱"。蝱,"藥草名,貝母也,可療心氣鬱結之疾"[④]。蝱在此處作爲象徵,體現詩人心中的沉鬱哀慟。家國且已亡矣,又談何禮教,故詩人痛斥許國大夫"衆稺且狂"。末章詩人行於故國之原野,觀麥苗芃芃盛長,抒發其對於這篇土地深切的熱愛。她積極地爲自己的國家謀劃,想要赴告關係相親的國家請求援助,以求恢復衛國。而後來齊桓公也確實派遣公子無虧率領三百輛戰車、三千名甲士來援助衛國。末句"百爾所思,不如我所之",《毛傳》云:"不如我所思之篤厚也。"[⑤]言凡爾大夫所思皆不如我之所思也,其情緒已從憂愁轉爲昂揚。全詩充滿詩人對於

① 〔漢〕毛亨傳,〔漢〕鄭玄箋,〔唐〕孔穎達疏:《毛詩正義》,頁210。
② 〔漢〕毛亨傳,〔漢〕鄭玄箋,〔唐〕孔穎達疏:《毛詩正義》,頁211。
③ 〔清〕馬瑞辰:《毛詩傳箋通釋》(北京:中華書局,1989年),頁192。
④ 屈萬里:《詩經詮釋》(臺北:聯經出版公司,1983年),頁98。
⑤ 〔漢〕毛亨傳,〔漢〕鄭玄箋,〔唐〕孔穎達疏:《毛詩正義》,頁214。

社稷國家深沉的熱愛與關切，其間更夾雜以詩人與許國大夫的矛盾，更加凸顯其歸唁故國之信念的堅定，其愛國之思粲然可見。

屈原執忠履貞，一心只爲江山社稷。“忽奔走以先後兮，及前王之踵武”，他急切地先後奔走，試圖能順着先王的遺迹使自己的國家走上正途，明知忠直急諫會給自己帶來禍患，却依舊“忍而不能舍也”。君王的不察、小人的構陷使得屈原孤立而無援，但他却依然懷着一顆赤子之心不懈奮進，他反復强調自己的决絶：“亦余心之所善兮，雖九死其猶未悔。”王逸釋曰：“言己履行忠信，執守清白，亦我中心之所美善也，雖以見過支解九死，終不悔恨。”[1]屈原踐行的是忠信之道，執守的是清白之義，即使因此而受過，身歷九死，亦絶無半分悔恨。九是虚指，極言數之多也。九死不悔，正可明屈原之忠。他明知前路漫長而黑暗，並無多少曙光，却依舊堅持上下而求索。而他所做的這一切的努力，皆是爲君王與國家，“豈余身之憚殃兮，恐皇輿之敗績”。“皇輿”爲國君所乘坐之輿車，屈原此處以借代之手法，以皇輿代指君國，言自己並非懼己一身之禍殃，而是深憂家國之傾危。莊公十一年《傳》曰：“大崩曰敗績。”[2]屈原一切行爲之出發點皆是對於楚國與楚君的忠誠，故後人贊其曰：“膺忠貞之質，體清潔之性，直若砥矢，言若丹青，進不隱其謀，退不顧其命，此誠絶世之行，俊彦之英也。”[3]

許穆夫人陟丘采蝱，憂心忡忡；屈原唯恐敗績，“愁嘆苦神”。許穆夫人面對許國大夫的穉狂，與屈原面對諸黨人的嫉妒，同樣有著“雖千萬人吾往矣”的孤勇。二人的憂愁與孤勇又都是源於愛國之情。屈原的這種君國社稷之思亦正與《詩經》一脉相承。

---

① 〔宋〕洪興祖：《楚辭補注》（臺北：臺灣大學出版中心，2016 年），頁 20。

② 楊伯峻：《春秋左傳注》，頁 190。

③ 〔漢〕王逸：《楚辭章句序》，收入郭紹虞主編《中國歷代文論選》，頁 149—150。

(二)憂念國家、心繫百姓的憂患意識

自“昭王南征而不復”[①]，至“赫赫宗周，褒姒滅之”，曾經“郁郁乎文哉”的周王朝已然逝去，代之的是灾殃連年、流離奔亡的亂世。故《毛詩序》云：“至於王道衰，禮義廢，國异政，家殊俗，而變風、變雅作矣。”[②]《小雅・雨無正》曰：“浩浩昊天，不駿其德。降喪饑饉，斬伐四國。”駿，長也。不長其德，猶云不恒其德。[③] 斬伐，猶言傷害也。[④] 詩人面對天降喪亂、人民饑饉不禁發出憂生之嘆。再如《小雅・節南山》云：“天方薦瘥，喪亂弘多。”薦，重也。瘥，病也。[⑤] 詩人對於人民罹受灾殃懷有深切之憂慮。

而楚國至屈原之時，也同樣正經歷著國勢中頹的悲凉。昔日楚莊王爲春秋五霸之一，宣公三年(B. C. 606)問鼎中原，《左傳》曰：“楚子伐陸渾之戎，遂至于雒，觀兵于周疆。定王使王孫滿勞楚子。楚子問鼎之大小、輕重焉。”[⑥]而後楚悼王任用吴起變法，富國强兵。及至楚威王時，楚國國力達到全盛時期。[⑦] 此後，楚國由盛轉衰，至楚懷王時，“兵挫地削，亡其六郡，身客死於秦，爲天下笑”[⑧]。故屈原作品中亦常見對於楚國前途與未來的憂患，如《哀郢》云：“曾不知夏之爲丘兮，孰兩東門之可蕪？”王逸曰：“夏，大殿也。丘，墟也。懷王信用讒佞，國將危亡，曾不知其所居宫殿當爲墟也。”[⑨]劉永濟

---

① 楊伯峻：《春秋左傳注》，頁 290—291。
② 〔漢〕毛亨傳，〔漢〕鄭玄箋，〔唐〕孔穎達疏：《毛詩正義》，頁 14。
③ 〔清〕陳奂：《詩毛氏傳疏》(上海：商務印書館，1933 年)第 4 册，頁 92。
④ 屈萬里：《詩經詮釋》，頁 363。
⑤ 屈萬里：《詩經詮釋》，頁 348。
⑥ 楊伯峻：《春秋左傳注》，頁 669。
⑦ 熊傳薪主編：《楚國・楚人・楚文化》(臺北：藝術家出版社，2001 年)，頁 25、29。
⑧ 〔漢〕司馬遷：《史記》，頁 2485。
⑨ 〔宋〕洪興祖：《楚辭補注》，頁 194—195。

云:"此文之兩東門,即上文'顧龍門'之龍門,及其他一門也。"①"不忍質言京都,故以京都兩門爲之辭也,然京都者,先王宗廟所在,全國人心所繫,孰可使之蕪穢。"②屈原處江湖之遠仍心繫故土,哀國家已當危急存亡之秋,然楚國君臣猶不自知,唯捷徑以窘步。他深憂宗廟社稷將化爲丘墟,宫宇殿閣亦終將蕪穢,其憂國憂民之心、拳拳愛國之情已溢於言表。

《詩經》與《屈騷》對於國家從曾經的富强昌盛,變成如今的動蕩不安,以至於前途的茫然莫測,都表現了深深的憂思與哀慟。《魏風·園有桃》叠用三次"心之憂矣",哀愁婉轉,一咏三嘆。《小雅·正月》全詩共用八個"憂"字,尤其是"憂心慘慘,念國之爲虐"一句,將詩人對於國家的牽念表露無遺。而屈原亦是如此,《哀郢》云:"心不怡之長久兮,憂與愁其相接。"姜亮夫云:"怡,樂也。不怡之長久,即長久之不怡,倒句也。"③王逸曰:"言己念楚國將墟,心常含戚,憂愁相續,無有解也。"④屈原自謂長久鬱鬱不樂,憂愁接踵而至,患國之思終日不止,其一腔忠情實令人感佩。

詩人之憂患多有怨憤之辭,然本節不歸於"怨"而歸於"忠",只因辭中雖然有怨亦皆因忠國愛民而起,"士人在'國難靡止'之際,無法置身事外,無法袖手旁觀,還存有生枯起朽的奢念,而表現出太多關切與熱衷"⑤。《詩經》與《屈騷》中的憂患,即是源於對國家和人民的"關切與熱衷"。

---

① 劉永濟:《屈賦通箋附箋屈餘義》(北京:人民文學出版社,1961 年),頁 171。

② 劉永濟:《屈賦通箋附箋屈餘義》,頁 230。

③ 姜亮夫:《屈原賦校注》(臺北:華正書局,1974 年),頁 427。

④ 〔宋〕洪興祖:《楚辭補注》,頁 195。

⑤ 陳器文:《論詩經的憂患意識》,收入林慶彰編著《詩經研究論集》(臺北:臺灣學生書局,1983 年),頁 262。

(三)保家衛國、勇於禦敵的戰鬥精神

《詩經》中有不少描述戰爭的詩，如《秦風·無衣》就是其中尤爲豪放慷慨者，謝枋得云："春秋二百四十餘年，天下無復知有復仇志，獨《無衣》一詩毅然以天下大義爲己任。"[①]"豈曰無衣，與子同袍。王于興師，脩我戈矛，與子同仇。"將將士們同仇敵愾、共禦外敵的豪情描寫得淋漓盡致。再如《小雅·出車》曰："天子命我，城彼朔方。赫赫南仲，玁狁于襄。"朔方，北方也。赫赫，盛貌。襄，除也。[②] 于，猶是也。[③] 天子命我去北方修築城防，威名赫赫的南仲帥師攘除玁狁。詩人對於參軍抵禦外敵是驕傲且自豪的。《大雅·常武》描寫宣王親征徐方云："王旅嘽嘽，如飛如翰，如江如漢。如山之苞，如川之流。綿綿翼翼，不測不克，濯征徐國。"嘽嘽，盛也。[④]"如飛，疾也；如江，衆也；如山，不可動也；如川，不可禦也；綿綿，不可絶也；翼翼，不可亂也；不測，不可知也；不克，不可勝也。"[⑤]王師軍容盛大，迅疾如鵬鳥振翅高飛，奔騰如江河波濤洶涌，静如山岳矗立，動如百川奔流，軍士盛多，連綿不絶，無法預測亦無法攻克。"詩人以滿懷感情的筆觸，鋪張揚厲，一氣貫注，連用排比，如急調促弦，令人目不暇給，把王師的勇猛、迅疾寫得極爲準確、精煉。落想超妙、用詞精當，頗有千崗振衣、萬里濯足的氣概。"[⑥]而詩人對於王師不遺餘力的贊美，也正體現其對於自己國家武功强盛的由衷喜悦，及其對於祖國的熱愛。再如《小雅·六月》云："元戎十乘，以先啓行。"元戎，大戎車。啓行，起行也。《豳風·破斧》云："周公東

---

① 〔清〕方玉潤：《詩經原始》(北京：中華書局，1986 年)，頁 278。

② 〔漢〕毛亨傳，〔漢〕鄭玄箋，〔唐〕孔穎達疏：《毛詩正義》，頁 600。

③ 〔清〕王引之：《經傳釋詞》(長沙：岳麓書社，1984)，頁 25。

④ 〔漢〕毛亨傳，〔漢〕鄭玄箋，〔唐〕孔穎達疏：《毛詩正義》，頁 1255。

⑤ 錢鍾書：《管錐編》(北京：生活·讀書·新知三聯書店，2001 年)，頁 306。

⑥ 任自斌、和近健主編：《詩經鑒賞辭典》(南京：河海大學出版社，1989 年)，頁 540。

征，四國是皇。”皇，匡也。[1] 皆體現詩人們勇於作戰、衛國靖難的忠國之情。

而同樣的這種情感在《屈賦》中則以《國殤》最爲集中和突出。《國殤》爲吊唁爲國事而戰死的烈士英魂的祭歌，“詩人乃藉此篇，一者祭悼英靈，贊頌先烈們之愛國情操，二者欲以體現楚人在强秦威脅下，更增强同仇敵愾，保家衛國之忠勇意志”[2]。《國殤》云：

操吴戈兮被犀甲，車錯轂兮短兵接。旌蔽日兮敵若雲，矢交墜兮士争先。

凌余陣兮躐余行，左驂殪兮右刃傷。霾兩輪兮縶四馬，援玉枹兮擊鳴鼓。

天時墜兮威靈怒，嚴殺盡兮弃原野。出不入兮往不反，平原忽兮路超遠。

帶長劍兮挾秦弓，首身離兮心不懲。誠既勇兮又以武，終剛强兮不可凌。

身既死兮神以靈，子魂魄兮爲鬼雄。

首句從戰事最激烈處切入，寫將士們披堅執鋭，戰車交錯，白刃相接。次句描寫全景，敵人人數衆多，旌旗蔽日，紛然若雲。戰場上流矢如雨，楚軍雖處劣勢却不減士氣，壯士們皆奮勇争先。然我軍終究寡不敵衆，行陣爲敵軍所衝亂，主將之左驂馬死，右驂馬爲刃所創傷，兵車兩輪深陷，四馬亦被縶絆，却依然高舉鼓槌而擂動戰鼓，誓死奮戰至最後一刻，所謂“援桴鼓之急則忘其身”，即如是之謂也。最終全軍覆没，骸骨弃於荒野，“壯士出關，不復顧入，一往必死，不復還反也”[3]。尸身弃置於平原山野之中，歸家之路邈乎超

① 〔漢〕毛亨傳，〔漢〕鄭玄箋，〔唐〕孔穎達疏：《毛詩正義》，頁 527。

② 陳怡良：《屈原文學論集》，頁 218。

③ 〔宋〕洪興祖：《楚辭補注》，頁 119。

遠，即不得歸也。然即使死弃荒野，將士們的身上仍佩帶長劍，挾持秦弓，縱首身分離，其心則不渝。其精誠既勇且武，剛强而不可凌犯。身雖死，然神化爲靈，魂魄剛毅，爲鬼中之雄。林雲銘云："故三閭先叙其方戰而勇，既死而武，死後而毅。極力描寫，不但以慰死魂，亦以作士氣、張國威也。"[①]這一場敵衆我寡的惡戰，將士們全然不顧一己之身，殊死拼搏，浴血奮戰。其品格凌然亢直，其情感發人肺腑，其精神萬古流芳。

(四)懷念故國、狐死首丘的眷戀深情

《莊子・徐無鬼》曰："子不聞夫越之流人乎？去國數日，見其所知而喜；去國旬月，見所嘗見於國中者喜；及期年也，見似人者而喜矣。不亦去人滋久，思人滋深乎！"[②]對於故國的懷念是文學永恒的母題，《王風・黍離》即《詩經》中尤爲動人者，其詩曰：

> 彼黍離離，彼稷之苗。行邁靡靡，中心摇摇。知我者，謂我心憂；不知我者，謂我何求。悠悠蒼天，此何人哉！
>
> 彼黍離離，彼稷之穗。行邁靡靡，中心如醉。知我者，謂我心憂；不知我者，謂我何求。悠悠蒼天，此何人哉！
>
> 彼黍離離，彼稷之實。行邁靡靡，中心如噎。知我者，謂我心憂；不知我者，謂我何求。悠悠蒼天，此何人哉！

《毛詩序》云："《黍離》，閔宗周也。周大夫行役至于宗周，過故宗廟宫室，盡爲禾黍。閔周室之顛覆，彷徨不忍去，而作是詩也。"[③]詩人行走於周王朝的故土，看到曾經的桂殿蘭宫、飛閣流丹，如今皆只餘下荒烟蔓草，不禁悲從中來，不可斷絶。雖有人知詩人爲心憂，

---

① 〔清〕林雲銘：《楚辭燈》（上海：華東師範大學出版社，2012 年），頁 57。
② 〔清〕王先謙：《莊子集解》（北京：中華書局，1987 年），頁 210。
③ 〔漢〕毛亨傳，〔漢〕鄭玄箋，〔唐〕孔穎達疏：《毛詩正義》，頁 252。

然竟有茫茫不知者嗤笑其還有何求。詩人滿腔悲憤無法發泄,只得叩問蒼天。全詩三章回環往復,從“苗”“穗”“實”的變化,盡顯朝代更迭、世事變遷之無奈,物猶如此,人何以堪。而從“搖搖”到“如醉”再到“如噎”,詩人之憂愁不斷加深,直至最後愴然而哽咽,則化凄涼而爲凄厲,令讀者亦不禁心有戚戚。故方玉潤云:“三章只換六字,而一往情深,低徊無限。此專以描摹虛神擅長,憑吊詩中絶唱也。”①

屈原自年少時即有安土重遷、不去故國的思想。其青年時期②作品《橘頌》曰:“受命不遷,生南國兮。深固難徙,更壹志兮。”又曰:“嗟爾幼志,有以异兮。獨立不遷,豈不可喜兮?深固難徙,廓其無求兮。蘇世獨立,橫而不流兮。”王夫之認爲《橘頌》乃“喻忠臣生死依於宗國”③。屈原歌頌橘之根深蒂固、難以遷徙的品性,實際上是托物言志,借以表達自身忠心楚國、絶不背離的志向,而屈原的這種志向終其一生都未曾改變。《離騷》云:“陟陞皇之赫戲兮,忽臨睨夫舊鄉。僕夫悲余馬懷兮,蜷局顧而不行。”汪瑗曰:“陟亦升也。陟升,重言之也。”④游國恩云:“‘戲’當爲‘曦’之借字。”⑤王逸曰:“皇,皇天也。赫戲,光明貌。……言己雖升崑崙,過不周,渡西海,舞《九韶》,升天庭,據光曜,不足以解憂,猶顧視楚國,愁且思也。”⑥屈原正飛升向赫赫光明的皇天,忽然看見故鄉楚國,他的僕御悲愴,他的馬也思歸,屈身回望,再也不能前行。正如王逸所言,

---

① 〔清〕方玉潤:《詩經原始》,頁 192。

② 陳怡良《屈原文學論集》曰:“《橘頌》本文語調平和,心懷坦蕩,既無影射被放逐之事,也没有吐露被流放的怨憤,而且文中又有‘嗟爾幼志,有以异兮’,及‘年歲雖少,可師長兮’的隱喻,可以證明這篇《橘頌》是屈原青年時代的作品,也許是他的處女作亦未可知。”頁 356。

③ 〔清〕王夫之:《楚辭通釋》(臺北:廣文書局,1963 年),頁 92。

④ 〔明〕汪瑗:《楚辭集解》(北京:北京古籍出版社,1994 年),頁 105。

⑤ 游國恩:《離騷纂義》(臺北:明文出版社,1982 年),頁 493。

⑥ 〔宋〕洪興祖:《楚辭補注》,頁 67。

屈原雖周流觀乎上下,最終仍矢志不離楚國。再如《哀郢》云:"曼余目以流觀兮,冀壹反之何時。鳥飛反故鄉兮,狐死必首丘。"屈原殷切盼望能够返回故鄉一次,却不知自己這一願望何日纔能够實現。只得借禽獸亦有不忘其所自生之天性,以抒發自身深戀故國、冀得一返,日夜不能忘之的衷情。

四、《詩經》與《屈騷》怨之同

許慎《説文解字》曰:"怨,恚也,從心夗聲。"[①]"恚,怒也。"[②]又云:"夗,轉臥也。"段玉裁注曰:"謂轉身臥也。《詩》曰:'展轉反側。'凡夗聲、宛聲字皆取委曲意。"[③]可見"怨"有委屈而慍怒之意。班固《漢書·禮樂志》云:"周道始缺,怨刺之詩起。"[④]鄭玄《詩譜序》云:"自是而下,厲(周厲王)也幽(周幽王)也,政教尤衰,周室大壞。《十月之交》《民勞》《板》《蕩》勃然俱作,衆國紛然,刺怨相尋。"[⑤]班固與鄭玄皆將怨刺詩的創作原因歸於周道衰微,並且皆將"怨""刺"連言。孔穎達云:"怨與刺皆自下怨上之辭。怨者,情所恚恨;刺者,責其愆咎。大同小异耳。"[⑥]自漢代以降,説《詩》者大抵皆怨刺連言,今欲詳細區分之已是不能且不必。綜上所述,怨的起因在於世道衰頹、遭逢不偶等外在原因。時運不濟,命途多舛,此怨之所以生也。而怨之對象則是自下怨上,如臣之怨君、妻之怨夫(以古代男尊女卑而言)、征役之怨長官等。怨之具體所指,則是情所

---

① 〔漢〕許慎撰,〔清〕段玉裁注:《説文解字注》(上海:上海古籍出版社,1981 年),頁 511。

② 〔漢〕許慎撰,〔清〕段玉裁注:《説文解字注》,頁 511。

③ 〔漢〕許慎撰,〔清〕段玉裁注:《説文解字注》,頁 315。

④ 〔漢〕班固:《漢書》(北京:中華書局,1962 年),頁 1042。

⑤ 〔漢〕毛亨傳,〔漢〕鄭玄箋,〔唐〕孔穎達疏:《毛詩正義》,頁 8。

⑥ 〔漢〕毛亨傳,〔漢〕鄭玄箋,〔唐〕孔穎達疏:《毛詩正義》,頁 129。

恚恨、委屈愠怒之意。由是觀之,《詩經》中的怨詩題材廣而篇目多,弃婦之怨、征役之怨、家國之怨等皆是。而《屈騷》中的怨則基本對應《詩經》中的家國之怨,論其具體則可分爲壅君昏聵之怨與賢士不遇之怨兩類。

(一)壅君昏聵之怨

1. 聽信讒言

《小雅·巧言》曰:"亂之初生,僭始既涵;亂之又生,君子信讒。""僭"是"譖"之假借,謂讒言也。涵,容也,言讒言開始被容納。[①] 詩人憤怒地斥責道,一切禍亂的根源皆是君王包容、聽信讒言。君王沉溺於甘言媚辭,昏聵糊塗,纔使得國家淪落到如此境地。《唐風·采苓》則連用"苟亦無信""苟亦無與""苟亦無從"等語,將矛頭直指君王,反復言説君王若是對於讒言不相信、不贊同、不跟從,"人之爲言,胡得焉",那小人們的讒言就不可能得逞。

《屈騷》中對於君王聽信讒言的怨恨則較之《詩經》更爲强烈。太史公曰:"屈平疾王聽之不聰也、讒諂之蔽明也、邪曲之害公也、方正之不容也,故憂愁幽思而作《離騷》。"[②]《離騷》曰:"荃不察余之中情兮,反信讒而齌怒。"荃,香草,此處用以喻國君。屈原爲楚國之未來前後奔走,夙興夜寐,君王却不僅没能明察其忠心,反而聽信小人之讒言,而對其暴怒。"信而見疑,忠而被謗,能無怨乎?"[③]

《天問》曰:"彼王紂之躬,孰使亂惑?何惡輔弼,讒諂是服?比干何逆,而抑沈之?雷開阿順,而賜封之?"紂王憎惡賢輔,習用讒言。比干賢良忠信,却遭紂王殺而剖心。雷開阿諛佞順,却蒙賜金玉而封之土。屈原此處借古諷今,明言殷亡之事,實則爲楚國之

---

① 屈萬里:《詩經詮釋》,頁 377。

② 〔漢〕司馬遷:《史記》,頁 2482。

③ 〔漢〕司馬遷:《史記》,頁 2482。

鑒。黄文焕曰："前之悼殷曰'反成乃亡，其罪伊何'，虚語使人自思，尚未實指其罪；此曰'何惡輔弼，讒諂是服'，罪在此矣。屈原被讒之憤懷、作《天問》之本旨，於此觸古傷今，不能不明言之矣。……悲哉，原之爲此語也！"[①]屈原疾楚王之讒諂是服，故以紂王爲托辭，其實指則在懷、襄。

若説《天問》之意尚且婉轉，《惜往日》則已全無半分修飾而直書其怨，曰：

> 心純厖而不泄兮，遭讒人而嫉之。君含怒而待臣兮，不清澂其然否。
>
> 蔽晦君之聰明兮，虚惑誤又以欺。弗參驗以考實兮，遠遷臣而弗思。
>
> 信讒諛之溷濁兮，盛氣志而過之。何貞臣之無罪兮，被離謗而見尤。
>
> ……
>
> 弗省察而按實兮，聽讒人之虚辭。……諒聰不明而蔽壅兮，使讒諛而日得。

屈原自言心性敦厚、謹慎言語，却遭讒人嫉妒。惜哉君王不明辨是非即含怒以待之。而後，屈原直刺君王的過失：君王之耳目聰明皆被小人所遮蔽，聽信虚言又蒙受欺騙，不仔細參驗而考察實情，即將自己放逐而再不想起。屈原大膽地將矛頭直指君王，毫不避諱地直接抨擊楚王信用讒邪、惑亂迷糊、盛氣凌人、過而不改。他憤怒地質問道：忠貞之臣子没有罪過，却爲何被毁謗而降罪？答案則直接指向君王的昏庸：君王不仔細考察實情而思慮，却聽信讒人的虚辭，被壅蔽而耳不聰目不明，使讒諛小人日漸得勢而位高。屈原反復指斥楚王壅蔽不察、聽信讒諛，重言累牘，再三致意，其怨憤之

① 游國恩：《天問纂義》（北京：中華書局，1982年），頁390。

情，實在難以遏抑。

2. 反復無常

《秦風・權輿》曰：

> 於我乎夏屋渠渠，今也每食無餘。于嗟乎不承權輿。
> 於我乎每食四簋，今也每食不飽。于嗟乎不承權輿。

夏，大也。渠渠，深廣貌。承，繼也。權輿，始也。《爾雅》曰："初、哉、首、基、肇、祖、元、胎、俶、落、權輿，始也。"[①]《毛詩序》曰："《權輿》，刺康公也。忘先君之舊臣，與賢者有始而無終也。"[②]朱熹云："此言其君始有渠渠之夏屋以待賢者，而其後禮意寖衰，供意寖薄，至於賢者每食而無餘。於是嘆之，言不能繼其始也。"[③]詩人通過今昔對比的手法，從居、食兩個角度入手，言昔日君王善待賢者時，詩人居住的是寬敞的大屋，每餐吃的是豐盛的食物，"四簋，禮食之盛也"[④]。而如今，君王再無往日之以禮相待，詩人每餐無餘，只得忍受飢餓。前言夏屋而後文不再提居處，蓋以飲食之改易即可見居處之變遷，故方玉潤云："起似居食雙題，下乃單承，側重食一面，局法變換不測。於此可悟文法化板爲活之妙。"[⑤]不僅如此，詩人還在短短四句詩中接連使用四次"於我乎""于嗟乎"等嘆詞，其情感之濃、感慨之深可見一斑。今昔相比，愈見悲涼，君王之寵惡無常，實寒臣子之心。

屈原對於楚王的反復無常之怨，亦與《詩經》相類，其於《離騷》中云："初既與余成言兮，後悔遁而有他。余既不難夫離別兮，傷靈

---

① 〔晉〕郭璞注，〔宋〕邢昺疏：《爾雅注疏》，收入李學勤主編《十三經注疏》（北京：北京大學出版社，1999年），頁8。
② 〔漢〕毛亨傳，〔漢〕鄭玄箋，〔唐〕孔穎達疏：《毛詩正義》，頁434。
③ 〔宋〕朱熹：《詩集傳》（北京：中華書局，1958年），頁80。
④ 〔宋〕朱熹：《詩集傳》，頁80。
⑤ 〔清〕方玉潤：《詩經原始》，頁280。

脩之數化。"朱熹云："成言，謂成其要約之言也。"[①]游國恩云：

《離騷》之文，詞雖渾涵，實則多有所指。《史記・屈原傳》載懷王使屈原造爲憲令，此内政變革之大端也，終因懷王信讒而疏屈原，厥功未就，寧非初既成言後復悔遁之顯例？至外交之事，懷王之反復無常，更昭然可見。……此言靈修數化者，實兼指懷王之内政外交而言，蓋深以王之不明，胸無定主，致國衰身死爲可傷也。[②]

屈原嘆楚王當初分明信任自己，委以重任，許下約定，楚國在屈原等一衆賢臣的治理下，分明已經"國富强而法立"，頗有振興之勢，然而楚王却反悔而有他志，以至於楚國之内政、外交在偏僻之邪路上漸行漸遠。屈原比《詩經》更深入一層的是，他所害怕的並不是君王對自己的疏遠，而是君王這種反復無常的性格，對國家所造成的危害。游國恩所提及的"胸無定主，致國衰身死"，纔是屈原真正擔憂的。他在《抽思》中又再次發出類似的感慨，曰："昔君與我誠言兮，曰黄昏以爲期。羌中道而回畔兮，反既有此他志。憍吾以其美好兮，覽余以其修姱。與余言而不信兮，蓋爲余而造怒。"此處的幽怨之情，則較《離騷》更爲顯露而直白。

(二)賢士不遇之怨

《邶風・柏舟》曰：

泛彼柏舟，亦泛其流。耿耿不寐，如有隱憂。微我無酒，以敖以游。

我心匪鑒，不可以茹。亦有兄弟，不可以據。薄言往愬，逢彼之怒。

---

① 〔宋〕朱熹：《楚辭集注》（上海：上海古籍出版社，2001 年），頁 10。

② 游國恩：《離騷纂義》，頁 80—81。

> 我心匪石，不可轉也；我心匪席，不可卷也。威儀棣棣，不可選也。
>
> 憂心悄悄，愠于群小；覯閔既多，受侮不少。静言思之，寤辟有摽。
>
> 日居月諸，胡迭而微？心之憂矣，如匪澣衣。静言思之，不能奮飛。

《毛詩序》曰："《柏舟》，言仁而不遇也。衛頃公之時，仁人不遇，小人在側。"①《柏舟》抒發詩人賢而不遇的憂憤。首章開門見山，點明"隱憂"二字，直抒胸臆。柏舟一則以喻國"泛泛然於水中流，其勢靡所底止，爲此而有隱憂"②；一則以自喻，嘆己之身如不繫之舟，報國無門，不得於君。二、三章分别以鏡、石、席爲喻，表達詩人擇善從之，嫉惡如仇③，堅定不移、絶不妥協的决心。雖有兄弟，却無法依靠，孔穎達云："此責君而言兄弟者，此仁人與君同姓，故以兄弟之道責之，言兄弟者，正謂君與己爲兄弟也。"④理或然也。雖則兄弟怒於己，然詩人依舊剛正不阿、威儀棣棣。《左傳・襄公三十一年》(B. C. 608)曰："有威而可畏謂之威，有儀而可象謂之儀。"⑤"威儀棣棣"此處乃詩人自謂其容止威嚴端正而無差錯。雖然詩人心性堅定，容止端正，却依然爲衆小人所恨怒，遭受詬病和侮辱。詩人静下來思索，不禁悲從中來而拍打胸脯。末章首句以日食、月食爲喻，刺君臣之昏昧，姚際恒云："按《十月之交》詩曰：'彼月而微，

---

① 〔漢〕毛亨傳，〔漢〕鄭玄箋，〔唐〕孔穎達疏：《毛詩正義》，頁 113。

② 方玉潤：《詩經原始》，頁 122。

③ 歐陽修曰："蓋鑒之於物，納影在内，反物不擇妍媸，皆納其景。時詩人謂衛之仁人，其心非鑒不能善惡皆納。善者納之，惡者不納，以其不能兼容，是以見嫉於在側之群小，而獨不遇也。"〔宋〕歐陽修：《詩本義》，收入張元濟等輯《四部叢刊三編》(上海：商務印書館，1935 年)，頁 38—39。

④ 〔漢〕毛亨傳，〔漢〕鄭玄箋，〔唐〕孔穎達疏：《毛詩正義》，頁 115。

⑤ 楊伯峻：《春秋左傳注》，頁 1194。

此日而微。'言日、月之食甚明。今詩言與彼章同，謂日、月胡爲更迭而微，以喻衛之君、臣皆昏而不明之意。"①次句"心之憂矣，如匪澣衣"，言詩人的憂愁就如衣上之污垢難以洗去。末句感嘆無法奮飛以施展抱負，再次抒發士不遇之憾恨。

《屈騷》中亦充滿屈原對於不得志於君的幽怨，如《惜誦》曰：

情沉抑而不達兮，又蔽而莫之白。
心鬱邑余侘傺兮，又莫察余之中情。
固煩言不可結詒兮，願陳志而無路。
退靜默而莫余知兮，進號呼又莫吾聞。

屈原懷瑾握瑜，竭忠盡智，楚王却蔽於小人而疏遠之。屈原進退無路，以至於怨誹。他在短短兩句之內，連用"沉抑""鬱邑""侘傺"等詞，其沉鬱頓挫、哀極痛極可見一斑。而這一切的悲哀，都源於君王的壅蔽不聽，源於屈原的陳志無路，他反復言説"不達""莫之白""莫察""無路""莫余知""莫吾聞"，其困厄不遇、窮途末路之景況，實是凄惻哀婉。林紓謂屈原此處的重複申訴，"積沓而下，不外一意，胡以讀之不覺其沓？由積愫莫伸、悲憤中沸、口不擇言而發。惟其無可伸愬故沓，惟沓乃愈見其衷情之真"②。愈是這樣不厭其煩地重言複沓，便愈發顯得屈原的怨憤之深。再如《涉江》曰：

接輿髡首兮，桑扈臝行。
忠不必用兮，賢不必以。
伍子逢殃兮，比干菹醢。
與前世而皆然兮，吾又何怨乎今之人！

接輿、桑扈皆憤世嫉俗之賢能，伍子胥、比干則是捨生取義之忠臣。

---

① 〔清〕姚際恒：《詩經通論》(北京：中華書局，1958年)，頁50。
② 〔清〕林紓：《春覺齋論文》(北京：人民文學出版社，1959年)，頁48。

前者去髮、裸身，佯狂避世；後者懸首、剖心，一死報國。屈原觀前世之二賢者與二忠臣，皆賢而不仕，忠而殺身，於是以前人之典故，對比自身之賢而受斥、忠而見逐，不禁感慨萬千。雖言“與前世而皆然兮，吾又何怨乎今之人”，看似是屈原强自安慰，實際上正是其無法自寬的體現。“懷瑾握瑜兮，窮不知所示”，屈原修身潔行，内外兼美，却不爲君王所識，一身才華無處展現。放逐多年，窮途一呼，所謂不怨，正是怨耳。

五、《詩經》與《屈騷》忠之异

從創作時間上來看，《周頌》的全部和《大雅》的大部分是西周初年作品；《大雅》的小部分，和《小雅》的大部分是西周末年的作品；《國風》的大部分和《魯頌》《商頌》的全部，則是自周王室東遷以後至春秋中葉的作品。[①] 而《屈賦》則是楚懷王、楚頃襄王時期作品，時當戰國晚期，明顯後於《詩經》。從地域上來看，以《詩經》的十五國風而言，即包含如今的陝西、山西、山東、河南、河北、湖北等省，屬於北方文學。而《屈賦》則爲屈原在楚國所創作，屬於南方文學。從創作者來看，《詩經》是集體之創作。一般認爲《國風》和部分的《小雅》皆是經過潤飾的民謡，其作者大抵爲平民。班固《漢書》曰：“孟春之月，群居者將散，行人振木鐸徇于路，以采詩，獻之大師，比其音律，以聞於天子。故曰王者不窺牖户而知天下。”[②]而《雅》《頌》則多是公卿、士大夫所作的詩，故《國語・周語》云：“故天子聽政，使公卿至于列士獻詩。”[③]而《屈騷》則是屈原個人創作，林

---

① 游國恩等編：《中國文學史》（北京：人民文學出版社，1963 年），頁 30。

② 〔漢〕班固：《漢書》，頁 1123。

③ 徐元誥：《國語集解》（北京：中華書局，2002 年），頁 11。

雲銘曰:“讀《楚辭》要先曉得屈子位置,以宗國而爲世卿,義無可去。”[①]屈原爲楚國之貴族,楚王之同姓,自出生起其命運就與楚國緊緊相連,因此其思想、處境、立場等均與詩人有極大之差异。

以《詩經》總體而言,忠在其中占的比例太少。傳統將《詩經》以内容主題分類,如趙沛霖《詩經研究反思》[②]、洪湛侯《詩經學史》[③]等,皆有怨刺而無忠,可見忠在《詩經》中並不是最突出而鮮明的主題。至於《屈騷》則不然,忠是《屈騷》貫穿首尾、恒而不變的中心,《離騷》:“恐皇輿之敗績。”《惜誦》:“竭忠誠以事君兮。”《哀郢》:“忠湛湛而願進兮。”《抽思》:“魂一夕而九逝。”《橘頌》:“受命不遷,生南國兮。”即使是用以祭祀神靈的《九歌》和瓌詭惠巧的《天問》,亦暗含着耿耿忠心。明代賀貽孫《騷筏》更是將《離騷》譽爲“古今第一篇忠愛至文”[④]。《詩經》有關忠之篇目較少,篇幅有限,其表現之情感深度並不如《屈騷》。梁啓超《要籍解題及其讀法》云:“《三百篇》雖亦有激越語,而大端皆主於温柔敦厚;《楚辭》雖亦有含蓄語,而大端在將情感盡情發泄。”[⑤]梁氏雖是概括而論,但用於形容《風》《騷》兩者忠情之异,却也恰如其分。而《詩經》與《屈騷》兩者忠情之差异的具體表現則體現爲兩點:(一)嘆息民生與矢志忠君之异。(二)保身歸隱與一死明志之异。

---

① 〔清〕林雲銘:《楚辭燈》,頁4。

② 趙沛霖將《詩經》分爲祭祀詩、宴飲詩、史詩、農事詩、戰争詩、怨刺詩、情詩七類。趙沛霖:《詩經研究反思》(天津:天津教育出版社,1989年),頁1—3。

③ 洪湛侯將《詩經》分爲祭祀詩、頌禱詩、史詩、宴飲詩、田獵詩、戰争詩、徵役詩、農事詩、怨刺詩、情詩婚姻詩十類。洪湛侯:《詩經學史》(北京:中華書局,1999年),頁656。

④ 〔明〕賀貽孫:《騷筏》,收入黄靈庚主編《楚辭文獻叢刊》(北京:國家圖書館出版社,2014年)第47册,頁302。

⑤ 梁啓超:《要籍解題及其讀法》,收入氏著《梁啓超全集》(北京:北京出版社,1999年),頁4663。

(一)嘆息民生與矢志忠君之异

《詩經》之愛國多表現在愛民,《屈騷》之愛國多表現在忠君。西周末年,天灾頻繁,王道衰頹,百姓的生活非常艱辛:

> 當時農民們除了要向封主行力役以外,還得服無定期的徭役,以及獻納雜物。所獻的雜物,在食物方面,如猪、羊、野味(見《七月》與《小雅·瓠葉》)及蔬菜;衣著方面,紡織作衣裳,取狐皮製裘襖(見《七月》)。所服徭役,如修宫室(見《七月》與《小雅·斯干》)、築城堡(見《鄘風·定之方中》,另見《尚書·費誓》),服役不周或有差錯"則有大刑"(《尚書·費誓》)。[①]

因此《詩經》中有許多詩句都表現出對於民生疾苦的深切關懷,如《大雅·民勞》曰:"民亦勞止,汔可小休。"人民太過辛勞,希望可以讓他們休息一下吧。《小雅·苕之華》云:"民可以食,鮮可以飽。"人民雖然尚且有東西可以吃,但是很少能够吃飽。《小雅·祈父》曰:"亂靡有定,俾民不寧。"禍亂没有止歇啊,人民生活不得安寧。而《屈騷》中雖然也有出現"民"與"百姓",如《離騷》云:"長太息以掩涕兮,哀民生之多艱。"《哀郢》云:"皇天之不純命兮,何百姓之震愆? 民離散而相失兮,方仲春而東遷。"但此處的"民"與"百姓"皆是屈原自稱。蔣驥云:"《哀郢》'百姓'及'民',與《離騷經》'民生''民心'同,皆原自指,歸咎皇天者,不敢斥君也,《集注》泥其説,謂被放時適際凶荒,而與饑民同時東徙,不免膠柱之見。"[②]"原以忠獲罪於君,而歸其咎於天,又若泛言百姓者,遜辭也,離散相失,謂與親族相訣别也。"[③]故"哀民生之多艱"爲屈原慨嘆人生之艱,《哀郢》

---

① 鍾鳴:《詩經中的民聲》,收入林慶彰編著《詩經研究論集》,頁 238。

② 〔清〕蔣驥:《山帶閣注楚辭》(上海:上海古籍出版社,1984 年),頁 222。

③ 〔清〕蔣驥:《山帶閣注楚辭》,頁 118。

二句則是屈原遭放逐後自哀與親人相離,去國懷鄉,感極而悲。

與《詩經》中側重民生、心繫百姓不同的是,《屈騷》中表現更多是的對於國君的耿耿忠心。《離騷》曰:"指九天以爲正兮,夫唯靈脩之故也。"屈原上指九天以爲證,誓言自己的一切皆是爲君王。而《惜誦》中則更是反復强調自己的忠心:

> 吾誼先君而後身兮,羌衆人之所仇。
> 專惟君而無他兮,又衆兆之所讎。
> 壹心而不豫兮,羌不可保也。
> 疾親君而無他兮,有招禍之道也。
> 思君其莫我忠兮,忽忘身之賤貧。
> 事君而不貳兮,迷不知寵之門。

"先君而後身""惟君而無他""親君而無他""思君其莫我忠""事君而不貳",屈原句句不離君王,一再致意,不嫌其複,只爲剖白己心。其竭誠事君之義、耿耿赤子之心,實乃日月可鑒。

(二)保身歸隱與一死明志之异

《詩經》在表現忠君愛國之情的同時,也藴含著儒家"用之則行,舍之則藏"(《論語·述而》)的隱逸思想,如《陳風·衡門》云:

> 衡門之下,可以栖遲。泌之洋洋,可以樂饑。
> 豈其食魚,必河之魴?豈其取妻,必齊之姜?
> 豈其食魚,必河之鯉?豈其取妻,必宋之子?

詩人居簡陋之房舍却不以爲苦,"斯是陋室,惟吾德馨"。他以泌泉充飢,却獨甘其味,人不堪其憂,詩人亦不改其樂。他自言食魚何必非得魴魚、鯉魚等美味,娶妻亦何必齊姜、宋子等貴女。詩人全然不屑于食色之欲,安貧樂道,灑脱閒適。其淡泊高雅之志趣、無欲無求之境界,長久爲後人所稱道,也無怪乎有人將《陳風·衡門》

視爲閒適隱逸詩之濫觴。[①]

《詩經》中的隱逸詩絶不止《衡門》一首，他者如《小雅·四月》云"亂離瘼矣，爰其適歸"，寫大夫盡瘁後有歸隱之志；《小雅·鶴鳴》云"鶴鳴于九皋，聲聞于野"，稱贊隱士雖如閒雲野鶴，却聲名遠揚；《魏風·十畝之間》寫賢者不樂仕於朝而欲與友歸隱田園[②]；《衛風·考槃》贊美賢者窮處而能安其樂[③]；《小雅·白駒》嘆賢者之去而不可留也[④]。凡此種種，不勝枚舉，可見道不行則乘桴浮於海的思想，頗爲時人所接受。

屈原則不同，無論居廟堂之高，抑或處江湖之遠，屈原始終憂心家國，片刻不忘。即使是兩度見逐，陳志無路，屈原雖初時偶有隱逸之思，然最終仍無法忘却家國，甘願抱石沉江，以死明志。《離騷》云："雖不周於今之人兮，願依彭咸之遺則。"又云："既莫足與爲美政兮，吾將從彭咸之所居。"王逸曰："彭咸，殷賢大夫，諫其君不聽，自投水而死。"[⑤]屈原願效法彭咸，故於下文中又言"雖九死其猶未悔""寧溘死以流亡兮""伏清白以死直兮""阽余身而危死兮"，連用四處死字，以明己甘願一死報國的决心。再如《懷沙》云："知死不可讓，願勿愛兮。"王逸曰："言人知命將終，可以建忠仗節死義，願勿辭讓，而自愛惜之也。"[⑥]屈原此種捨生忘死之獻身精神，與《詩經》中保身隱逸之思想則殊异哉。

---

① 葉華云："元初方回選評的大型唐宋律詩選集《瀛奎律髓》就曾專列'閒適'一類，並謂其是'詩家之所必有而不容無者也'。若推本溯源，《衡門》一詩當可視爲這類作品的濫觴吧？"金啓華、朱一清、程自信主編《詩經鑒賞辭典》(合肥：安徽文藝出版社，1990年)，頁336。

② 〔宋〕朱熹：《詩集傳》，頁65。

③ 〔宋〕朱熹：《詩序辨説》，收入續修四庫全書編委會《續修四庫全書》經部第56册(上海：上海古籍出版社，2002年)，頁268。

④ 〔宋〕朱熹：《詩集傳》，頁122。

⑤ 〔宋〕洪興祖：《楚辭補注》，頁18。

⑥ 〔宋〕洪興祖：《楚辭補注》，頁215。

六、《詩經》與《屈騷》怨之异

(一)題材相异

《詩經》中的怨有許多種,"不限於政治上的,諸凡家庭、朋友、男女之間,情感有所鬱結,都可以藉詩而抒寫"①。正如《先秦儒家詩教研究》云:

> 憫朝綱之解紐,傷姻小之亂政,士大夫樂以天下,憂以天下,有不能已於言者,遂有怨家國之詩;載渴載飢,不遑啓居,馬革裹尸固爲生人之至慘,荷戈戍邊亦不勝其傷離怨别,行役之人,憂心烈烈,其積慘傷悲有不可盡言者,是以行役之怨詩作矣;復有始則信誓旦旦,談笑宴宴,終則如風之暴,二三其德者,弃婦之怨詩因以作矣。②

家國之怨、行役之怨、弃婦之怨皆可爲詩。鍾瓊華《〈詩經·二雅〉西周晚期怨刺詩研究》,將二《雅》怨刺詩區分爲怨動亂、怨荒政、怨讒言、怨行役、怨相弃、怨天灾、怨殘暴、怨宗族、怨親離、怨思情、怨今思古,共十一類。③ 林芹竹《〈詩經〉諷刺詩研究》則分爲諷刺在位者、諷刺民情二類,前者則更細分爲刺在位者暴虐無道、荒淫無耻、横徵暴斂、信讒斥賢、尸位素餐、度量狹小、除惡不盡、行爲不當、表裹不稱九類。④ 由上可見《詩經》中詩人所怨内容頗多,範圍亦頗

① 王運熙:《中國文學批評通史》(上海:上海古籍出版社,1996年),頁84。

② 林耀潾:《先秦儒家詩教研究》,收入林慶彰主編《中國學術思想研究輯刊初編》(臺北:花木蘭出版社,2008年),頁105。

③ 鍾瓊華:《〈詩經·二雅〉西周晚期怨刺詩研究》,臺灣師範大學國文學系碩士論文,2010年。

④ 林芹竹《〈詩經〉諷刺詩研究》,東海大學中國文學系碩士論文,2010年。

廣。但與《詩經》爲衆人集體創作所集不同,《屈騷》僅爲屈原的個人創作,因此其怨情必不如《詩經》之繁雜。正如本文第四章所提到的,屈原之怨皆是針對楚王,即使是士不遇之怨,其最終指向的對象亦是楚王。蓋屈原一生心心念念的皆是楚國,而楚國之前途則與其執政者即楚君息息相關。故屈原的感情尤爲純粹,這也是《屈騷》與《詩經》不同的一點。

(二)起因相异

太史公曰:"屈原正道直行,竭忠盡智以事其君,讒人間之,可謂窮矣。信而見疑,忠而被謗,能無怨乎?"①本是誠信而受猜疑,本是忠心而遭毁謗,太史公認爲屈原之怨即源於此。而李誠《楚辭文心管窺》則更直接地指出屈原之怨即源於忠:"'忠'的出發點是無私,其最後歸宿是國家的富强,其特定的表現形式則是對'壅君'的'怨',這些就是屈原忠君的主要特點。"②在屈原的作品中,也有體現其因忠而生怨的例子,如《惜誦》曰:

竭忠誠以事君兮,反離群而贅肬。
……
吾誼先君而後身兮,羌衆人之所仇。
專惟君而無他兮,又衆兆之所讎。
壹心而不豫兮,羌不可保也。
疾親君而無他兮,有招禍之道也。

以上五句皆是前半句表忠心,而後半句生怨意。屈原這種複雜的情感與其個人經歷是分不開的,屈原身爲楚國之貴族,"帝高陽之苗裔兮,朕皇考曰伯庸。攝提貞于孟陬兮,惟庚寅吾以降。皇覽揆

① 〔漢〕司馬遷:《史記》,頁2482。
② 李誠:《楚辭文心管窺》(臺北:文津出版社,1995年),頁109。

余初度兮，肇錫余以嘉名。名余曰正則兮，字余曰靈均”。王夫之曰：“言己與楚同姓，情不可離。得天之令辰，命不可褻。受父之鑒錫，名不可辱。”[①]屈原身爲楚之同姓，自出生起其忠君愛國之志就已確立。《橘頌》曰：“嗟爾幼志，有以异兮。”屈原自幼就與普通人不同，他深自期許，修身潔行，没有一刻不心繫國家。於是當這樣“竭忠誠以事君”的屈原遭到君王的疏遠與厭弃時，纔使人倍覺辛酸與凄凉。因此也無怪乎屈原會忠而生怨。

詩人之怨則又與屈原不同。《詩經》中雖有如《邶風・柏舟》這樣憂心國家、怨中有忠者，但畢竟只是少數。《詩經》中仍有許多怨詩，就單純只是抒發詩人自身的怨憤之情。蓋自古以來，有忠誠如屈原者，本已是少數，而《詩經》除貴族創作外，還有不少平民之作，其情感與屈原此類孤臣孽子殊异，則理固然也。

七、結　論

劉大杰《中國文學發展史》云：“《詩經》與《楚辭》，在創作方法的主要傾向，和詩歌的形式、風格方面，雖具有不同的特色，但在文學發展的源流，與相互的影響上，是有聯繫的。”[②]本文通過比較《詩經》與《屈騷》的忠怨之情，發現二者在情感的表達上確實有許多相似之處，如“載馳載驅”與“奔走先後”的殷勤急切、“憂心慘慘”與“憂愁相接”的日夜懸心、“脩我戈矛”與“操吴戈兮”的浴血衛國、“彼黍離離”與“臨睨舊鄉”的故國深情、“君子信讒”與“信讒齌怒”的恨君不明、“不承權輿”與“中道改路”的慘遭厭弃、“不能奮飛”與“沉抑不達”的憂愁怨誹等。

《屈騷》中的忠怨之情確實有繼承自《詩經》者，但在繼承的同

---

① 〔清〕王夫之：《楚辭通釋》，頁 2。

② 劉大杰：《中國文學發展史》（臺北：華正書局，1984 年），頁 98—99。

時也富有變化,《詩經》中的忠更側重於愛民,而《屈騷》中的忠更側重於忠君。詩人們若覺世道動亂、君王昏庸,則可能會選擇隱逸,屈原則即使受盡毀謗、慘遭放逐,依然捨生忘死。而怨的部分,《詩經》中怨的對象太多,而《屈騷》中怨的對象只在於君。屈原對於世俗小人只是譏諷而非怨。《詩經》中的怨與忠往往是割裂的,而《屈騷》中的怨却與忠密不可分。

而《詩經》與《屈騷》的這種差异性,則與屈原特殊的身世背景、成長經歷、人格品性等息息相關。王夫之曰:"蓋其(屈原)忠愛之性,植根深固,超然於生死之外,雖復百計捐忘,而終不能遏。"[①]正是因爲屈原的具有這種超然生死的忠愛之性,纔使得《屈賦》在書寫忠情時矢志忠君,渾然忘身;書寫怨情時直刺壅君,痛心疾首。故劉勰云:"不有屈原,豈見離騷?"[②]正因屈原之人格自足以千古流芳,因此其忠怨才情纔尤为感人肺腑。

---

① 〔清〕王夫之:《楚辭通釋》,頁 24。

② 〔清〕黄叔琳等:《增訂文心雕龍校注》,頁 51。

稼軒詞引《詩經》考[①]

一、前　言

《詩經》是我國最早的一部詩歌總集，亦是我國文學的發源。目前可考之最早引《詩》之例見於《國語・周語上》："穆王將征犬戎，祭公謀父諫曰：'不可。先王耀德不觀兵。夫兵戢而時動，動則威，觀則玩，玩則無震。是故周文公之《頌》曰："載戢干戈，載櫜弓矢。我求懿德，肆于時夏，允王保之。"'"[②]祭公謀父引《周頌・時邁》以勸諫周穆王唯德是求，莫要興師。而《左傳》中亦記載了許多春秋時期諸侯卿大夫引《詩》之例，如襄公十九年《傳》曰："齊及晋平，盟于大隧。故穆叔會范宣子于柯。穆叔見叔向，賦《載馳》之四章。"[③]穆叔引《載馳》之四章，取"控于大邦，誰因誰極"之意，希望晋國可以幫助魯國抵禦齊國。其餘先秦典籍如《戰國策》《晏子春秋》《吕氏春秋》《論語》《孟子》《荀子》《墨子》《禮記》《孝經》等皆多次引用《詩經》，可見引《詩》之現象在當時頗爲普遍。而從上述《國語》《左傳》的例子中也可以發現，先秦時期引《詩》主要是出於"邇之事

① 本文原發表於中國臺灣第三十七屆南區八校中文系研究生論文研討會。

② 徐元誥：《國語集解》（北京：中華書局，2002 年），頁 1—2。

③ 楊伯峻：《春秋左傳注》（臺北：洪葉文化公司，2015 年），頁 1051。

父,遠之事君"(《論語·陽貨》)的實用目的,引《詩》多用於政治、説理、教化等,其具體用法則是斷章取義。

及至魏晋南北朝時期,對於《詩經》的引用則開始了從實用性至文學性的轉變。曹操《短歌行》曰:"青青子衿,悠悠我心。但爲君故,沉吟至今。呦呦鹿鳴,食野之苹。我有嘉賓,鼓瑟吹笙。"①整句引用《鄭風·子衿》和《小雅·鹿鳴》,却似原出。鍾惺云:"'青青子衿'二句,'呦呦鹿鳴'四句,全寫《三百篇》,而畢竟一毫不似,其妙難言。"②至其子曹植,從詞句至篇名引《詩》竟達百餘處,故鍾嶸《詩品》曰:"魏陳思王植,其源出于《國風》。"③其名篇《贈白馬王彪》云:"中逵絶無軌,改轍登高岡。修坂造雲日,我馬玄以黄。"④即化用了《周南·卷耳》:"陟彼高岡,我馬玄黄。"⑤不僅是文人,《世説新語》中還記載了大量普通讀者援引《詩經》的例子,如《文學》篇:"謝公因子弟集聚,問《毛詩》何句最佳? 遏稱曰:'昔我往矣,楊柳依依;今我來思,雨雪霏霏。'公曰:'訏謨定命,遠猷辰告。'謂此句偏有雅人深致。"⑥從上述例子可以看出,魏晋南北朝時期引《詩》,已多是用於言志抒情的文學範疇。

綜上所述,先秦引《詩》主要是斷章取義,爲我所用,魏晋引《詩》則更偏重於對於《詩經》的文學接受。辛弃疾《稼軒詞》引《詩》,則同時包含了這兩種特點。辛弃疾作詞多用典故,後世對其

---

① 〔三國〕曹操、〔三國〕曹丕、〔三國〕曹植:《三曹集》(長沙:嶽麓書社,1992年),頁65。

② 〔明〕鍾惺、〔明〕譚元春輯:《古詩歸》,收入續修四庫全書編委會編《續修四庫全書》第1589册(上海:上海古籍出版社,2002年),頁424。

③ 〔南朝梁〕鍾嶸:《詩品》,收入〔清〕何文焕輯:《歷代詩話》(北京:中華書局,1981年),頁7。

④ 〔三國〕曹操、〔三國〕曹丕、〔三國〕曹植:《三曹集》,頁363。

⑤ 屈萬里:《詩經詮釋》(臺北:聯經出版公司,1983年),頁8。本文《詩經》引文均據此本,爲免贅述,以下引文不再另行加注,僅於正文中以括號標示頁碼。

⑥ 〔南朝宋〕劉義慶撰,〔南朝梁〕劉孝標注,余嘉錫箋疏:《世説新語箋疏》(北京:中華書局,2007年),頁278。

用典亦是多有評論，如張宗橚《詞林記事》云："稼軒驅使《莊》《騷》、經、史，無一點斧鑿痕，筆力甚峭。"[①]吴衡照曰："辛稼軒别開天地，横絶古今。《論》《孟》《詩小序》《左氏春秋》《南華》《離騷》《史》《漢》《世説》，《選》學、李杜詩，拉雜運用，彌見其筆力之峭。"[②]而對於其引用《詩經》的現象，也已經受到了歷代詞評家的重視，如宋人劉辰翁《辛稼軒詞序》曰："用經用史，牽雅頌入鄭衛也。"[③]本文依據鄧廣銘《稼軒詞編年箋注》[④]，統計稼軒詞中涉及引《詩經》者多達 60 闋，占稼軒詞總 629 闋的近十分之一，所涉及的《詩經》篇目共 46 篇，已逾《詩經》305 篇的十分之一，足見其引用之廣、分量之重。本文欲從稼軒詞引用《詩經》的技巧、對《詩經》的繼承、對《詩經》的發展三個方面，探尋稼軒詞引用《詩經》的風格與特色。

二、引用《詩經》的技巧

本章參考王偉勇《綜論兩宋詞人借鑒唐詩之技巧》所列之條目[⑤]，分析歸納稼軒詞引用《詩經》的技巧，分爲三大類。一曰字面之借鑒，包含：(一)截取《詩經》之字面，(二)熔鑄《詩經》之字面。二曰句意之借鑒，包含：(一)增損《詩經》之字句，(二)化用《詩經》之句意，(三)襲用《詩經》之成句。三曰篇章之借鑒，專指檃括詩意而言。

---

① 〔清〕張宗橚：《詞林記事》(臺北：廣文書局，1961 年)，頁 532。

② 〔清〕吴衡照：《蓮子居詞話》，收入唐圭璋編《詞話叢編》(北京：中華書局，1986 年)，頁 2408。

③ 〔宋〕劉辰翁：《劉辰翁集》(南昌：江西人民出版社，1987 年)，頁 177。

④ 〔宋〕辛弃疾撰，鄧廣銘箋注：《稼軒詞編年箋注》(上海：上海古籍出版社，1993 年)，本文所引稼軒詞均據此本，爲免贅述，以下之引文不再另行加注，僅於正文中以括號標示頁碼。

⑤ 王偉勇：《宋詞與唐詩之對應研究》(臺北：文史哲出版社，2004 年)，頁 23—69。

(一)字面之借鑒

字面之借鑒可分爲“截取”與“熔鑄”兩類,“截取”即僅直引字詞者,可細分爲三類:“自一詩句中截取一字面,自一詩句中截取兩字面,自兩詩句中截取兩字面。”[①]而“熔鑄”則是指擷取或濃縮詩句成一字面者。[②]

1. 截取《詩經》之字面

(1)《江神子》(剩雲殘日弄陰晴):“枝上綿蠻,休作斷腸聲。”(頁 167)

《小雅·綿蠻》曰:“綿蠻黄鳥,止于丘阿。”(頁 444)稼軒詞中的“綿蠻”一詞,即截取於此,屬於“自一詩句中截取一字面”。

(2)《霜天曉角》(暮山層碧):“玉人還佇立,緑窗生怨泣。”(頁 75)

《邶風·燕燕》曰:“瞻望弗及,佇立以泣。”(頁 48)稼軒詞中的“佇立”與“泣”即截取於此,屬於“自一詩句中截取兩字面”。

(3)《六州歌頭》(西湖萬頃):“白鷺振振,鼓咽咽。”(頁 562)

《魯頌·有駜》曰:“振振鷺,鷺于飛。鼓咽咽,醉言歸。”(頁 603)稼軒詞中的“鷺振振”“鼓咽咽”即截取於此,屬於“自兩詩句中截取兩字面”。

2. 熔鑄《詩經》之字面

(1)《滿江紅》(漢節東南):“但欲搜好語謝新詞,羞瓊報。”(頁 321)

《衛風·木瓜》曰:“投我以木桃,報之以瓊瑶。匪報也,永以爲好也。”(頁 117)稼軒詞中“瓊報”一詞,即熔鑄《木瓜》此句而來。

---

① 王偉勇:《宋詞與唐詩之對應研究》,頁 23。

② 王偉勇:《宋詞與唐詩之對應研究》,頁 24。

(2)《滿庭芳》(傾國無媒)："文章手，直需補衮，藻火粲宗彝。"(頁 82)

《大雅・烝民》曰："衮職有缺，維仲山甫補之。"(頁 534)稼軒詞中"補衮"一詞，即熔鑄《烝民》此句而來。

(二)句意之借鑒

句意之借鑒包含：1. 增損《詩經》之字句，2. 化用《詩經》之句意，3. 襲用《詩經》之成句。而"增損"之技巧又細分爲：就《詩經》增字、就《詩經》減字、改易《詩經》之字句。"化用"之技巧，則是指取材《詩經》片段，"不易其文意，而另造新句；或引申文意，反用文意，而另造新句者"①。而"襲用"則是指不加改易，直接使用《詩經》原句者。

1. 增損《詩經》之字句

(1)《新荷葉》(曲水流觴)："明眸皓齒，看江頭有女如雲。"(頁 434)

《鄭風・出其東門》曰："出其東門，有女如雲。"(頁 157)稼軒詞"看江頭有女如雲"一句，即由《出其東門》"有女如雲"一句增"看江頭"三字而成，屬於"就《詩經》增字"者。

(2)《踏莎行》(進退存亡)："衡門之下可栖遲。"(頁 119)

《陳風・衡門》曰："衡門之下，可以栖遲。"(頁 235)稼軒詞此句顯然是由《衡門》此句減"以"一字而來，屬於"就《詩經》減字"者。

(3)《漢宫春》(達則青雲)："人生謾爾，豈食魚必鱠之鱸。"(頁 545)

《陳風・衡門》曰："豈其食魚，必河之魴？""豈其食魚，必河之鯉？"(頁 235)稼軒詞將"河之魴""河之鯉"改易爲"鱠之鱸"。《世説

① 王偉勇：《宋詞與唐詩之對應研究》，頁 24。

新語·識鑒》載:"張季鷹辟齊王東曹掾,在洛見秋風起,因思吴中蒓菜羹、鱸魚膾,曰:'人生貴得適意爾,何能羈宦數千里以要名爵!'遂命駕便歸。俄而齊王敗,時人皆謂爲見機。"[①]稼軒爲合前句"千古季鷹猶在"之典,而作此番改動,屬於"改易《詩經》之字句"者。

2. 化用《詩經》之句意

(1)《蘭陵王》(一丘壑):"看天闊鳶飛,淵静魚躍,西風黄菊香噴薄。"(頁 357)

《大雅·旱麓》曰:"鳶飛戾天,魚躍于淵。"(頁 466)稼軒詞"看天闊鳶飛,淵静魚躍"顯是化用《旱麓》此句而易其語也,屬於"不易其文意,而另造新句"者。

(2)《漢宫春》(秦望山頭):"歲云暮矣,問何不鼓瑟吹竽?"(頁 540)

《小雅·小明》曰:"曷云其還? 歲聿云莫。"(頁 398)朱熹云:"大夫以二月西征,至於歲莫,而未得歸,故呼天而訴之。"[②]原句爲征役之人嘆一年將盡,問何日纔能歸家。稼軒詞則是謂時將歲末,何不奏樂歡娱。於歲暮中又延伸出及時行樂之意,屬於"引申文意"者。

(3)《鷓鴣天》(嘆息頻年廩未高):"嘆息頻年廩未高,新詞空賀此丘遭。"(頁 439)

《周頌·豐年》曰:"豐年多黍多稌,亦有高廩,萬億及秭。"(頁 573)詩句原意是贊頌豐年糧食豐收,米倉高大。而稼軒詞却反用其意,嘆息連年歉收,倉廩未高,屬於"反用文意"者。

---

① 〔南朝宋〕劉義慶撰,〔南朝梁〕劉孝標注,余嘉錫箋疏:《世説新語箋疏》,頁 467。
② 〔宋〕朱熹:《詩集傳》(北京:中華書局,1958 年),頁 151。

3. 襲用《詩經》之成句

(1)《滿庭芳》(西崦斜陽):"恨兒曹抵死,謂我心憂。"(頁 405)

《王風・黍離》曰:"知我者,謂我心憂;不知我者,謂我何求。"(頁 120)稼軒詞中"謂我心憂"一句,顯係襲用自《王風・黍離》。

(2)《踏莎行》(吾道悠悠):"吾道悠悠,憂心悄悄,最無聊處秋光到。"(頁 409)

《邶風・柏舟》曰:"憂心悄悄,慍于群小;覯閔既多,受侮不少。"(頁 43)稼軒詞中"憂心悄悄"一句,即襲用自《邶風・柏舟》。

(三)篇章之借鑒

1.《最高樓》(君聽取):"棣華詩,悲二叔,吊周公。"(頁 418)

《毛詩序》曰:"《常棣》,燕兄弟也。閔管、蔡之失道,故作《常棣》焉。"[①]稼軒將《常棣》之詩旨概括爲"悲二叔,吊周公",大致檃括了原詩的内容。

2.《賀新郎》(綠樹聽鵜鴂):"看燕燕,送歸妾。"(頁 527)

《邶風・燕燕》曰:"燕燕于飛,差池其羽。之子于歸,遠送于野。"(頁 48)《毛詩序》曰:"《燕燕》,衛莊姜送歸妾也。"[②]稼軒詞基本檃括了《燕燕》的詩旨,且其全詞書寫離別之恨亦與原詩之情感相符。

三、對《詩經》的繼承

稼軒詞對於《詩經》的引用,既如先秦時期注重《詩經》的教化

---

① 〔漢〕毛亨傳,〔漢〕鄭玄箋,〔唐〕孔穎達疏:《毛詩正義》,收入李學勤主編《十三經注疏》(北京:北京大學出版社,1999 年),頁 568。

② 〔漢〕毛亨傳,〔漢〕鄭玄箋,〔唐〕孔穎達疏:《毛詩正義》,頁 121。

與實用,又有魏晉南北朝時期重視文學接受的特點,故本章分爲:(一)《詩經》教化,(二)詩以致用,(三)文學接受,共三節進行論述。

(一)《詩經》教化

稼軒詞繼承了《詩經》怨而不怒、哀而不傷、温柔敦厚的詩教,如《鷓鴣天》(出處從來自不齊)曰:

> 出處從來自不齊。後車方載太公歸。誰知孤竹夷齊子,正向空山賦采薇。　　黄菊嫩,晚香枝。一般同是采花時。蜂兒辛苦多官府,蝴蝶花間自在飛。(頁 415)

此闋詞作於"慶元黨禁"時期,稼軒雖閒居瓢泉,亦復爲言路彈擊,又思及自己落職隱居,抗金之抱負不展,故而此詞開篇即有出處不平之憤慨。起句"出處從來自不齊"開宗明義,"出處"即出仕與歸隱,"不齊"即不齊一、有分别,而"從來"一詞更是暗含幽憤。之後稼軒連用兩典,"後車方載太公歸"一句指姜太公逢文王而得舉一事,《小雅・綿蠻》曰:"命彼後車,謂之載之。"(頁 444)《史記・齊太公世家》曰:"太公望吕尚者,東海上人。……於是周西伯獵,果遇太公於渭之陽,與語大説……載與俱歸,立爲師。"[1]姜太公年老時得文王之賞識而受重用。而稼軒此時已年近花甲,却只得終日閒居,雖欲似姜太公出仕,却不得賞識,故而有"誰知孤竹夷齊子,正向空山賦采薇"之感嘆。《史記・伯夷列傳》曰:"伯夷、叔齊,孤竹君之二子也。……武王已平殷亂,天下宗周,而伯夷、叔齊耻之,義不食周粟,隱於首陽山,采薇而食之。及餓且死,作歌,其辭曰:'登彼西山兮,采其薇矣。……'"[2]伯夷、叔齊本爲出於自身之意志而選擇隱逸,然而稼軒加以"誰知"二字,便平添了三分賢而不遇的怨

---

① 〔漢〕司馬遷:《史記》(北京:中華書局,1959 年),頁 1477—1478。
② 〔漢〕司馬遷:《史記》,頁 2123。

懟之情。全詞上半闋通過姜太公出仕助周朝享八百年國運,與伯夷、叔齊隱居而餓死於首陽山之强烈對比,表達了稼軒出處不齊的鬱悶之氣。

然而稼軒並没有耽溺於此種人世不平、報國無門的怨憤。下半闋稼軒以蜜蜂與蝴蝶爲喻,進行自我之開解。同樣是在黄菊初開的采花時節,蜜蜂便要前後奔走,忙於采蜜,此處稼軒將"蜂房"比作"官府",因爲以蜂后爲首的蜂群恰似以皇帝爲首的百官。而在"入世"的蜜蜂疲於奔命之時,"出世"之蝴蝶却正悠閒自在。全詞由士不遇之憤懣轉變爲樂觀曠達,不耽溺於怨憤之情,而能自我解脱,體現了温柔敦厚之詩教。

(二)詩以致用

1. 祝壽

稼軒詞《最高樓》(金閨老)曰:

> 金閨老,眉壽正如川。七十且華筵。樂天詩句香山裏,杜陵酒債曲江邊。問何如,歌窈窕,舞嬋娟? 更十歲,太公方出將。又十歲,武公才入相。留盛事,看明年。直須腰下添金印,莫教頭上欠貂蟬。向人間,長富貴,地行仙。(頁 303)

此詞是一首祝壽詞,題序云:"慶洪景盧内翰七十。"[①]洪邁字景盧,曾任職學士院,故稱内翰,稼軒賀其七十歲壽辰故作詞以贈之。起句"金閨老,眉壽正如川",點明祝壽之旨。《豳風·七月》云:"爲此春酒,以介眉壽。"(頁 263)介,求也。眉壽,高壽也,孔穎達曰:"人年老者,必有毫毛秀出。"[②]又《小雅·天保》云:"天保定爾,以莫不興。……如川之方至,以莫不增。"(頁 292)祝願福壽如江水滔滔不

① 〔宋〕辛弃疾撰,鄧廣銘箋注:《稼軒詞編年箋注》,頁 303。

② 〔漢〕毛亨傳,〔漢〕鄭玄箋,〔唐〕孔穎達疏:《毛詩正義》,頁 503。

絶。而後以白居易與杜甫詩酒晚年作比，言其亦有歌舞之娱樂。下片以姜太公、衛武公作喻，言其雖年逾七十，猶可出將入相，建立事功。末句更祝其可“長富貴，地行仙”，由功名而升華至神仙。全詞並無多少文學性，尤其是相比於稼軒《水龍吟》（渡江天馬南來）等壽詞區别更加明顯，此詞是一首純粹的祝壽詞。

2. 送别

稼軒詞《鷓鴣天》（白苧新袍入嫩凉）曰：

> 白苧新袍入嫩凉。春蠶食葉響回廊。禹門已準桃花浪，月殿先收桂子香。　　鵬北海，鳳朝陽。又携書劍路茫茫。明年此日青雲去，却笑人間舉子忙。（頁 185）

此詞爲稼軒送門生赴秋試所作，題序云：“送闊之秋試。”[①]范開字闊之，爲稼軒門生。首句破題，苧麻袍爲當時舉子所穿衣物，“春蠶食葉”化用歐陽修《禮部貢院閲進士就試詩》“無嘩戰士銜枚勇，下筆春蠶食葉聲”。後二句連用兩典，祝范闊之魚躍龍門，月殿折桂。下片“鵬北海”將范闊之喻爲《逍遥游》中之大鵬，扶摇直上。“鳳朝陽”則化用《詩經》之典故，《大雅・卷阿》云：“鳳凰鳴矣，于彼高崗。梧桐生矣，于彼朝陽。”（頁 501）鄭玄曰：“鳳皇鳴于山脊之上者，居高視下，觀可集止。喻賢者待禮乃行，翔而後集。梧桐生者，猶明君出也。生於朝陽者，被温仁之氣亦君德也。”[②]故稼軒以鳳凰朝陽喻范闊之爲賢才遇明君而出，携書劍赴茫茫仕途。末句祝其來年進士及第，青雲直上，笑看其餘舉子忙碌。全詞緊繞“送秋試”之主題，是一首典型的贈别詩。

3. 贈答

稼軒詞《臨江仙》（記取年年爲壽客）曰：

---

① 〔宋〕辛弃疾撰，鄧廣銘箋注：《稼軒詞編年箋注》，頁 185。

② 〔漢〕毛亨傳，〔漢〕鄭玄箋，〔唐〕孔穎達疏：《毛詩正義》，頁 1135。

記取年年爲壽客，只今明月相隨。莫教絃管便生衣。引壺觴自酌，須富貴何時。　　入手清風詞更好，細書白璽烏絲。海山問我幾時歸。棗瓜如可啖，直欲覓安期。（頁308）

題序云："和信守王道夫韵，謝其爲壽。時僕作閩憲。"①信守，信州知州。閩憲，稼軒時任福建提點刑獄。此詞爲稼軒答謝王道夫賀壽所作。起句回憶當初在信州時，王道夫年年爲自己祝壽，如今自己遠赴福建任職，不得見面，心意只得托與明月相隨，化用李白詩"我寄愁心與明月，隨風直到夜郎西"（《聞王昌齡左遷龍標遥有此寄》）。王道夫勸稼軒且娱且樂，莫要將管弦弃置，只管開懷暢飲，不要在意富貴。下片"入手清風詞更好"化用《大雅·烝民》"吉甫作誦，穆如清風"（頁534）的語典，王道夫將穆如清風之壽詞仔細地書寫在白璽烏絲上，稱贊其壽詞寫得好。末句回答"幾時歸"之疑問。《史記·封禪書》載李少君曰："臣嘗游海上，見安期生，安期生食臣棗，大如瓜。安期生仙者，通蓬萊中，合則見人，不合則隱。"②稼軒戲言棗瓜如可啖，則願尋覓安期生而成仙。然棗瓜實不可啖，故稼軒仍欲致力於事功，尚不願避世而修神仙。全詞上片謝祝壽並簡括壽詞，下片贊美兼致答意。

4. 小結

稼軒詞引《詩經》者共60闋，其中用於人際往來之功用者，除上述3闋外，尚有祝壽詞2闋：《感皇恩》（七十古來稀）壽范倅，《水調歌頭》（上古八千歲）壽韓南澗尚書七十；送別詞6闋：《一剪梅》（獨立蒼茫醉不歸）送葉丞相，《菩薩蠻》（送君直上金鑾殿）送鄭守厚卿赴闕，《婆羅門引》（綠蔭啼鳥）別郭逢道，《雨中花慢》（馬上三年）別吴子似，《賀新郎》（綠樹聽鵜鴂）別茂嘉十二弟，《定風波》（莫

① 〔宋〕辛弃疾撰，鄧廣銘箋注：《稼軒詞編年箋注》，頁308。
② 〔漢〕司馬遷：《史記》，頁1385。

望中州嘆黍離)送盧國華;贈答詞 7 闋:《滿庭芳》(傾國無媒)贈洪丞相景伯,《滿江紅》(曲几團蒲)答俞山甫教授探病,《醉翁操》(長松之楓)贈范闊之出仕,《滿江紅》(漢節東南)贈盧國華就任,《沁園春》(我見君來)贈吴子似縣府,《婆羅門引》(不堪鶗鴂)答趙晋臣敷文,《漢宫春》(達則青雲)答吴子似總幹和章。共 18 闋,占總數的近三分之一。

(三)文學接受

1. 賢士不遇

《邶風・柏舟》曰:

> 泛彼柏舟,亦泛其流。耿耿不寐,如有隱憂。微我無酒,以敖以游。
>
> 我心匪鑒,不可以茹。亦有兄弟,不可以據。薄言往愬,逢彼之怒。
>
> 我心匪石,不可轉也;我心匪席,不可卷也。威儀棣棣,不可選也。
>
> 憂心悄悄,愠于群小;覯閔既多,受侮不少。静言思之,寤辟有摽。
>
> 日居月諸,胡迭而微?心之憂矣,如匪澣衣。静言思之,不能奮飛。(頁 43)

《毛詩序》曰:"《柏舟》,言仁而不遇也。衛頃公之時,仁人不遇,小人在側。"[①]《柏舟》抒發了詩人賢而不遇的憂憤。首章開門見山,點明"隱憂"二字,直抒胸臆。柏舟一則以喻國"泛泛然於水中流,其勢靡所底止,爲此而有隱憂"[②];一則以自喻,嘆己之身如不繫之舟,

① 〔漢〕毛亨傳,〔漢〕鄭玄箋,〔唐〕孔穎達疏:《毛詩正義》,頁 113。

② 〔清〕方玉潤:《詩經原始》(北京:中華書局,1986 年),頁 122。

報國無門，不得於君。二、三章分别以鏡、石、席爲喻，表達了詩人擇善從之，嫉惡如仇①，堅定不移、絕不妥協的決心。雖有兄弟，却無法依靠。孔穎達云："此責君而言兄弟者，此仁人與君同姓，故以兄弟之道責之，言兄弟者，正謂君與己爲兄弟也。"②理或然也。雖則兄弟怒於己，然詩人依舊剛正不阿，威儀棣棣。《左傳·襄公三十一年》（B. C. 608）曰："有威而可畏謂之威，有儀而可象謂之儀。"③威儀棣棣此處乃詩人自謂其容止威嚴端正而無差錯。雖然詩人心性堅定，容止端正，却依然爲衆小人所恨怒，遭受詬病和侮辱。詩人静下來思索，不禁悲從中來而拍打胸脯。末章首句以日食、月食爲喻，刺君臣之昏昧，姚際恒云："按《十月之交》詩曰：'彼月而微，此日而微。'言日、月之食甚明。今詩言與彼章同，謂日、月胡爲更迭而微，以喻衛之君、臣皆昏而不明之意。"④次句言"心之憂矣，如匪澣衣"，詩人的憂愁就如衣上之污垢難以洗去。末句感嘆無法奮飛以施展抱負的憤懣，再次抒發士不遇之慚恨。

稼軒詞《踏莎行》（吾道悠悠）曰：

> 吾道悠悠，憂心悄悄，最無聊處秋光到。西風林外有啼鴉，斜陽山下多衰草。　　長憶商山，當年四老，塵埃也走咸陽道。爲誰書到便幡然，至今此意無人曉。（頁 409）

紹熙五年（1194），稼軒先後兩度遭到彈劾，落職閒居，又因帶湖故居遇火灾，遂遷居鉛山瓢泉，度過了八年的歸隱生活。此詞即作於稼軒歸隱瓢泉時期，起句即書寫了自己堅持古道却每每遭到小人

---

① 歐陽修曰："蓋鑒之於物，納影在内，反物不擇妍媸，皆納其景。時詩人謂衛之仁人，其心非鑒，不能善惡皆納。善者納之，惡者不納，以其不能兼容，是以見嫉於在側之群小，而獨不遇也。"〔宋〕歐陽修：《詩本義》，收入張元濟等輯《四部叢刊三編》（上海：商務印書館，1935 年），頁 38—39。

② 〔漢〕毛亨傳，〔漢〕鄭玄箋，〔唐〕孔穎達疏：《毛詩正義》，頁 115。

③ 楊伯峻：《春秋左傳注》，頁 1194。

④ 〔清〕姚際恒：《詩經通論》（北京：中華書局，1958 年），頁 50。

嫉妒的困厄,"憂心悄悄"即出自《邶風·柏舟》的"憂心悄悄,愠于群小",抒發了稼軒憂心家國却爲群小所不容的憤懣。"最無聊處秋光到",所謂自古逢秋悲寂寥,秋天的到來又使得稼軒愁上添愁。後兩句寫秋景,"西風""啼鴉""斜陽""衰草",這些蕭瑟的意象又使得稼軒心中更添悲涼。上片借景抒情,下片則借古諷今,"商山四老"典出《史記·留侯世家》:

上欲廢太子,立戚夫人子趙王如意。大臣多諫争,未能得堅决者也。……於是吕后令吕澤使人奉太子書,卑辭厚禮,迎此四人。……及燕,置酒,太子侍。四人從太子,年皆八十有餘,鬚眉皓白,衣冠甚偉。上怪之,問曰:"彼何爲者?"四人前對,各言名姓,曰東園公、角里先生、綺里季、夏黄公。上乃大驚……竟不易太子者,留侯本招此四人之力也。[①]

劉邦欲廢太子,吕后用張良計,卑辭厚禮請四老出山,太子之位得以保全。然而稼軒却質疑道爲何四老當初執意歸隱,但太子派人延請便幡然變卦,也來走這紅塵滚滚的咸陽道。稼軒批評了商山四老的善變與前後不一,且其必不只是單純地議論史事,而是欲藉此諷刺當朝之人。或曰稼軒是借四老輔助吕后之事,譏諷慶元黨禁期間投靠宰相韓侂胄的舊交新貴,理或然也。[②] 全詞上片寫詞人堅持"吾道",然"吾道"不行的憂心。下片諷刺群小待價而沽,遇時而動,抱團結黨,干預朝政之惡行。抒發了對仁人不遇、小人在側的怨憤。而"憂心悄悄"一句,即體現了自身夙夜興嘆的拳拳愛國之情,又藴涵了後半句"愠于群小"之憤懣,並且承繼了《柏舟》全詩賢而不遇的主旨,可謂是言有盡而意無窮。

---

① 〔漢〕司馬遷:《史記》,頁 2044—2047。

② 辛更儒:《辛弃疾詞選》(北京:中華書局,2009 年),頁 145。

2. 離別之情

稼軒詞《賀新郎》（綠樹聽鵜鴂）曰：

> 綠樹聽鵜鴂。更那堪鷓鴣聲住，杜鵑聲切。啼到春歸無尋處，苦恨芳菲都歇。算未抵人間離別。馬上琵琶關塞黑，更長門翠輦辭金闕。看燕燕，送歸妾。　　將軍百戰身名裂。向河梁回頭萬里，故人長絶。易水蕭蕭西風冷，滿座衣冠似雪。正壯士悲歌未徹。啼鳥還知如許恨，料不啼清淚長啼血。誰共我，醉明月？（頁 526—527）

題序曰："別茂嘉十二弟。"[①]本詞爲一首送別詞，茂嘉爲稼軒族弟，時調任桂林，稼軒作此詞以送之。開篇先寫三種鳥的叫聲，鵜鴂、鷓鴣、杜鵑三者的啼聲皆悲，皆同時象徵着春將逝去。《離騷》云："恐鵜鴂之先鳴兮，使夫百草爲之不芳。"[②]宋人洪興祖《補注》曰："鵜鴂鳴而草衰。"[③]因此鳥總在暮春百花凋零時開始啼叫，故古人從啼叫即聯想到春盡與衆芳凋謝。稼軒繼而感嘆啼鳥之聲已是悲涼，却比不上人間之離別，引出離別之旨。接著稼軒連用四典，寫古今之生死訣別。"馬上琵琶關塞黑，更長門翠輦辭金闕"，寫昭君出塞，辭別漢闕。"看燕燕，送歸妾"典出《邶風・燕燕》，其詩曰：

> 燕燕于飛，差池其羽。之子于歸，遠送于野。瞻望弗及，泣涕如雨。
>
> 燕燕于飛，頡之頏之。之子于歸，遠于將之。瞻望弗及，佇立以泣。
>
> 燕燕于飛，下上其音。之子于歸，遠送于南。瞻望弗及，實勞我心。

---

① 〔宋〕辛弃疾撰，鄧廣銘箋注：《稼軒詞編年箋注》，頁 526。

② 〔宋〕洪興祖：《楚辭補注》（臺北：臺灣大學出版中心，2016 年），頁 55。

③ 〔宋〕洪興祖：《楚辭補注》，頁 56。

仲氏任只,其心塞淵。終温且惠,淑慎其身。先君之思,以勖寡人。(頁 48)

《毛詩序》曰:"《燕燕》,衛莊姜送歸妾也。"[①]莊姜爲衛莊公夫人,美而無子,以妾戴嬀之子完爲己子。莊公另有寵妾生子州吁。莊公死後完繼位爲衛桓公,州吁叛亂殺死桓公,自立爲君。戴嬀大歸陳國而不返,莊姜送之,作《燕燕》。時衛國正逢大亂,戴嬀與莊姜此次一别又將是永訣,一時間國仇家恨、喪子之痛、訣别之哀紛紛涌上心頭,故此詩寫得尤爲感人肺腑,被後人譽爲"萬古送别詩之祖"[②]。稼軒繼承了《燕燕》詩中的離别之情,並化而爲己所用。上片莊姜送歸妾與昭君辭漢闕皆是寫女子,而下片李陵絶蘇武、荆軻别易水則是寫壯士。身經百戰、戰功赫赫却因詐降匈奴而身敗名裂的李陵,送别死守漢節的昔日好友蘇武,忠心爲國却家破人亡的怨恨、與朋友永訣的傷痛,交織混雜,愈增傷悲。荆軻别易水,明知必死,爲了國家也毅然捨生赴死,壯士一去不復還。啼鳥如果知道了這些人間的離别,想來應是"不啼清淚長啼血",春歸已是愁極恨極,然離别之恨又遠甚於春歸之恨。末句"誰共我,醉明月"又聯繫到了别茂嘉十二弟的主旨,稼軒感嘆茂嘉走後自己將孤獨無伴,千古離别之恨與眼下兄弟别離之恨疊加,纏綿悱惻,尤爲痛心。

3. 隱逸之思

《陳風·衡門》云:

衡門之下,可以栖遲。泌之洋洋,可以樂飢。
豈其食魚,必河之魴?豈其取妻,必齊之姜?
豈其食魚,必河之鯉?豈其取妻,必宋之子?(頁 235)

---

① 〔漢〕毛亨傳,〔漢〕鄭玄箋,〔唐〕孔穎達疏:《毛詩正義》,頁 121。
② 〔清〕王士禛:《分甘餘話》(北京:中華書局,1989 年),頁 62。

朱熹《詩集傳》曰："此隱居自樂而無求者之詞。"①《衡門》是一首隱逸詩，首句形容詩人隱居之居所，"衡門，横木爲門，言簡陋也"②。詩人居簡陋之房舍却不以爲苦，"斯是陋室，惟吾德馨"。他以泌泉充飢，却獨甘其味，人不堪其憂，詩人亦不改其樂。"樂飢"，《毛傳》曰："可以樂道忘飢。"③《詩集傳》曰："泌水雖不可飽，然亦可以玩樂而忘飢也。"④二、三章詩人自言食魚何必非得魴魚、鯉魚等美味，娶妻亦何必齊姜、宋子等貴女。正所謂"食色，性也"(《孟子·告子上》)，然而詩人全然不屑于食色之欲，安貧樂道，灑脱閒適。其淡薄高雅之志趣、無欲無求之境界長久爲後人所稱道，也無怪乎有人將《陳風·衡門》視爲閒適隱逸詩之濫觴。⑤

稼軒詞《踏莎行》(進退存亡)曰：

> 進退存亡，行藏用舍。小人請學樊須稼。衡門之下可栖遲，日之夕矣牛羊下。　　去衛靈公，遭桓司馬。東西南北之人也。長沮桀溺耦而耕，丘何爲是栖栖者。(頁119)

據鄧廣銘編年，此詞疑是淳熙九年(1182)隱居帶湖之初所作。⑥ 淳熙八年(1181)稼軒遭臺臣王藺之彈劾而落職，遂興隱逸之念，並自言"人生在勤，當以力田爲先"⑦，故以"稼"名軒，而作此詞。題序曰："賦稼軒，集經句。"⑧故此詞通篇皆爲集經句而寫成。首句"進

---

① 〔宋〕朱熹：《詩集傳》，頁82。
② 〔漢〕毛亨傳，〔漢〕鄭玄箋，〔唐〕孔穎達疏：《毛詩正義》，頁443。
③ 〔漢〕毛亨傳，〔漢〕鄭玄箋，〔唐〕孔穎達疏：《毛詩正義》，頁443。
④ 〔宋〕朱熹：《詩集傳》，頁82。
⑤ 葉華云："元初方回選評的大型唐宋律詩選集《瀛奎律髓》就曾專列'閒適'一類，並謂其是'詩家之所必有而不容無者也'。若推本溯源，《衡門》一詩當可視爲這類作品的濫觴吧？"金啓華、朱一清、程自信主編《詩經鑒賞辭典》(合肥：安徽文藝出版社，1990年)，頁336。
⑥ 〔宋〕辛弃疾撰，鄧廣銘箋注：《稼軒詞編年箋注》，頁120。
⑦ 〔元〕脱脱等：《宋史》(北京：中華書局，1977年)，頁12165。
⑧ 〔宋〕辛弃疾撰，鄧廣銘箋注：《稼軒詞編年箋注》，頁119。

退存亡”出自《周易・乾文言》:“知進退存亡而不失其正者,其惟聖人乎?”[①]“行藏用舍”則典出《論語・述而》:“子謂顔淵曰:‘用之則行,舍之則藏,惟我與爾有是夫。’”對於出仕與歸隱的抉擇,稼軒選擇了歸隱:“小人請學樊須稼。”《論語・子路》曰:“樊遲請學稼。子曰:‘吾不如老農。’……樊遲出。子曰:‘小人哉,樊須也!’”稼軒遭人彈劾,君王又不信用,自覺遭逢不偶,時事不可爲,故於進退存亡中選擇了急流勇退。“衡門之下可栖遲,日之夕矣牛羊下”,描繪了隱逸生活的美好。其中前半句即出自《陳風・衡門》,繼承了原詩中安貧樂道、以隱居爲樂的思想。後半句則是出自《王風・君子于役》:“日之夕矣,羊牛下來。”(頁121)描寫了田園生活的美好。

下片“去衛靈公,遭桓司馬”,《論語・衛靈公》曰:“衛靈公問陳于孔子。孔子對曰:‘……軍旅之事,未嘗學也。’明日遂行。”《孟子・萬章》曰:“孔子不悦于魯、衛,遭宋桓司馬,將要而殺之,微服而過宋,是時孔子當阨。”稼軒寫自己不願像孔子一樣四處奔波,成爲一個東西南北飄零的人,而欲效法長沮、桀溺耦而耕。這首《踏莎行》承繼了《陳風・衡門》中以隱逸爲樂的思想,但在末句“丘何爲是栖栖者”的詰問中,仍能感受到稼軒的失意不平之氣。所以稼軒在隱居十年後,紹熙三年(1192)稼軒接到朝廷任命後又出仕任福建提點刑獄。

四、對《詩經》的發展

(一)寫作技法

同樣是“佩玉瓊琚”一句以配飾寫美人,稼軒詞就與《詩經》不

---

① 〔三國魏〕王弼注,〔唐〕孔穎達疏:《周易正義》,收入李學勤主編《十三經注疏》(北京:北京大學出版社,1999年),頁7。

同,《鄭風·有女同車》曰:

> 有女同車,顔如舜華。將翺將翔,佩玉瓊琚。彼美孟姜,洵美且都。
>
> 有女同行,顔如舜英。將翺將翔,佩玉將將。彼美孟姜,德音不忘。(頁 147)

"此蓋婚者美其新婦之詩。"[①]"有女同車",寫男子至女子家迎親,先秦時除天子與諸侯外,卿以下娶妻必親迎。"顔如舜華","舜,木槿也"[②],形容新娘長得很美,像木槿花一樣。"將翺將翔"形容新娘步履輕盈優美,如展翅飛翔一般。"佩玉瓊琚",瓊琚皆美玉也,以配飾之精美襯托新娘之容貌姣好。末句"彼美孟姜,洵美且都","都,閑也"[③],閑習婦禮,稱贊新娘不僅有美貌還有德行。首章的詩意是層層递進的,至末句"洵美且都"纔從美貌言及德行,則"顔如舜華。將翺將翔,佩玉瓊琚"三句應都是在形容女子之貌美。而稼軒詞則不同,《沁園春》(有美人兮)曰:

> 有美人兮,玉佩瓊琚,吾夢見之。問斜陽猶照,漁樵故里,長橋誰記,今故期思?物化蒼茫,神游彷彿,春與猿吟秋鶴飛。還驚笑,向晴波忽見,千丈虹霓。　　覺來西望崔嵬,更上有青楓下有溪。待空山自薦,寒泉秋菊,中流却送,桂棹蘭旗。萬事長嗟,百年雙鬢,吾非斯人誰與歸。憑闌久,正清愁未了,醉墨休題。(頁 290)

題序曰:"期思舊呼奇獅,或云棋師,皆非也。余考之《荀卿書》云:'孫叔敖,期思之鄙人也。'期思屬弋陽郡,此地舊屬弋陽縣。雖古之弋陽、期思,見之圖記者不同,然有弋陽則有期思也。橋壞復成,

---

① 屈萬里:《詩經詮釋》,頁 147。

② 〔漢〕毛亨傳,〔漢〕鄭玄箋,〔唐〕孔穎達疏:《毛詩正義》,頁 298。

③ 〔漢〕毛亨傳,〔漢〕鄭玄箋,〔唐〕孔穎達疏:《毛詩正義》,頁 298。

父老請余賦，作《沁園春》以證之。"[1]從題序中可以看出，此詞首句"有美人兮，玉佩瓊琚，吾夢見之"的所謂美人即指孫叔敖。孫叔敖爲春秋時期楚國令尹，令尹即楚相。《史記·循吏列傳》曰："孫叔敖者，楚之處士也。虞丘相進之於楚莊王，以自代也。三月爲楚相，施教導民，上下和合，世俗盛美，政緩禁止，吏無奸邪，盜賊不起。秋冬則勸民山采，春夏以水，各得其所便，民皆樂其生。"[2]孫叔敖實爲一代賢相，故稼軒以"玉珮瓊琚"形容之，實是以美玉襯托其德才。同是以配飾寫美人，《詩經》用以襯托容貌，稼軒詞用以襯托才行，在繼承的基礎上又有所變化。

（二）意境的延伸

《王風·君子于役》曰：

> 君子于役，不知其期。曷至哉！鷄棲于塒。日之夕矣，羊牛下來。君子于役，如之何勿思！
>
> 君子于役，不日不月。曷其有佸？雞棲于桀。日之夕矣，羊牛下括。君子于役，苟無飢渴？（頁121）

朱熹《詩序辨説》曰："此國人行役而室家念之之辭。"[3]首章謂丈夫征役在外，不知何時纔能歸來。何時回來呢！雞棲息于塒，日色已暮，羊牛都回來了，唯有丈夫還征役在外，如何能够不思念呢！"日之夕矣，羊牛下來"，以羊牛從山上下來返歸回家，興丈夫之歸家。

稼軒詞《朝中措》（籃輿嫋嫋破重岡）曰：

> 籃輿嫋嫋破重岡，玉笛兩紅妝。這裏都愁酒盡，那邊正和

---

① 〔宋〕辛弃疾撰，鄧廣銘箋注：《稼軒詞編年箋注》，頁290。

② 〔漢〕司馬遷：《史記》，頁3099。

③ 〔宋〕朱熹：《詩序辨説》，收入《續修四庫全書》"經部"第56册（上海：上海古籍出版社，2002年），頁269。

詩忙。　　爲誰醉倒,爲誰歸去,都莫思量。白水東邊籬落,斜陽欲下牛羊。(頁213)

此詞作於稼軒隱居帶湖期間。上片寫稼軒坐着竹轎緩緩行過重重山岡,聽歌、飲酒、作詩,體現了隱逸生活的閒適。下片言爲何醉酒,爲何歸隱,個中緣由皆莫深思量,田園風景正好,斜陽欲下牛羊。此處的情感與《踏莎行》(進退存亡)中"衡門之下可栖遲,日之夕矣牛羊下"的情感是相同的,皆是對於田園生活的嚮往。而"牛羊下"的意涵繼承了《君子于役》的"歸",却從"歸家"進一步延伸成爲回歸自然。

(三)詩意的反用

《王風·黍離》曰:

彼黍離離,彼稷之苗。行邁靡靡,中心摇摇。知我者,謂我心憂;不知我者,謂我何求。悠悠蒼天,此何人哉!

彼黍離離,彼稷之穗。行邁靡靡,中心如醉。知我者,謂我心憂;不知我者,謂我何求。悠悠蒼天,此何人哉!

彼黍離離,彼稷之實。行邁靡靡,中心如噎。知我者,謂我心憂;不知我者,謂我何求。悠悠蒼天,此何人哉!

《毛詩序》云:"《黍離》,閔宗周也。周大夫行役至于宗周,過故宗廟宫室,盡爲禾黍。閔周室之顛覆,彷徨不忍去,而作是詩也。"[①]詩人行走於周王朝的故土,看到曾經的桂殿蘭宫、飛閣流丹,如今皆只餘下荒烟蔓草,不禁悲從中來,不可斷絶。雖有人知詩人爲心憂,然竟有茫茫不知者嗤笑其還有何求。詩人滿腔悲憤無法發泄,故只得叩問蒼天。全詩三章回環往復,從"苗""穗""實"的變化,盡顯

① 〔漢〕毛亨傳,〔漢〕鄭玄箋,〔唐〕孔穎達疏:《毛詩正義》,頁252。

朝代更迭、世事變遷之無奈，物猶如此，人何以堪。而從“搖搖”到“如醉”再到“如噎”，詩人之憂愁不斷加深，直至最後愴然而哽咽，則化淒涼而爲淒厲，令讀者亦不禁心有戚戚。故方玉潤云：“三章只換六字，而一往情深，低徊無限。此專以描摹虚神擅長，憑吊詩中絕唱也。”①

稼軒詞《滿庭芳》(西崦斜陽)曰：

> 西崦斜陽，東江流水，物華不爲人留。錚然一葉，天下已知秋。屈指人間得意，問誰是騎鶴揚州？君知我，從來雅興，未老已滄洲。　無窮身外事，百年能幾，一醉都休。恨兒曹抵死，謂我心憂。况有溪山杖屨，阮籍輩須我來游。還堪笑，機心早覺，海上有驚鷗。(頁406)

此詞作於慶元三年(1197)稼軒遷居鉛山瓢泉之初，稼軒時年五十七。上片寫光陰似箭，逝者如斯，而稼軒自己也已近年老。回望古今，竟無一個騎鶴揚州、得意人間的人物，因此自己“未老已滄洲”的失志歸隱也就得以寬慰了。且稼軒又謂自己從來雅興，就是有隱逸之思的。下片寫自己忘却身外事，一醉解憂。而後稼軒感嘆不知我者總謂我心憂，却不知我有結伴嬉游山水之樂。然末句“還堪笑，機心早覺，海上有驚鷗”，却因海鷗之驚飛，體現自己其實塵心猶在，仍牽挂於世俗，牽挂南宋之未來，未能完全歸隱山水，之前所言皆是强自寬慰。“恨兒曹抵死，謂我心憂”一句，引自《王風·黍離》，原意爲知我者謂我憂心家國，稼軒則反用其意，言不知我者，硬謂我憂心家國，其實我已欲隱逸。

---

① 〔清〕方玉潤：《詩經原始》，頁192。

五、結　論

稼軒詞引用《詩經》的範圍頗廣，《國風》《小雅》《大雅》《三頌》均有涉及。在引用《詩經》的技巧方面，以化用爲最多，其次是截取。稼軒之化用頗爲靈活，詞境與原詩詩意大多不符，頗有先秦時期"斷章取義，爲我所用"之特色。而在截取方面，所截取之意象如"綿蠻"等，則大抵皆符合意象原意。其餘如熔鑄、增字、減字、改易、襲用、檃括等技巧，在稼軒詞引《詩經》時皆有體現，可見稼軒用典頗爲靈活，絶非簡單的掉書袋。

在對《詩經》的繼承方面，稼軒延續了《詩經》温柔敦厚的詩教，雖屢被罷官，忠而見斥，仍能自我開解，怨而不怒。而稼軒引《詩》所作之詞中，有不少贈答酬和之詞，繼承了先秦引《詩》中詩以致用的精神，亦體現了"興觀群怨"中"群"之作用。而在對於《詩經》的文學接受方面，稼軒詞對《詩經》的情感思想譬如賢而不遇的憤懣、如隔三秋的相思、歸園田居的嚮往等皆有所繼承。

在對《詩經》的發展方面，無論是寫作技法的改變，還是意境的延伸、詩意的反用等，均可看出稼軒在引《詩經》時並不會僅拘泥於原作品，而是有"脱胎换骨"之技法，絶不僅是單純地延續詩意。由此可見稼軒用典之靈活多變、高妙絶倫，"諸子百家，行間筆下，驅斥如意矣"[①]。

---

① 〔明〕楊慎：《古今詞話》，收入唐圭璋編《詞話叢編》，頁767。

附録：稼軒詞引《詩經》作品表

	詞牌	起句	詞句	《詩經》篇名	詩句
1	感皇恩	七十古來稀	更看一百歲，人難老。	魯頌·泮水	既飲旨酒，永錫難老。
2	一剪梅	獨立蒼茫醉不歸	今我來思，楊柳依依。	小雅·采薇	昔我往矣，楊柳依依。今我來思，雨雪霏霏。
3	鷓鴣天	撲面征塵去路遥	人歷歷，馬蕭蕭。	小雅·車攻	蕭蕭馬鳴
4	霜天曉角	暮山層碧	玉人還佇立，緑窗生怨泣。	邶風·燕燕	瞻望弗及，佇立以泣。
5	滿庭芳	傾國無媒	直需補衮，藻火粲宗彝。	大雅·烝民	衮職有闕，維仲山甫補之。
6	賀新郎	高閣臨江渚	王朗健筆夸翹楚	周南·漢廣	翹翹錯薪，言刈其楚。
7	踏莎行	進退存亡	衡門之下可栖遲	陳風·衡門	衡門之下，可以栖遲。
8	踏莎行	進退存亡	日之夕矣牛羊下	王風·君子于役	日之夕矣，羊牛下來。
9	水調歌頭	千古老蟾口	翠谷蒼崖幾變	小雅·十月之交	百川沸騰，山冢崒崩。高岸爲谷，深谷爲陵。
10	水調歌頭	君莫賦幽憤	平地起崔嵬	周南·卷耳	陟彼崔嵬
11	江神子	剩雲殘日弄陰晴	枝上綿蠻，休作斷腸聲。	小雅·綿蠻	綿蠻黄鳥，止於丘隅。
12	鷓鴣天	白苧新袍入嫩凉	鵬北海，鳳朝陽。	大雅·卷阿	鳳凰鳴矣，于彼高崗。梧桐生矣，于彼朝陽。
13	滿江紅	曲几團蒲	望重來猶有，舊盟如日。	王風·大車	謂予不信，有如皦日。
14	水調歌頭	上古八千歲	頻上玉卮春酒	豳風·七月	爲此春酒，以介眉壽。
15	朝中措	籃輿嫋嫋破重岡	斜陽欲下牛羊	王風·君子于役	日之夕矣，羊牛下來。

續表

	詞牌	起句	詞句	《詩經》篇名	詩句
16	醉翁操	長松	女無悦己,誰適爲容?	衛風・伯兮	豈無膏沐,誰適爲容。
17	醉翁操	長松	勞心兮忡忡	召南・草蟲	未見君子,憂心忡忡。
18	菩薩蠻	送君直上金鑾殿	一日甚三秋	王風・采葛	一日不見,如三秋兮。
19	念奴嬌	倘來軒冕	長庚應伴殘月	小雅・大東	東有啓明,西有長庚。
20	金菊對芙蓉	遠水生光	正零瀼玉露	鄭風・野有蔓草	野有蔓草,零露瀼瀼。
21	沁園春	有美人兮	有美人兮,玉佩瓊琚,吾夢見之。	鄭風・有女同車	有女同車,顔如舜華。將翺將翔,佩玉瓊琚。
22	清平樂	清泉犇快	古今陵谷茫茫	小雅・十月之交	百川沸騰,山冢崒崩。高岸爲谷,深谷爲陵。
23	最高樓	金閨老	眉壽正如川	豳風・七月	爲此春酒,以介眉壽。
24	最高樓	金閨老	眉壽正如川	小雅・天保	如川之方至,以莫不增
25	臨江仙	記取年年爲壽客	入手清風詞更好	大雅・烝民	吉甫作誦,穆如清風。
26	滿江紅	漢節東南	但欲搜好語謝新詞,羞瓊報。	衛風・木瓜	投我以木桃,報之以瓊瑶。
27	鷓鴣天	指點齋尊特地開	莫愁瓶罄耻金罍	小雅・蓼莪	瓶之罄矣,維罍之耻。
28	定風波	莫望中州嘆黍離	莫望中州嘆黍離	王風・黍離	檃括全詩
29	蘭陵王	一丘壑	看天闊鳶飛,淵静魚躍。	大雅・旱麓	鳶飛戾天,魚躍于淵。
30	水龍吟	昔時曾有佳人	但啜其泣矣,啜其泣矣,又何嗟及。	王風・中谷有蓷	有女仳離,啜其泣矣。啜其泣矣,何嗟及矣。

續表

	詞牌	起句	詞句	《詩經》篇名	詩句
31	鵲橋仙	風流標格	凉夜厭厭留客	小雅·湛露	厭厭夜飲，不醉無歸。
32	滿庭芳	西崦斜陽	恨兒曹抵死，謂我心憂。	王風·黍離	知我者，謂我心憂。
33	踏莎行	吾道悠悠	吾道悠悠，憂心悄悄。	邶風·柏舟	憂心悄悄，愠于群小。
34	鷓鴣天	水荇參差動緑波	水荇參差動緑波	周南·關雎	參差荇菜，左右流之。
35	鷓鴣天	出處從來自不齊	候車方載太公歸	小雅·綿蠻	命彼後車，謂之載之。
36	最高樓	君聽取	棣華詩，悲二叔，吊周公。	小雅·常棣	檃括全詩
37	最高樓	君聽取	長嘆息脊令原上急	小雅·常棣	脊令在原，兄弟急難。每有良朋，况也永嘆。
38	賀新郎	下馬東山路	試重上巖巖高處	魯頌·閟宫	泰山巖巖，魯邦所瞻。
39	賀新郎	下馬東山路	更憶公歸西悲日，正濛濛陌上多零雨。	豳風·東山	我來自東，零雨其濛。我東曰歸，我心西悲。
40	沁園春	我見君來	搔首踟蹰，愛而不見。	邶風·静女	愛而不見，搔首踟蹰。
41	沁園春	我見君來	快清風入手，日看千回。	大雅·烝民	吉甫作誦，穆如清風。
42	新荷葉	曲水流觴	看江頭有女如雲	鄭風·出其東門	出其東門，有女如雲。
43	鷓鴣天	嘆息頻年廪未高	嘆息頻年廪未高	周頌·豐年	豐年多黍多稌，亦有高廪。
44	水調歌頭	四座且勿語	蟋蟀還來床下	豳風·七月	十月蟋蟀，入我床下。
45	婆羅門引	緑陰啼鳥	人争看寶馬來思	小雅·采薇	今我來思，雨雪霏霏。

續表

	詞牌	起句	詞句	《詩經》篇名	詩句
46	婆羅門引	不堪鵜鴂	瓊而素而	齊風・著	俟我于著乎而,充耳以素乎而,尚之以瓊華乎而。
47	武陵春	走去走來三百里	五日以爲期	小雅・采緑	五日爲期,六日不詹。
48	雨中花慢	馬上三年	去應日月悠悠	邶風・雄雉	瞻彼日月,悠悠我思。
49	新荷葉	物盛還衰	秋以爲期	衛風・氓	將子無怒,秋以爲期。
50	新荷葉	物盛還衰	任他顛倒裳衣	齊風・東方未明	東方未晞,顛倒裳衣。
51	破陣子	菩薩叢中慧眼	碩人詩裏峨眉	衛風・碩人	螓首蛾眉,巧笑倩兮,美目盼兮。
52	太常引	論公耆德舊宗英	須同衛武,九十入相,菉竹常青青。	衛風・淇奥	瞻彼淇奥,緑竹青青。
53	行香子	云岫如簪	聽小綿蠻,新格磔,舊呢喃。	小雅・綿蠻	綿蠻黄鳥,止於丘隅。
54	臨江仙	莫笑吾家蒼壁小	天作高山誰得料	周頌・天作	天作高山,大王荒之。
55	賀新郎	緑樹聽鵜鴂	看燕燕,送歸妾。	邶風・燕燕	檃括全詩
56	漢宫春	秦望山頭	歲云暮矣	小雅・小明	曷云其還? 歲聿云莫
57	漢宫春	秦望山頭	問何不鼓瑟吹竽	唐風・山有樞	子有酒食,曷不日鼓瑟
58	漢宫春	達則青雲	豈食魚必鱠之鱸	陳風・衡門	豈其食魚,必河之魴? …… 豈其食魚,必河之鯉?
59	六州歌頭	西湖萬頃	白鷺振振,鼓咽咽。	魯頌・有駜	振振鷺,鷺于下。鼓咽咽,醉言舞。
60	清平樂	新來塞北	維師尚父鷹揚	大雅・大明	維師尚父,時維鷹揚。

夢窗詞借鑒《屈騷》探析[①]

一、前　言

屈原(343 B. C.？—283 B. C.?)是中國文學史上偉大的浪漫主義詩人,漢人王逸(生卒年不詳)曰:“屈原之辭,誠博遠矣。自終没以來,名儒博達之士,著造詞賦,莫不擬則其儀表,祖式其模範,取其要妙,竊其華藻,所謂金相玉質,百世無匹,名垂罔極,永不刊滅者矣。”[②]而劉勰(467—522)亦曰:“其衣被詞人,非一代也。”[③]可見屈原之影響絶不僅局限於一時一代。陳怡良則將屈騷譽爲“繫聯我中國文學傳承與命脉之美文”[④],並云“後世文人學士,所作之詩詞歌賦等,莫不受其感染,擬其儀表”[⑤]。可見屈原作爲我國文學重要的源流與創始,其作品對後世産生了深遠的影響。

吴文英(1202?—1260),字君特,號夢窗,晚號覺翁,慶元府鄞

---

① 本文原發表於(中國臺灣)第二十五屆“金聲”中文研究生論文研討會。

② 〔漢〕王逸:《楚辭章句序》,收入郭紹虞主編《中國歷代文論選》(上海:上海古籍出版社,2001年),頁150。

③ 黄叔琳等:《增訂文心雕龍校注》(北京:中華書局,2000年),頁51。

④ 陳怡良:《屈騷審美與修辭》(臺北:文津出版社,2008年),頁28。

⑤ 陳怡良:《瀝血嘔心,構思神奇——試探離騷及其神話天地之創作理念》,《屈原文學論集》(臺北:文津出版社,1992年),頁132。

縣（今浙江寧波）人，南宋後期著名詞人。宋人黄昇（生卒年不詳）《中興以來絶妙詞選》載尹焕（生卒年不詳）曰："求詞於吾宋者，前有清真，後有夢窗，此非焕之言，天下之公言也。"[①]將吴文英與周邦彦（1057—1121）並舉爲宋詞雙璧。清人周濟（1781—1839）將吴文英與周邦彦、辛弃疾（1140—1207）、王沂孫（生卒年不詳）合稱宋四家，並贊曰："夢窗奇思壯采，騰天潛淵，返南宋之清泚，爲北宋之穠摯。"[②]清人戈載（生卒年不詳）《宋七家詞選》贊夢窗詞曰："以綿麗爲尚。運意深遠，用筆幽邃，煉字煉句，迥不猶人，貌觀之雕繢滿眼，而實有靈氣行乎其間。細心吟繹，覺味美于方回，引人入勝，既不病其晦澀，亦不見其堆垛。"[③]

田玉琪《徘徊於七寶樓臺——吴文英詞研究》云：

> 吴文英詞有比較鮮明的浪漫風格，這種風格的源頭正是《楚辭》。……吴詞所表現的對現實的關注、對國家民族的摯愛，有一種"沉厚"的情感内涵，這與偉大詩人屈原人格力量的滋養有關，吴詞中大量的比興手法的運用，也與對《楚辭》藝術手法的繼承不無關係。[④]

可見夢窗詞無論是風格、情感，還是藝術手法，皆受《楚辭》尤其是屈原的影響頗深。故筆者以孫虹、譚學純校箋《夢窗詞集校箋》[⑤]爲

---

① 〔宋〕黄昇：《中興以來絶妙詞選》，收入《四部叢刊初編》（上海：上海商務印書館，1936年），卷10，頁3。

② 〔清〕周濟：《宋四家詞選目録序論》，收入唐圭璋編《詞話叢編》（北京：中華書局，1986年），頁1643。

③ 〔清〕戈載撰，〔清〕杜文瀾注：《宋七家詞選》（臺北：河洛圖書出版社，1978年），卷4，頁38。

④ 田玉琪：《徘徊於七寶樓臺——吴文英詞研究》（北京：中華書局，2004年），頁94。

⑤ 〔宋〕吴文英撰，孫虹、譚學純校箋：《夢窗詞集校箋》（北京：中華書局，2014年），本文夢窗詞引文均據此本，文中徵引處不再重複加注，僅以括號注明頁碼。

底本，爬梳夢窗詞中借鑒屈騷[①]者，得 44 闋。筆者擬以此 44 闋詞爲研究範圍，探析夢窗詞對於屈騷的借鑒與繼承。

二、字面與句意的借鑒

本節參考王偉勇《綜論兩宋詞人借鑒唐詩之技巧》所列之條目[②]，分析歸納夢窗詞借鑒屈騷的技巧如下：

（一）字面之借鑒

字面之借鑒可分爲"截取"與"熔鑄"兩類，"截取"即僅直引字詞者，可細分爲三類："自一詩句中截取一字面，自一詩句中截取兩字面，自兩詩句中截取兩字面。"[③]而"熔鑄"則是指擷取或濃縮詩句成一字面者。[④]

1. 截取屈騷之字面

（1）自一句中截取一字面

①夢窗詞《一寸金》（秋壓更長）曰："頑老情懷，都無歡事，良宵愛幽獨。"（頁 155）

《九章・涉江》曰："哀吾身之無樂兮，幽獨處乎山中。"（頁 187）[⑤]夢窗詞中的"幽獨"一詞，即截取於此。

---

① 屈騷，即屈原之作品，在本文中其指涉之範圍爲二十六篇：《離騷》、《九歌》（《東皇太一》《雲中君》《湘君》《湘夫人》《大司命》《少司命》《東君》《河伯》《山鬼》《國殤》《禮魂》）、《天問》、《九章》（《惜誦》《涉江》《哀郢》《抽思》《懷沙》《思美人》《惜往日》《橘頌》《悲回風》）、《遠游》、《卜居》、《漁父》、《招魂》。

② 王偉勇：《宋詞與唐詩之對應研究》（臺北：文史哲出版社，2004 年），頁 23—69。

③ 王偉勇：《宋詞與唐詩之對應研究》，頁 23。

④ 王偉勇：《宋詞與唐詩之對應研究》，頁 24。

⑤ 本文《楚辭》引文均據〔宋〕洪興祖：《楚辭補注》（臺北：臺灣大學出版中心，2016 年），爲簡省篇幅，文中徵引處皆僅以括號標識頁碼。

②夢窗詞《聲聲慢》(雲深山塢)曰:“雲深山塢,烟冷江皋,人生未易相逢。”(頁1271)

《九歌·湘夫人》曰:“朝馳余馬兮江皋,夕濟兮西澨。”(頁94)夢窗詞中的“江皋”一詞,即截取於此。

(2)自一句中截取兩字面

①夢窗詞《鶯啼序》(天吴駕雲閬海)曰:“薜蘿浮動金翠。”(頁974)

《九歌·山鬼》曰:“若有人兮山之阿,被薜荔兮帶女蘿。”(頁113)夢窗詞中的“薜”與“蘿”即截取於此。

②夢窗詞《滿江紅》(露浥初英)曰:“露浥初英,早遺恨、參差九日。”(頁1569)

《離騷》曰:“朝飲木蘭之墜露兮,夕餐秋菊之落英。”(頁17)夢窗詞中的“露”與“英”即截取於此。

(3)自兩句中截取兩字面

夢窗詞《江南春》(風響牙籤)曰:“天與此翁,芳芷嘉名。”(頁785)

《離騷》曰:“皇覽揆余初度兮,肇錫余以嘉名。”(頁5)“畦留夷與揭車兮,雜杜衡與芳芷。”(頁14)夢窗詞中的“芳芷”“嘉名”即截取於此,屬於“自兩詩句中截取兩字面”。

2.熔鑄屈騷之字面

①夢窗詞《掃花游》(草生夢碧)曰:“醒眼看醉舞。到應事無心,與閑同趣。”(頁409)

《漁父》曰:“舉世皆濁我獨清,衆人皆醉我獨醒,是以見放。”(頁276)夢窗詞中“醒眼”二字,即熔鑄“舉世皆濁我獨清,衆人皆醉我獨醒”而來。

②夢窗詞《大酺》(峭石帆收)曰:“集楚裳、西風催著。”(頁601)

《離騷》曰:“製芰荷以爲衣兮,集芙蓉以爲裳。”(頁24)夢窗詞中“集楚裳”三字，即熔鑄“集芙蓉以爲裳”一句而來。

(二)句意之借鑒

句意之借鑒包含(一)增損、(二)化用、(三)襲用三類。“增損”意指就原句增字、減字，或改易字句。而“化用”則是指“不易其文意，而另造新句；或引申文意，反用文意，而另造新句者”[1]。至於“襲用”，則是襲用一首詩之成句。夢窗在借鑒屈騷句意時，僅用到“化用”這一技巧，而並無“增損”與“襲用”。

化用屈騷之句意

①夢窗詞《鶯啼序》(殘寒正欺病酒)曰：“傷心千里江南，怨曲重招，斷魂在否。”(頁 987)

《招魂》曰：“目極千里兮傷春心，魂兮歸來哀江南。”(頁 341)夢窗此句即是化用《招魂》而來。

②夢窗詞《木蘭花慢》(酹清杯問水)曰：“春恨何窮，目易盡、酒微醒。”(頁 1200)

《招魂》曰：“目極千里兮傷春心，魂兮歸來哀江南。”(頁 341)夢窗此句仍是化用《招魂》而來。

王偉勇《綜論兩宋詞人借鑒唐詩之技巧》將宋詞之借鑒技巧分爲三大類，一曰字面之借鑒，包含：(一)截取字面，(二)熔鑄字面。二曰句意之借鑒，包含：(一)增損字句，(二)化用句意，(三)襲用成句。三曰篇章之借鑒，專指檃括詩意而言。

夢窗詞在借鑒屈騷的過程中，並無篇章之借鑒，句意之借鑒僅《鶯啼序》(殘寒正欺病酒)與《木蘭花慢》(酹清杯問水)兩闋而已。且所采用的也是“化用”這一種相對於增損原句、襲用成句而言，與原句相差最遠的借鑒方法。其餘四十餘闋均屬於字面之借鑒，且

---

① 王偉勇：《宋詞與唐詩之對應研究》，頁 24。

又以“自一句中截取一字面”爲最多。

吴文英此種借鑒之特色，使得後人讀夢窗詞時常有晦澀難懂之感慨。夏承燾謂其“隱辭幽思，陳喻多歧”①。蓋字面之借鑒相較於句意、篇章之借鑒，本就不易確定用典之出處。以《高陽臺》（宫粉雕痕）爲例，此詞是一首吟咏落梅之詞，其中一句曰：“離魂難倩招清些，夢縞衣、解佩溪邊。”（頁1321）“解佩”用鄭交甫遇仙事②，而“離魂”二字既可以解作典出《招魂》，且“招清些”之“些”，亦與《招魂》每句句尾皆用“些”字相應。又可以解作典出唐傳奇《離魂記》中倩娘離魂追隨王宙之事，倩娘之“倩”也與詞中“難倩”之“倩”相合。以上兩種用典解釋，皆可表達梅花落地、離枝難返之意，與全詞之詞意相合。

此種僅涉及一二字字面之借鑒，有時會使後人難以確知其用典出處究竟爲何，因此在理解詞意、領略詞境時，有時會産生相隔一層之感。故宋人張炎（1248—1320?）《詞源》曰：“吴夢窗詞如七寶樓臺，眩人眼目，碎拆下來，不成片段。”③王國維（1877—1927）《人間詞話》亦曰：“夢窗之詞，吾得取其詞中之一語以評之，曰‘映夢窗，凌亂碧’。”④夢窗詞用典大抵皆於字面處着力，又多代字、砌字、雕琢，難免給人以“研煉過甚”⑤之感。後人詬病夢窗詞亦常以此爲切入，如胡雲翼（1906—1965）《宋詞研究》曰：“夢窗詞有最大

---

① 夏承燾：《夏序》，收入〔宋〕吴文英撰，楊鐵夫箋釋，陳邦炎、張奇慧校點《吴夢窗詞箋釋》（廣州：廣東人民出版社，1992年），序頁1。

② 《列仙傳・江妃二女》：“江妃二女者，不知何所人也。出游於江漢之湄，逢鄭交甫，見而悦之，不知其神人也。謂其僕曰：‘我欲下請其佩。’……遂手解佩與交甫，交甫悦。受而懷之中當心，趨去數十步，視佩，空懷無佩。顧二女，忽然不見。”見王叔岷《列仙傳校箋》（北京：中華書局，2007年），頁52。

③ 〔宋〕張炎著，夏承燾校注：《詞源注》（北京：人民文學出版社，1963年），頁16。

④ 王國維撰，靳德峻箋證，蒲青補箋：《人間詞話》（成都：四川人民出版社，1981年），頁64。

⑤ 唐圭璋、潘君昭：《唐宋詞學論集》（濟南：齊魯書社，1985年），頁185。

的一個缺點,就是太講究用事,太講求字面了。這種缺點,本也是宋詞人的通病,但以夢窗陷溺最深。"①

然而吴夢窗雖然喜好字面之借鑒,且又以暗用爲主,相較多數詞家更顯隱晦,但並不能因此即否定夢窗詞之用典,正如劉永濟(1887—1966)《微睇室説詞》所云:"不能專責備作者太艱深,必須提高自己識照的能力。"②葉嘉瑩《迦陵論詞叢稿》亦曰:

> 即使其所用者真是僻典,也並不能説是詩人之大病,因爲詩人之所表現者,原當以内容之情意境界爲主。……夢窗之用典,絶非如一般人所云的只是"古典與套語的堆砌"或"破碎的美麗詞句"而已,而是其中確有夢窗所特有的一種境界,也確有夢窗一份自我的真實的感受,只是他不大肯遵循一般人理性上所慣見習知的傳統而已。③

夢窗詞雖然多少存在着晦澀的特點,然而若以此爲弊病而對他大加抨擊,則失之苛刻。詞人用典固然各具特色,有明白如話者,則亦必有幽邃綿密者,不過各花入各眼而已。

三、意象與内容之繼承

(一)"香草"意象

王逸《離騷序》:"《離騷》之文,依《詩》取興,引類譬喻。故善鳥香草,以配忠貞;惡禽臭物,以比讒佞;靈脩美人,以媲於君;宓妃佚

---

① 胡雲翼:《宋詞研究》(上海:中華書局,1927年),頁178。

② 劉永濟:《微睇室説詞》(上海:上海古籍出版社,1987年),頁16。

③ 葉嘉瑩:《拆碎七寶樓臺——談夢窗詞之現代觀》,《迦陵文集四·迦陵論詞叢稿》(石家莊:河北教育出版社,1997年),頁92。

女，以譬賢臣；虬龍鸞鳳，以托君子；飄風雲霓，以爲小人。”①王逸早已指出屈原善於使用各種意象，其中“香草美人”之傳統對後世之影響尤爲深遠。屈原好用“香草”意象來象徵自身之品格高潔，僅《離騷》中即有蘭、芷、椒、蕙、荃、江蘺、秋菊、芰荷、芙蓉、留夷、揭車、杜蘅、宿莽、木根、薜荔、申椒、菌桂等諸多意象。而此種“香草”意象在夢窗詞中亦隨處可見，如“蘭”意象中明確典出屈騷者即有 9 闋，“荷花”意象有 4 闋，再如《江南春》（風響牙籤）用“芷”之意象，《瑶華》（秋風采石）用“江蘺”“蓀”之意象，《滿江紅》（露浥初英）咏菊，《解語花》（門横皺碧）、《高陽臺》（宫粉雕痕）咏梅，《法曲獻仙音》（風拍波驚）咏蓮，《風流子》（金谷已空塵）咏芍藥等等，皆可看出夢窗受屈原之影響。

1. 以香草喻志性芳潔

夢窗詞《蕙蘭芳引》（空翠染雲）曰：

> 空翠染雲，楚山迥、故人南北。秀骨冷盈盈，清洗九秋澗緑。奉車舊畹，料未許、千金輕償。淺笑還不語，蔓草羅裙一幅。素女情多，阿真嬌重，喚起空谷。弄野色烟姿，宜掃怨蛾澹墨。光風入户，媚香傾國。湘佩寒、幽夢小窗春足。（頁 507）

該詞《題序》曰：“賦藏一家吴郡王畫蘭。”（頁 507）“藏一”指夢窗之好友陳郁（1184—1275），字仲文，號藏一。② 可見這是一首吟咏陳郁家藏吴郡王所畫蘭花的咏物詞。據毛晋刻本題詞，知詞中所賦應爲墨蘭。夢窗實際上是在借咏蘭以比喻自身芳潔之品性。

首句“空翠染雲，楚山迥、故人南北”，描摹畫中墨蘭之色空明而濃郁，直欲將天上之雲朵亦染上翠色，用了極盡誇張之筆法。

---

① 〔宋〕洪興祖：《楚辭補注》，頁 3。

② 田玉琪：《吴文英交游人物小傳》，《徘徊於七寶樓臺——吴文英詞研究》，頁 313。

“楚山迴”則是夢窗認爲楚地乃蘭之故鄉，蓋因《楚辭》中反復咏蘭。據筆者統計，屈騷中“蘭”之意象出現了 29 次，僅《離騷》中就出現了 10 次，如“紉秋蘭以爲佩”（頁 6）、“朝搴阰之木蘭兮”（頁 8）等，皆以喻屈原之修身潔行。宋人黄庭堅（1045—1105）曰：“蘭蓋甚似乎君子，生於深山叢薄之中，不爲無人而不芳，雪霜凌厲而見殺，來歲不改其性也。……含香體潔，平居蕭艾不殊，清風過之，其香藹然，在室滿室，在堂滿堂，是所謂含章以時發者也。”[①]夢窗先是點出“楚”之一字，暗扣屈騷，以喻蘭之高潔，而後“故人南北”四字，更是將蘭擬人化書寫。據孫虹考證，此詞作於寶祐四年（1257）前後[②]，此時夢窗行跡雖隱，但大抵不出今江、浙兩省[③]，距離楚地自然遥遠。因此纔有畫中之蘭的遠離故鄉，恰如人之分居南北。這一譬喻可謂天馬行空、想落天外。

下片“光風入户”典出《招魂》：“光風轉蕙，氾崇蘭些。”（頁 322）王逸曰：“光風，謂雨已日出而風，草木有光也。轉，摇也。”[④]雨霽天青後，日光照耀入户，愈發顯得蘭花“媚香傾國”，宣公三年《左傳》曰：“以蘭有國香，人服媚之如是。”[⑤]末句“湘佩寒、幽夢小窗春足”，用《離騷》“紉秋蘭以爲佩”（頁 6）之典，寫詞人夢中得獲蘭花以爲佩飾，王逸章句曰：“紉，索也。蘭，香草也，秋而芳。佩，飾也，所以象德。故行清潔者佩芳，德仁明者佩玉……言己修身清潔，乃取江蘺、辟芷以爲衣被。紉索秋蘭，以爲佩飾；博采衆善，以自約束也。”[⑥]夢窗詞在此處即繼承了屈原以服飾佩飾香草，比喻品德堅貞

---

① 〔宋〕黄庭堅：《書幽芳亭》，收入〔宋〕黄庭堅撰，劉琳、李勇先、王蓉貴校點《黄庭堅全集》（成都：四川大學出版社，2001 年），頁 705。

② 〔宋〕吴文英撰，孫虹、譚學純校箋：《夢窗詞集校箋》，頁 514。

③ 錢鴻英：《夢窗詞研究》（上海：上海古籍出版社，2005 年），頁 24—25。

④ 〔宋〕洪興祖：《楚辭補注》，頁 322。

⑤ 楊伯峻：《春秋左傳注》（臺北：洪葉文化事業有限公司，2015 年），頁 673。

⑥ 〔宋〕洪興祖：《楚辭補注》，頁 7。

的傳統。相似的用典又見於夢窗《瑣窗寒・玉蘭》(紺縷堆雲)一闋,下片"最傷情、送客咸陽,佩結西風怨"同樣使用了"紉秋蘭以爲佩"的典故,喻玉蘭之高潔。再如《江南春・賦張藥翁杜衡山莊》(風響牙籤)"天與此翁,芳芷嘉名,紉蘭佩兮瓊玦"一句,以"紉蘭佩"贊揚了張氏兄弟的志性高潔。

綜上所述,夢窗化用屈騷之典故,反復吟咏蘭之格調高雅,承繼了屈原"善鳥香草,以配忠貞"[①]的傳統。

2. 以香草喻賢士能臣

夢窗詞《瑶華》(秋風采石)曰:

> 秋風采石,羽扇揮兵,認紫騮飛躍。江蘺塞草,應笑看、空鎖淩烟高閣。凱歌秦隴,問鐃鼓、新詞誰作。有秀蓀、來染吴香。瘦馬青芻南陌。冰澌細響長橋,蕩波底蛟腥,不涴霜鍔。烏絲醉墨,紅袖暖、十里湖山行樂。老仙何處,算洞府、光陰如昨。想地寬、多種桃花,艷錦東風成幄。(頁 1589)

該詞《題序》曰:"分韵得作字,戲虞宜興。"(頁 1589)據孫虹考證,虞宜興即虞兟,虞允文曾孫,時任宜興知縣。此詞爲戲謔虞宜興而作,開篇"秋風采石,羽扇揮兵,認紫騮飛躍",追憶虞宜興曾祖父虞允文在紹興三十一年(1161)指揮的采石磯之戰。此戰虞允文大勝完顔亮所率領之金兵,"僵尸凡四千餘,殺萬户二人,俘千户五人及生女真五百餘人"[②]。"羽扇揮兵"形容其指揮若定的儒將風采,"紫騮飛躍"則通過描寫坐騎戰馬之勇武,以側筆襯托馬上將軍之英姿。

首句回憶當年南宋大勝金軍,是何等的意氣風發。然而至次句情形則急轉直下,"江蘺塞草,應笑看、空鎖淩烟高閣",淩烟閣是

---

① 〔宋〕洪興祖:《楚辭補注》,頁 3。

② 〔元〕脱脱等:《宋史・虞允文傳》(北京:中華書局,1977 年),頁 11793。

唐朝皇帝爲表彰功臣而建造的高閣，夢窗感嘆昔日之江蘺今已化而爲塞草，正如屈原所謂“蘭芷變而不芳兮，荃蕙化而爲茅。何昔日之芳草兮，今直爲此蕭艾也”（頁 57）。曾經能够抗金北伐的人才如今皆已不在，用以恩賞功臣的淩烟閣亦已閉鎖而空置，蓋因今日之朝堂上已是“衆芳蕪穢”，再沒有一個能够配得上淩烟閣的賢才。夢窗此處以“江蘺”爲典，其情感與屈原亦是相同的。屈原之時，“懷王以不知忠臣之分，故内惑於鄭袖，外欺於張儀，疏屈平而信上官大夫、令尹子蘭。兵挫地削，亡其六郡，身客死於秦，爲天下笑。”[①]而吴夢窗則主要生活在宋寧宗、宋理宗時期，當是之時，皇帝無能，奸相當道，政治昏暗，黨争激烈，前有韓侂胄（1152—1207）當權，後有史彌遠（1164—1233）擅政，南宋也已是大厦將傾。相似的境遇使得夢窗在創作時，不禁對屈騷産生了深切的共鳴，纔有了“江蘺塞草”之嘆。

“凱歌秦隴，問鐃鼓、新詞誰作”，凱歌、鐃鼓皆是軍樂，戰争勝利時則演奏，“秦隴”應是指北方淪陷的土地。承上句國無人之感嘆，眼下國家已經没有能够揮師中原、收復故土的將才，自然也就不需要人來爲勝利之師奏凱歌、填新詞。“有秀蓀、來染吴香。瘦馬青芻南陌。”《九章・抽思》曰：“數惟蓀之多怒兮，傷余心之懮懮。”（頁 198）王逸曰：“蓀，香草也。”[②]“蓀”與“孫”諧音雙關，指虞允文之曾孫虞㦷。虞㦷來江蘇宜興任縣令，故曰“來染吴香”。以香草爲喻，可見虞㦷到底也是個賢才，然而“瘦馬青芻”之描寫，與其曾祖父虞允文“紫騮飛躍”形成鮮明之對比，亦切合《題序》中之“戲”字，國家江河日下，人才亦是今不如昔。

綜上所述，屈原常用香草來比喻賢士能臣，“余既滋蘭之九畹兮，又樹蕙之百畝。畦留夷與揭車兮，雜杜衡與芳芷”（頁 14）。夢

---

① 〔漢〕司馬遷：《史記》（北京：中華書局，1959 年），頁 2485。
② 〔宋〕洪興祖：《楚辭補注》，頁 199。

窗繼承了此種筆法，同樣也以香草來比擬人才。屈原常悲國家無人、衆芳蕪穢。同樣的，夢窗也有江蘺塞草、淩烟空鎖之感嘆。從中可以看出，夢窗絶不僅是簡單地襲用了屈騷中的香草意象，而是將香草背後所藴含的修身之志、憂國之思等亦一並繼承。當下的詞人之悲，與千年前的屈子之悲合二爲一，千古興亡，尤爲動人。

（二）浪漫神話

屈原在《離騷》中三度遠游，虬龍、鸞鳳、羲和、望舒、飛廉、雷師等皆聽命於屈原而任其指使，充滿了浪漫的想象。《九歌》中，東皇太一、雲中君、湘君、湘夫人、大司命、少司命、東君、河伯、山鬼等神話人物紛至沓來，令讀者不禁目眩神迷。其《遠游》亦云："風伯爲余先驅兮，氛埃辟而清涼。鳳皇翼其承旂兮，遇蓐收乎西皇。擥彗星以爲旍兮，舉斗柄以爲麾。"（頁258—259）屈原令風伯爲其掃除霧霾與塵埃，使鳳凰扶輪，以彗星、北斗星爲旗，其想象之大膽令人擊節贊嘆。故梁啓超（1873—1929）曰："文學還有第二個生命，曰想象力，從想象力活跳出實感來，纔算極文學之能事，就這一點論，屈原在文學史的地位，不特前無古人，截到今日，仍是後無來者。"[①] 而陳怡良亦稱贊屈原之神話描寫曰："以突破《詩經》現實主義傳統之浪漫手法，嶄新的藝術巧構，創造出令人目眩神奪，精彩絶倫的神話世界。"[②] 且屈原的神話描寫很多時候並不是單純地只寫神話，而是别有寄托，正如王逸所云：

> 屈原履方直之行，不容於世。上爲讒佞所譖毁，下爲俗人所困極，章皇山澤，無所告訴。乃深惟元一，修執恬漠。思欲濟世，則意中憤然，文采鋪發，遂叙妙思，托配仙人，與俱游戲，

---

① 梁啓超：《屈原研究》，《飲冰室文集》（臺北：中華書局，1970年），第14册，頁68。

② 陳怡良：《瀝血嘔心，構思神奇——試探離騷及其神話天地之創作理念》，《屈原文學論集》，頁160。

> 周歷天地，無所不到。然猶懷念楚國，思慕舊故，忠信之篤，仁義之厚也。[①]

當屈原之時，君王昏聵，賢士不遇，外有强敵環伺，内有奸臣當道，屈原無法擺脱此種困境，只能藉由與仙人同游，周歷天地之想象，聊以慰藉，最終仍歸於愛國之情。

夢窗詞一向以造境奇麗、想象豐富，頗具浪漫色彩著稱。王鵬運（1849—1904）《夢窗詞跋》將其譽爲“空靈奇幻之筆”。吴文英汲取了屈原神話的浪漫主義傳統，並且將其轉變爲了頗具個人風格特色的“夢幻”書寫。當夢窗之時，南宋江河日下，岌岌可危，“後不如今今非昔”的憂慮一直縈繞在夢窗心頭。“詞人生活在對未來的恐懼之中，又希望擺脱這種恐懼，這是詞人選擇夢幻的理由。從這個角度説，對未來的恐懼是詞人夢幻心態之因。”[②]“吴文英的恐懼心理和夢幻意識，正是詞人熱愛生活、關心國家命運的很好説明。”[③]夢窗充滿浪漫主義夢幻想象的神話書寫，也與屈騷一樣寄托了詞人的家國之思。譬如夢窗詞《瑞龍吟·賦蓬萊閣》（墮虹際）曰：

> 墮虹際。層觀翠冷玲瓏，五雲飛起。玉虬縈結城根，澹烟半野，斜陽半市。　瞰危睇。門巷去來車馬，夢游宫蟻。秦鬟古色凝愁，鏡中暗换，明眸皓齒。　東海青桑生處，勁風吹淺，瀛洲清泚。山影泛出瓊壺，碧樹人世。槍芽焙緑，曾試雲根味。巖流濺、涎香慣攪，嬌龍春睡。露草啼清淚。酒香斷到，文丘廢隧。今古秋聲裏。情漫黯、寒鴉孤村流水。半空畫角，落梅花地。（頁568—569）

---

① 〔宋〕洪興祖：《楚辭補注》，頁245。
② 田玉琪：《徘徊於七寶樓臺——吴文英詞研究》，頁25。
③ 田玉琪：《徘徊於七寶樓臺——吴文英詞研究》，頁27。

這是一首充滿了浪漫神話色彩的寫景詞。首句"墮虹際"先聲奪人，將蓬萊閣比作從天際降下來的一道彩虹，想象天馬行空，奠定了全文的奇幻風格。次接"層觀翠冷玲瓏，五雲飛起"，化用白居易《長恨歌》："樓閣玲瓏五雲起，其中綽約多仙子。"形容蓬萊閣精巧玲瓏，周圍有翠樹與五色之雲朵環繞，恍若仙境。而後"玉虬"典出《離騷》："駟玉虬以棄鷖兮，溘埃風余上征。"（頁 35）宋人洪興祖（1090—1155）曰："虬，龍類也。"[①]夢窗巧妙地選用了《離騷》中的神話意象，將護城河比作一條縈繞城根的白龍，比喻貼切，形象生動。上片末句的"澹烟""斜陽"，既描寫夕陽西下之場景，又暗暗呼應南宋國政恍若日薄西山，每況愈下，爲之後憂國之思發端。

中片"門巷去來車馬，夢游宮蟻"，化用了唐傳奇《南柯太守傳》的故事[②]，寫詞人登高俯視，見門巷間車水馬龍，熙熙攘攘，却都好似蟻穴中兀自奔忙的螞蟻，到頭來不過是南柯一夢。南宋朝眼前最後的繁華，也都像是空中樓閣，轉瞬即逝。"秦鬟古色凝愁，鏡中暗換，明眸皓齒"，"秦鬟"指蓬萊閣旁的秦望山，"鏡"指鏡湖，秦望山彷彿髮髻高聳之美女却暗自凝愁，使得她原本倒映在鏡湖中的明眸皓齒也顯得黯淡。然而山川本沒有憂愁，所謂的愁皆是詞人之愁。夢窗將個人對於國家風雨飄摇的擔憂寄托於山河，"以我觀物，故物皆著我之色彩"[③]。

下片繼續展開夢窗之神話想象，首句"東海青桑生處，勁風吹淺，瀛洲清泚"，"青桑"，即扶桑，《山海經·海外東經》曰："湯谷上

---

① 〔宋〕洪興祖：《楚辭補注》，頁 36。

② 〔唐〕李公佐《南柯太守傳》的主要故事情節：淳于棼醉後夢入大槐安國，娶公主，任南柯太守，爲官二十年頗俱政績，榮華富貴應有盡有。後與檀蘿國交戰而戰敗，公主亦病逝，淳于棼遭國王猜忌，被罷黜遣歸，遂夢醒，纔知所謂槐安國不過是槐樹下一蟻穴。

③ 王國維撰，靳德峻箋證，蒲青補箋：《人間詞話》，頁 4。

有扶桑，十日所浴，在黑齒北。"[①]《離騷》亦云："飲余馬於咸池兮，總余轡乎扶桑。折若木以拂日兮，聊逍遥以相羊。""瀛洲"則是傳説中的海外仙山。夢窗化用了晋人葛洪(284—364)《神仙傳》中滄海桑田的典故："接侍以來，已見東海三爲桑田。"[②]此句寫詞人眺望海上遠景，想象着眼前所見到的東海，或許不久前還是日出之桑田，遠方的勁風吹來變化爲柔緩之淺風，海水清澈。滄海桑田，寄托了詞人興衰多變、世事無常之感嘆。

"山影泛出瓊壺，碧樹人世"，"山"指蓬萊閣所處之卧龍山，"瓊壺"典出《後漢書・方術列傳》壺中仙境[③]，"碧樹"則是仙樹，《淮南子・墬形訓》："(昆侖墟)上有木禾，其修五尋。……碧樹、瑶樹在其北。"[④]此句繼續寫海上遠景，詞人看見自己所在的卧龍山有影子倒映在海上，山上生長著叢叢碧樹，小小的山影就像是一個瓊壺，壺中别有洞天，又是一個人世，想象瑰麗，别出心裁。

"槍芽焙緑，曾試雲根味。巖流濺、涎香慣攬，嬌龍春睡。""雲根"指巖石中的泉水[⑤]。宋人范仲淹(989—1052)曾於早春時，用卧龍山之泉水沏槍芽茶，泉水清冽仿若龍涎香。卧龍山則是綿延起伏、春意盎然，恰似嬌龍春睡。這是北宋國力尚且興盛時的情景，然而如今却是"露草啼清淚。酒香斷到，文丘廢隧"。"文丘"指春秋時期越國大夫文仲的墓。微草凝露似嗚咽悲泣，酒香已斷，文脉不存。昔日的"嬌龍春睡"與今日的"露草啼淚"形成鮮明之對比，國運衰亡，難挽狂瀾。滿腔愛國之情都只能在"今古秋聲裏"化作兩行清淚、一聲長嘆。

全詞使用了"墮虹""五雲""玉虬""夢游宫蟻""東海青桑""瀛

---

① 方韜譯注：《山海經》(北京：中華書局，2009年)，頁201。
② 〔晋〕葛洪撰，胡守爲校釋：《神仙傳校釋》(北京：中華書局，2010年)，頁94。
③ 〔南朝宋〕范曄撰，〔唐〕李賢等注：《後漢書》(北京：中華書局，1965年)，頁2743。
④ 何寧：《淮南子集釋》(北京：中華書局，1998年)，頁323—324。
⑤ 〔宋〕吴文英撰，孫虹、譚學純校箋：《夢窗詞集校箋》，頁576。

洲""瓊壺""碧樹""龍"等諸多神話元素,可謂妙想奇思、匠心獨運。其中"玉虬""青桑(扶桑)""雲""龍"等皆是屈騷中亦出現過的意象,可見夢窗從屈原處汲取了神話傳説的重要養分。不僅如此,夢窗還和屈原一樣,都是用這種浪漫主義描寫來表達自己對於時事的擔憂、對於國家的眷戀,耿耿孤忠,令人感佩。

(三)咏物抒懷

宋人劉辰翁(1233—1297)將《橘頌》譽爲"咏物之祖"[①],清人胡文英(生卒年不詳)則贊其曰"賦物之祖"[②],陳怡良亦云《橘頌》乃"後世托物言志詩賦之典範"[③]。屈原頌橘却非單純之頌橘,而是借橘以自喻,抒發了自身"受命不遷,生南國兮"(頁 230)的愛國情懷。

而夢窗詞三百餘闋中,僅咏物詞即有約六十首[④],孫虹《吴夢窗研究》曰:"夢窗咏物(特别是咏花)詞多有自抒情志的意味。"[⑤]夢窗之咏物詞大抵繼承了屈原之優良傳統,"所咏瞭然在目,且不留滯於物"[⑥]。既有外在之準確描摹,又有内在之比興寄托。以《水龍吟》(有人獨立空山)爲例,其詞曰:

> 有人獨立空山,翠髯未覺霜顔老。新香秀粒,濃光緑浸,千年春小。布影參旗,障空雲蓋,沉沉秋曉。駟蒼虬萬里,笙吹鳳女,驂飛乘、天風裊。　　般巧。霜斤不到。漢游仙、相從最早。皴鱗細雨,層陰藏月,朱弦古調。問訊東橋,故人南

---

① 〔明〕蔣之翹評校:《七十二家評楚辭》,卷 4,頁 21,〔宋〕劉辰翁評語。收入吴平、回達强主編《楚辭文獻集成》(揚州:廣陵書社,2008 年),頁 16144。

② 〔清〕胡文英:《屈騷指掌》(北京:北京古籍出版社,1979 年),卷 3,頁 30。

③ 陳怡良:《〈橘頌〉的傳承與突破——兼論屈原創作〈橘頌〉之緣因與勝處》,《雲夢學刊》第 33 卷第 1 期(2012 年 1 月),頁 30。

④ 錢鴻英:《夢窗詞研究》,頁 80。

⑤ 孫虹、譚學純:《吴夢窗研究》(上海:上海古籍出版社,2015 年),頁 367。

⑥ 〔宋〕張炎著,夏承燾校注:《詞源注》,頁 21。

嶺，倚天長嘯。待淩霄謝了，山深歲晚，素心纔表。（頁 192—193）

在創作背景方面，《橘頌》應爲屈原青年時期的作品。清人陳本禮（1739—1818）《屈辭精義》以爲《橘頌》“蓋早年童冠時作也”[①]。清人吴汝綸（1840—1903）亦曰：“此篇疑屈子少作，故有幼志及‘年歲雖少’之語。”[②]鄭振鐸（1898—1958）通過分析文氣云：“《橘頌》則音節舒徐，氣韵和平，當是他的最早的未遇困厄時之作。”[③]其餘如明人汪瑗（生卒年不詳）、李陳玉（生卒年不詳），近人陳子展（1898—1990）、陸侃如（1903—1978）、姜亮夫（1902—1995）、林庚（1910—2006）、譚介甫、趙逵夫等，大抵皆認同《橘頌》乃屈原二十餘歲青年之時所作[④]。而夢窗的這首《水龍吟》是其少年游幕時寫於揚州的作品，創作於嘉定十五年（1222）至寶慶二年（1226）之間[⑤]。又據孫虹《吴夢窗研究》考證，夢窗約生於嘉泰二年（1202）[⑥]，可見夢窗寫此首詞時正是二十餘歲。《水龍吟》與《橘頌》一樣，皆是作者在年輕時的立志咏懷、寄托抱負之作。

《題序》曰：“賦張斗墅家古松五粒。”（頁 192）“古松五粒”即五粒松，亦即華山松，因此這是一首吟咏幼松的詞。首句“有人獨立空山，翠髯未覺霜顔老”，開門見山，化用屈原《山鬼》“若有人兮山之阿，被薜荔兮帶女蘿”（頁 113），“表獨立兮山之上，雲容容兮而在下”（頁 115），以及《橘頌》“獨立不遷，豈不可喜兮”（頁 231），“蘇世獨立，橫而不流兮”（頁 231），贊美了幼松的卓爾獨立、蒼翠青葱。

---

① 〔清〕陳本禮：《屈辭精義》，（臺北：廣文書局，1971 年），卷 4，頁 40。

② 〔清〕吴汝綸：《古文辭類纂評點》，收入〔漢〕司馬遷等著：《楚辭評論資料選》（中國臺北：長安出版社，1988 年），頁 479。

③ 鄭振鐸：《插圖本中國文學史》（臺北：明倫出版社，1969 年），頁 59。

④ 陳怡良：《〈橘頌〉的傳承與突破——兼論屈原創作〈橘頌〉之緣因與勝處》，頁 30。

⑤ 〔宋〕吴文英撰，孫虹、譚學純校箋：《夢窗詞集校箋》，頁 198。

⑥ 孫虹、譚學純：《吴夢窗研究》，頁 75。

夢窗的這首《水龍吟》在架構上和屈原的《橘頌》是非常類似的。《橘頌》開篇並不先描寫橘的外貌,而是直接稱頌橘"受命不遷""深固難徙"(頁231)的品格,開宗明義,先聲奪人。而夢窗的《水龍吟》也是開篇就先突出了"獨立空山"四字,贊頌了幼松獨立挺拔、卓爾不群的品格。

而後夢窗開始描寫松樹的外貌。"新香秀粒,濃光緑浸,千年春小"一句,化用唐人李賀《五粒小松歌》:"新香幾粒洪崖飯。緑波浸葉滿濃光。"形容松樹之松香如仙人所食之飯,松葉翠如緑波。而以松樹千年的壽齡來看,這五粒小松眼下尚且年少。"布影參旗,障空雲蓋,沉沉秋曉",則形容其樹冠亭亭如蓋,遮蔽參星,使得秋日之早晨亦顯昏暗。"駟蒼虬萬里,笙吹鳳女,驂飛乘、天風裊"一句,化用《離騷》"駟玉虬以椉鷖兮"(頁35),將松樹虬曲的形狀,比喻成蒼龍與鳳凰,又好似仙人駕駛驂乘在天風中飛翔。

夢窗在此處的架構與《橘頌》依然是相似的。《橘頌》在贊美橘樹的内蘊後,繼而描寫橘的外表:"曾枝剡棘,圓果摶兮。青黄雜糅,文章爛兮。精色内白,類可任兮。紛緼宜脩,姱而不醜兮。"(頁230)看似是客觀描述橘樹之顔色、形狀,實際上是在用比興手法寫橘的内外兼美,"橘實'精色内白',一如可負荷重任的君子,接着言'紛緼宜脩',象徵君子宜勤於進德修業,方有所成"[①]。夢窗《水龍吟》也是以外表而喻品格。"新香秀粒"延續以香草喻賢能的傳統,以"香""秀"二字暗示内在之修潔。"濃光緑浸,千年春小",形容松樹雖然年幼却青春焕發,朝氣蓬勃。"布影參旗,障空雲蓋",形容松樹雖則年少,却已有樹冠遮天,庇蔭一方,是贊美松樹之年少有爲。"蒼虬萬里"一句,描繪了松樹好似騎龍駕鳳的仙人之態,體現了其高蹈絶世、飄逸出塵的風姿。夢窗此處與《橘頌》一樣,皆

① 陳怡良:《〈橘頌〉的傳承與突破——兼論屈原創作〈橘頌〉之緣因與勝處》,頁39。

是通過外形描寫以物喻人，藉以自喻，體現了詞人自身的君子之風。

屈原《橘頌》自“嗟爾幼志，有以异兮”（頁 231）至“行比伯夷，置以爲像兮”（頁 232）爲第二大部分，以述志爲主題，頌揚了橘樹“蘇世獨立”“横而不流”的品質，表明了屈原自身秉德忠貞、正直無私的人格。當是之時，“有些才智之士，只汲汲於個人的名利，固守鄉土的觀念，極爲淡薄……所以‘楚才晋用’的事，極爲平常；另外在楚國國内也有一些人，志節不堅，立脚不穩，竟然隨波逐流，變志從俗”①。屈原看到楚國這種人才流失的狀況，不禁感慨萬千，於是通過贊美橘樹“深固難徙”的品格，來抒發自身獨立不遷、一心爲國的抱負。

夢窗《水龍吟》的下片，則同樣是以述志爲主題，將松與竹、梅並舉，歌頌了其歲寒後凋的品格，寄托了夢窗自身的一腔“素心”。夢窗生活在南宋晚期，江山只剩半壁，國祚偏安一隅，正是危急存亡的“歲寒”之時，但是臣子們却不能勠力同心，反而有着像凌霄花一樣只會攀附高枝的蠅營狗苟之輩。然而國難當頭之時，這些凌霄花又如何能够支撑得起江山社稷？正所謂“疾風知勁草，版蕩識誠臣”②，唯有歲寒不凋的松柏纔是國家真正的脊梁。“山深歲晚，素心纔表”，是對松柏的贊美，更是詞人自身的抱負與期許。

綜上所述，從篇章架構、典故繼承、比興運用、情感抒發等方面，均可看出夢窗在咏物詞上對於屈原《橘頌》咏物抒懷的繼承。

---

① 陳怡良：《楚辭橘頌試析》，《屈原文學論集》，頁 361。

② 〔宋〕歐陽修等：《新唐書》（北京：中華書局，1975 年），頁 3951。

四、情感與思想的繼承

(一)悲秋之情

屈騷中往往可見其悲秋之情,如《涉江》曰:“乘鄂渚而反顧兮,欸秋冬之緒風。”(頁 185)《抽思》曰:“悲秋風之動容兮,何回極之浮浮。”(頁 198)吴文英不僅繼承了屈原的這種情感,且其程度可謂是有過之而無不及,據統計,夢窗詞三百餘闋中,共出現了二百三十處“秋”,且大部分都屬於悲秋傷懷之情,譬如《月中行》(疏桐翠井早驚秋)曰:

> 疏桐翠井早驚秋。葉葉雨聲愁。燈前倦客老貂裘。燕去柳邊樓。　　吴官寂寞空烟水,渾不認、舊采菱洲。秋花旋結小盤虬。蝶怨夜香留。(頁 723)

這是一首悲秋感懷詞,首句“疏桐翠井早驚秋,葉葉雨聲愁”,開門見山,將“秋”與“愁”二字直接點出,奠定了全詞的基調。“燈前倦客老貂裘”,化用《戰國策》之典故:“(蘇秦)説秦王書十上而説不行。黑貂之裘弊,黄金百斤盡,資用乏絶,去秦而歸。”[①]蘇秦滿腹才學却不得志於秦王,最終只得貂裘破敝、千金散盡,落魄而歸。此處實是詞人觀秋風蕭瑟,覺時光易逝,不禁感慨自身才學未展而青春不再,頓生悲凉之感。據孫虹考證,此詞作於紹定四年(1231)至淳祐四年(1244)夢窗蘇州倉幕任職十四載期間。[②] 夢窗此時不過三四十歲,正是人生的壯年時期,却只能在蘇州擔任卑微吏職,實

---

① 〔漢〕劉向集録:《戰國策》(上海:上海古籍出版社,1988 年),頁 85。

② 〔宋〕吴文英撰,孫虹、譚學純校箋:《夢窗詞集校箋》,頁 725。孫虹、譚學純:《吴夢窗研究》,頁 117。

際上夢窗"一生偃蹇窘迫,以布衣終老,困躓而死"①。也難怪夢窗會有貂裘空老的賢士不遇之感。

自悲秋而有士不遇之嘆者,最早的例子就是屈原,《離騷》曰:"唯草木之零落兮,恐美人之遲暮。"(頁 8)明人李陳玉曰:"美人當日自況明矣。若曰予雖負此才美,早乘少年而用之,倘遷延歲月,鈍置廢閒,圖事之氣衰,自然不及矣。譬之美人遲暮,從前精華不可惜邪!所以嘆草木之零落,傷盛年之不再也。"②正如李陳玉所說,美人應是屈原自謂,屈原見秋日草木零落,頓生時不我待之感。游國恩(1899—1978)亦云:"使才學既裕,志行無虧,而不得及時與君圖治建功,則遲暮自傷,空嗟老大而已。屈子誼篤宗親,而其時國難又亟,居恒惴惴於此,故於上文皆以恐言之。"③屈原才學、志行皆爲翹楚,却不得君王信用,無法爲國爲民出謀劃策,最終只能是"忠不必用兮,賢不必以"(頁 188)。

下片首句:"吴宫寂寞空烟水,渾不認、舊采菱洲。"夢窗在自己的詞作中曾多次感嘆吴宫之盛衰興亡,其《八聲甘州》(渺空烟四遠)曰:"宫裏吴王沉醉,倩五湖倦客,獨釣醒醒。"(頁 1419)寫吴王夫差因沉醉於宫殿的奢靡繁華與西施的温柔鄉,最終身死國滅,纔有後來范蠡功成身退,泛舟五湖,獨釣江上的愜意。再如《木蘭花慢》(紫騮嘶凍草)曰:"千古興亡舊恨,半丘殘日孤雲。開尊。重吊吴魂。"(頁 1181)夢窗游覽吴王闔閭之墓,不禁聯想到當年夫差爲其父王營建墓地時,工程是何其浩大:"穿土爲山,積壤爲丘,發五郡之士十萬人,共治千里。使象摙土鑿池,四周水深丈餘,銅槨三重,澒水銀爲池。池廣六十步,黄金珠玉爲鳧雁,扁諸之劍、魚腸之

---

① 孫虹、譚學純:《吴夢窗研究》,頁 367。

② 游國恩:《離騷纂義》(北京:中華書局,1930 年),頁 43。

③ 游國恩:《離騷纂義》,頁 44。

干在焉。”[1]然而一朝國破，桂殿蘭宫皆成過往，曾經的闔閭墓如今也只剩下“半丘殘日孤雲”，怎能不興起千古興亡之恨？劉永濟云：“夢窗寫吴越興亡，不但懷古，實寓傷今：蓋南宋君臣，晏安江左，忘國大仇，亦如夫差當日也。”[2]夢窗反復在詞作中提及吴宫，正是因爲怕南宋群臣忘却了昔日的靖康之耻，就如吴王夫差忘却了越國曾經的殺父之仇，沉迷於一時的安逸與享樂，最終落得個國破家亡的下場。

“吴宫”在本闋《月中行》中的意涵亦是如此，夢窗感嘆今日的吴宫寂寞寥落，唯餘烟水空留，完全認不出這是昔日江南采菱的繁華之地。《招魂》曰：“《涉江》《采菱》，發《揚荷》些。”（頁332）屈原在此處通過“叙述歌舞音樂之樂，描述美人歌舞之妙。鐘鼓鳴響，悦耳動聽。美人輕舞，顧盼生姿，可説極視聽之娱”[3]，表現了宫廷内的歌舞奢華。而夢窗則反用典故，以吴宫空寂，再無昔日采菱之盛，來表達對於“暖風熏得游人醉，直把杭州作汴州”的南宋國運的憂心，頗有屈原《哀郢》“曾不知夏之爲丘兮，孰兩東門之可蕪”（頁194）之遺風。王逸曰：“夏，大殿也。丘，墟也。懷王信用讒佞，國將危亡，曾不知其所居宫殿當爲墟也。”[4]劉永濟云：“此文之兩東門，即上文‘顧龍門’之龍門，及其他一門也。”[5]“不忍質言京都，故以京都兩門爲之辭也，然京都者，先王宗廟所在，全國人心所繫，孰可使之蕪穢。”[6]屈原哀楚王之昏庸用讒，遂恐今日之東門成明日之廢墟；夢窗恨君臣之耽溺聲色，乃憂明日之宋祚似今日之吴宫。雖遠隔千載，然文人的愛國之思却仍是如出一轍。

---

① 〔宋〕范成大：《吴郡志》（南京：江蘇古籍出版社，1999年），頁223。
② 劉永濟：《微睇室説詞》，頁160。
③ 陳怡良：《楚辭招魂篇析論》，《屈原文學論集》，頁542。
④ 〔宋〕洪興祖：《楚辭補注》，頁194—195。
⑤ 劉永濟：《屈賦通箋附箋屈餘義》（北京：人民文學出版社，1961年），頁171。
⑥ 劉永濟：《屈賦通箋附箋屈餘義》，頁230。

(二)憂時傷國

夢窗詞中往往有沉鬱感傷之作，清人況周頤(1859—1926)《歷代兩浙詞人小傳序》曰："夢翁懷抱清敻，於詞境爲最宜。設令躬際承平，其出象筆鸞箋，以鳴和聲之盛，雖平揖蘇、辛，指麾姜、史，何難矣。乃丁世劇變，戢影滄洲，黍離麥秀之傷，以視南渡群公，殆又甚焉。"①劉永濟《微睇室説詞》亦曰："南宋末年詞人多懷亡國之懼，夢窗詞於此感慨最深。"②況周頤與劉永濟皆認爲吴文英的憂時傷國之情，較之同時代的其餘文人更爲深刻。葉嘉瑩亦云："夢窗在世之數十年中，外則强敵爲患，内則權臣誤國；以一善感之詞人，生當亂亡之衰世，則夢窗縱非以忠義自命之士，而其觸目傷懷，撫事興悲，必油然有不能自已者。"③吴文英與屈原所處的時代背景相似，都是君王昏庸無能、苟安一隅，江山社稷危如累卵之時。因此吴文英也常用屈騷之典故來抒發自己的愛國之情，譬如《八聲甘州·靈巖陪庾幕諸公游》(渺空烟四遠)曰：

> 渺空烟四遠，是何年、青天墜長星④。幻蒼崖雲樹，名娃金屋，殘霸宫城。箭徑酸風射眼，膩水染花腥。時靸雙鴛響，廊葉秋聲。　　宫裏吴王沉醉，倩五湖倦客，獨釣醒醒。問蒼波無語，華髮奈青山。水涵空、闌憑高處，送亂鴉、斜日落魚汀。連呼酒，上琴臺去，秋與雲平。(頁 1419)

此詞爲夢窗陪庾幕同僚游覽靈巖所作，靈巖指蘇州靈巖山，山上有

---

① 〔清〕況周頤著，孫克强輯考：《蕙風詞話·廣蕙風詞話》(鄭州：中州古籍出版社，2003年)，頁 446—447。

② 劉永濟：《微睇室説詞》，頁 525。

③ 葉嘉瑩：《拆碎七寶樓臺——談夢窗詞之現代觀》，頁 92。

④ 周汝昌將此句句讀斷爲"渺空烟、四遠是何年，青天墜長星"。參見上海辭書出版社文學鑒賞辭典編纂中心編《吴文英詞鑒賞辭典》(上海：上海辭書出版社，2016 年)，頁 147—148。

館娃宫,爲當年吴王夫差因寵信西施而修建。夢窗游覽吴宫舊址,觸目傷情,而有家國之嘆。

首句"渺空烟四遠,是何年、青天墜長星",將靈巖山比喻成是從天上墜落下的隕石幻化而成,頗似屈原《天問》之風格,既運用了其有問無答的設疑法,又繼承了其天馬行空的大膽想象。次句"幻蒼崖雲樹,名娃金屋,殘霸宫城","名娃金屋"即指西施之館娃宫,西施配吴王,本應爲英雄美人,金屋藏嬌,一段佳話,然而"殘霸"二字却將現實殘忍地揭開,吴王夫差雖然曾爲春秋五霸之一,却因爲美色迷眼,淫娱誤國,最終爲越王勾踐所滅。此句由寫景轉入抒情,爲下文引出夢窗感時憂國之主旨而鋪墊。

"箭徑酸風射眼,膩水染花腥"一句,前半化用李賀《金銅仙人辭漢歌》:"魏官牽車指千里,東關酸風射眸子。"此詩作於唐安史之亂後,是李賀用漢代之亡來影射唐之時事。夢窗則再次借用唐朝之典來暗喻南宋之事。葉嘉瑩曰:"夢窗之用此'酸風射眼'四字,是其當日登靈巖而遥望箭徑之時,於秋風拂面刺目酸鼻之中,當亦自有其無窮難言之深慨在也。一則,面對此吴宫之蔓草荒烟,固已不免有千古盛衰興廢之感;再則,將古喻今,哀朝廷之岌危,懼國祚之不永,更不免有滿懷撫時傷世之悲。"[①]而下半句"膩水染花腥"則是化用杜牧《阿房宫賦》"渭流漲膩,弃脂水也"之典,依舊是接續前半句的興亡之嘆。館娃宫旁的涇水中似乎還留有當年美人濯妝的膩水花腥,正如阿房宫當年妃嬪倒弃的脂水使得渭河漲膩。忘却憂患,沉湎聲色,從來都是亡國之始,正如《阿房宫賦》所云:"滅六國者,六國也,非秦也。卒秦者,秦也,非天下也。……秦人不暇自哀,而後人哀之;後人哀之而不鑒之,亦使後人而復哀後人也。"夢窗正是爲南宋群臣不知以史爲鑒,反而走上歷朝亡國之舊路而深

① 葉嘉瑩:《拆碎七寶樓臺——談夢窗詞之現代觀》,頁96。

深憂患，於是反復徵引前代亡國之事：春秋時吴王夫差敗於越，秦始皇造阿房宫而秦滅，漢亡而金銅仙人辭漢，安史之亂盛唐中道而衰，皆是生於憂患而死於安樂者也。看似簡單的寫景之句，實際上是典中套典、環環相扣。夢窗如此不厭其煩地書寫歷朝歷代血淋淋之教訓，只因南宋如今也在同樣的敗亡之路上疾馳。

夢窗此種歷述前代之鑒以警醒今世之人的筆法，即源自屈原，《離騷》曰：

> 啓《九辯》與《九歌》兮，夏康娱以自縱。不顧難以圖後兮，五子用失乎家巷。羿淫游以佚畋兮，又好射夫封狐。固亂流其鮮終兮，浞又貪夫厥家。澆身被服强圉兮，縱欲而不忍。日康娱而自忘兮，厥首用夫顛隕。夏桀之常違兮，乃遂焉而逢殃。后辛之菹醢兮，殷宗用而不長。（頁 28—32）

王逸曰："屈原執履忠貞而被讒邪，憂心繁亂，不知所訴，乃作《離騷經》。……以風諫君也。故上述唐、虞、三后之制，下序桀、紂、羿、澆之敗，冀君覺悟，反於正道而還己也。"①屈原熱愛楚國，唯恐皇輿敗績，因此備舉古代昏君失道敗亡之鑒戒，以求楚國能够避免重蹈前代之覆轍。無論是屈原還是夢窗，其殷殷救國之心、耿耿愛國之情，皆日月可鑒。

下片："宫裏吴王沈醉，倩五湖倦客，獨釣醒醒。"前已論及夢窗常常以吴王夫差之典以寓千古興亡之嘆，蓋因吴國與南宋實在有太多相似之處。清人陳洵（1871—1942）曰：

> 獨醒無語，沉醉奈何，是此詞最沉痛處。今更爲推演之，蓋惜夫差之受欺越王也，長頸之毒，蠡知之而王不知，則王醉而蠡醒矣。女真之猾，甚於勾踐。北狩之辱，奇於甬東。五國

① 〔宋〕洪興祖：《楚辭補注》，頁 2。

> 城之崩,酷於卑猶位。遺民之憑吊,异於鴟夷之逍遥。而游艮嶽幸樊樓者,乃荒於吴宫之沈湎。北宋已矣,南渡宴安,又將岌岌,五湖倦客,今復何人。①

吴王夫差自刎於甬東,然而徽、欽二帝靖康之辱却有甚者。宋徽宗葬於五國城,夫差葬於卑猶位,卑猶位尚是吴地,五國城却遠在金國。“遺民”指夢窗,“鴟夷”爲范蠡之别號,然而同爲清醒之士,際遇却是天壤之别。艮嶽即萬歲山,與樊樓皆是昔日宋徽宗娱游之地。北宋已因逸樂而亡國,南渡群臣却仍舊沉緬歌舞,又將國家推向岌岌可危之境。《漁父》曰:“舉世皆濁我獨清,衆人皆醉我獨醒。”(頁 276)然而舉世皆濁,衆人皆醉,憑藉一己之力又如何能够力挽狂瀾?最終楚滅宋亡,屈原和夢窗所擔憂的皆不幸成真。

五、結　語

屈原是中國歷史上尤爲偉大的一位詩人,其作品“詭奇多變,絢麗多彩,成爲中國美文之祖、最早之象徵文學、神話文學最高之準則”②。屈原對於後世歷朝歷代之文人産生了廣泛而深遠的影響,故劉勰曰:“枚賈追風以入麗,馬揚沿波而得奇,其衣被詞人,非一代也。故才高者菀其鴻裁,中巧者獵其艷辭,吟諷者銜其山川,童蒙者拾其香草”③。

夢窗詞中用典出自屈騷者即有 44 闋,從中探析夢窗借鑒屈騷之特點,發現首先在借鑒技巧上,夢窗詞大多采用字面之借鑒,這使得夢窗詞呈現出一種隱晦艱深的風格。

在内容與意象上,首先,夢窗詞中使用了大量屈騷中曾經出現

---

① 陳文華:《海綃翁夢窗詞説詮評》(臺北:里仁書局,1996 年),頁 67。

② 陳怡良:《屈原文學論集》,頁 25。

③ 黄叔琳等:《增訂文心雕龍校注》,頁 51。

過的香草意象。並且在具體的運用上，夢窗和屈原一樣是用香草來指代賢士能臣，用佩帶香草來比喻作者自身的志性芳潔，從中可以明顯看出夢窗對於屈原的繼承。在神話方面，夢窗詞延續了屈騷的浪漫風格，且其神話想象取材於屈騷者甚衆。與屈原相類似的是，夢窗在天馬行空的書寫中寄托了對於家國天下的關切，光怪陸離之中蘊藏的皆是拳拳愛國之心。在咏物方面，夢窗的咏物詞繼承了屈原《橘頌》的優良傳統，不僅在外貌摹寫上能够做到形神兼備，在意蘊内涵上亦能够做到寄寓高遠。

在情感與思想上，首先在悲秋方面，屈原可謂悲秋傳統之奠基者。明人胡應麟(1551—1602)曰："'嫋嫋兮秋風，洞庭波兮木葉下'，形容秋景入畫；'悲哉！秋之爲氣也。憭栗兮若遠行，登山臨水兮送將歸'，模寫秋意入神。皆千古言秋之祖。"①胡應麟將屈原、宋玉並稱爲千古言秋之祖，然而屈原之年代猶在宋玉之前。夢窗詞中有爲數不少的悲秋感懷之詞，且夢窗常常通過悲秋寄寓個人身世之嘆、千古興亡之思，亦與屈原相類似。而在憂時傷國方面，屈原身處楚懷王與楚頃襄王時期，此時的楚國外有强秦相逼，内有奸臣干政，君王却仍舊不能醒悟，以致國力日漸衰微。而與屈原相類似的，夢窗亦生活於南宋晚期，"生丁末造，白雁南來，鼓鼙之思、禾黍之悲，一以倚聲發之"②。相似的時代背景，使得夢窗對於屈原的憂國之情深感共鳴，因此夢窗亦常用屈騷之典以抒發家國之情。

---

① 〔明〕胡應麟:《詩藪》(北京:中華書局，1958年)，頁5。

② 錢萼孫:《吴夢窗詞箋釋序》，收入〔宋〕吴文英撰，楊鐵夫箋釋，陳邦炎校點《吴夢窗詞箋釋》，序頁5。

《文心雕龍·時序》"十代九變"説考論[①]

一、前　言

郭紹虞(1893—1984)主編之《中國歷代文論選》認爲《時序》"是一篇關于文學史方面的專門論文,它集中反映了劉勰的文學史觀"[②]。當劉勰(467—522)之時,固然還没有"文學史"的概念形成,但《時序》一篇從客觀上講,確實簡要地論述了自唐虞至宋齊的文學發展史。清人黄叔琳(1672—1756)曰:"文運升降,總萃此篇。"[③]李曰剛(1906—1985)則云:"以不滿兩千字之篇幅,叙二帝三王以至南齊文學演變之趨勢及進程,不啻爲十代文學史之綜述。"[④]劉勰以短小精煉之篇幅,總述前代之文學,並以篇末贊語總結曰:"蔚映十代,辭采九變。"[⑤]針對劉勰在此處提到的"十代九變"之説法,後人對此有諸多不同意見。

---

① 本文原發表於第八屆中國香港中文大學、臺灣成功大學研究生論壇。

② 郭紹虞主編:《中國歷代文論選》(上海,上海古籍出版社,1979年),頁104。

③ 黄霖編:《文心雕龍彙評》(上海:上海古籍出版社,2005年),頁144。

④ 李曰剛:《文心雕龍斠詮》(臺北:編譯館,1982年),頁2028。

⑤ 〔梁〕劉勰撰,周振甫注:《文心雕龍注釋》(臺北:里仁書局,1984年),頁817。本文《文心雕龍》引文皆據此本,爲簡省篇幅與方便讀者閲讀,下文重複徵引處僅在正文中以括號標識頁碼。

首先,關於"十代"之意涵,范文瀾(1893—1969)引清人郝懿行(1757—1825)曰:"蔚映十代,並數蕭齊而言也。《才略篇》及於劉宋而止,故云九代而已。"[①]郝懿行認爲劉勰所謂的"十代"是截至蕭齊爲止的,後人也大多認同此種説法,皆謂"十代"指唐、虞、夏、商、周、漢、魏、晋、宋、齊,唯戚良德《文心雕龍校注通釋》認爲十代是泛指歷代[②]。然而古人多以三、六、九、十二等作爲虚數泛指,用"十"則並不常見。且《時序》篇中根據劉勰的叙述可以明確地劃分出十個朝代,因此將"十代"解爲"歷代"難免失之粗略。

"十代"之意涵尚較爲明確,然則"九變"所指則衆説紛紜,莫衷一是。目前學界主流説法大抵可分爲四類。其一是由劉永濟(1887—1966)、童慶炳(1936—2015)等所主張的:陶唐至虞爲一變,三代爲二變,戰國西漢爲三變,東漢爲四變,靈帝以後爲五變,建安爲六變,正始爲七變,西晋爲八變,東晋爲九變。[③] 其二是由李曰剛等所主張的:陶唐至虞爲一變,三代爲二變,春秋戰國爲三變,西漢爲四變,東漢爲五變,建安爲六變,正始爲七變,西晋爲八變,東晋爲九變。[④] 其三是由周振甫(1911—2000)、王更生(1928—2010)等所主張的:唐虞三代爲一變,戰國爲二變,西漢爲三變,東漢爲四變,建安爲五變,正始爲六變,西晋爲七變,東晋爲八變,劉宋爲九變。[⑤] 其四是由吴林伯(1916—1988)、王運熙(1926—2014)等所主張的九變爲虚數,形容變化

---

① 〔梁〕劉勰撰,范文瀾注:《文心雕龍注》(北京:人民文學出版社,1958 年),頁 688。

② 戚良德:《文心雕龍校注通釋》(上海:上海古籍出版社,2008 年),頁 508。

③ 劉永濟:《文心雕龍校釋》(臺中:文听閣圖書有限公司,2011 年),頁 62—63。童慶炳:《〈文心雕龍〉"質文代變"説及其啓示録》,《江海學刊》2008 年 5 月,頁 203—204。

④ 李曰剛:《文心雕龍斠詮》,頁 2073—2074。

⑤ 〔梁〕劉勰撰,周振甫注:《文心雕龍注釋》,頁 834。王更生:《文心雕龍讀本》(臺北:文史哲出版社,1991 年),頁 269—273。

之多，並非確指。① 而此種説法中尤爲值得注意的是，王禮卿（1908—1997）認爲九爲虛數，而其論證依據是列舉《時序》篇中文變之次數，計爲十二，與九不合，因此認爲九變之説爲穿鑿。兹將其十二種文變亦列如下以供對照：陶唐至虞爲一變，三代爲二變，東西周交替爲三變，戰國爲四變，西漢爲五變，東漢爲六變，靈帝以後爲七變，建安爲八變，正始爲九變，西晋爲十變，東晋之文風興盛者爲十一變，東晋之辭意夷泰者爲十二變。② 筆者將上述説法彙整爲表 1 如下，以便於讀者閲讀。

表 1　“十代九變”説彙整

<table>
<tr><th>學者</th><th colspan="12">朝代</th></tr>
<tr><td>劉永濟等</td><td>唐虞</td><td colspan="2">三代</td><td colspan="2">戰國西漢</td><td>東漢</td><td>靈帝</td><td>建安</td><td>正始</td><td>西晋</td><td>東晋</td><td></td></tr>
<tr><td>李曰剛等</td><td>唐虞</td><td colspan="2">三代</td><td>戰國</td><td>西漢</td><td colspan="2">東漢</td><td>建安</td><td>正始</td><td>西晋</td><td>東晋</td><td></td></tr>
<tr><td>周振甫等</td><td colspan="3">唐虞三代</td><td>戰國</td><td>西漢</td><td colspan="2">東漢</td><td>建安</td><td>正始</td><td>西晋</td><td>東晋</td><td>劉宋</td></tr>
<tr><td>王禮卿等</td><td>唐虞</td><td>三代</td><td>東周</td><td>戰國</td><td>西漢</td><td>東漢</td><td>靈帝</td><td>建安</td><td>正始</td><td>西晋</td><td>東晋</td><td>東晋</td></tr>
</table>

王禮卿十二變之説或許未爲篤論，然其論辯方法實頗具參考意義。蓋“辭采九變”既可爲實指，又可爲虛數。若單從文義出發，則實難分别。然若以《時序》篇爲基礎，仔細推敲文變之次數，若合於九，則九變大抵爲實指；若不合於九，則九變只能是虛數。

綜觀前人四類説法，實是同中有异，其主要分歧點在於：唐虞三代之間究竟有幾變，戰國至西漢、東漢至靈帝以後是否應視作一變，東晋是否應區分出二變，以及劉宋是否可列入“闕當代不言”的

① 吴林伯：《文心雕龍義疏》（武漢：武漢大學出版社，2002 年），頁 562。王運熙、周鋒：《文心雕龍譯注》（上海：上海古籍出版社，1998 年），頁 413。〔梁〕劉勰撰，龍必錕譯注：《文心雕龍》（臺北：臺灣古籍出版社，1996 年），頁 558。祖保全：《文心雕龍解説》（合肥：安徽教育出版社，1993 年），頁 897。張長青：《文心雕龍新釋》（長沙：湖南大學出版社，2009 年），頁 543。

② 王禮卿：《文心雕龍通解》（臺北：編譯館，1986 年），頁 819—829。

範疇。本文兹就以上問題,略抒淺見,以就教方家學者。

二、唐虞三代至戰國西漢

(一)東西周交替爲一變

《文心雕龍·時序》曰:"昔在陶唐,德盛化鈞,野老吐何力之談,郊童含不識之歌。有虞繼作,政阜民暇,熏風咏於元后,爛雲歌於列臣。盡其美者,何乃心樂而聲泰也!"(頁 813)劉勰論十代文運之變,首起唐虞。而認爲陶唐至虞應爲一變者,其論點大抵可分爲兩派,一爲文質説,一爲世情説。

首先是文質説,李曰剛云:"陶唐民謡樸野,虞廷賡歌雍容,乃心樂聲泰之文,此文之一變也。"[①]童慶炳則曰:"從唐堯時代的歌謡的質樸,到虞舜時代文學轉爲'盡其美',出現所謂的'心樂而聲泰'的情況。這是由質而文,是一變也。"[②]李曰剛、童慶炳皆謂陶唐至虞,爲由質而文,且《時序》篇首言:"時運交移,質文代變,古今情理,如可言乎?"(頁 813)末言:"質文沿時,崇替在選。終古雖遠,曖焉如面。"(頁 817)因此若以文質爲説,分析文變,似是頗合情理。然則《通變》篇曰:"黄歌斷竹,質之至也;唐歌在昔,則廣於黄世;虞歌卿雲,則文於唐時;夏歌雕墻,縟於虞代;商周篇什,麗於夏年。"(頁 569)既然如此,爲何不能是自黄至唐爲一變,虞爲二變,夏爲三變,商周爲四變?此種矛盾就體現出了文質説的一大弊病,即質文變化很難作爲一種客觀標準來衡量文變。

若以重質或重文來分期,則黄、唐、虞、夏皆爲質勝於文;若以文質消長之相對變化來分期,則變化大到何種程度可以稱作是一

① 李曰剛:《文心雕龍斠詮》,頁 2073。

② 童慶炳:《〈文心雕龍〉"質文代變"説及其啓示録》,頁 203。

變? 爲免失之主觀則必須訴諸《文心雕龍》之文本,而劉勰早在《通變》篇就已給出答案曰:"搉而論之,則黄唐淳而質,虞夏質而辨,商周麗而雅,楚漢侈而艷,魏晋淺而綺,宋初訛而新。"(頁 569)十代六期五變,是劉勰以文質爲基所作的分期,黄唐至虞夏爲一變,虞夏至商周爲二變。但反觀《時序》篇曰:"至大禹敷土,九序咏功;成湯聖敬,猗歟作頌。"(頁 813)夏商兩句之間,文氣相連,絶無斷絶。顯然若依《時序》篇則夏商必歸爲同一期,這也是前文所提及的四種説法間的共識。《通變》分夏商爲二代,《時序》合禹湯爲一期,此種矛盾足可證《時序》篇之分期絶非單純以文質變化爲依據,而"十代九變"之分期亦不是《通變》篇中"五變"的細化。

劉勰曰"質文沿時",則重質與重文交替變化,是文運變化後呈現出來的現象,是結果而非原因。而劉勰在《時序》篇中所强調的文運代變的兩大原因,一是"風動於上,而波震於下"(頁 813),二是"文變染乎世情"(頁 816),這兩點在下文中還將展開討論。也因此文質的變化固然是文運代變的主要表現之一,但它只能作爲參考與印證,劉勰云:"原始以要終,雖百世可知也。"(頁 816)文質變化並非爲"始",因此亦不能成爲文運分期的主要依據。

第二種是世情説,王禮卿曰:"分叙唐虞之歌謡,論其由德化政俗之美,而成心樂聲泰之辭,此染世情久安之一變也。……接叙三代之作,論其由功德教化之盛,而興頌德樂生之詩,此染世情遞治之二變。"[1]王禮卿認爲自唐至虞世情久安爲一變,繼而三代世情遞治爲二變,然則何謂"世情"? 劉勰曰:"華實所附,斟酌經辭,蓋歷政講聚,故漸靡儒風者也。"(頁 815)又曰:"自中朝貴玄,江左稱盛,因談餘氣,流成文體。"(頁 816)簡言之,世情即時代之風氣,而世情的變化亦會導致文變。《禮記·樂記》曰:"治世之音,安以樂,其政

---

① 王禮卿:《文心雕龍通解》,頁 820。

和。亂世之音,怨以怒,其政乖。亡國之音,哀以思,其民困。”①蓋時移世易,文運亦會隨之變化。然而自陶唐“德盛化鈞”,有虞“政阜民暇”,直至“姬文之德盛”“大王之化淳”(頁813)。若只從劉勰的叙述來看,則很難説當時的世情發生了何種變化,尤其是陶唐與姬文之世,都用了“德盛”一詞來形容。劉勰在《文心雕龍》中的遣詞用字可以説是十分準確精妙的,絶不可能存在詞彙貧乏之類的情況。正因如此,則劉勰反復使用“德盛”一詞,足可證在他的觀念中,自唐虞至西周的世情都是相似的,所以纔不需要刻意地區分。因此,世情的變化固然是引起文變的原因之一,然若世情久安、世情遞治皆可視作是一變,則未必盡合於劉勰原意。

細審《時序》篇内文,自“昔在陶唐”至“平王微而黍離哀”(頁813),總序唐虞三代之文,末曰:“故知歌謡文理,與世推移,風動於上,而波震於下者也。”(頁813)從“故”之一字可以看出,前文所言皆只爲説明一事,即歌謡文理,與世推移,風動於上,波震於下。范文瀾《文心雕龍講疏》曰:“歷代文學之興衰,與政治有密切聯繫。”②而劉勰的觀念或許較之更爲直白扼要,歷代文學固然與政治有關,但更直接來講,就是與天子有關。《時序》篇論十代文變,句句不離帝王,文末贊語更是明言:“質文沿時,崇替在選。”(頁817)重質重文,是興是衰,全取決於當權爲政者的好惡喜怒哀樂。因此《時序》篇開篇以唐虞三代爲例,亦只爲説明,帝王化下,如風行草偃。自陶唐德盛化鈞,至姬文德盛,大王化淳,皆爲治世久安之聖王,直至“幽厲昏而板蕩怒,平王微而黍離哀”(頁813),爲一變。

---

① 〔漢〕鄭玄注,〔唐〕孔穎達疏:《禮記正義》,收入李學勤主編《十三經注疏》(北京:北京大學出版社,1999年),頁1077。

② 范文瀾:《文心雕龍講疏》,收入氏著《范文瀾全集》(石家莊:河北教育出版社,2002年),第3册,頁360。

(二)戰國爲二變,西漢爲三變

自戰國至西漢之文變,依主流説法可分爲兩類。一類認爲戰國、西漢應分爲兩期,戰國爲一變,西漢爲一變,如周振甫《文心雕龍注釋》曰:"三,戰國煒燁奇意,出縱横詭俗,是二變;四,西漢祖述《楚辭》,創立漢賦,三變。"[①]另一種説法是戰國與西漢應合爲同一期,如劉永濟《文心雕龍校釋》曰:"戰國諸子朋興,齊楚稱盛,齊尚雄辯,楚富麗辭,皆出縱操之詭俗。西漢文變雖多,不外屈、宋餘響,此三變也。"[②]童慶炳亦曰:"到了西漢,文變雖多,但賦體興起,文辭綺靡,不外乎'祖述《楚辭》,靈均餘影'。"[③]

劉永濟和童慶炳都主張將戰國、西漢合而論之,蓋因劉勰在《時序》篇中云漢賦大抵皆屈原、宋玉之流變:"爰自漢室,迄至成哀,雖世漸百齡,辭人九變,而大抵所歸,祖述《楚辭》,靈均餘影,於是乎在。"(頁 814)既然劉勰已言漢賦大抵皆繼承《楚辭》之傳統,深受屈原之影響,那這是否可以證明劉勰認爲西漢應與戰國合爲同一期呢?其實未必然。

首先,一代固然有一代之文學,但一種新文體的産生並不是憑空的,而是必然受到前代的影響。《辨騷》曰:"固知《楚辭》者,體憲於三代,而風雜於戰國。"(頁 64)《詮賦》曰:"然則賦也者,受命於詩人,而拓宇於《楚辭》也。"(頁 137)《通變》曰:"暨楚之騷文,矩式周人;漢之賦頌,影寫楚世;魏之篇製,顧慕漢風;晋之辭章,瞻望魏采。"(頁 569)蓋劉勰論文本就强調"原始以表末"(頁 916),而自《詩經》《楚騷》、漢賦,至魏晋文章,確實有前後相承之處。若因辭人九變,祖述《楚辭》,而認爲戰國與西漢間並無文變,則自西周至魏晋

---

① 〔梁〕劉勰撰,周振甫注:《文心雕龍注釋》,頁 834。

② 劉永濟:《文心雕龍校釋》,頁 62。

③ 童慶炳:《〈文心雕龍〉"質文代變"説及其啓示録》,頁 203。

文運代代相承,實無法論其九變。

其次,劉勰雖言"爰自漢室,迄至成哀",但實際上他指的僅是從漢武帝(156 B.C.—87 B.C.,141 B.C.—87 B.C.在位)至漢哀帝(25 B.C.—1 B.C.,7 B.C.—1 B.C.在位)間的一百四十餘年辭賦興盛的時期。如果是從漢初開始算起至於漢哀帝,則總計有兩百餘年,劉勰就不會用"世漸百齡"來形容。

而從"辭人九變"一詞亦可以看出,劉勰此句僅是就辭賦一體抒發議論。雖漢賦享譽今古,但劉勰在總括之時,還提到了"柏梁展朝宴之詩",顯然是就詩而言,《明詩》曰:"漢初四言,韋孟首唱,匡諫之義,繼軌周人。孝武愛文,柏梁列韵,嚴馬之徒,屬辭無方。"(頁83—84)劉勰論漢詩之匡諫,順美匡惡,顯是上承《詩經》之美刺諷誦而非《楚辭》。《時序》又曰:"徵枚乘以蒲輪,申主父以鼎食,擢公孫之對策,嘆倪寬之擬奏,買臣負薪而衣錦,相如滌器而被綉。於是史遷壽王之徒,嚴終枚皋之屬,應對固無方,篇章亦不匱,遺風餘采,莫與比盛。"(頁814)武帝時期所列舉之人物,主父偃、公孫弘、倪寬、朱買臣、壽王、嚴安[①]、終軍,皆是以議對、奏啓、上書而聞名,司馬遷以史傳而聞名,唯枚乘、司馬相如、枚皋三人是以辭賦而聞名。因此,無論是從時間綫來看,還是從論述内容來看,劉勰所謂"大抵所歸,祖述《楚辭》"都只是就辭賦而大略言之。而從劉勰論述西漢文學時所舉的例子可知,僅以辭賦一體顯然不能概括整個西漢時期。

於是,拋開"辭人九變,祖述《楚辭》"一句,再來看西漢之文學,其比之於戰國是否可以稱得上一變呢?首先從世情來看,《時序》

① 另一説認爲此處之"嚴"指"嚴助",如陸侃如、牟世金《文心雕龍譯注》云:"劉勰這裏所講到的,是一些'篇章亦不匱'的文人,《嚴助傳》説他曾'作賦頌數十篇',嚴安則無。"見陸侃如、牟世金:《文心雕龍譯注》(濟南:齊魯書社,1981年),頁533。張燈《文心雕龍辨疑》亦釋"嚴"爲"嚴助",見張燈《文心雕龍辨疑》(貴陽:貴州人民出版社,1995年),頁239。

曰："春秋以後，角戰英雄，六經泥蟠，百家飆駭。"（頁 813）春秋以後，戰國七雄以戰争來定勝負，六經被抛弃，諸子百家如狂風般興起。而相對應的，由此種世情所帶來的文變就是文采煒燁，有縱横之詭俗。而此種情形是否有延續至西漢呢？劉勰《文心雕龍·論説》曰：

> 暨戰國争雄，辨士雲涌，從横參謀，長短角勢。轉丸騁其巧辭，飛鉗伏其精術。一人之辨，重於九鼎之寶；三寸之舌，强於百萬之師。六印磊落以佩，五都隱賑而封。至漢定秦楚，辨士弭節，酈君既斃於齊鑊，蒯子幾入乎漢鼎。雖復陸賈籍甚，張釋傅會，杜欽文辨，樓護唇舌。頡頏萬乘之階，抵嘘公卿之席。並順風以托勢，莫能逆波而泝洄矣。（頁 349）

戰國時期諸侯割據，各自爲政，辯士游走其間，縱横捭闔，蘇秦配六國相印，張儀封五座都城，皆是時勢造英雄。漢朝統一天下，以皇帝爲獨尊，諸臣子即使文采光曜，亦只不過是順風托勢，勸百諷一，不復昔日縱横之氣，這是世情變化而導致的。

其次，從爲政者的舉措來説，戰國時期劉勰着重强調的是齊、楚兩國："齊開莊衢之第，楚廣蘭臺之宫。"（頁 813）皆是有利於文學之政策。而至西漢之時，漢初"高祖尚武，戲儒簡學……施及孝惠，迄于文景，經術頗興，而辭人勿用"（頁 814）。劉邦出身草莽，《史記》曰："沛公不好儒，諸客冠儒冠來者，沛公輒解其冠，溲溺其中。與人言，常大駡。未可以儒生説也。"[①]而後惠帝繼位，《漢書·儒林傳》曰："孝惠、高后時，公卿皆武力功臣。孝文時頗登用，然孝文本好刑名之言。及至孝景，不任儒，竇太后又好黄老術，故諸博士具

① 〔漢〕司馬遷撰，瀧川資言考證：《史記會注考證》（上海：上海古籍出版社，1986 年），頁 1667。

官待問,未有進者。"[①]漢初六十年天下方定,百廢待興,帝王亦無暇重視文學,從"戲儒簡學"到"辭人勿用",與戰國時期齊、楚兩國國君的舉措形成了鮮明的反差。

至漢武帝時,"逮孝武崇儒,潤色鴻業,禮樂争輝,辭藻競騖"(頁 814)。武帝愛好文學,漢賦由此興盛,葉慶炳曰:"漢賦之作者鼎沸,盛極一世,帝王之愛好提倡實爲主因。"[②]然武帝之重文又與齊、楚不同。戰國時期百家争鳴,《時序》篇中所提及稷下學宫之談天衍、雕龍奭等,皆非出自儒門。《史記·封禪書》曰:"騶衍以陰陽主運顯於諸侯。"[③]《史記·孟子荀卿列傳》曰:

> 自騶衍與齊之稷下先生,如淳于髡、慎到、環淵、接子、田駢、騶奭之徒,各著書言治亂之事,以干世主,豈可勝道哉!淳于髡,齊人也。博聞彊記,學無所主。……慎到,趙人。田駢、接子,齊人。環淵,楚人。皆學黄老道德之術……騶奭者,齊諸騶子,亦頗采騶衍之術以紀文。[④]

鄒衍、騶奭屬陰陽家,淳于髡學無所主,慎到、環淵、接子、田駢學黄老道德,足可見稷下學宫之派别林立,並無專主一家。而漢武帝罷黜百家,獨尊儒術,自此西漢皆以儒家爲獨尊,又與戰國之世"六經泥蟠"相迥异。爲政者的主張對當世之文運必然會産生一定影響。明帝、章帝崇愛儒術,劉勰則曰:"華實所附,斟酌經辭,蓋歷政講聚,故漸靡儒風者也。"(頁 815)而漢武帝罷黜百家,其影響之大較之明、章何止數倍,若説對西漢之文風並無改易,則似乎有些牽强。

要之,雖辭人九變祖述《楚辭》,然戰國時期百家競逐,"鄒子以談天飛譽,騶奭以雕龍馳響"(頁 813),屈、宋亦只是戰國文學之一

---

① 〔漢〕班固:《漢書》(北京:中華書局,1962 年),頁 3592。

② 葉慶炳:《中國文學史》(臺北:臺灣學生書局,1987 年),上册,頁 52。

③ 〔漢〕司馬遷撰,瀧川資言考證:《史記會注考證》,頁 786。

④ 〔漢〕司馬遷撰,瀧川資言考證:《史記會注考證》,頁 1432。

隅。及至漢代,雖漢賦享譽今古,然西漢之古詩、樂府、散文皆爲一代之雄,亦不能以辭賦一體即總括西漢。而無論從世情變換,抑或從帝王爲政之舉措來看,西漢較之戰國皆有明顯之差异,因此視西漢文學爲一變或較爲妥當。

三、東漢靈帝至東晋劉宋

(一)漢靈帝不宜列爲一變

劉永濟《文心雕龍校釋》曰:"東漢中興以後,順、桓以前,稍改西京之風,漸靡經生之習,由麗辭而爲儒文,此四變也。靈帝以後,學貴墨守,文亦散緩。其時作者,類多淺陋,比之俳優,文章風氣,由盛而衰,此五變也。"①王禮卿《文心雕龍通解》亦曰:"末叙靈帝才微好卑,其時文章流於淺下,無可傳之篇。此明末期文運之衰廢,亦即文之七變也。"②劉永濟、王禮卿等皆認爲漢靈帝(157—189,168—189 在位)時期,文章淺陋,不復順、桓以前,應視作一變。

《時序》曰:"降及靈帝,時好辭製,造皇羲之書,開鴻都之賦,而樂松之徒,招集淺陋,故楊賜號爲驩兜,蔡邕比之俳優,其餘風遺文,蓋蔑如也。"(頁 815)正如劉勰所言,東漢文學發展至靈帝時,招集淺陋,由盛而衰,因此劉永濟等將其視作一變,似是合情合理。但這中間涉及一個問題,即若只是單純的文運衰頽,在劉勰眼中是否可視作一變?

劉勰論"十代九變"之文,獨不言秦。後人多謂因秦二世而斬,國祚尤短,故不言。然則劉勰論文的詳略與否,難道僅是根據歷朝歷代享國時間長短嗎?唐虞三代合計千餘載,其篇幅尚不及建安

---

① 劉永濟:《文心雕龍校釋》,頁 62—63。

② 王禮卿:《文心雕龍通解》,頁 824。

二十五年。若三祖陳王、建安七子皆在秦世,即使秦代僅十四年,劉勰亦絶不會略而不談。因此劉勰不言秦,其根本原因不在於其享國日短,而在於其文運衰頽,《詮賦》曰:"秦世不文。"(頁 137)《奏啓》曰:"秦始立奏,而法家少文。觀王綰之奏勛德,辭質而義近;李斯之奏驪山,事略而意誣。政無膏潤,形於篇章矣。"(頁 439)劉勰認爲秦世不文,因此論"十代九變"時,不將其視作一代,亦不將其視作一變。

同樣的例子還有西漢初時,《時序》曰:"爰至有漢,運接燔書,高祖尚武,戲儒簡學。"(頁 814)前文已言西漢初年文運未興,至漢武帝時則"禮樂争輝,辭藻競鶩"(頁 814)。自高祖至武帝文學由衰而盛,但並不能説這就算是一變。再如東漢初年,劉勰曰:"自哀、平陵替,光武中興,深懷圖讖,頗略文華。……及明章叠耀,崇愛儒術,肄禮璧堂,講文虎觀"(頁 814),東漢光武帝頗略文華,但光武帝與漢明帝、漢章帝之間,顯然亦不能算是一變。

且劉勰已言:"其餘風遺文,蓋蔑如也。"(頁 815)《説文解字》曰:"蔑,勞目無精也。"[①]清人段玉裁(1735—1815)注曰:"引申之義爲無。"[②]宋人戴侗(1200—1285)《六書故》曰:"又爲無、靡之義,無、微、靡、蔑、末同聲。"[③]周振甫《文心雕龍注釋》曰:"蔑如,狀微末,指不值得稱道。"[④]蓋漢靈帝時之文章在劉勰眼中本就是微末伎倆,不足以稱,亦當不得一變。

綜上所述,戰國縱横煒燁,秦則重法而不文,劉勰略而不論,則足可證若文運衰頽,無所可稱道者,則亦不可算之爲一變。漢靈帝

① 〔漢〕許慎撰,〔清〕段玉裁注:《説文解字注》(上海:上海古籍出版社,1981 年),頁 145。

② 〔漢〕許慎撰,〔清〕段玉裁注:《説文解字注》,頁 145。

③ 〔宋〕戴侗:《六書故》,收入〔清〕永瑢等編《欽定四庫全書》(臺北:臺灣商務印書館,1983 年《景印文淵閣四庫全書》),第 226 册,卷 17,頁 17。

④ 〔梁〕劉勰撰,周振甫注:《文心雕龍注釋》,頁 826。

之時文多淺陋,劉勰謂之曰"蔑如"也,顯然並不將之放在眼裏,故不宜分作一變。

(二)東晉不宜分出兩變

學者一般將東晉整體視作一變,如李曰剛《文心雕龍斠詮》曰:"言東晉偏安江左,士氣頹廢,加之玄風大扇,故世極迍邅,而辭意數泰,此文之九變。"[1]劉永濟《文心雕龍校釋》曰:"元帝南渡,君臣晏安,士氣頹廢,加以玄風大扇,故世極迍邅,而辭意夷泰,此九變也。"[2]然亦有意見不同者,王禮卿《文心雕龍通解》曰:

> 先述元帝右文建學,劉刁郭以文筆膺榮。接述明帝以才智講論藝文,兼長策賦,庾温以文筆親厚,揄揚風流,足爲晋之漢武。此叙東晋初文風之盛也。繼由成康穆哀度入簡文,特稱其"微言精理,澹思濃采"。蓋以玄學之精微爲體,故其思澹遠;以文章之華藻爲用,故其采鮮濃;乃以理趣植骨,以文采流風,故呈斯新异之體勢。猶東漢以經實立體,以文華傳神,故成其變新之風格,其理正同。此分論江左文之一象,亦即文之十一變。叙及晋祚之終,再綜一代文史之才,略舉其人,評爲"珪璋足用",總明東晋人才之盛也。更綜江左文歸之玄風,至於世迍邅而辭意夷泰,等老莊之義疏。斯直以玄學代文,大盭文學之體用,爲玄學入文終極之流弊。乃就許詢孫綽輩"淡乎寡味"之玄文,渾論江左文之概况,亦即文之十二變。[3]

王禮卿認爲東晉文學可以分作兩端,一爲以劉隗、刁協、郭璞、庾亮、温嶠、袁弘、殷仲、孫盛、干寶等爲代表的文學之盛;一爲以許

① 李曰剛:《文心雕龍斠詮》,頁 2074。
② 劉永濟:《文心雕龍校釋》,頁 63。
③ 王禮卿:《文心雕龍通解》,頁 828。

詢、孫綽等爲代表的玄學流弊，文學之衰。前者爲劉勰《時序》篇中所列之代表，後者許詢、孫綽爲王禮卿所舉之例。此種説法首先面臨的一個問題是，同樣受玄學影響，可以如此清晰地劃分出盛與衰嗎？

梁人鍾嶸（468？—518？）《詩品序》曰："永嘉時，貴黄、老，稍尚虚談，于時篇什，理過其辭，淡乎寡味。爰及江左，微波尚傳。孫綽、許詢、桓（温）、庾（亮）諸公詩，皆平典似道德論，建安風力盡矣。"[①]鍾嶸論江左文人，將庾亮與孫綽、許詢並舉，然前者爲上文中文學之盛的代表之一，後者則爲文學之衰的代表。再如劉勰《才略》篇曰："袁宏發軫以高驤，故卓出而多偏；孫綽規旋以矩步，故倫序而寡狀。殷仲文之孤興、謝叔源之閒情，並解散辭體，縹渺浮音。雖滔滔風流，而大澆文意。"（頁 864）劉勰云袁宏、孫綽、殷仲皆爲受玄風影響，而有所缺失者，顯然含有貶義。《明詩》篇則曰："江左篇製，溺乎玄風，嗤笑徇務之志，崇盛忘機之談。袁、孫以下，雖各有雕采，而辭趣一揆，莫與争雄。"（頁 84）將袁弘與孫綽並舉，而云莫與争雄，則又含褒意。由此可見，江左文學實難以簡單地劃分出盛衰優劣，並云其興者爲一變，衰者爲一變。

實際上，劉勰云："是以世極迍邅，而辭意夷泰，詩必柱下之旨歸，賦乃漆園之義疏。"（頁 816）乃是總括前文自"元皇中興"至"珪璋足用"而言。正如李曰剛所云："蓋其時作者，鑒於半壁阽危，而君臣晏安，加之佛老'清静寂滅，自隱無爲'之厭世思想，因緣時會，非痛心於國破家亡，以慷慨悲歌鳴其不平，即消極的追蹤於虚無縹緲的神仙之中，以寄托其鬱伊困頓之思。前者以劉琨、盧諶爲代表，後者以郭璞、孫綽稱巨擘；建安以來閎美綺練之風，遂一變而爲質率自然之氣。"[②]因此"辭意夷泰"與"珪璋足用"，雖看似褒貶相

---

① 〔梁〕鍾嶸撰，周振甫譯注：《詩品譯注》（北京：中華書局，1998 年），頁 17。

② 李曰剛：《文心雕龍斠詮》，頁 2056。

异，但實際上皆是就江左貴玄之風氣下形成的東晉文學所作的評論，只是切入角度、敘述側重略有不同，然實不宜因此就將東晉文學分作兩變。

（三）劉宋應可視作一變

劉永濟曰："宋、齊世近，作者尚多生存，又皆顯貴，舍人存而不論，非但是非難定，且亦有所避忌也。"[①]《時序》篇中"暨皇齊馭寶"一段，純是歌功頌德之言，且末曰："鴻風懿采，短筆敢陳；揚言贊時，請寄明哲！"（頁 817）顯然有避而不談之意。故清人紀昀（1724—1805）評曰："闕當代不言，非惟未經論定，實亦有所避於恩怨之間。"[②]蕭齊一朝劉勰明言不欲議論，然而針對劉宋一朝，劉勰則曰："蓋聞之於世，故略舉大較。"（頁 817）而這"略舉大較"四字究竟能否亦算是闕而不言，則實需仔細斟酌。

首先，劉勰對於劉宋其實是敢於批評的，譬如《通變》篇曰："魏晉淺而綺，宋初訛而新。從質及訛，彌近彌澹。何則？競今疏古，風昧氣衰也。"（頁 569）《通變》篇總論前代之文，言文學發展至劉宋而淪爲詭誕，"從質及訛，彌近彌澹"八字，可謂是一針見血，毫不留情。再如《指瑕》篇曰："斯實情訛之所變，文澆之致弊。而宋來才英，未之或改，舊染成俗，非一朝也。"（頁 760）亦可稱得上是針砭時弊。由此可見劉勰是敢於言劉宋之過的，尤其是與《時序》篇相類的《通變》篇，直言劉宋之訛而新，可謂是毫不避忌。

其次，《時序》篇中對於蕭齊一朝明顯是過譽的，自太祖以降，論及世祖、文帝、高宗，皆只有溢美之辭。且僅泛泛而言，稱頌其文思光備，才秀英發之類，並無提及任何一位具體之文人，這與之前數代明顯是不同的。因此說蕭齊是闕而不論當然是合理的。但劉

---

① 劉永濟：《文心雕龍校釋》，頁 63。

② 〔梁〕劉勰撰，周振甫注：《文心雕龍注釋》，頁 817。

宋則不然,劉勰概括劉宋文學之發展,實是有褒有貶,《時序》篇曰:"自明帝以下,文理替矣。"(頁 816)劉勰言自明帝以降,文辭儒學盡皆衰落,這個評價是較爲客觀而中肯的。若劉勰對劉宋的態度是如蕭齊一般虚美隱惡,則跳過明帝不言即可,畢竟明帝以降僅十四年宋即亡於齊,劉勰完全可以將這一段略而帶過。

而且另一點與論述蕭齊時不同的是,劉勰列舉了劉宋的代表作家,其曰:"王、袁聯宗以龍章,顏、謝重葉以鳳采,何、范、張、沈之徒,亦不可勝數也。"(頁 816—817)也即是説,劉勰在簡括劉宋一朝時,其叙述體例是與前代相同且完整的,即先言帝王之好惡舉措,以明其風動於上;再言文運之興衰變化,以見其波震於下;末舉代表之文人作家以爲印證。這顯然不同於劉勰在論述蕭齊一朝時,僅泛泛地頌美幾位帝王。

綜上所述,雖然劉勰曾在《才略》篇中云:"宋代逸才,辭翰鱗萃,世近易明,無勞甄序。"(頁 864)但是通過分析《時序》篇中劉勰對於劉宋一代的論述,雖僅略舉大較,然則有褒有貶,體例完備,仍應比照《通變》篇中將劉宋亦視爲一代較爲合宜。如此,則正如《通變》篇所言,劉宋訛而新,且《明詩》篇亦曰:"宋初文咏,體有因革,莊老告退,而山水方滋。儷采百字之偶,争價一句之奇,情必極貌以寫物,辭必窮力而追新,此近世之所競也。"(頁 85)則繼東晋之後,劉宋應可視爲一變。

四、結　語

針對劉勰《時序》篇末贊語中所言之"蔚映十代,辭采九變",後代學者之説法大抵可分爲四類,其間已達成的共識是建安、正始、西晋各應視作一變,而主要的分歧則可歸納爲五點:一、唐虞三代的分期問題,二、戰國與西漢間的傳承與新變,三、漢靈帝是否可單列爲一變，四、東晋是否需要區分出二變；五、劉宋是否在九變的討論範疇内。

本文針對以上五個問題集中討論，得出的結論是自陶唐至周文王，大抵多聖王德盛，世情相類，不宜區分出文變。而至於周幽王、周厲王，則君王昏庸，多亂世之音，風動於上，波震於下，可視作一變。漢賦雖上承自屈、宋，然細較兩代之文學，實乃同中有异，宜將西漢列爲一變。東漢至靈帝以後文運衰頹，無可稱道，當不得一變。東晋貴玄，雖看似有"時灑文囿"與"辭意夷泰"之别，然皆爲玄風浸淫之結果，且時間上亦無法區分先後，故無法分出二變。劉宋雖與劉勰時代相近，有闕而不論之嫌，然則細觀行文，大抵不虚美不隱惡，較之蕭齊差异顯著，應仍屬九變之範圍。

綜上所述，唐、虞、夏、商、西周爲盛德治世，至幽厲昏、平王微，爲一變；戰國縱横煒燁，爲二變；西漢禮樂争輝，辭藻競騖，爲三變；東漢斟酌經辭，漸靡儒風，爲四變；建安志深筆長，梗概多氣，爲五變；正始篇體輕淡，爲六變；西晋結藻清英，流韵綺靡，爲七變；東晋珪璋足用，然辭意夷泰，爲八變；劉宋情必極貌，辭必窮力，爲九變。

蘇、辛《南鄉子》倚聲填詞之异同

一、前　言

詞發展至蘇軾(1036—1101)爲一變,跳脱"娱賓遣興"[①]"謔浪游戲"[②]之傳統,而有"天風海雨逼人"[③]之氣勢,宋人胡寅(1098—1156)曰:"眉山蘇氏,一洗綺羅香澤之態,擺脱綢繆宛轉之度,使人登高望遠,舉首高歌,而逸懷豪氣,超然乎塵垢之外。"[④]辛弃疾(1140—1207)身處宋室南渡苟安之際,目睹時運艱難,而有北伐報國之志,其詞"横竪爛熳"[⑤],上承蘇軾豪放之氣,故明人王世貞

---

① 宋人陳世脩《陽春録序》論馮延巳之詞曰:"或當燕集,多運藻思,爲樂府新詞,俾歌者倚緑竹而歌之,所以娱賓而遣興也。"見〔宋〕陳世脩《陽春録序》,收入施蟄存主編《詞籍序跋萃編》(北京:中國社會科學出版社,1994年),卷1,頁15。

② 宋人胡寅曰:"詞曲者,古樂府之末造也。……然文章豪放之士,鮮不寄意於此者,隨亦自掃其跡,曰謔浪游戲而已也。"見〔宋〕胡寅《酒邊集序》,收入金啓華等編《唐宋詞集序跋彙編》(南京:江蘇教育出版社,1990年),頁117。

③ 〔清〕康熙御定:《御選歷代詩餘》,收入《摛藻堂四庫全書薈要》(臺北:世界書局,1986年),第153册,卷115,頁13。

④ 〔宋〕胡寅:《酒邊集序》,收入金啓華等編《唐宋詞集序跋彙編》,頁117。

⑤ 宋人劉辰翁曰:"及稼軒横竪爛熳,乃如禪宗棒喝,頭頭皆是;又如悲笳萬鼓,平生不平事並卮酒,但覺賓主酣暢,談不暇顧,詞至此亦足矣!"見〔宋〕劉辰翁《辛稼軒詞序》,收入施蟄存主編《詞籍序跋萃編》,卷2,頁201。

(1526—1590)《藝苑卮言》曰:“詞至辛稼軒而變,其源實自蘇長公。”[①]龍榆生(1902—1966)則云:“蘇詞之待稼軒而宗派確立,蓋由横放傑出之體,必有激昂蹈厲之情,忠憤無補於艱危,而往往足以促成文學内容之充實。”[②]將稼軒視爲蘇詞一派之傳承者。

前人將蘇、辛並稱的同時,亦提出了不少兩者間的差异。如清人譚獻(1832—1901)《復堂詞話》曰:“東坡是衣冠偉人,稼軒則弓刀游俠。”[③]王國維(1877—1927)《人間詞話》曰:“東坡之詞曠,稼軒之詞豪。”[④]清人陳廷焯(1853—1892)則從性格與際遇論蘇、辛之差异曰:“東坡心地光明磊落,忠愛根於性生。故詞極超曠,而意極和平。稼軒有吞吐八荒之慨,而機會不來。……故詞極豪雄,而意極悲鬱。”[⑤]

歷來對蘇、辛二人詞作异同比較之研究,實所在多有,針對兩人作品的内容、主題、風格、派别、特質等諸多方面,皆有可觀之成果。若以詞調視之,雖然東坡“豪放不喜剪裁以就聲律耳”[⑥],而稼軒“不合律處,當較蘇氏爲尤多”[⑦]。然詞號“倚聲”,終不能全然跳脱詞調聲律,王易(1889—1956)《詞曲史》曰:“宫律詞調,聲響文情,皆屬一貫。就作者言,則本情以尋聲,因聲以擇調,由調以配律;就詞體言,則本律而立調,由調而定聲,以聲而見情。”[⑧]因此本

---

① 〔明〕王世貞:《藝苑卮言》,收入唐圭璋編《詞話叢編》(北京:中華書局,1986年),頁391。

② 龍榆生:《蘇、辛詞派之淵源流變》,《龍榆生詞學論文集》(上海:上海古籍出版社,1997年),頁276。

③ 〔清〕譚獻:《復堂詞話》,收入唐圭璋編《詞話叢編》,頁3994。

④ 王國維:《人間詞話》(上海:上海古籍出版社,1998年),頁11。

⑤ 〔清〕陳廷焯:《白雨齋詞話》,收入唐圭璋編《詞話叢編》,頁3925。

⑥ 〔清〕康熙御定:《御選歷代詩餘》,收入《摛藻堂四庫全書薈要》,第153册,卷115,頁13。

⑦ 龍榆生:《蘇、辛詞派之淵源流變》,《龍榆生詞學論文集》,頁271。

⑧ 王易《詞曲史》(臺北:廣文書局,1988年),頁267。

文欲從詞調《南鄉子》入手，探析蘇、辛二人倚聲填詞之异同。

從詞牌格律來比較蘇、辛异同的專著，有吴雙的《蘇辛詞牌比較研究》[①]，其中涉及《南鄉子》的部分，主要是關於蘇、辛在短柱韵使用叠字的相似處。而聚焦於蘇、辛單一詞牌之比較者，則有薛乃文《從〈水龍吟〉探蘇、辛倚聲填詞之异同》[②]、林宏達《試析蘇、辛所作〈玉樓春〉〈木蘭花令〉詞調内容之异同》[③]、林淑華《從〈定風波〉探蘇、辛倚聲填詞之异同》[④]、柯瑋郁《蘇、辛〈南鄉子〉形式與内容比較》[⑤]。其中柯氏一文僅是從形式與填詞内容入手，因此仍有深入與補充之空間。本文立足於前人研究的基礎，探析蘇、辛《南鄉子》詞牌填詞的异同，分爲平仄、用韵、主題内容等幾個方面，以下詳述之。

二、平仄用韵比較

《南鄉子》，據唐人崔令欽(生卒年不詳)《教坊記》載，本是唐教坊曲名[⑥]，“敦煌卷子内有舞譜，此調自是舞曲”[⑦]。宋人陳元龍注

① 吴雙：《蘇、辛詞牌比較研究》，臺南：成功大學中國文學系碩士論文，2012 年。

② 薛乃文：《從〈水龍吟〉探蘇、辛倚聲填詞之异同》，《東方人文學志》第 7 卷第 4 期(2008 年 12 月)，頁 201—224。

③ 林宏達：《試析蘇、辛所作〈玉樓春〉〈木蘭花令〉詞調内容之异同》，發表於第十六届臺灣師範大學國文學系研究生學術論文研討會，收入《思辨集》第 13 期(2010 年 6 月)，頁 179—202。

④ 林淑華：《從〈定風波〉探蘇、辛倚聲填詞之异同》，《人文集刊》第 10 期(2013 年 8 月)，頁 51—90。

⑤ 柯瑋郁：《蘇、辛〈南鄉子〉形式與内容比較》，《東方人文學志》第 9 卷第 1 期(2010 年 3 月)，頁 119—138。

⑥ 〔唐〕崔令欽：《教訪記》，收入《中國古典戲曲論集成》(北京：中國戲劇出版社，1959 年)，頁 17。

⑦ 張夢機：《詞律探源》(臺北：文史哲出版社，1981 年)，頁 312。

《片玉集》曰:“晋國高士全隱於南鄉,因以爲氏也(號南鄉子)。”[①]則此當爲調名所本。張夢機(1941—2010)《詞律探原》曰:“南鄉即南國,唐人稱南中。”[②]南中在今四川省大渡河以南及雲南、貴州一帶。宋人周密(1232—1298)曰:“李珣、歐陽炯輩俱蜀人,各製《南鄉子》數首,以志風土,亦《竹枝》體也。”[③]張夢機則曰:“今觀《花間集》所載此調,歐陽炯八首、李珣十首,所咏皆南方風物,周説是也。”[④]沈鉉、王育紅《論〈南鄉子〉及其在唐五代的創作》亦云:“李珣的這17首《南鄉子》,即是一本調意而爲之,主要内容是描繪南國風土、人情、景物。……歐陽炯的《南鄉子》以描寫南國女子爲多……這一特點體現了《南鄉子》這一詞調所填内容多表現南國風光和女子感情和生活。”[⑤]

清人萬樹(1630—1688)《詞律》曰:“此詞(《南鄉子》)有單雙調,單調始自歐陽炯詞,馮延巳、李珣俱本此添字。雙調始自馮延巳。《太和正音譜》注“越調”。歐陽修本此減字,王之道、黄機、趙長卿俱本此添字也。”[⑥]《詞律》收入《南鄉子》一調共四體,《欽定詞譜》又贈至九體,現彙整爲表格如下:

---

① 〔宋〕周邦彦撰,〔宋〕朱孝臧、〔宋〕陳元龍注:《片玉集》(臺北:臺灣中華書局,1965年),頁95。

② 張夢機:《詞律探源》,頁312。

③ 張夢機:《詞律探源》,頁312。周密所言最早見於清人况周頤《餐櫻廡詞話》引文,或云引自周密《齊東野語》,然筆者考索今本《齊東野語》則並無此語。

④ 張夢機:《詞律探源》,頁312。

⑤ 沈鉉、王育紅:《論《南鄉子》及其在唐五代的創作》,《贛南師範學院學報》2016年第1期,頁112—113。

⑥ 〔清〕萬樹:《詞律》(上海:上海古籍出版社,1984年),卷1,頁23。

表 1 《欽定詞譜》所載《南鄉子》九體①

	作者	起句	詞調	備注
1	歐陽炯	畫舸停橈	單調二十七字，五句，兩平韵三仄韵。	正體。
2	歐陽炯	路入南中	單調二十八字，五句，兩平韵三仄韵。	此與“畫舸停橈”詞體同，惟第四句添一字。
3	馮延巳	細雨濕秋風	單調二十八字，五句，兩平韵三仄韵。	此與“畫舸停橈”詞體同，惟起句添一字。
4	李珣	烟漠漠	單調三十字，六句，兩平韵三仄韵。	此與“路入南中”詞體同，惟起句作三字兩句异。
5	歐陽修	翠密紅繁	雙調五十四字，前後段各五句，四平韵。	此即“畫舸停橈”詞體再加一叠，惟第四、五句仍用平韵。
6	馮延巳	細雨濕流光	雙調五十六字，前後段各五句，四平韵。	此即“細雨濕秋風”詞體再加一叠，惟第四、五句仍用平韵。
7	王之道	天際彩虹垂	雙調五十六字，前後段各五句，四平韵。	此即“細雨濕流光”詞體，惟前後段第三、四句作四字一句，五字一句异。
8	黄機	簾幕閟深沉	雙調五十八字，前後段各六句，四平韵。	此即“細雨濕流光”詞體，惟前後段第三句添一字作四字兩句异。
9	趙長卿	楚楚窄衣裳	雙調五十八字，前後段各六句，四平韵。	此即“細雨濕流光”詞體，惟前後段第二句添一字作四字兩句异。

東坡《南鄉子》十七闋、稼軒《南鄉子》六闋，皆是用馮延巳“細雨濕流光”一體，雙調五十六字，前後段各五句，四平韵，其詞調如下：

① 〔清〕陳廷敬等：《欽定詞譜》（北京：中國書店，據清康熙五十四年（1715）内府刻本影印，1983 年），卷 1，頁 22—25。

＋｜｜——（韵）＋｜——｜｜—（韵）＋｜＋——｜｜（句）——（韵）＋｜——＋｜—（韵）

＋｜｜——（韵）＋｜——｜｜—（韵）＋｜＋——｜｜（句）——（韵）＋｜——＋｜—（韵）[①]

（一）平仄比較

稼軒《南鄉子》六闋僅有一字出律，見《南鄉子・贈妓》（好個主人家）下片末句以方框框出的部分：

＋｜[—]—＋｜—（韵）

更過[十]年也似他。[②]

據《詞林正韵》，"十"爲十七部入聲，然此處應用平聲。

東坡《南鄉子》十七闋則有十三字出律，現羅列如下：

1.《南鄉子・沈强輔雯上出犀麗玉作胡琴，送元素還朝，同子野各賦一首》（裙帶石榴紅）下片第三句：

＋｜＋——｜｜（句）—[—]（韵）

願作龍香雙鳳撥，輕[攏]。[③]

據《詞林正韵》，"攏"爲第一部仄聲，然此處應用平聲。

2.《南鄉子・用前韵，贈田叔通舞鬟》（綉鞅玉環游）上片首句：

---

① 龍榆生：《唐宋詞格律》（上海：上海古籍出版社，1978年），頁156。

② 鄧廣銘箋注：《稼軒詞編年箋注》（臺北：華正書局，1989年），頁471。本文稼軒詞引文均據此本，爲簡省篇幅與便於讀者閱讀，下文徵引處徑以括號在文中標識頁碼。

③ 〔宋〕蘇軾撰，唐玲玲箋注：《東坡樂府編年箋注》（臺北：臺灣學生書局，2017年），頁48。本文東坡詞引文均據此本，爲簡省篇幅與便於讀者閱讀，下文徵引處徑以括號在文中標識頁碼。

＋｜｜——（韵）

綉鞅玉鐶游。（頁 286）

據《詞林正韵》，“鞅”爲第二部平聲，然此處應用仄聲。

3.《南鄉子》（悵望送春杯）上片第二句：

＋｜——｜｜—（韵）

漸老逢春能幾回（杜甫）。（頁 431）

據《詞林正韵》，“能”爲第十一部平聲，然此處應用仄聲。

4.《南鄉子・集句》（寒玉細凝膚）：

＋｜｜——（韵）＋｜——｜｜—（韵）＋｜＋—
—｜｜（句）——（韵）＋｜——＋｜—（韵）

＋｜｜——（韵）＋｜—｜—｜｜—（韵）＋｜＋——｜
｜（句）——（韵）＋｜——＋｜—（韵）

寒玉細凝膚（吴融）。清歌一曲倒金壺（鄭谷）。冶葉倡條遍相識（李商隱），争如。豆蔻花梢二月初（杜牧）。

年少即須臾（白居易）。芳時偷得醉工夫（白居易）。羅帳細垂銀燭背（韓偓），歡娱。豁得平生俊氣無（杜牧）。（頁 430）

據《詞林正韵》，“歌”爲第九部平聲，“一”爲第十七部入聲，“曲”爲第十五部入聲，“金”爲第十三部平聲，“遍”爲第七部仄聲，“相”根據句意應爲第二部平聲，“識”根據句意應爲第十七部入聲，“時”應爲第三部平聲，“得”應爲第十七部入聲，“工”應爲第一部平聲，以上十字之平仄皆與詞譜不符。

綜上所述，稼軒《南鄉子》六闋僅有一字不合平仄，東坡却有十三字不合平仄，正如宋人王灼（1081—1160）所云："東坡先生非醉心於音律者。"[①]宋人晁補之（1053—1110）亦曰："東坡居士詞，人謂多不諧音律。然橫放傑出，自是曲子中縛不住者。"[②]而東坡不合平仄之十三字中，有十一字皆出自兩闋集句詞，其中"寒玉細凝膚"一闋更是有十字出律，由此可見東坡在集句成詞時，或是受到前人詩句本身之詩律所限，更易不合於平仄。稼軒身處南宋，較蘇軾之時又更不注重詞律，龍榆生曰："此種橫放傑出之詞，在南宋已成一種風氣。且樂譜已漸散亡，詞不必可歌。"[③]但若僅就《南鄉子》一調觀之，則稼軒其實比東坡更爲嚴守平仄規範。

（二）用韻比較

清人周濟（1781—1839）《介存齋論詞雜著》曰："東、真韵寬平，支、先韵細膩，魚、歌韵纏綿，蕭、尤韵感慨。"[④]王易《詞曲史》則云："東董寬洪，江講爽朗，支紙縝密，魚語幽咽，佳蟹開展，真軫凝重，元阮清新，蕭篠飄灑，歌哿端莊，麻馬放縱，庚梗振厲，尤有盤旋，侵寢沈静，覃感蕭瑟，屋沃突兀，覺藥活潑，質術急驟，勿月跳脱，合盍頓落。"[⑤]雖然詞人在擇韵填詞時未必盡合於以上規律，但不可否認的是，韵部之選擇與詞作之聲情確實有一定的聯繫。因此筆者考索東坡與稼軒共計二十三首《南鄉子》的擇韵情況，總結爲表格如下：

---

① 〔宋〕王灼：《碧雞漫志》，收入唐圭璋編《詞話叢編》，頁 85。

② 〔清〕康熙：《御選歷代詩餘》，收入《摛藻堂四庫全書薈要》，第 153 册，卷 115，頁 12。

③ 龍榆生：《蘇、辛詞派之淵源流變》，《龍榆生詞學論文集》，頁 271。

④ 〔清〕周濟撰，顧學頡校點：《介存齋論詞雜著》（北京：人民文學出版社，1998 年），頁 14。

⑤ 王易：《詞曲史》，頁 283。

表 2　東坡《南鄉子》韵脚韵部彙整

	首句	韵脚	韵部
1	回首亂山横	横、城、亭、行、清、成、熒、晴	第十一部平聲
2	凉簟碧紗厨	厨、餘、徐、書、歟、疏、如、愚	第四部平聲
3	東武望餘杭	杭、茫、鄉、場、觴、腸、塘、楊	第二部平聲
4	裙帶石榴紅	紅、儂、逢、通、工、空、胸 攏	第一部平聲 第一部仄聲
5	不到謝公臺	頹、杯 臺、哉、來、才、開、栽	第三部平聲 第五部平聲
6	寒雀滿疏籬	籬、蕤、飛、卮、詩、知、離、枝	第三部平聲
7	旌旆滿江湖	湖、艫、儒、夫、居、書、如、珠	第四部平聲
8	晚景落瓊杯	杯、堆、醅、迴 來、臺、腮、開	第三部平聲 第五部平聲
9	霜降水痕收	收、洲、颼、頭、酬、秋、休、愁	第十二部平聲
10	千騎試春游	游、收、留、油、球、流、柔、州	第十二部平聲
11	綉鞅玉鐶游	游、收、留、油、球、流、柔、州	第十二部平聲
12	未倦長卿游	游、收、留、油、球、流、柔、州	第十二部平聲
13	冰雪透香肌	肌、伊、宜、衣、幃、遲、時、兒	第三部平聲
14	天與化工知	知、緋、伊、兒、隨、離、西、時	第三部平聲
15	寒玉細凝膚	膚、壺、如、初、臾、夫、娱、無	第四部平聲
16	悵望送春杯	杯、回、催、徊、灰 懷、臺、來	第三部平聲 第五部平聲
17	何處倚闌干	干、圓、然、寬、顔、間、闌、眠	第七部平聲

表 3　稼軒《南鄉子》韵脚韵部彙整

	首句	韵脚	韵部
1	攲枕櫓聲邊	邊、眠、然、前、闌、看、圓 尖	第七部平聲 第十四部平聲
2	無處著春光	光、行、岡、鄉、芳、香、郎、堂	第二部平聲
3	日日老萊衣	衣、嬉、知、枝、詩、題、期、時	第三部平聲
4	隔户語春鶯	鶯、行、盈、生、聲、成、情、明	第十一部平聲
5	好個主人家	兒 哪、他 家、嗏、巴、些、賒	第三部平聲 第九部平聲 第十部平聲
6	何處望神州	州、樓、悠、流、鍪、休、劉、謀	第十二部平聲

1. 韵部選擇

陳滿銘《蘇辛詞比較研究》云："以韵部言，東坡最喜第三、七、四、二等部，第十一、六、十二、一、五、十八等部次之，第九、十、八、十七、十五、十三、十四、十六等部又次之。"[①]考察東坡十七闋《南鄉子》後發現，東坡在作《南鄉子》時，使用頻率最高的是第三部，這也是東坡填詞時最喜使用的韵部。繼而是第十二、四、五、一、二、七、十一部，這些韵部也都是東坡常用或次常用的韵部。而在陳滿銘統計中，使用頻率較低的第九、十、八、十七、十五、十三、十四、十六等部，在《南鄉子》中也同樣没有出現。由此可見，東坡十七闋《南鄉子》的韵部使用頻率，與他在填詞時的擇韵趨勢與喜好是較爲相近的。

陳滿銘統計稼軒詞用韵情況曰："稼軒則最喜第三、四、七、十二等部，第一、十八、十七、五、十一、六等部次之，第二、十、八、九、

① 陳滿銘：《蘇、辛詞比較研究》（臺北：文津出版社，1989 年），頁 35。

十五、十六、十三、十四等部又次之。此其擇韵之大較也。"[①]而在稼軒《南鄉子》中,可以看出他的用韵並無明顯的喜好,六闋詞共使用了第二、三、七、九、十、十一、十二、十四等八個韵部。其中第三、七、十二部爲稼軒最喜使用的韵部,第十一部爲次常用的韵部,第二、九、十、十四爲稼軒較少使用的韵部。由此可見,稼軒在作《南鄉子》時並無明顯的擇韵傾向性,且亦與他平時的擇韵習慣無關。這或許是因爲稼軒填寫《南鄉子》的作品數量太少,僅從六闋詞中很難反映他的用韵喜好。

2. 行韵寬緊

陳滿銘《蘇辛詞比較研究》曰:

> 唐宋詞家,因韵書晚刻,未有準的可援,所以填詞用韵,率皆取其順吻,以自協唱。或分合詩韵,以寬其通轉;或出入鄉音,以廣其韵叶。畛域各立,寬嚴難齊,固未可盡合後世歸納之韵部也。東坡、稼軒,雖卓爾大家,亦不例外。觀其行韵,灰咍並施、質物不分者,即所在多有;而真侵互叶、合葉相攙者,亦不乏其篇。蓋時風之所趨如此,未足厚非也。[②]

詞人填詞所用之韵,未必盡合於後世韵書所歸納之韵部,今觀東坡、稼軒兩人所作之《南鄉子》,亦皆有越出部界之情形。

東坡《南鄉子》"不到謝公臺""晚景落瓊杯""悵望送春杯"三闋,皆爲第三、五部之灰、咍通叶。據陳滿銘統計,東坡詞中第三、五兩部通叶者,共計有十三闋,爲東坡用韵越出部界中數量最多的種類,占全部二十八闋越出部界詞的百分之四十六。這同樣也是稼軒詞中越部通叶數最多者,共計有四十二首,占稼軒全部一百四

① 陳滿銘:《蘇、辛詞比較研究》,頁 35。

② 陳滿銘:《蘇、辛詞比較研究》,頁 20。

十四闋越出部界詞的百分之二十九。[①]

此外,東坡"裙帶石榴紅"一闋中,本應押平聲韵,却用到了仄聲的"攏"字。吴梅曰:"倘宜平而仄,或宜仄而平,非特不協于歌喉,抑且不成爲句讀。"[②]宜平而仄,或宜仄而平,本爲填詞之禁忌,然東坡在宜用平聲處跳脱常規地使用了仄聲韵,實是大膽灑脱、不拘於定格。

稼軒"欹枕櫓聲邊"一闋爲第七、十四部寒、鹽通叶,據陳滿銘統計,稼軒詞中第七、十四部通叶者,共計有八闋,爲稼軒詞中較常見的情形。[③] 同樣第七、十四部越部通叶的情况又見於東坡詞《漁家傲》(些小白鬚何用染)。吴梅《詞學通論》認爲此種現象在宋詞中較爲常見,並云:"此皆不明開閉口之道,而復自以爲是,避難就易也。"[④]

稼軒"好個主人家"一闋爲第三、九、十部灰、歌、麻三部通叶。此種通叶的情況較爲特殊,在稼軒詞中僅此一例,在東坡詞中則未見,兹列原詞如下:

> 好個主人家。不問因由便去嗏。病得那人妝晃子,巴巴。繫上裙兒穩也哪。别淚没些些。海誓山盟總是賒。今日新歡須記取,孩兒。更過十年也似他。(頁471)

從這闋詞的遣詞中可以看出,稼軒使用了大量例如"好個""嗏""妝晃子""巴巴""穩也哪""些些"等摻雜着方言的口語化詞彙,吴熊和(1934—2012)《唐宋詞通論》曰:"唐宋詞或數部通叶,或間叶方

---

① 陳滿銘:《蘇、辛詞比較研究》,頁21、26、34。

② 吴梅:《詞學通論》(臺北:臺灣商務印書館,1988年),頁10。

③ 陳滿銘:《蘇、辛詞比較研究》,頁27—28。

④ 吴梅:《詞學通論》,頁19。

音。"[1]而陳滿銘亦云:"或出入鄉音,以廣其韵叶。"[2]因此合理推測稼軒在這闋詞中,之所以會產生這樣獨特的越部通叶,是因爲他使用的是方音叶韵。本闋詞中唯一一個叶第三部的"兒"字,其實存在著文白异讀的現象,"其白話讀法,即方音,除增 i 介音,聲母顎化外,其韵母與歌、麻韵之元音(宋代語音)相同,是知稼軒係以方音叶韵"[3]。

綜上所述,東坡和稼軒在填詞的過程中,都存在着用韵寬泛、數部通叶的現象,東坡還會以仄聲韵代替平聲韵,稼軒則會以方音入韵。兩人皆跳脱了詞體的局限,不受一般形式的束縛,正所謂"曲子中縛不住者"[4]。

三、主題内容比較

(一)主題内容相同者

1. 女性書寫

在唐五代時期,以《南鄉子》作爲詞調的作品僅有歐陽炯詞八闋、李珣詞十七闋及馮延巳詞兩闋。而據沈鉉統計,歐陽炯的《南鄉子》"八首中五首是描寫南國女子的風姿和生活場景"[5],"李珣《南鄉子》組詞十七首中有十三首是描寫女子美好形態或是女子在采蓮采珠活動中活潑開朗,盡情歡樂的場景"[6]。而馮延巳僅有的兩闋《南鄉子》,描寫的則是女子閨怨的題材,例如其《南鄉子》(細

---

① 吴熊和:《唐宋詞通論》(杭州:浙江古籍出版社,1985 年),頁 392。
② 陳滿銘:《蘇、辛詞比較研究》,頁 20。
③ 柯瑋郁:《蘇、辛〈南鄉子〉形式與内容比較》,頁 124。
④ 〔清〕康熙:《御選歷代詩餘》,收入《摛藻堂四庫全書薈要》,第 153 册,卷 115,頁 12。
⑤ 沈鉉、王育紅:《論〈南鄉子〉及其在唐五代的創作》,頁 113。
⑥ 沈鉉、王育紅:《論〈南鄉子〉及其在唐五代的創作》,頁 112。

雨濕流光)一闋,詞云:

> 細雨濕流光,芳草年年與恨長。烟鎖鳳樓無限事,茫茫,鸞鏡鴛衾兩斷腸。　　魂夢任悠揚,睡起楊花滿綉床。薄幸不來門半掩,斜陽,負你殘春淚幾行。[①]

詞人將閨中女子的愁怨與春草作比,接連使用了"鸞鏡""鴛衾""楊花""斜陽"等意象,並以"茫茫""斷腸""淚"等詞直抒胸臆,表達了女子年復一年孤守空閨的幽怨。

綜上所述,從唐五代以來的詞作中可以發現,《南鄉子》一調最初的創作内容除了依據調名描寫南國景物外,亦多涉及女性書寫。

東坡與稼軒雖多以清雄俊邁、雄放豪宕而著稱,但正如吴熊和所云:"蘇、辛等一些大詞人,往往兼備衆體。他們固然詞多豪放,然其婉約之作亦不減於他人。"[②]且詞調本就有剛柔之分,"毗剛者,亢爽而雋快;毗柔者,芳悱而纏綿"[③]。而《南鄉子》則正是較爲綿渺柔婉的詞調,因此東坡與稼軒在填詞時,亦承續了唐五代的傳統。東坡"綉鞅玉鐶游""未倦長卿游""寒玉細凝膚""冰雪透香肌",及稼軒"隔户語春鶯""好箇主人家"共六闋詞,皆是綺靡密麗的女性書寫。其中除"冰雪透香肌"一闋外,皆是描寫歌妓。而"冰雪透香肌"闋經薛瑞生考證,疑是爲東坡繼室王氏夫人閏之所作:

> 上詞(《蝶戀花·同安生日放魚,取〈金光明經〉救魚事》)云"當年江上生奇女",此詞云"濯錦江頭新樣錦,非宜。故著尋常淡薄衣",觀其用事用典,非王氏而何?……猶可注意者,乃詞用姑射仙人與西王母典,云"姑射仙人不似伊""故著尋常淡薄衣",與王閏之好佛而淡薄於衣飾之性格極相類。西王母

---

① 黄進德:《馮延巳詞新釋集評》(北京:人民文學出版社,1979年),頁108。
② 吴熊和:《唐宋詞通論》,頁158。
③ 王易:《詞曲史》,頁267。

事,唐宋以來引以爲喻所愛之人或夫人者比比皆是,無庸贅筆繁引。……"兒"在唐五代迄宋有特殊含義,即自稱,或與"夫"合爲"兒夫",爲"夫婿"意。[1]

玆列出東坡全詞如下:

冰雪透香肌。姑射仙人不似伊。濯錦江頭新樣錦,非宜。故著尋常淡薄衣。

暖日下重幃。春睡香凝索起遲。曼倩風流緣底事,當時。愛被西真喚作兒。(頁428)

上片以姑射仙人比擬王閏之,寫愛妻之冰雪肌膚,即使是仙女也及不上她的美貌。繼而從穿衣打扮入手,寫閏之的質樸勤儉、淡薄榮華,從外貌之美過渡到内在的品格之美。下片則先寫丈夫眼中妻子的雍容睡態,暗含了東坡對閏之的鍾愛之情。末句追憶當年兩人熱戀時的往事,親暱的稱呼中透露出的是昔日純真的愛戀。清人李調元(1734—1803)《雨村詞話》云:

人謂東坡長短句不工媚詞,少諧音律,非也,特才大不肯受束縛而然。間作媚詞,却洗盡鉛華,非少游女孃語所及。如《有感·南鄉子》詞云:"冰雪透香肌(略)。""喚作兒"三字出之先生筆,却如此大雅。[2]

李氏認爲東坡即使寫媚詞亦清新脱俗、洗盡鉛華,絶不遜於工於麗詞的秦觀,末句"喚作兒"三字則是大俗即大雅。全詞明净婉麗、清新流美,爲東坡婉約詞中獨具意趣者。

除了描寫妻子外,東坡與稼軒還有數闋詞描寫歌妓,兩者的相同點是都涉及對於歌妓聲色的書寫,如東坡《南鄉子·用前韵贈田

① 薛瑞生:《東坡詞編年箋證》(西安:三秦出版社,1998年),頁554—555。
② 〔清〕李調元:《雨村詞話》,收入唐圭璋編《詞話叢編》,頁1394。

叔通家舞鬟》下片：

> 花遍六幺球。面旋迴風帶雪流。春入腰肢金縷細，輕柔。種柳應須柳柳州。（頁 286）

再如東坡《南鄉子·集句》上片：

> 寒玉細凝膚。清歌一曲倒金壺。冶葉倡條遍相識，争如。豆蔻花梢二月初。（頁 430）

稼軒《南鄉子》(隔户語春鶯)：

> 隔户語春鶯。纔挂簾兒斂袂行。漸見凌波羅襪步，盈盈。隨笑隨顰百媚生。
>
> 著意聽新聲。盡是司空自教成。今夜酒腸難道窄，多情。莫放紗籠蠟炬明。（頁 471）

以上三闋詞，或用"寒玉細凝膚"形容歌妓清俊潤白的皮膚，或用"凌波羅襪"形容從容摇曳的步履，或用"冶葉倡條""迴風""春入腰肢"形容婀娜的舞姿，或用"輕柔""盈盈"形容靈動的身段，或用"清歌""春鶯"形容清亮、宛囀的聲音，從視覺與聽覺多重角度，描繪出了歌妓技藝高超、儀容美妙的形象。

稼軒與東坡較爲不同的是，稼軒除了刻畫歌妓形象外，還有蕴含規勸之意，如其《南鄉子·贈妓》云：

> 好箇主人家。不問因由便去嗏。病得那人妝晃子，巴巴。繫上裙兒穩也哪。
>
> 别淚没些些。海誓山盟總是賒。今日新歡須記取，孩兒。更過十年也似他。（頁 471）

全詞運用了大量的方言俚語，書寫了歌妓自覺所托非人後另尋新歡之事。下片勸誡歌妓海誓山盟都是虚無縹緲、難以憑依的，即使今日找到了新的主人，也要記得吸取舊日的教訓，不然再過個十年，如今好不容易纔找到的新歡也會變得和舊主一様。全詞雖語調詼諧幽默，却隱含了勸戒之意。

綜上所述，《南鄉子》詞調最初在唐五代時的創作就多涉及對於女子的書寫，至東坡與稼軒亦不乏此類題材的作品，只是書寫的對象從南國女子或閨怨女子，變爲了妻子與歌妓。其中，東坡寫歌妓大抵仍集中於對歌妓的容貌、歌聲、身材、舞姿等方面的外在描寫，而稼軒則在此基礎上，還有關懷歌妓生活際遇，又暗含勸誡之意的作品。

2. 唱和酬贈

陳滿銘《蘇、辛詞比較研究》曰："今檢蘇、辛集中，屬於唱和酬贈之作者，東坡有九十餘首，舉凡次韵、酬答、簡寄、投贈、送别、燕飲之類，皆輒見吟章；而稼軒則有二百四十餘首，既多次韵、酬答、簡寄、投贈、送别、燕飲之作，而他如祝壽、賀功、謝饋、招游之屬，亦不乏其篇。"①若全面檢視蘇、辛詞集，則稼軒的唱和酬贈詞無論是數量還是種類都遠多過東坡，但若針對《南鄉子》一調而言，則東坡唱和酬贈詞共八闋，涉及唱和、送别、燕飲三類，稼軒唱和酬贈詞共兩闋，涉及送别、賀功兩類，東坡在數量和種類上都多過稼軒。其中，東坡的"回首亂山横""旌旆滿江湖""裙帶石榴紅"三闋，及稼軒"日日老萊衣"一闋都是以送别爲主題的。兹各舉一闋爲例，東坡《南鄉子・送述古》曰：

回首亂山横。不見居人只見城。誰似臨平山上塔，亭亭。迎客西來送客行。

歸路晚風清。一枕初寒夢不成。今夜殘燈斜照處，熒熒。秋雨晴時淚不晴。（頁 41）

---

① 陳滿銘：《蘇、辛詞比較研究》，頁 130。

“述古”即陳襄(1017—1080)之字。熙寧七年(1074)東坡追送陳襄移南都(今河南商丘)，别於臨平舟中，作此闋《南鄉子》。[①] 開篇寫臨平山下送别，化用歐陽詹《途中寄太原所思》詩“高城已不見，况復城中人”句，雖是寫眼前實景，却也同時抒發了詞人的離愁别緒。繼而東坡將自己比作臨平山上之塔，孤獨地送友人遠去。下片寫送别後的情景，“晚風清”烘托了歸途寂寞、凄清的氛圍。“夢不成”體現了東坡别後苦難成眠的愁楚。末句“秋雨晴時淚不晴”更是直抒胸臆，表達了東坡的無限離恨。

稼軒《南鄉子·送趙國宜赴高安户曹。趙乃茂嘉郎中之子。茂嘉嘗爲高安幕官，題詩甚多》：

> 日日老萊衣。更解風流蠟鳳嬉。膝上放教文度去，須知。要使人看玉樹枝。
>
> 剩記乃翁詩。緑水紅蓮覓舊題。歸騎春衫花滿路，相期。來歲流觴曲水時。(頁428)

本詞爲稼軒送趙茂嘉之子趙國宜赴高安郡(今江西高安縣)任户曹所作。開篇贊揚趙國宜像老萊子彩衣娱親一樣孝順，又像僧綽一樣寬容友愛兄弟。[②] 再用《世説新語》中王述愛念其子王文度，雖然兒子早已成人，却仍抱着膝上的典故[③]，既體現了趙茂嘉、趙國宜的父子情深，又點出了趙茂嘉放手讓兒子去高安歷練，是想展現他芝蘭玉樹的風貌，以便將來從政的良苦用心：“譬如芝蘭玉樹，欲使其

---

① 〔宋〕蘇軾撰，唐玲玲箋注：《東坡樂府編年箋注》，頁41。

② 《南史》卷二十二《王僧虔傳》：“僧虔，金紫光禄大夫僧綽弟也。父曇首，與兄弟集會子孫，任其戲適。……僧綽采蠟燭珠爲鳳皇，僧達奪取打壞，亦復不惜。”見〔唐〕李延壽《南史》(北京，中華書局，1975年)，頁600。

③ 《世説新語·方正》：“王文度爲桓公長史時，桓爲兒求王女，王許咨藍田。既還，藍田愛念文度，雖長大猶抱着膝上。文度因言桓求己女婚。藍田大怒，排文度下膝，曰：‘惡見，文度已復痴，畏桓温面？兵，那可嫁女與之！’”〔南朝宋〕劉義慶撰，〔南朝宋〕劉孝標注，余嘉錫箋疏：《世説新語箋疏》(北京：中華書局，2007年)，頁394。

生於階庭耳。”[1]下片勉勵趙國宜子承父業,像父親一樣“題詩甚多”,有很多出色的詩詞作品。末尾預想趙國宜將來任滿榮歸,再度與稼軒流觴曲水,暢叙幽情的場景。相較於東坡詞中哀婉深刻的傷别之情,稼軒等送别詞則更多地側重於贊賞與勸勉之意。

東坡與稼軒的唱和酬贈詞,除了主題相同的送别詞外,東坡還有“凉簟碧紗厨”“東武望餘杭”“寒雀滿疏籬”三闋唱和詞,皆是和楊元素所作,以及“不到謝公臺”“霜降水痕收”兩闋寫燕飲,稼軒則還有“無處着春光”一闋爲賀詞。可見雖同爲唱和酬贈之作,兩者所書寫的題材仍有所區别,而東坡因填作《南鄉子》的數目遠多於稼軒,書寫内容也較稼軒更爲豐富。

(二)主題内容相异者

1. 見於東坡而未見於稼軒之作

(1)紀行寫景

東坡紀行寫景之作,有《南鄉子·黄州臨皋亭作》一闋,全詞如下:

> 晚景落瓊杯。照眼雲山翠作堆。認得岷峨春雪浪,初來。萬頃蒲萄漲渌醅。
>
> 春雨暗陽臺。亂灑歌樓濕粉腮。一陣東風來捲地,吹迴。落照江天一半開。(頁151)

本詞作於元豐三年(1080)[2],時東坡年四十五歲,初貶黄州。上片寫臨皋亭所見的山水之色,並不直書眼前景,而是頗具匠心地寫景物倒映在酒杯中的情形:遠山連綿,白云繚繞,蒼翠欲滴;岷峨山的雪水化作江水捲浪而來,澄澈清透,仿佛葡萄酒水。下片則寫臨皋

---

① 〔南朝宋〕劉義慶撰,〔南朝宋〕劉孝標注,余嘉錫箋疏:《世説新語箋疏》,頁173。

② 〔宋〕蘇軾撰,唐玲玲箋注:《東坡樂府編年箋注》,頁151。

亭傍晚初雨復晴的景狀,春雨一陣亂灑,將亭樓上看景的人們淋得十分狼狽,連美人的粉腮也被打濕。忽而一陣東風吹來,云銷雨霽,在落日餘暉的映照下,江水與碧空二分天地。東坡從"春雨暗陽臺"的愁思,不一會兒就過渡到了"落照江天一半開"的疏闊,體現了他貶謫初期雖然愁悶,但也能自行排遣的曠達。

(2)節序

東坡《南鄉子·宿州上元》曰:

> 千騎試春游。小雨如酥落便收。能使江東歸老客,遲留。白酒無聲滑瀉油。
>
> 飛火亂星球。淺黛橫波翠欲流。不似白雲鄉外冷,温柔。此去淮南第一州。(頁 285)

本詞作於元豐八年(1085)元宵節[①],時東坡五十歲。全詞寫東坡路過宿州(今安徽省北部)參加上元節活動的情景。上片"千騎"寫參加上元春游的人數之多。"小雨如酥落便收"則是天公作美,正適合衆人出行。這樣的元宵佳節美景,再加上酣暢的"白酒"下喉,能使得辭官養老的人都不禁想要長久地逗留在此地。下片先寫元宵的燈火紛亂迷人眼,再寫出游的美人們亦是淺黛蛾眉,眼含橫波,美人與美景互爲映襯,令人心曠神怡。最後引出宿州果真是美麗迷人的温柔鄉,不愧爲"淮南第一州"。全詞輕快活潑、胸襟開闊,體現了東坡在元宵佳節時開懷愉悦的心情。

(3)咏物

東坡《南鄉子·雙荔支》曰:

> 天與化工知。賜得衣裳總是緋。每向華堂深處見,憐伊。兩個心腸一片兒。

---

① 〔宋〕蘇軾撰,唐玲玲箋注:《東坡樂府編年箋注》,頁 285。

自小便相隨。綺席歌筵不暫離。苦恨人人分拆破,東西。怎得成雙似舊時。(頁 429)

本詞是東坡的一闋咏物詞,而吟咏的對象則是較爲特殊的"雙荔枝"。"雙荔枝"是指"兩個荔枝殼相連,肉相連,長成一顆,正如有的蛋中有兩個黄,有的孿生人部分皮肉相連,比較罕見"[①]。詞的開篇寫天工造化,使得荔枝的外殼總是緋紅色的。而又因爲雙荔枝的罕見,使得它總是被當作珍貴的貢品,只有"華堂深處"纔得見。接着稼軒使用了擬人的手法,將雙荔枝比作從小一起長大、形影不離的兩個人,即使在"綺席歌筵"也没有片刻分離。但命中注定的是,雙荔枝最終仍會被拆開、分食,再不復昔年出雙入對、日夜相隨的美好。全詞看似是寫荔枝,實際上却是以荔枝喻人,咏物抒情,别有襟抱。這裏或許是東坡對自己與弟弟蘇轍聚少離多的感慨,又或許是表現了男女之間至死不渝的愛情,如《東坡詞論叢》曰:"例如《南鄉子·雙荔枝》就象徵地表現和歌頌了人們青梅竹馬式的純潔愛情美。"[②]

2. 見於稼軒而未見於東坡之作

(1)記夢

稼軒《南鄉子·舟行記夢》曰:

攲枕櫓聲邊。貪聽咿啞聒醉眠。夢裏笙歌花底去,依然。翠袖盈盈在眼前。

别後兩眉尖。欲説還休夢已闌。只記埋冤前夜月,相看。不管人愁獨自圓。(頁 51)

---

① 〔宋〕蘇軾撰,唐玲玲箋注:《東坡樂府編年箋注》,頁 429。

② 周子瑜:《"指出向上一路,新天下耳目"》,收入蘇軾研究會編《東坡詞論叢》(成都:四川人民出版社,1982 年),頁 20。

本詞可能作於淳熙五年(1178)[①],時稼軒三十九歲,由臨安赴湖北任職,因而有舟行記夢之作。開篇寫稼軒聽着咿啞摇櫓聲,倚枕醉眠,夢中向着笙歌管弦裏、花卉飄香處去,有一個翠袖盈盈的美貌佳人,忽焉出現在眼前。這美人緊鎖着雙眉,殷殷地準備跟稼軒訴説離别後的相思,誰知就在這關鍵時刻,夢却忽然醒了,空留滿懷的遺憾悵惘。末句埋怨月亮不顧人的愁緒而獨自圓滿,無理而有情。全詞從入夢,到遇美,到出夢,最後以怨月結尾,短短幾十字間道盡詞人情緒的波瀾起伏,爛漫天真,純任自然。

(2)懷古

稼軒《南鄉子·登京口北固亭有懷》曰:

何處望神州。滿眼風光北固樓。千古興亡多少事,悠悠。不盡長江滚滚流。

年少萬兜鍪。坐斷東南戰未休。天下英雄誰敵手,曹劉。生子當如孫仲謀。(頁530)

本詞作於開禧元年(1205)[②],時稼軒六十六歲,在鎮江守任。稼軒登京口北固亭,面對滿眼風光,却不禁聯想到神州陸沉、中原落入异族之手,遂感慨千古以來有過多少盛衰興亡,唯有長江水,依舊東流。下片表達了對孫權以千萬人馬虎踞江東,歷經戰事,雖僅據有江南,却仍能英勇抗敵,與曹、劉三分天下的欣賞。稼軒以東吴孫權爲喻,借古諷今,表達了對南宋爲政者苟安畏戰的憂慮與勸誡。清人陳廷焯《雲韶集》評論此詞曰:“氣魄雄大,虎視千古。東坡詞,極名士之雅;稼軒詞,極英雄之氣。千古並稱,而稼軒更勝。”[③]稼軒的此闋詞已經基本擺脱了詞調音律對於詞作内容的束

---

① 鄧廣銘箋注:《稼軒詞編年箋注》,頁54。

② 鄧廣銘箋注:《稼軒詞編年箋注》,頁530。

③ 〔清〕陳廷焯撰,孫克强、楊傳慶點校:《〈雲韶集〉輯評》(之一),《中國韵文學刊》第24卷第3期(2010年9月),頁64。

縛，以《南鄉子》這一較爲綿渺雋秀的曲調，填作了“何處望神州”這樣一闋豪壯沉鬱的詞作，真正做到了縱横揮灑，不以曲害意。

四、結　語

本文以《南鄉子》詞調爲例，比較蘇、辛二人倚聲填詞之异同，兹將所得結論，總結如下：

其一，在平仄方面，東坡《南鄉子》十七闋有十三字不合平仄，稼軒《南鄉子》六闋則僅有一字不合平仄。由此可見，若僅就《南鄉子》一調觀之，則稼軒其實比東坡更爲嚴守聲律。而東坡不合平仄之十三字中，有十一字皆出自兩闋集句詞，由此可見東坡在集句成詞時，因爲受前人詩句本身詩律所限，更易不合於平仄，這也體現了東坡“以詩爲詞”的特點。而稼軒所不合平仄者，則是以俚語填詞的“好箇主人家”一闋，從中也可看出稼軒“以文爲詞”的特色。

其二，用韵方面，在韵部選擇上，東坡十七闋《南鄉子》的擇韵趨勢，較爲接近他在填詞時的用韵喜好，而稼軒在作《南鄉子》時則並無明顯的擇韵傾向性。蓋因稼軒所作《南鄉子》數量較少，僅從六闋詞中很難窺見他的用韵喜好。

在行韵寬緊上，東坡、稼軒兩人所作之《南鄉子》，亦皆有越出部界的情形。東坡《南鄉子》“不到謝公臺”“晚景落瓊杯”“悵望送春杯”三闋，皆爲第三、五部灰、哈通叶。東坡“裙帶石榴紅”一闋則在宜用平聲韵處使用了仄聲韵。稼軒“欹枕櫓聲邊”一闋爲第七、十四部寒、鹽通叶，稼軒“好箇主人家”一闋則爲第三、九、十部灰、歌、麻三部通叶，且使用方音叶韵。由此可見，東坡和稼軒在填詞過程中，都存在着用韵寬泛、數部通叶的現象。

其三，在主題内容方面，兩人相同的是都有女性書寫和唱和酬贈類的詞。《南鄉子》詞調最初的創作本就多涉及對女子的描寫，至東坡和稼軒其吟咏的對象則從南國女子或閨怨女子,轉變爲了妻子與歌妓。東坡寫歌妓大抵仍集中於對歌妓的聲色書寫,而稼軒則在此基礎上,還有關懷歌妓生活際遇,暗含勸誡之意的作品。而以唱和酬贈爲主題的詞,就《南鄉子》一調而言,東坡唱和酬贈詞共八闋,涉及唱和、送别、燕飲三類;稼軒唱和酬贈詞共兩闋,涉及送别、賀功兩類。東坡在數量和種類上都較稼軒爲多。

同爲《南鄉子》一調,兩人也有部分與主體内容不相同的作品,其中見於東坡而未見於稼軒的有以紀行寫景爲主題的"晚景落瓊杯"一闋、以節序爲主題的"千騎試春游"一闋,及以咏物爲主題的"天與化工知"一闋。見於稼軒而未見於東坡的則有以記夢爲主題的"欹枕櫓聲邊"一闋、以懷古爲主題的"何處望神州"一闋。

綜上所述,由蘇、辛二人創作《南鄉子》詞調的比較中可以看出,在形式方面,兩人都能擺脱聲律曲調的束縛。東坡傾向於以詩法填詞,且集詩句入詞的"以詩填詞";稼軒則傾向於以散文筆法填詞,用方言俚語入詞的"以文填詞"。在内容方面,兩人都有符合詞調聲情的女性書寫一類的詞,但亦有如"東武望餘杭""何處望神州"一類清雄豪邁的詞,可見二人在填詞時的横放傑出、不拘一格。

陳霆《渚山堂詞話》家國情懷探析[1]

一、前　言

陳霆(1479—1553)[2],字聲伯,號水南居士,浙江德清人,弘治十五年(1502)進士及第,弘治十八年(1505)任刑部給事中。正德二年(1507)因忤逆宦官劉瑾,被貶爲六安州判。正德五年(1510)劉瑾伏誅,陳霆起復爲刑部主事。正德六年(1511)任山西提學僉事,同年冬致仕。後隱居德清四十餘年至逝世。其著作今存詩文集《水南稿》十九卷、《水南集》十七卷,以及《渚山堂詩話》三卷、《渚山堂詞話》三卷,讀書札記《兩山墨談》十八卷,史傳《唐餘紀傳》二十四卷、《宣靖備史》四卷,地方志《新市鎮志》八卷、《德清縣志》九卷。[3]

陳霆的《渚山堂詞話》被《四庫全書總目》譽爲"明人詞話之善

---

① 本文原發表於(中國臺灣)第五届"麗澤"中文研究生學術研討會。

② 張仲謀據陳霆《水調歌頭·己卯初度》中"早是年開五秩"一句,考陳霆應生於成化十五年(1479),見張仲謀《明詞史》(北京:人民文學出版社,2002 年),頁 136。王磊據《新市鎮續志·陳霆傳》"卒年七十有四"、《水南文集後跋》"叔父水南先生,養高林下四十餘祀矣"及《德清縣志》職官表,推測陳霆應卒於嘉靖三十二年(1553)。見王磊《陳霆研究》(上海:復旦大學中文系博士論文,2004 年),頁 13。

③ 《四庫全書總目》録陳霆著作有《山堂瑣語》二卷,浙江范懋柱家天一閣藏本。然今備查各圖書館資料均未見,或已亡佚。

本也"[①]。杜静鶴《陳霆詞學研究》曰:"陳霆好取豪放悲壯或有關家國朝事之詞,發以評論,又喜言'詞讖'。蓋陳霆素治史,故録詞本事而不忘論興廢、褒忠義、持正統。其意殆與有清常州詞派周濟所論'詞亦有史'略同。"[②]陳霆論詞常結合詞人的個人經歷與時代背景,多録北宋靖康、南宋厓山及元末明初之事,並藉以抒發盛衰興亡、忠孝節義之念,故杜氏認爲他與常州詞派所謂"詞亦有史"相類。清人周濟(1781—1839)《介存齋論詞雜著》云:"感慨所寄,不過盛衰。或綢繆未雨,或太息厝薪,或己溺己飢,或獨清獨醒,隨其人之性情學問境地,莫不有由衷之言。見事多,識理透,可爲後人論世之資。詩有史,詞亦有史,庶乎自樹一幟矣。"[③]周濟謂詞人多因盛衰而寄感慨,故可以爲後人提供推論當時世事的資料。陳霆詞話雖未明確點出"詞亦有史"的概念,但他在論詞的具體過程中,顯然已將詞與史書上的興衰存廢緊密聯結,並藉以抒發自身的家國情懷。王莉華《家國情懷内涵及其特征分析》一文認爲,家國情懷是"以正心誠意、修身齊家爲基礎,以治國平天下爲旨歸"[④]的一種情感與心境。家國情懷"重視鄉土觀念",是"民族精神的發展與超越",是"愛國主義的體現"[⑤]。這正與陳霆詞論中所表現之情感相密合。

張仲謀《明詞史》曰:"他(陳霆)對天水一朝情有獨鍾,對南渡前後與宋元易代之際的掌故十分熟悉,對岳武穆、文文山等愛國志士尤其欽仰。……這種强烈的民族意識以及由此延伸出來的人格氣節觀念,也表現在他的詞論與詞作當中。"[⑥]上揭文杜氏已謂陳霆

① 〔清〕永瑢等:《四庫全書總目》(北京:中華書局,1965年),卷199,頁1826。
② 杜静鶴:《陳霆詞學研究》(臺北:東吴大學中國文學系碩士論文,1999年),頁122。
③ 〔清〕周濟:《介存齋論詞雜著》,收入唐圭璋主編《詞話叢編》(北京:中華書局,1986年),頁1630。
④ 王莉華:《家國情懷内涵及其特征分析》,《芒種》,2018年第8期,頁40。
⑤ 王莉華:《家國情懷内涵及其特征分析》,頁40。
⑥ 張仲謀:《明詞史》,頁143。

論詞之所以常褒忠義、持正統正是源於他的“素治史”。而張氏亦云陳霆對歷史掌故的熟稔、對愛國志士的仰慕,對其詞論與詞作皆產生了明顯的影響。因此欲探求《渚山堂詞話》中的家國情懷,必先瞭解陳霆的史觀及其史學著作。

因此本文先從陳霆的《唐餘紀傳》《宣靖備史》《兩山墨談》着手,探求陳霆的歷史觀、人生觀,再討論這些觀念對陳霆《渚山堂詞話》的影響,及他論詞的具體表現,兼及陳霆的《渚山堂詩話》。① 陳霆《渚山堂詩話序》論作詩話之宗旨曰:“必熟詩法而後可言,必具史筆而後全美,非是殆妄矣。”②《渚山堂詩話提要》亦曰:“所述詩法與史筆兼具,辨析歷來詩作之字句、用事、寓意等頗有心得。”③可見陳霆作詩話不僅論述詩法,還注重與詩句相對應之史事。記史論事藉以抒發襟抱,應是陳霆詩話、詞話的共同特點。而詩話、詞話中展現的理念、情感,又應當在陳霆的詩詞創作中有所體現。

前人對於陳霆詞學的研究成果,一部分是在探討他豪邁、圓妙的詞風④,且尤爲强調陳霆詞對於宋人的繼承⑤。又因陳霆一生中

① 陳廣宏、侯榮川《渚山堂詩話提要》曰:“今海内外各圖書館尚未發現藏本著録,或已亡佚。……兹由《水南稿》中所收《詩話》二卷及楊春先《詩話隨鈔》中所鈔《水南詩話》,合爲《渚山堂詩話》三卷。”見陳廣宏、侯榮川《渚山堂詩話提要》,收入氏著《稀見明人詩話十六種》(上海:上海古籍出版社,2014 年),頁 3—4。《渚山堂詩話》之單行本應已亡佚,本文所據爲上述《稀見明人詩話十六種》之輯佚本。

② 〔明〕陳霆:《渚山堂詩話序》,收入陳廣宏、侯榮川《稀見明人詩話十六種》,頁 5。

③ 陳廣宏、侯榮川:《渚山堂詩話提要》,收入氏著《稀見明人詩話十六種》,頁 4。

④ 張仲謀《明詞史》中有《“豪邁激越,猶有蘇辛遺范”的陳霆詞》一節,見張仲謀《明詞史》,頁 135—145。張若蘭《明代中後期詞壇研究》中有《入婉出豪自一家——陳霆及其詞作》一節,見張若蘭《明代中後期詞壇研究》(中國社會科學院研究生院中國古代文學系博士論文,2007 年),頁 53—57。此外,單篇論文尚有姜秀麗、崔永鋒《陳霆詞品觀及豪邁激越的詞風》,《齊齊哈爾大學學報(哲學社會科學版)》2009 年第 5 期,頁 77—78。盧笑娟《論陳霆詞風格的圓妙多樣》,《大衆文藝》,2013 年第 11 期,頁 39—40。

⑤ 如袁萍、羅春蘭、王磊:《陳霆詞與詞論中的“宋人風致”》,《江西社會科學學報》2008 年第 12 期,頁 103—107。

有四十年餘年都在德清隱居,所以有部分單篇論文針對陳霆的隱逸詞及隱逸思想做了深入的討論,如尹湘娥《論陳霆的隱逸詞》[①]、胡紹平《陳霆詞中之道家情懷與仙境書寫》[②]。此外,杜静鶴《陳霆詞學研究》、王磊《陳霆研究》這兩本學位論文對於陳霆的作品都有較爲全面的分析[③],然因其研究範圍甚廣,因此對於陳霆的家國情懷並未有詳盡的關照。

故本文在參酌前人研究之後,欲針對陳霆詞話中的家國情懷作出更進一步的探析,分爲"明辨華夷的正統史觀""居安思危的憂患意識""贊頌忠臣的愛國情操"三個部分,以下詳述之。

二、明辨華夷的正統史觀

陳霆著史傳尤爲强調"正統"論,其《唐餘紀傳序》曰:"自歐陽氏作《五代史》,全以正統歸之偏閏之國,故其於南唐,例之僭僞……嗚呼,斷亦過矣!……且朱梁以盜賊,後唐、晋、漢以夷狄,郭周以卒伍崛起,類同篡弑相踵,固非神明之後與有極世之功也。"[④]陳霆認爲南唐開國皇帝李昪爲唐憲宗之後,應爲唐亡後之正統政權。而梁、唐、晋、漢、周之開國君王或爲盜賊,或爲夷狄,或爲卒伍,皆應視爲僥幸竊國者。可見陳霆頗爲看重統治者的出身及其正統與否,這一點在他的《宣靖備史》中則更爲明顯。《宣靖備史

① 尹湘娥:《論陳霆的隱逸詞》,《邵陽學院學報(社會科學版)》2010 年第 4 期,頁 83—86。

② 胡紹平:《陳霆詞中之道家情懷與仙境書寫》,《世新中文研究集刊》2012 年第 1 期,頁 23—42。

③ 然王磊《陳霆研究》中《陳霆的生平及文學背景》《陳霆的文學思想:詞論》等章節,皆顯有襲自杜静鶴《陳霆詞學研究》中《陳霆與當代文壇概述》《陳霆詞論探析》等節的嫌疑。

④ 〔明〕陳霆:《唐餘紀傳序》,收入傅璇琮等編《五代史書彙編》(杭州:杭州出版社,2004 年),頁 5619。

序》曰："至元以後，遂滅宋紹統，舉一世而君臨之，帝王歷數全歸於胡，綱常淪陷，天地冥晦。"[①]五代之梁、唐、晋、漢、周皆爲偏安之割據政權，因此陳霆不視其爲正統亦屬正常。但元滅宋以後，統一南北，享國近百年，陳霆却絶不將之視爲正統，且云"綱常淪陷，天地冥晦"，可見陳霆確實擁有非常嚴苛的一套正統論。其《兩山墨談》曰："元人以夷狄干統，隳亂天常，腥污華夏……若元則非族醜類，竊據中國，先王之疆土，本非其所宜立者。"[②]由此可見陳霆正統史觀的立足基點是華夷之辨。實際上，陳霆的整部《宣靖備史》都充滿内華夏而外夷狄的民族意識。清人胡思敬(1869—1922)《宣靖备史跋》即謂："(《宣靖備史》)兢兢於華夷之辨。"[③]以書中的一段史論爲例，陳霆曰：

> 女真號大金矣，曷仍其舊稱曰女真？夷狄也。雖春秋有進之中國之例，然當是時，方事貪殘狡悍，逞其騎虎之性，以薦噬禮樂之國，固未能變夷而即夏也。《綱目》君子宜嚴詞狄之，以自附于《春秋》荆人之義。而今也不然，于其始建，彼號曰金，我即從而金之，則奬夷進狄，亦太遽矣。[④]

《綱目》蓋指《續資治通鑒綱目》，爲明代官修之史書，成書於成化十二年(1477)，記載了自宋太祖建隆元年(960)至元順帝至正二十七年(1367)間的史事。《續綱目》因其編纂年代近於明英宗正統十四

---

① 〔明〕陳霆：《宣靖備史序》，收入《叢書集成續編》(上海：上海書店，1994年)，第23册，卷前，頁1。

② 〔明〕陳霆：《兩山墨談》，收入《叢書集成初編》(北京：中華書局，1985年)，第331册，頁97。

③ 〔清〕胡思敬：《宣靖备史跋》，收入《叢書集成續編》第23册，卷後，頁2。

④ 〔明〕陳霆：《宣靖備史》，收入《叢書集成續編》第23册，卷2，頁2。

年(1449)土木堡之變，因此尤爲强調華夷之别。[①] 但從陳霆認爲《續綱目》不應稱女真爲"金"，而應效法《春秋》稱楚爲"荆人"之義例，仍稱"女真"以凸顯它爲夷狄，可知陳霆夷夏有别的概念較之《續綱目》更爲彰明較著。

此種内中國而外夷狄、不視元朝爲正統的觀念，在《渚山堂詞話》中亦有明顯的體現，譬如《傅按察詞》一則曰：

> 至元間有傅按察者，嘗作錢塘懷古一長闋，蓋咏宋氏之亡也。中云："下襄樊，指揮湘漢，鞭雲騎，圍繞江干。勢不成三，時當混一，過唐之數不爲難。陳橋驛、孤兒寡婦，久假當還。"[②]其語大率吠堯之意。中國帝王所自立，久假當還，固也。然正統所在，豈夷狄可得預耶！鈔本脱以上三十三字。王猛以正朔相承在江左，臨歿，尚阻苻堅南伐之謀。豈謂三百年遺黎而有此語也。"東魯遺黎老子孫，南方心事北方身"，若按察者，有愧於信雲父多矣。"遺老猶應愧蜂蟻，故人久矣化豺狼"，其斯人之謂歟。[③]

傅按察身爲由宋入元之漢人，不僅對宋亡無甚悲痛，猶暗嘲宋本以

① 王秀麗曰："《續資治通鑒綱目》編纂之時，正是明皇朝與北方蒙古族之關係，由主動轉向被動的轉捩時期。……在這種情况下，景帝敕修《宋元通鑒綱目》，在承繼朱熹《資治通鑒綱目》體裁的同時，也承繼下朱熹嚴夷夏之辨及攘夷的思想便順理成章了。"見王秀麗《〈續資治通鑒綱目〉纂修二題》，《史學史研究》2004 年第 2 期，頁 46—47。

② 清人丁紹儀《聽秋聲館詞話》録全詞曰："静中看，循環與興廢無端。記昔日淮山隱隱，宛若虎踞龍蟠。下襄樊、指揮湘漢，鞭雲騎、圍繞江干。勢不成三，時當混一，過唐之數不爲難。誰知道、倉皇南渡，半壁幾何間。陳橋驛、孤兒寡婦，久假當還。挂征帆、龍舟催發，紫宸初卷朝班。禁庭空、土花暈碧，輦路悄、呵喝聲乾。去國三千，游仙一夢，依然天淡夕陽間。縱餘得西湖風景，花柳亦凋殘。昨宵也、一輪明月，還照臨安。"見〔清〕丁紹儀：《聽秋聲館詞話》，北京大學圖書館藏清同治八年(1869)刻本，卷 1，頁 11。

③ 〔明〕陳霆：《渚山堂詞話》，收入唐圭璋編《詞話叢編》(北京：中華書局，1986 年)，頁 357—358。

爲至少能超過唐朝的三百年江山，誰知轉眼竟已覆亡。又譏趙匡胤當年陳橋兵變，從年僅七歲的周恭帝和毫無作爲的符太后這一雙"孤兒寡婦"的手中，輕易謀奪了政權，如今天道輪迴，借久當還。其立場大抵已自詡爲元人，而對前朝統治者頗不以爲然。此種言論在陳霆眼中當然是"吠堯"之語。因此陳霆直斥元朝爲夷狄篡權，且將傅按察直比作豺狼，用語極爲尖鋭。對照詞話中《劉伯温寫情集》一則："然孰知其（劉伯温）不得志於前元者，乃天特老其材，將以貽諸皇明也哉。是則適爲大幸也。"[①]同樣是改朝换代後選擇出仕新朝，陳霆對於傅按察的態度是詈罵痛斥，對於劉伯温的態度是幸甚至哉。可見華夷之辨已深入陳霆的觀念之中，並且對於《渚山堂詞話》論詞的褒貶判斷産生了巨大的影響。

同樣的論調亦見於陳霆的《渚山堂詩話》，其中《宋訥北平有感詩》一則云：

> 國初宋祭酒訥爲前元進士，有《北平感事》四首，其一云："將士城門解甲初，不知相府已收圖。霓裳宫女吴船載，胡服朝臣漢驛趨。甲第松筠幾家在，名園花草一時無。行人千步廊前過，猶指宫墻説大都。"嗚呼！宋之君非有桀紂之惡也，胡元逞其兵力，毁其宗廟，夷其城社，遷其圖籍寶器，而逼其君臣后妃以北，孰知興未百年，子孫爲有道所驅戮，亦復無异。老子曰："天道好還。"曾子曰："出乎爾者反乎爾。"凡此皆天假手於我聖祖，以報夷狄之爲酷者也。是足以發舒華夏之憤，奚以悼爲哉！[②]

陳霆對於宋室的滅亡極具悲憫和痛心，對於元朝的覆亡則恨不得拍手稱快，因此他對宋訥悼亡元朝的《北平感事》詩頗不以爲然。

---

① 〔明〕陳霆：《渚山堂詞話》，頁360。

② 〔明〕陳霆：《渚山堂詩話》，頁29。

詩話末句將"夷狄"與"華夏"對舉,並且直言"奚以悼爲",可見他漢賊不兩立的態度,視漢人如手足,視外族如寇讎。這在他的作品中亦可相印證,如《吊聚景園》曰:

> 御苑曾聞近御溝,會芳亭殿備宸游。暖風柳浪啼鶯早,媚景花天幸蝶稠。世改裸人營作國,日斜游客避艤舟。憑誰盡掘汪芒骨,一洗湖山穢污羞。[①]

《題序》云:"(聚景園)在清波門上下,宋御園也。今回回占爲墳。"[②]宋人周密(1232—1298)《武林舊事》曰:"聚景園,清波門外,孝宗致養之地,堂匾皆孝宗御書。淳熙中,屢經臨幸;嘉泰間,寧宗奉成肅太后臨幸。其後並皆荒蕪不修。"[③]周密《癸辛雜識》則曰:"回回之俗,凡死者專有浴尸之人……其棺即日便出瘞之聚景園,園亦回回主之。"[④]聚景園本爲南宋皇家御園,宋寧宗(1168—1224)以後逐漸荒廢,後被回族人占作墓地。全詩前兩聯回憶昔日南宋皇帝游於御園,柳浪聞鶯、彩蝶繞花的美景,與後二聯形成鮮明對比。"裸人",本用以形容無服飾的外族,唐人段成式(803—863)《酉陽雜俎》曰:"日南厩山連接,不知幾千里,裸人所居,白民之後也。刺其胸前作花,有物如粉而紫色,畫其兩目下。去前二齒,以爲美飾。"[⑤]此處則用"裸人"以爲回族人的貶稱。陳霆眼見昔日御園淪爲墓園,直言自己恨不得將地下的尸骨全部挖出來,其憤恨當不亞於伍子胥力掘楚平王墓。蓋因蒙元亡宋,蠻夷滅華夏一事,對於以身爲漢人而自傲的陳霆而言,實是千載之痛,其《讀匡山志有

---

① 〔明〕陳霆:《水南集》,收入《叢書集成續編》(臺北:新文豐出版公司,1989年,影印吳興劉氏嘉業堂刊本),第140册,卷5,頁10。

② 〔明〕陳霆:《水南集》,卷5,頁10。

③ 〔宋〕周密:《武林舊事》(北京:中華書局,2007年),頁106。

④ 〔宋〕周密:《癸辛雜識》(北京:中華書局,1988年),頁143。

⑤ 〔唐〕段成式:《酉陽雜俎》(北京:中華書局,1981年),頁79—80。

感》一詩曰：

海門一字矴樓船，失計無如此見偏。一旅盡亡興夏衆，六更終訖過唐年。去邠已恨無奔地，出趙從知有定天。千古慈元幽憤在，午潮聲咽廟門前。[①]

前兩聯寫宋水師錯用戰術，將戰船一字連貫，最終導致厓山海戰戰敗，宋室滅亡。"興夏"二字，體現了陳霆是站在整個華夏民族的角度評價此事。而頸聯"去邠"的典故，亦可見陳霆夷夏對舉的立場，《孟子·梁惠王下》曰："昔者大王居邠，狄人侵之，去之岐山之下居焉，非擇而取之，不得已也。"[②]同樣是被蠻狄入侵，大王尚可以去邠居岐山，宋室至厓山却已是退無可退。尾聯寫憑吊慈元廟[③]，深懷黍離之悲，"午潮聲咽"四字融情入景，抒發的是作者自身的千古幽憤。

綜上所述，陳霆極其重視華夷之辨，他忠君愛國的大前提是秉國者爲華夏正統。從陳霆的作品中可以看出他對南唐、南宋等他眼中漢人正統的緬懷，以及對於金、元等异族的輕蔑。這種非黑即白、愛憎分明的觀念，明顯影響了陳霆在《詞話》《詩話》中對於宋末元初、元末明初等時期的作品的褒貶評點。因此必須先瞭解陳霆的歷史觀，纔能理解他在對待宋遺民和元遺民時截然相反的評斷。

---

① 〔明〕陳霆：《水南集》，卷5，頁21。

② 〔漢〕趙岐注，〔宋〕孫奭疏：《孟子注疏》，收入李學勤主編《十三經注疏》(北京：北京大學出版社，1999年)，頁61。

③ 〔明〕陳獻章《慈元廟記》曰："宋室播遷，慈元殿創于邑之厓山。……厓山近有大忠廟，以祀文相國、陸丞相、張大傅。弘治辛亥冬十月……吊'慈元'故址，始議立祠於'大忠'之上。"見〔明〕陳獻章《白沙子全集》，哈佛燕京圖書館藏明萬曆四十年(1612)刻本，卷1，頁66。慈元爲宋端宗母楊太后封號，明弘治年間初建慈元廟，奉祀文天祥、陸秀夫、張世傑、楊太后等厓山殉國者。

三、居安思危的憂患意識

陳霆在弘治十八年(1505)出仕,任刑部給事中。同年明孝宗(1470—1505)駕崩,明武宗(1491—1521)即位。孝宗在位時勵精圖治,史稱"弘治中興"。然武宗即位後,全然不復乃父之風,而日趨驕奢淫逸,《明史·食貨志》曰:"武宗時,乾清宮役尤大。以太素殿初制樸儉,改作雕峻,用銀至二千萬餘兩,役工匠三千餘人,歲支工食米萬三千餘石。又修凝翠、昭和、崇智、光霽諸殿,御馬監、鐘鼓司、南城豹房新房、火藥庫皆鼎新之。"[①]武宗一改孝宗之儉樸,修葺宮殿,興建豹房,陳霆身在朝堂,眼見耳聞,自是對此瞭如指掌。武宗在位十七年,而後世宗繼位,奢靡浮華,較之武宗更甚,《明史·食貨志》曰:"世宗營建最繁,十五年以前,名爲汰省,而經費已六七百萬。其後增十數倍,齋宮、秘殿並時而興。工場二三十處,役匠數萬人……經費不敷,乃令臣民獻助;獻助不已,復行開納。勞民耗財,視武宗過之。"[②]陳霆卒於世宗嘉靖三十二年(1553),世宗朝時雖已隱居不仕,然天子興土,勞動萬民,陳霆對此自然不可能無知無覺。更何況前又有中興之帝孝宗兩相對比,陳霆對於皇帝大興土木、勞民傷財一事感慨尤深,其《宣靖備史》曰:

> 嗚呼!跡其(華陽宮)費以百萬,作以六年,窮奇殫秀,自謂可以逍遥于其間,而珠翠錦綺之富、嬪嬙歌舞之勝、神仙老道之逸,將必終古而無虞也。孰知胡馬一臨而宮闕不守……前日之洞天樂土,一旦鞠爲荒烟野草之區,使行役不勝黍離之

① 〔清〕張廷玉等:《明史》(北京:中華書局,1974年),頁1907。
② 〔清〕張廷玉等:《明史》,頁1907。

悲,而因以重夫千古之慨,則以君臣上下昧夫治亂倚伏之理,而即危爲安,履菑爲福也。嗟夫!臨春結綺,陳之覆基也;海山迷樓,隋之敗迹也。宋轍則踵陷矣,後之人主無亦深思遠鑒,而兢業自持哉。[①]

宋徽宗(1082—1135)建華陽宫極盡奢靡,誰知尚不及享樂,就已淪爲階下之囚。陳霆援引徽宗逍遥逸樂,終致靖康之禍的例子,又加之以陳、隋覆亡的慘痛教訓,其目的皆在於借古諷今,呼籲今之人主居安思危,以史爲鑒。其《兩山墨談》亦曰:"古云外寧必有内憂,而治亂否泰,相爲倚伏,人君鑒此,可不謹於微哉。"[②]陳霆的拳拳憂國之心已溢於言表。陳霆在《渚山堂詞話》中亦喜好摘録宋詞以發議論,其《李好義詞》一則曰:

宋理宗朝,有武人李好義者,頗善詞章。嘗見其春暮作《謁金門》云:"花着雨。又是一番紅素。燕子歸來愁不語。故巢無覓處。誰在玉樓歌鈔本作鼓。舞。誰在玉關辛苦。若使胡塵吹得去。東風侯萬户。""玉樓歌舞"數句,語意不平,豈非當時擅國者宴樂湖山,而不恤邊功故耶?然則宋之淪亡,非一日之故矣。[③]

理宗爲南宋第五位皇帝,理宗駕崩時距離南宋亡國僅十五年。《宋史》曰:"理宗四十年間,若李宗勉、崔與之、吴潛之賢,皆弗究于用;而史彌遠、丁大全、賈似道竊弄威福,與相始終。……由其中年嗜欲既多,怠於政事,權移奸臣,經筵性命之講,徒資虚談,固無益也。"[④]理宗一朝,前有史彌遠,後有丁大全、賈似道等著名的奸相當

---

① 〔明〕陳霆:《宣靖備史》,卷 2,頁 18—19。

② 〔明〕陳霆:《兩山墨談》,頁 55。

③ 〔明〕陳霆:《渚山堂詞話》,頁 367—368。

④ 〔元〕脱脱等:《宋史》(北京:中華書局,1977 年),頁 888—889。

道,而皇帝本身在親政初期雖立志中興,有"端平更化"之稱,然執政後期浸淫於逸樂,某種程度上亦加快了南宋淪亡的脚步。陳霆從李好義詞中的不平之氣,推測當時的爲政者沉迷享樂而輕忽邊將,體現了陳霆論詞時"詞亦有史"的觀念。末句感慨宋亡非一日之故,則有以史爲鑒,欲今之人主警戒之意。與之相類似的還有《徽宗眼兒媚》一則,曰:

> 宋二帝北狩,金人徙之雲州。一日,夜宿林下,時磧月微明,有胡雛吹笛,其聲嗚咽。太上因口占《眼兒媚》云:"玉京曾記舊繁華。萬里帝王家。瓊林玉殿,朝喧簫管,暮列琵琶。花城人去今蕭索,春夢繞龍沙。家山何處,忍聽羌笛,吹徹梅花。"少帝有和篇,意更凄愴,不欲並載。吾謂其父子至此,雖噬臍無及矣。每一披閱,爲酸鼻焉。[①]

《眼兒媚》上片寫北宋京城昔日之繁華,"瓊林玉殿"實非虚言,徽宗愛好奇石,取天下之奇珍异石以築"艮嶽",宋人袁褧(? —?)《楓窗小牘》形容艮嶽曰:"四方花竹奇石,悉萃于斯。珍禽异獸,無不畢集。"[②]窮極奢靡,耗盡國力,遂致民怨沸騰,金兵趁虚而入,終有靖康之難。陳霆録徽宗之《眼兒媚》,雖未明言,實含以古喻今之意。《宣靖備史》曰:"艮嶽之規模建置,《續綱目》所載亦詳矣,而《備史》復詳之者,誠欲俾後人參而考之,以見夫當時土荒木妖之全者也。"[③]陳霆自言著史之筆法,詳叙艮嶽之建置,以見當時之大興土木,而使後人引以爲戒。類而推之,陳霆此處記徽宗之《眼兒媚》,並云"噬臍無及",亦是望後人能够謹慎戒懼,勿重蹈覆轍。徽、欽二帝固是追悔莫及,然則"秦人不暇自哀,而後人哀之;後人哀之而

---

① 〔明〕陳霆:《渚山堂詞話》,頁 375。

② 〔宋〕袁褧撰,〔宋〕袁頤續:《楓窗小牘》(上海:上海古籍出版社,2012 年),頁 14。

③ 〔明〕陳霆:《宣靖備史》,卷 2,頁 18。

不鑒之，亦使後人而復哀後人也。"陳霆游覽南宋首都臨安時，曾作十數首懷古詩可相印證，兹舉二首如下：

> 當年金碧冠湖山，寵在椒房只等閒。化國旛幢雲影外，上方鐘鐸翠微間。美人無奈成黄土，畫史空教貌玉顔。荒冢石麟秋草没，夕陽無數牧兒還。(《游集慶寺》)[①]

> 往事凄凉不可論，重陽庵是宋豪門。泉湮閲古堂安在，級斷桃坡石尚存。蒼鼠避人從瓦竄，烏龍防客旁階蹲。青衣仙跡無因見，古洞莓苔手自捫。(《青衣泉》)[②]

《游集慶寺》之《題序》曰："寺爲宋閻妃香火院，後即妃嬪宫寺，僧存其遺像。"[③]集慶寺爲宋理宗爲其寵妃閻貴妃所修建，修建時所用木材就近取寺旁之九里松。據明人張岱(1597—1689)《西湖夢尋》記載："九里松，唐刺史袁仁敬植松以達天竺，凡九里，左右各三行，每行相去八九尺，蒼翠夾道，藤蘿冒塗，走其下者，人面皆緑。"[④]九里松本爲天竺寺旁一道盛景，然理宗修集慶寺時盡皆砍伐，"望青采斫，勛舊不保，鞭笞追逮，擾及雞豚"[⑤]。以至於張岱游西湖時，僅見得零星一兩株："九里松者，僅見一株兩株，如飛龍劈空，雄古奇偉。想當年，萬緑參天，松風聲壯於錢塘潮，今已化爲烏有。"[⑥]理宗寵幸閻妃，爲修集慶寺耗資甚巨。閻妃却恃寵干政，禍亂朝綱。後十餘年南宋覆滅，昔日繁華亦只餘荒冢枯草、晚歸牧童，留與後人嗟嘆。

---

① 〔明〕陳霆：《水南集》，卷 5，頁 10。

② 〔明〕陳霆：《水南集》，卷 5，頁 12。

③ 〔明〕陳霆：《水南集》，卷 5，頁 10。

④ 〔明〕張岱：《西湖夢尋》(北京：中華書局，2007 年)，頁 142。

⑤ 〔明〕張岱：《西湖夢尋》，頁 142。

⑥ 〔明〕張岱：《西湖夢尋》，頁 142。

《青衣泉》一詩題序曰:"即韓侂胄閲古泉也,在重陽庵内,今湮。"[①]宋人葉紹翁(1194—?)《四朝見聞録·閲古南園》曰:"蓋自寧壽觀梅亭而至太室之後山,皆觀中地也。韓侂胄擅朝,舊居于太廟側,遂奄觀之山而有之,爲閲古堂,爲閲古泉,爲流觴曲水。泉自青衣下注于池,十有二折,旁砌以瑪瑙。泉流而下,瀦于閲古堂,渾涵數畝,有桃坡十有二級。"[②]韓侂胄(1152—1207)爲入《宋史·奸臣傳》之宰相,其閲古南園位於宋太廟以西,鑿南山而出泉,效法古人之流觴曲水,《四朝見聞録》載臣僚進言責韓侂胄曰:"鑿山爲園,下瞰宗廟;窮奢極侈,僭擬宫闈。"[③]後韓侂胄主導開禧北伐,連戰連敗,最終身首异處。

陳霆《青衣泉》追憶昔日重陽庵本是南宋最爲豪華富貴之地,然則如今泉水枯涸,湮滅不存,桃坡斷裂,空留殘石。南園荒廢,竟只餘鼠狗四竄,古洞生苔。今昔對比,更見繁華轉瞬即逝,富貴皆如過眼雲烟,身居高位者更應謹慎戒懼,切莫只圖逸樂,荒淫無度,頗具警世之意。

四、贊頌忠臣的愛國情操

陳霆在撰寫南唐史書《唐餘紀傳》時,專門單列一卷《忠節傳》[④]以旌表忠節之士,如出使周朝、慨然赴死的孫晟,寧死不作降表的李延鄒,以死進諫的廖居素,戰死沙場的張雄,寧死不降的陳喬、鍾蒨,守城而死的劉仁贍、張彦卿、廖澄、胡則……凡爲國死忠者,陳霆皆詳叙其事跡,若有廟宇供香火不絶者,則特意强調之,以彰人

① 〔明〕陳霆:《水南集》,卷 5,頁 12。
② 〔宋〕葉紹翁:《四朝見聞録》(北京:中華書局,1989 年),頁 185。
③ 〔宋〕葉紹翁:《四朝見聞録》,頁 174。
④ 〔明〕陳霆:《唐餘紀傳》,頁 5741—5750。

倫,明教化,曰:"嗚呼,人臣死國之報,先王顯忠之典,其流逮遠哉!"①若有不爲前代史書所重視者,陳霆則爲之痛心疾首:"張彦卿守楚州,孤壘無援,當百倍之師,身可碎,志不可奪,雖劉仁贍殆不能過。而記者傳載獨略,至其名亦或不同。於乎,何其重不幸也!"②然即使如此,陳霆亦勉力搜集史料,以期能留存事跡,弘揚報國之精神。

南唐之忠臣多聲名不顯者,陳霆猶自爲之不惜筆墨,至若南宋之千古忠臣如岳飛、文天祥者,陳霆更是大加稱贊,其《兩山墨談》曰:

> 岳武穆平湖寇楊幺,决勝於八日之間。初駭其秘籌妙算,若與鬼神爲謀,非人可矚者。……岳之奇功照映今古。③

> 文文山死宋,其精忠大節,千百世之下,雖婦人稚子皆知傳誦,一時咏嘆者,如所謂"與日月争光,與天地相悠久"及"精忠貫日華夷見,氣節凌霜天地知"等句,非不極其褒揚,然皆不若丞相傳贊爲能白其心事,如云:"死之日,宋亡七年,厓山亡又五年矣。夫以時移事改七八年之久,而終欲一死以報國,此其心所謂至死不變,無所爲而爲者也。"④

陳霆對於精忠報國之士從不吝嗇於贊美,他熟讀兩宋之歷史,對岳飛、文天祥猶爲欽慕。《宋史》曰:"楊幺據洞庭,寇鼎州,王𤫩久不能平,更命岳飛討之。幺陸耕水戰,樓船十餘丈,官軍徒仰視不得近。……兼旬,積寇盡平。"⑤岳飛滅楊幺,陳霆謂之"奇功照映今古",足見他對岳飛的仰慕。至於義不仕元、英勇就義的文天祥,陳

---

① 〔明〕陳霆:《唐餘紀傳》,頁5745。
② 〔明〕陳霆:《唐餘紀傳》,頁5745。
③ 〔明〕陳霆:《兩山墨談》,頁108。
④ 〔明〕陳霆:《兩山墨談》,頁64。
⑤ 〔元〕脱脱等:《宋史》,頁11721。

霆則更是對他推崇備至，甚至於認爲連“精忠貫日華夷見，氣節凌霜天地知”這樣的詩句都不足以完全表白其心志。而此種崇慕忠賢的情感，在陳霆的詞話中體現得尤爲明顯。杜静鶴曰：“陳霆詞論中，頗録詞家與詞篇本事。”[①]而其中收録最多的就是忠君愛國之本事，如《邵公序贈岳武穆詞》曰：

> 岳武穆駐師鄂州，紀律嚴明，路不拾遺，秋毫無犯，軍民胥樂，古名將莫能加也。有邵公序者，薄游江湘，道其管内，因作《滿庭芳》贈之云：“落日旌旗，清霜劍戟，塞角聲喚嚴更。論兵慷慨，齒頰帶風生。坐擁貔貅十萬，銜枚勇、雲槊交横。笑談頃，匈奴授首，千里静欃槍。荆襄，人按堵，提壺勸酒，布穀催耕。芝夫蕘子，歌舞威名。好是輕裘緩帶，驅營陣、絶漠横行。功誰紀，風神宛轉，麟閣畫丹青。”《鄂王遺事》云：“此詞句句緣實，非尋常諛詞也。”[②]

邵公序，即邵緝（？—？），字公序，南宋詞人。陳霆謂邵緝之《滿庭芳》實作於岳飛駐軍鄂州（今湖北省武漢市武昌區）時期，《宋史》曰：“（紹興）五年，入覲，封母國夫人；授飛鎮寧、崇信軍節度使，湖北路、荆襄潭州制置使，進封武昌郡開國侯；又除荆南北、襄陽路制置使，神武後軍都統制，命招捕楊幺。”[③]可見此次岳飛駐軍鄂州，實爲平湖寇楊幺，與上揭文爲同一史事。上揭文陳霆側重點在於頌揚岳飛之功垂千古，此處則重在體現岳飛治軍嚴明，有大將之風。先是開門見山直叙岳家軍之軍紀嚴明，再以邵緝《滿庭芳》一闋爲佐證，末句又引《鄂王遺事》以證邵緝所言非虚，字裏行間無不在褒揚岳飛之忠義，論詞反倒在其次。《水南集》中尚有陳霆《謁岳王

---

① 杜静鶴：《陳霆詞學研究》，頁 122。

② 〔明〕陳霆：《渚山堂詞話》，頁 360。

③ 〔元〕脱脱等：《宋史》，頁 11383。

廟》詩一首，可相參照：

> 已自中原苦亂離，倉黄南渡更阽危。杜郵甘使嘗秦劍，趙壁誰當豎漢旗。養卒不歸讎且置，長城自壞敵難支。空餘宰樹風聲急，相挾胥潮日夜悲。[①]

首聯寫南宋半壁江山淪陷，情勢危急之背景。下六句一句一典，除“養卒不歸”[②]爲反用典故，譏宋室謀劃失當、連蒙滅金，自樹仇敵外，其餘五句皆爲正用典故：秦昭王將大將白起賜死於杜郵。[③] 趙王與成安君不納李左車之謀，終大敗於韓信所率之漢軍。[④] 南朝宋文帝冤殺大將檀道濟自毁長城。[⑤] 秦穆公不聽蹇叔之言，崤之戰大敗於晋國。[⑥] 吴王夫差不納伍子胥之勸諫反將他賜死，吴國終爲越國所滅。[⑦]

---

① 〔明〕陳霆：《水南集》，卷5，頁9。

② 《史記·張耳陳餘列傳》曰：“趙王乃與張耳、陳餘北略地燕界。趙王間出，爲燕軍所得。燕將囚之，欲與分趙地半，乃歸王。使者往，燕輒殺之，以求地。張耳、陳餘患之。有厮養卒謝其舍中曰：‘吾爲公説燕，與趙王載歸。’”〔漢〕司馬遷撰，瀧川資言考證：《史記會注考證》（上海：上海古籍出版社，1986年），頁1593。

③ 《史記·白起王翦列傳》曰：“武安君既行，出咸陽西門十里，至杜郵。……秦王乃使使者賜之劍自裁。”〔漢〕司馬遷撰，瀧川資言考證：《史記會注考證》，頁1424。

④ 《史記·淮陰侯列傳》曰：“趙王、成安君陳餘聞漢且襲之也，聚兵井陘口，號稱二十萬。廣武君李左車説成安君……不聽廣武君策，廣武君策不用。……於是漢兵夾擊，大破虜趙軍，斬成安君泜水上，禽趙王歇。”〔漢〕司馬遷撰，瀧川資言考證：《史記會注考證》，頁1615。

⑤ 《宋書·檀道濟傳》曰：“於是收道濟及其子給事黄門侍郎植、司徒從事中郎粲、太子舍人隰、征北主簿承伯、秘書郎遵等八人，並於廷尉伏誅。……初，道濟見收，脱幘投地曰：‘乃復壞汝萬里之長城！’”〔梁〕沈約：《宋書》（北京：中華書局，1974年），頁1344。

⑥ 僖公三十三年《公羊傳》曰：“秦伯將襲鄭，百里子與蹇叔子諫曰：‘千里而襲人，未有不亡者也。’秦伯怒曰：‘若爾之年者，宰上之木拱矣，爾曷知！’……然而晋人與姜戎，要之殽而擊之，匹馬隻輪無反者。”〔漢〕公羊壽傳，〔漢〕何休解詁，〔唐〕徐彦疏：《春秋公羊傳注疏》（北京：北京大學出版社，2000年），頁315—316。

⑦ 《吴越春秋·夫差内傳》曰：“吴王聞子胥之怨恨也，乃使人賜屬鏤之劍。……乃弃其軀，投之江中。子胥因隨流揚波，依潮來往，蕩激崩岸。……越王復伐吴，吴國困不戰，士卒分散，城門不守，遂屠吴。”〔漢〕趙曄：《吴越春秋》（南京：江蘇古籍出版社，1999年），頁65—66、72。

陳霆接連援引數個君主不信肱股之臣，最終自斷臂膀的史事，表達了對岳飛精忠報國却死於莫須有之罪名的無限扼腕。

陳霆詞話中多有録南宋忠臣本事者，如：

> 史稱文山性豪侈，每食方丈，聲妓滿前。晚節乃散家資，募義勤王，九死不奪。蓋子房所謂韓亡不愛萬金之資者也，真人豪哉。（《文山〈齊天樂〉》）①

> 文丞相既敗，元人獲，置舟中，既而挾之蹈海。厓山既平，復逾嶺而北。道江右，作《酹江月》二篇以别友人，皆用東坡赤壁韵。其曰“還障天東半壁”，曰“地靈尚有人傑”，曰“恨東風不借世間英物”，曰“只有丹心難滅”，其于興復，未嘗不耿耿也。（《文山别友人詞》）②

《文山〈齊天樂〉》一則，將文天祥比作漢之張良，《史記·留侯世家》曰：“良年少，未宦事韓。韓破，良家僮三百人，弟死不葬，悉以家財求客刺秦王，爲韓報仇，以大父、父五世相韓故。”③張子房傾盡家資以刺秦，文天祥散盡家財以抗元，皆是忠君愛國之義舉，因此陳霆特稱贊曰“真人豪哉”。《文山别友人詞》一則，陳霆論《酹江月》二闋④，

---

① 〔明〕陳霆：《渚山堂詞話》，頁 363。

② 〔明〕陳霆：《渚山堂詞話》，頁 367。

③ 〔漢〕司馬遷撰，瀧川資言考證：《史記會注考證》，頁 1228。

④ 《酹江月·南康軍和東坡酹江月》：“廬山依舊，凄凉處，無限江南風物。空翠晴嵐浮汗漫，還障天東半壁。雁過孤峰，猿歸老嶂，風急波翻雪。乾坤未歇，地靈尚有人傑。堪嗟飄泊孤舟，河傾斗落，客夢催明發。南浦閒雲連草樹，回首旌旂明滅。三十年來，十年一過，空有星星髮。夜深愁聽，胡笳吹徹寒月。”《酹江月·和友驛中言别》：“乾坤能大，算蛟龍、元不是池中物。風雨牢愁無着處，那更寒蟲四壁。橫槊題詩，登樓作賦，萬事空中雪。江流如此，方來還有英傑。　堪笑一葉漂零，重來淮水，正凉風新發。鏡裏朱顏都變盡，只有丹心難滅。去去龍沙，向江山回首，青山如髮。故人應念，杜鵑枝上殘月。”見〔宋〕文天祥《文山集》，收入楊訥、李曉明編《文淵閣四庫全書補遺》（北京：北京圖書館出版社，2006 年），第 3 册，卷 19，頁 13、15。

所截取的皆是其中尤爲懷念故國、矢志不渝的部分，從中亦可見陳霆之審美意趣，正如杜静鶴所云："好取豪放悲壯或有關家國朝事之詞，發以評論。"[①]

《渚山堂詞話》共六十一則，其中論文天祥詞者就有三則，除上述二則外，尚有《文山和王昭儀詞》，載文天祥和王昭儀《滿江紅》詞，有"妾薄命"之義。陳霆詞話中論文天祥詞次數最多，蓋因文丞相寧死不降、以身殉國，因此素懷忠君之念的陳霆對此感慨尤深。從中亦可見，陳霆詞話之選詞立論，看重史事更多過文學。陳霆尚有《悼文丞相》一首可供對照：

> 紫蓋黄旗運已終，三閩四廣路還窮。扶天漫協宫中夢，救日空挽馬上弓。頸血濺忠渾化碧，顛毛張怒尚生風。駐師地在誰修祀，冷落西湖武穆宫。[②]

題序曰："丞相勤王，嘗頓師西湖之上。曩舉似僉憲譚先生之慨然任作祠，用配武穆，既而未暇，末故云云。"[③]全詩寫南宋之氣數已盡，文天祥雖欲力挽狂瀾，仍舊無力回天。但他昔日拋頭顱、灑熱血、肝膽洞、毛髮聳的英姿尚在人心。杭州西湖畔文天祥昔日的駐軍之地，曾有人欲爲之修祠以配武穆宫，但最終未能修成。全詩雖未詳寫文天祥的任一事跡，但頸血化碧、顛毛生風的忠節形象千載之下仍深入人心。陳霆詞話中與之類似的還有《吊三忠祠》一則，曰：

> 京師崇文門外，有祠曰三忠，都人建以祀漢諸葛忠武、宋岳武穆、文文山。士大夫南行者，多餞别于此，所以作勤瘁而勵忠節，於夫世教，不謂無補。憶予曩歲試政刑部，一日在廣

① 杜静鶴：《陳霆詞學研究》，頁122。
② 〔明〕陳霆：《水南集》，卷5，頁9。
③ 〔明〕陳霆：《水南集》，卷5，頁9。

> 坐，吏以册葉置案上，予取閱之，乃三忠詩也。凡若干首，獨喜范主事淵一絶云："萬古綱常惟一事，兩朝人物屬三公。誰修古廟燕山道，樹色江聲落照中。"詞簡而意盡，且有關係，有感慨，他詩莫能及也。[①]

陳霆尤爲重視世風教化，此則中陳霆云"於夫世教，不謂無補"，雖然講的是修建三忠祠，但實際上在論詞時陳霆亦重視"世教"。在陳霆眼中不僅文可以載道，詞亦可以載道。《渚山堂詞話》常選"有關係，有感慨"之詞以抒發議論。清人劉熙載（1813—1881）《詞概》曰："詞莫要於有關係，張元幹仲宗因胡邦衡謫新州，作《賀新郎》送之，坐是除名，然身雖黜而義不可没也。張孝祥安國於建康留守席上賦《六州歌頭》，致感重臣罷席。然則詞之興觀群怨，豈下於詩哉？"[②]劉熙載的這段話可謂是陳霆"有關係，有感慨"的最佳注脚。詞對於陳霆來説絶不只是遣興娱樂的小道，還是可以興觀群怨，厚人倫而美教化的文學載體。因此陳霆在他的詞話中多次記叙忠臣報國之事，從中亦可見陳霆自身的愛國情懷。陳霆尚有《念奴嬌·三忠廟祀漢諸葛、宋岳武穆、文文山》一闋可供對照：

> 乾坤易老，嘆風塵飄蕩，河山分裂。名分綱常都掃地，曾有何人提挈。身翊飛龍，氣呑胡馬，赤手扶天闕。精忠照耀，一時名並日月。　須信天理人心，自來不泯，千載思遺烈。廟貌燕山崇祀典，華表三忠新揭。西北中原，東南王氣，回首驚風雪。傷心行路，不堪日暮時節。[③]

《四庫全書總目》稱陳霆詞曰："其豪邁激越，猶有蘇、辛遺範。"[④]此

① 〔明〕陳霆：《渚山堂詞話》，頁373。
② 〔清〕劉熙載：《詞概》，收入唐圭璋編《詞話叢編》（北京：中華書局，1986年），頁3709。
③ 〔明〕陳霆：《水南集》，卷10上，頁13。
④ 〔清〕永瑢等：《四庫全書總目》，卷176，頁1568。

闋大抵可當之。"氣吞胡馬,赤手扶天闕""西北中原,東南王氣,回首驚風雪"等句,都頗有稼軒詞的影子。[①] 全詞上片寫三忠在江山淪陷、風雨飄摇之際力挽狂瀾,耀比日月。下片着眼當下,寫三忠祠廟尚在,人心不泯,精神永存。全詞豪放慷慨,寄托了詞人的耿耿忠心。

《渚山堂詞話》中除了對諸葛亮、岳飛、文天祥等千古忠臣的贊頌外,亦記載了一些愛國詞人事迹,譬如《張安國賦〈六州歌頭〉》一則,記叙了南宋張孝祥(1132—1170)作《六州歌頭》緬懷北方淪陷故土,堅決反對議和的慷慨悲憤;《徐一初登高詞》記叙了徐一初在宋亡後,重陽登高懷念故國,又怕見故宫禾黍的悲戚感懷。

綜上所述,無論從陳霆在史傳中對忠節之士濃墨重彩的書寫、在詞話中對忠臣良將的議論歌頌,還是從他詩詞創作中反復流露的家國之情,都可以看出陳霆忠於君王、忠於社稷的愛國情操。

五、結　語

《渚山堂詞話》中涉及家國情懷者,除上文已提及的以外,尚有《唐莊宗如夢令》記録唐莊宗晚年耽溺情欲,宴饗玩樂,作詞遂有亡國之音,《吴履齋滿江紅》《辛稼軒賀新郎》《山谷南鄉子詞》《瞿宗吉木蘭花慢》《天籟集》録詞有家國之思,《劉改之沁園春》議南宋事,《劉伯温春怨詞》議元末事。陳霆《渚山堂詞話》共六十一則,其中涉及家國情懷者計十九則,已達到整部詞話近三分之一的篇幅。

① 稼軒詞《永遇樂・京口北固亭懷古》:"氣吞萬里如虎。"見〔宋〕辛弃疾撰,鄧廣銘箋注《稼軒詞編年箋注》(上海:上海古籍出版社,1993年),頁553,下同。稼軒詞《賀新郎・同父見和,再用韵答之》:"驚散樓頭飛雪。……看試手,補天裂。"頁238。稼軒詞《聲聲慢・滁州旅次登樓作,和李清宇韵》:"凭欄望,有東南佳氣,西北神州。"頁22。

本文既已就陳霆詞話中的家國情懷析論如上,爰略綴數語以爲總結。

首先,雖然陳霆自正德六年(1511)致仕之後,居於德清四十餘年,可以説大半生都處於隱居的狀態。但賦閒在家並未影響陳霆憂念家國,實際上,陳霆可以説是"處江湖之遠則憂其君"的典型。隱居生活使得陳霆可以專心著書立説,而從他傳世的大量著作中可以看出,無論是史傳《唐餘紀傳》《宣靖備史》,讀書札記《兩山墨談》,還是他的詩話、詞話,及詩詞創作,都體現了他忠君愛國的高尚情操。

其次,陳霆在論詞時喜好議論有關家國天下、忠君愛國的豪放悲壯詞。方智範等著《中國詞學批評史》曰:"對歷代豪放詞作出公允評價的,是陳霆的《渚山堂詞話》。陳霆論詞,特别重視英雄豪傑之士的傷時吊古之作。且竭力抉示其中的忠憤之心、興亡之感。知人論世,别具隻眼。"[①]方氏指出陳霆《渚山堂詞話》對於英雄豪傑傷時吊古的豪放詞尤爲着眼,這一評價是較爲準確的。從中亦可看出陳霆論詞的審美意趣。

最後,陳霆在論詞時常常根據詞作内容以推測詞人所處之時代環境。如《李好義詞》一則,從武人李好義詞中的不平之氣,推測當權者之耽於逸樂、不重邊防。再如《徐一初登高詞》一則,雖云"徐一初者,不知何許人也"[②],但從他登高詞中懷念故國的悲戚,亦可見南宋亡國遺民之情狀。雖不如後世常州詞派周濟等詞人明確主張"詞亦有史"的觀念,但陳霆在實際的論詞過程中實已發其先聲。

---

① 方智範等:《中國詞學批評史》(北京:中國社會科學出版社,1994年),頁178—179。

② 〔明〕陳霆:《渚山堂詞話》,頁366。

附録:《渚山堂詞話》家國情懷十九則

	名稱	内容	備注
1	張安國賦《六州歌頭》	張安國在沿江帥幕。一日預宴,賦《六州歌頭》云:"長淮望斷,關塞莽然平。烟塵暗,朔風動,悄邊聲。黯愁凝。追想當年事,殆天數,非人力,洙泗上,絃歌地,亦羶腥。隔水氈鄉,落日牛羊下,區脱縱横。看名王宵獵,騎火一川明。笳鼓悲鳴,遣人驚。　念腰間箭,匣中劍,空埃蠹,竟何成。傷時易失,心徒壯,歲將零。渺神京,干羽方懷遠,靖烽燧,且休兵。冠蓋使,紛馳騖,若爲情。聞道中原遺老,長南望、翠葆霓旌。遣行人到此,忠憤氣填膺,有淚如傾。"歌罷,魏公流涕而起,掩袂而入。	記録張孝祥作《六州歌頭》緬懷北方淪陷故土,堅决反對議和的慷慨悲憤。
2	唐莊宗《如夢令》	唐莊宗早年甚英果,晚乃溺於情欲,不勝其宴昵之私。嘗見其《如夢令》云:"曾宴桃源深洞。一曲舞鸞歌鳳。酒散别離時,殘月落花烟重。如夢。如夢。和淚出門相送。"詳味詞旨,所謂亡國之音哀以思者也。奄忽喪敗,實讖於此。	記録唐莊宗晚年耽溺情欲、宴饗玩樂,作詞有亡國之音。
3	傅按察詞	至元間有傅按察者,嘗作錢塘懷古一長闋,蓋咏宋氏之亡也。中云:"下襄樊,指揮湘漢,鞭雲騎,圍繞江干。勢不成三,時當混一,過唐之數不爲難。陳橋驛、孤兒寡婦,久假當還。"其語大率吠堯之意。中國帝王所自立,久假當還,固也。然正統所在,豈夷狄可得預耶?王猛以正朔相承在江左,臨歿,尚阻苻堅南伐之謀。豈謂三百年遺黎而有此語也?"東魯遺黎老子孫,南方心事北方身",若按察者,有愧於信雲父多矣。"遺老猶應愧蜂蟻,故人久矣化豺狼",其斯人之謂歟?	華夷之辨。

續表

	名稱	內容	備注
4	吴履齋《滿江紅》	吴履齋潜,字毅夫,宋狀元及第。初其父柔勝仕行朝,晚寓予里,履齋實生焉。曩予作《仙潭志》,求其製作,不可見。近偶獲其《滿江紅》一詞,爲拈出於此。全篇云:"柳帶榆錢,又還過、清明寒食。天一笑,滿園羅綺,滿城簫笛。花樹得晴紅欲染,遠山過雨青如滴。問江南池館有誰來,江南客。　烏衣巷,今猶昔。烏衣事,今難覓。但年年燕子,晚烟斜日。抖擻一春塵土債,悲凉萬古英雄迹。且芳樽隨分趁芳時,休虚擲。"史稱履齋爲人豪邁,不肯附權要,然則固剛腸者。而"抖擻""悲凉"等句,似亦類其爲人。	録詞有家國之思。
5	文山和王昭儀詞	文文山云:"王昭儀題《滿江紅》於驛壁,爲中原士夫傳誦,惜其末句少商量耳。拘囚之餘,漫和一闋,庶幾妾薄命之義。"詞云:"燕子樓中,又捱過幾番秋色。相思處,青年如夢,乘鸞仙闕。肌玉暗銷衣帶緩,淚珠斜透花鈿側。最無端、蕉影上窗紗,青燈歇。　曲池合,高臺滅。人世事,何堪説。向南陽阡上,滿襟清血。舉世便如翻覆手,孤身原是分明月。嘆樂昌一段好風流,菱花缺。"然予又按佩楚軒客語,以原詞爲張瓊瑛所作,題之夷山驛中。瓊瑛,本昭儀位下也。若然,則後世可以移責矣,第未審信否耳。	録愛國忠臣之軼事。
6	劉伯温《寫情集》	劉伯温有《寫情集》,皆詞曲也。惜其大闋頗窒滯,惟小令數首,覺有風味。故予所選小令獨多,然視宋人亦遠矣。劉未遇時,嘗避難江湖間。往見其《水龍吟》一闋云:"雞鳴雨蕭蕭,側身天地無劉表,啼鵑迸淚,落紅飄恨,斷魂飛繞。月暗雲霄,星沉烟水,角聲哀裊。問登樓王粲,鏡中華髮,今宵又、添多少。極目鄉關何處,渺青山,雙螺低小。幾回好夢,隨風歸去,被他遮了。寶瑟絃僵,玉笙簧冷,冥鴻天杪。但浸階莎草,滿庭緑樹,不知昏曉。"此詞當是無聊中作。風雨瀟瀟,不知昏曉,則有感於時代之昏濁。而世無劉表,登樓王粲,則自傷於身世之羈孤。然孰知其不得志於前元者,乃天特老其材,將以貽諸皇明也哉。是則適爲大幸也。	華夷之辨。

續表

	名稱	内容	備注
7	邵公序贈岳武穆詞	岳武穆駐師鄂州,紀律嚴明,路不拾遺,秋毫無犯,軍民胥樂,古名將莫能加也。有邵公序者,薄游江湘,道其管内,因作《滿庭芳》贈之云:"落日旌旗,清霜劍戟,塞角聲喚嚴更。論兵慷慨,齒頰帶風生。坐擁貔貅十萬,銜枚勇、雲槊交横。笑談頃,匈奴授首,千里静欃槍。　荆襄,人按堵,提壺勸酒,布穀催耕。芝夫蕘子,歌舞威名。好是輕裘緩帶,驅營陣、絶漠横行。功誰紀,風神宛轉,麟閣畫丹青。"《鄂王遺事》云:"此詞句句緣實,非尋常諛詞也。"	録愛國忠臣之軼事。
8	文山《齊天樂》	文文山詞,在南宋諸人中,特爲富麗。其書燈屏《齊天樂》云:"夜來早得東風信,瀟湘一川新緑。柳色含晴,梅心沁暖,春淺千花如束。銀蟾乍浴。正沙雁將還,海鰲初矗。雲擁旌旗,笑聲人在畫闌曲。　星虹瑶樹縹緲,珮環鳴碧落,瑞籠華屋。露耿銅虬,水翻鐵馬,簾幕光摇金粟。遲遲倚竹。更爲把瑶樽,滿斟醽醁。回首宫蓮,夜深歸院燭。"染指一臠,則餘可知矣。史稱文山性豪侈,每食方丈,聲妓滿前,晚節乃散家資,募義勤王,九死不奪。蓋子房所謂韓亡不愛萬金之資者也,真人豪哉。	録愛國忠臣之軼事。
9	辛稼軒《賀新郎》	辛稼軒詞,或議其多用事,而欠流便。予覽其琵琶一詞,則此論未足憑也。《賀新郎》云:"鳳尾龍香撥,自開元霓裳曲罷,幾番風月。最苦潯陽江上路,畫舸亭亭催别。記出塞黄雲堆雪。馬上離愁三萬里,認孤鴻没處分胡越。絃解語,恨難説。　遼陽驛使音塵絶。瑣窗寒,輕挑謾撚,淚珠盈睫。推手含情還却手,一抹梁州哀徹。千古事、雲飛烟滅。賀老定場無消息,悄沉香亭北繁華歇。彈到此,爲嗚咽。"此篇用事最多,然圓轉流麗,不爲事所使,稱是妙手。	録詞有家國之思。
10	山谷《南鄉子》詞	崇寧間,山谷謫宜州。乙酉歲九日登城樓眺望,聽邊人相語云,今歲當鏖戰取封侯。因作《南鄉子》云:"諸將説封侯。短笛長吟獨倚樓。萬事總成風雨去,休休。戲馬臺南金絡頭。　催酒莫遲留。飲量今秋勝去秋。花向老人頭上笑,羞羞。人不羞花花自羞。"詞成,倚闌高歌,若不能堪。是月三十日,遂不起。	録詞有家國之思。

續表

	名稱	内容	備注
11	徐一初登高詞	徐一初者，不知何許人。其九日登高一詞，殊亦可念。初云：“參軍莫道無勛業，消得從容樽俎。君看取。便破帽飄零，也得名千古。”復云：“登臨莫上高層望，怕見故宫禾黍。觴緑醑，澆萬斛牢愁，淚閣新亭雨。黄花無語。畢竟仗西風，朝來披拂，猶識舊時主。”詞意甚感慨不平，參軍自况之意。豈非德祐時忠賢，位不滿其才者耶？“故宫禾黍”“無語黄花”，則又有感於天翻地覆之事，蓋《谷音》之同悲者也。	録詞有家國之思。
12	瞿宗吉《木蘭花慢》	聚景園有故宋宫人殯宫，瞿宗吉嘗作《木蘭花慢》云：“記前朝舊事，曾此地，會神仙。向月地雲階，閒携翠袖，來拾花鈿。繁華總隨流水，嘆一場、春夢杳難圓。廢港芙蕖滴露，斷堤楊柳摇烟。 兩峰南北只依然。輦路草芊芊。悵波冷山空，翠銷鳳蓋，紅没龍船。平生銀屏金屋，黯漆燈、無焰夜如年。落日牛羊壠上，西風燕雀林邊。”瞿詞雖多，予所賞愛者此闋爲最。然瞿有咏金故宫白蓮詞，即用此腔，而語意亦仍之。首云：“問前朝舊事，曾此地，會神仙。”即此起句也。是知此詞爲瞿得意者，故叠用如此。	録詞有家國之思。
13	文山别友人詞	文丞相既敗，元人獲，置舟中，既而挾之蹈海。厓山既平，復逾嶺而北。道江右，作《酹江月》二篇，以别友人，皆用東坡赤壁韵。其曰“還障天東半壁”，曰“地靈尚有人傑”，曰“恨東風不借世間英物”，曰“只有丹心難滅”，其于興復，未嘗不耿耿也。	録愛國忠臣之軼事。
14	李好義詞	宋理宗朝，有武人李好義者，頗善詞章。嘗見其春暮作《謁金門》云：“花着雨。又是一番紅素。燕子歸來愁不語。故巢無覓處。　　誰在玉樓歌舞。誰在玉關辛苦。若使胡塵吹得去。東風侯萬户。”“玉樓歌舞”數句，語意不平，豈非當時擅國者宴樂湖山，而不恤邊功故耶？然則宋之淪亡，非一日之故矣。	憂患意識。

續表

	名稱	内容	備注
15	吊三忠祠	京師崇文門外,有祠曰三忠,都人建以祀漢諸葛忠武、宋岳武穆、文文山。士大夫南行者,多餞别于此,所以作勤瘁而勵忠節,於夫世教,不謂無補。憶予曩歲試政刑部,一日在廣坐,吏以册葉置案上,予取閲之,乃三忠詩也。凡若干首,獨喜范主事淵一絶云:"萬古綱常惟一事,兩朝人物屬三公。誰修古廟燕山道,樹色江聲落照中。"詞簡而意盡,且有關係,有感慨,他詩莫能及也。予亦有詞,寄《酹江月》。全篇云:"乾坤易老,嘆風塵飄蕩,河山分裂。名分綱常都掃地,曾有何人提挈。身翊飛龍,氣吞胡馬,赤手扶天闕。精忠照耀,一時名並日月。　　須信天理人心,自來不泯,千載思遺烈。廟貌燕山崇祀典,華表三忠新揭。西北中原,東南王氣,回首驚風雪。傷心行路,不堪日暮時節。"	録愛國之詩詞。
16	劉改之《沁園春》	劉改之《沁園春》云:"緑鬢朱顔,玉帶金魚,神仙畫圖。把擎天柱石,空留緑野,濟川舟楫,閒艤西湖。天欲安劉,公歸重趙,許大功勛誰得如。平章看,道人如孔孟,世似唐虞。不須别作規模,但收拾人才多用儒。况自昔軍中,膽能寒虜,如今胸次,氣欲吞胡。紫府真人,黑頭元宰,收斂神功寂若無。歸來好,正芝香棗熟,鶴瘦松癯。"此詞題云:"代壽韓平原。"然在當時,不知竟代誰作。改之與康伯可俱渡江後詩人,康以詞受知秦檜,致位通顯,而改之竟流落布衣以死,人之幸不幸又何也。然改之詞意雖媚,其"收拾用儒""收斂若無"與"芝香棗熟"等句,猶有勸侂胄謙冲下賢,及功成身退之意。若康之壽檜云:"願歲歲,見柳梢青淺,梅英紅小。"則迎導其怙寵固位,志則陋矣。	議南宋事。
17	劉伯温春怨詞	劉伯温春怨,蓋感嘆時事也。末云:"無計綱斜暉,謾遮得、愁人望眼。登高凝睇,欲寄一封書。鴻路阻,豹關深,日暮空腸斷。"觀"豹關深"之句,知元季兵起,賢者感時傷事,非不欲獻言於上,以銷禍亂,而九重阻深,無路自達,徒登高悵望而已。"回首叫虞舜,蒼梧雲正愁",所謂日暮腸斷之意類如此。	議元末事。

續表

	名稱	内容	備注
18	徽宗《眼兒媚》	宋二帝北狩，金人徙之雲州。一日，夜宿林下，時磧月微明，有胡雛吹笛，其聲嗚咽。太上因口占《眼兒媚》云："玉京曾記舊繁華。萬里帝王家。瓊林玉殿，朝喧簫管，暮列琵琶。　花城人去今蕭索，春夢繞龍沙。家山何處，忍聽羌笛，吹徹梅花。"此詞少帝有和篇，意更凄愴，不欲並載。吾謂其父子至此，雖噬臍無及矣。每一披閱，爲酸鼻焉。	議兩宋事
19	《天籟集》	閲《天籟集》，得其數篇，録以備詞話之一二。《奪錦標》云："霜水明秋，霞天送晚，畫出江南江北。滿目山圍故國。三閣餘香，六朝陳迹。有庭花遺譜，慘哀音、令人嗟惜。想當時，天子無愁，自古佳人難得。　惆悵龍沉宫井，石上啼痕，猶點胭脂紅濕。去去天荒地老，流水無情，落花狼藉。恨青溪猶在，渺重城，烟波空碧。對西風，誰與招魂。夢裏行雲消息。"太素序云："《奪錦標》曲，不知始何時。世所傳者，僧仲殊一篇而已。予每浩歌，尋繹音節，因欲效顰，恨未得佳趣耳。庚辰，卜居建康，暇日訪古，采陳後主、張貴妃事，以成素志。按後主既脱景陽井之厄，隋長史高熲竟戮麗華於青溪。後人哀之，即其地立小祠。祠中塑二女郎，次即孔貴嬪也。今遺構荒凉，廟貌亦不存矣。感嘆之餘，爲作此闋。"《沁園春》云："獨上遺臺，目斷清秋，鳳兮不還。恨吴宫幽徑，埋深花草，晋時高冢，銷盡衣冠。横吹聲沉，騎鯨人去，月滿空江雁影寒。登臨處，且摩挲石刻，徙倚闌干。青天。半落三山。更白鷺洲横一水間。問誰能心比，秋來水净，漸教身似，嶺上雲閒。擾擾人生，紛紛世事，就裏何嘗不强顔。重回首，怕浮雲蔽日，不見長安。"叙云："保寧寺即鳳凰臺，太白留題在焉。宋高宗南渡，嘗駐蹕寺中，有石刻書王荆公贈僧詩云：'紛紛擾擾十年間，世事何嘗不强顔。亦欲心如秋水净，應須身似嶺雲閒。'意者當時南北擾攘，國家蕩析，磨盾鞍馬間，經營之志，百未一遂。此詩必有深契于心者，故書以自况。予暇日來游，因演太白、荆公詩意，亦猶稼軒《水龍吟》用李延年、淳于髡語也。"《滿庭芳》云："雅燕飛觴，清談揮麈，主人終日留歡。密雲雙鳳，碾破縷金盤。鬬品香泉味好，須臾看，蟹眼湯翻。銀瓶注，花浮兔碗，雪點鷓鴣斑。雙鬟。微步穩。春纖擎露，翠袖生寒。覺清風扶，我醉玉頹山。照眼紅紗畫燭，吟鞭送，月滿銀鞍。歸來晚，芸窗未寢，相對小妝殘。"序云："屢欲作茶詞，未暇也。近選宋名公樂府，黄、賀、陳三集中，凡載《滿庭芳》四首，大概相類，亦有得失。復雜用寒、删、先韵，而語意若不倫。僕不揆狂斐，合三家奇句，試爲一首，必有辨之者。"	録詞有家國之思。

《無稽讕語》同性戀書寫探析①

一、前　言

明清兩代是我國同性戀文學書寫的繁盛期，既有《金瓶梅》《紅樓夢》等名著涉及同性戀愛之書寫，又有《宜春香質》《弁而釵》《龍陽逸史》《品花寶鑒》等小說專主男色之描繪。然部分涉及同性戀之作品因屢遭禁毁，其書籍本身已屬稀見，自然鮮有研究者問津，《無稽讕語》即在此列。

《無稽讕語》是成書於清乾隆五十九年(1794)的一部文言筆記小說，作者王蘭沚(1745—?)，乾嘉時人，本名王露，號蘭皋居士、蘭皋主人，浙江杭州人，乾隆四十五年(1780)中舉。近年有關《無稽讕語》之專書，僅莊淑珺《王蘭沚及〈無稽讕語〉研究》一部，主要討論了《無稽讕語》的題材來源、故事功能、思想内容、藝術技巧等，然其研究範圍總括全書，因此對於同性戀題材並未着重觀照。期刊論文方面，僅王汝梅《夢幻世界中的同性戀與易性美容術——評明清艷情小説〈宜春香質〉"月集"與〈無稽讕語・林醜醜〉》一篇②，探

① 本文原發表於(中國臺灣)第四屆"奇萊論衡"研究生學術論文研討會。

② 王汝梅:《夢幻世界中的同性戀與易性美容術——評明清艷情小説〈宜春香質〉"月集"與〈無稽讕語・林醜醜〉》,《華夏文化論壇》,2008年第1期,頁69—71。

討了《林醜醜》與對於《宜春香質》"月集"的承襲關係。

版本方面,莊淑珺《王蘭沚及〈無稽讕語〉研究》據《中國歷代禁書目録》《中國文言小説總目提要》及胡文彬《冷眼看紅樓》等書,詳細考察《無稽讕語》之版本曰:

> 此書版本,曾有清坊刻本、家刻本,共有五卷,成書於乾隆五十九年(1794)。……又有光緒二十九年(1903)石印本,是爲六卷,僞題"續夜雨秋燈録"。其中卷六是抽取潘綸恩《道聽途説》拼凑而成。……目前於北京城内藏有此書者有三家:一是北京大學圖書館,僅存一至二卷;二是中國藝術研究院戲曲研究所資料室所藏傅惜華原藏書,有二部;三是首都圖書館善本室有一部。而上海圖書館亦見藏本,清咸豐四年(1854)刻本。……中國藝術研究院戲曲研究所資料室所藏,一頁十行,一行十六字;北京大學圖書館所藏,一頁十一行,一行二十四字。[①]

而筆者又發現兩種版本爲上述所未提及,一是浙江圖書館孤山分馆所藏清刻本(以下簡稱"浙圖本"),四卷,半頁十一行,行二十四字,單邊,白口,單魚尾,版心有卷數、頁次。二是據馬跡山農藏本所刊的民國刊本(以下簡稱"民刊本")。

《王蘭沚及〈無稽讕語〉研究》將中國藝術研究院戲曲研究所資料室所藏本(以下簡稱"藝研院本")對比北京大學圖書館所藏本(以下簡稱"北大本")予以校對,得《無稽讕語》故事共一百零五則。而筆者再將浙圖本、民刊本與這一百零五則故事加以比對,發現有五則故事爲藝研院本、北大本皆無,此五則爲《箏娘》《賽嫦娥》《貨兒郎》《雪裏紅》《珊珊》,現列其故事梗概如下:

《箏娘》:箏娘年十七,欲適人,其翁爲之設擂臺,凡能以兩手抱

---

① 莊淑珺:《王蘭沚及〈無稽讕語〉研究》,頁39。

箏娘離地者即妻之。箏娘習運氣吐納,有貼地之術,雖武狀元、大力士不能動之分毫,故衆人雖争相挑戰,皆以失敗告終。貧生云郎受高僧指點,不以蠻力而以深情凝睇之,遂娶得美人歸。後云郎高中授官,又有箏娘之嫁妝萬金,終既富且貴。

《賽嫦娥》:賽月姑貌絶美,衆皆呼之“賽嫦娥”。黎生經一番波折後娶得賽嫦娥爲妻,頗爲恩愛。賽嫦娥入寺禮佛偶遇制軍夫人。制軍夫人愛女早夭,對賽嫦娥一見如故,遂收爲義女。黎生也因這層關係以接連升官。後賽嫦娥又爲其納名妓爲妾。

《貨兒郎》:小憐年十六,絶色又善籌算,媒妁盈門,皆拒之,惟願求一如己貌美且失怙者。蔡郎失怙甚貧,而貌頗妍,小憐遂嫁之。後蔡郎爲營生而獨自離家二年,音信全無。華亭富家子偶見小憐,爲之傾倒,以五千金求一夜歡好。小憐將婢女阿容易容,作爲己之替身與富家子雲雨。年末蔡郎歸來,小憐示之金並告之始末,未及言至替身處,蔡怒而叱罵,奪門徑出不歸。小憐遂與阿容女扮男裝外出經商,數年後家財萬貫,偶遇窮困做貨兒郎之蔡郎。小憐佯裝有斷袖之癖,以數金買其後庭一夜,蔡應允之。小憐方自言身份而告之始末,蔡郎羞慚萬分。

《雪裏紅》:薛氏女貌絶艷,人稱“雪裏紅”,許人以白金十兩作注投六骰,言六骰皆紅者即嫁之。二年間均無人擲出六紅,而薛女已得五萬金。李生甚落魄,家財僅十金,遂孤注一擲而擲出六紅,徑得美妻與萬金。買得一縣令赴任,路遇響馬賊,薛女武功高强,皆擊退之。任職後又遇賊圍城,薛女負李生突圍出城,半日行三百里搬得救兵。薛女領兵與賊人戰一晝夜,殺敵無數,終保合城平安。

《珊珊》:焦生受托夢而救得一虎放生,後途中迷路入深山,一對老夫婦收留其過夜。老叟有女名珊珊,甚美,生心喜之而求娶。後焦生携珊珊赴科舉,高中授官,又因珊珊之内助而頗有政聲。納一妾名窈娘，美而善妒，屢次設計構陷珊珊，生遂逐珊珊，與窈娘沉迷娛樂而上下賄賂，終被革職充軍。窈娘携金遁走。生充軍途中幾爲監軍所殺，忽有一猛虎咬死監軍救得生一命。纔知珊珊即前所救虎之親女，特來報恩。後生與珊珊相携歸隱，將子托付與弟。子官至大中丞，回鄉尋父時纔知其已與珊珊飛升成仙。

綜上所述，《無稽讕語》收録故事共一百一十則，其中有關同性戀書寫者，有《後庭博金》《林醜醜》《男變女》《雞奸》《貨兒郎》《夏德海》《夜光》《投胎》《魏小姐》《大痴小痴》《六郎》《梅花庵》《假彌子》，共十三則。其中《貨兒郎》一則雖然講述的是女主角小憐與男主角蔡郎的愛情故事，然其中小憐女扮男裝的情節，涉及作者王蘭沚對於斷袖之癖的議論，因此亦列入本文研究範圍。本文將從内容探源、藝術技巧、思想與意義等方面探析《無稽讕語》中之同性戀書寫。

二、内容探源

王汝梅於其《夢幻世界中的同性戀與易性美容術——評明清艷情小説〈宜春香質〉"月集"與〈無稽讕語・林醜醜〉》一文中，首次提出《林醜醜》與《宜春香質》"月集"的關聯性，其云："撰《紅樓續夢》(《绮樓重夢》)作者蘭皋居士(本名王蘭沚)在乾隆五十九年(1794)撰筆記小説《無稽讕語》，卷一中有《林醜醜》，即據醉西湖心月主人著《宜春香質》'月集'改編。"[①]莊淑珺《王蘭沚及〈無稽讕語〉研究》中"情色題材探源"一小節，亦云：

> 其中"月集"故事與《林醜醜》一篇，在情節上相似程度頗高。……同樣是有才書生，緣貌醜而怨天，因而得到换臉的機

---

① 王汝梅：《夢幻世界中的同性戀與易性美容術——評明清艷情小説〈宜春香質〉"月集"與〈無稽讕語・林醜醜〉》，頁 71。

會，成爲一美男子，却誤入女子國而成后，受盡女子爭寵與被奸淫的命運，纔悔不當初，求上天讓其恢復原貌。[①]

《林醜醜》中貌醜、入夢、變臉、立后、亡國、輪奸、悔悟、出夢的主要情節發展與《宜春香質》"月集"幾乎是一致的，從中可以看出王蘭沚在《林醜醜》的創作過程中受到了《宜春香質》極大的影響。而《無稽讕語》中其餘有關同性戀之書寫，多有承襲自前代處，玆分論如下。

（一）魏忠賢（1568—1627）形象

《無稽讕語》中《魏小姐》一篇，主要講述的故事：某生妻亡，夢一魏小姐來慰，與之歡好後女子遁走，唯餘一床泥漿。如此半年，生偶行至東城魏千金廟，得知廟祠恰因女子托夢而翻新。抬像離座，則泥腹中空，貯人精盞許。衆人驚懼，遂毀泥像。

此則看似是書生與泥像幻化的女子半年間的歡好故事，之所以將其歸入同性戀書寫的範圍，是因爲廟中供奉的魏小姐其實是明末奸臣魏忠賢："前明魏璫用事，各省皆建生祠，概稱魏千歲廟，既而貫盈伏誅，有司爭毀其廟，惟此間地僻，巋然獨存，里人因其逆祀，諱之，改稱魏千金廟[②]，亦稱千金小姐廟。"（頁59）[③]

《魏小姐》中所敍及的廣修魏千歲廟的現象，正是史實的反映，《明史》載魏忠賢當權時，"海内爭望風獻諂，諸督撫大吏閻鳴泰、劉詔、李精白、姚宗文等，爭頌德立祠，洶洶若不及，下及武夫、賈豎、諸無賴子亦各建祠，窮極工巧，攘奪民田廬，斬伐墓木，莫敢控訴"[④]。魏忠賢於明朝天啓年間（1621—1627）任司禮監秉筆太監，

① 莊淑珺：《王蘭沚及〈無稽讕語〉研究》，頁66—67。
② 浙圖本"魏千金廟"作"魏小姐廟"。
③ 因浙江圖書館所藏《無稽讕語》清代刻本並非全本，故本文引文皆以據馬跡山農藏本刊刻之民刊本爲底本，並於正文中以括號標示頁數。若浙圖本與民刊本有字詞出入，則以注脚標示。
④ 〔清〕張廷玉等撰：《明史》（北京：中華書局，1974年），頁7822—7823。

把控國政,權傾朝野,不僅在朝堂上對自己的政敵東林黨人趕盡殺絶,對於普通百姓亦采取高壓監管的手段,"民間偶語,或觸忠賢,輒被擒僇,甚至剥皮、刲舌,所殺不可勝數,道路以目"①。

魏忠賢的專政使得本已風雨飄摇的明王朝愈發積重難返,最終走向滅亡,"遺孽餘燼終以覆國"②。因此在明末清初魏忠賢題材的小説中,幾乎都使用誇張甚至顛倒的性事,來作爲醜化魏忠賢最有效的手段。③ 然而《無稽讕語》成書於乾隆五十九年(1794),距離魏忠賢之死已有近一百七十年,距離明亡亦有一百五十年,王蘭沚對於前朝應當不會有多少認同與歸屬感,他對於魏忠賢的刻意醜化,應是有所承襲。明代有白話小説《檮杌閑評》,"無作者名,記魏忠賢、客氏之惡。……文章並拙,然盛行于里巷間"④。書中即描寫了魏忠賢投靠程中書,心甘情願做他龍陽之事,第八回《程中書湖廣清礦税馮參政漢水溺群奸》曰:

> 他(魏忠賢)爲人本自伶俐,又能先意逢迎人,雖生得長大,却也皮膚細白。程中書無家眷在此,遂留在身邊做個龍陽。凡百事出入,總是他掌管,不獨辦事停當,而且枕席之間百般承順,引得個程中書滿心歡喜。……程中書因心中歡喜,更覺動興。進忠欲圖他歡喜,故意百般做作,極力奉承,二人顛狂了半夜,纔相摟相抱而睡。⑤

---

① 〔清〕張廷玉等撰:《明史》,頁 7820。

② 〔清〕張廷玉等撰:《明史》,頁 7833。

③ 梅碧波:《論明末清初白話小説中的魏忠賢形象》(武漢:華中師範大學,中國古代文學碩士論文,2008 年),頁 20。

④ 魯迅:《中國小説史略》,《魯迅全集》第 9 卷(北京:人民文學出版社,1982 年),第 148 頁。

⑤ 〔明〕作者不詳:《檮杌閑評》,收入古本小説集成編委會編《古本小説集成》第 2 輯第 59 册(上海:上海古籍出版社,1994 年),卷 8,頁 2、5。

“進忠”即指魏忠賢[1],《檮杌閑評》中魏忠賢作爲程中書的男寵“百般做作,極力奉承”,而在《魏小姐》中魏忠賢亦是“恣情歡合,雲酣雨暢,曲盡綢繆”(頁 58)。《檮杌閑評》中魏忠賢身爲太監,已遭去勢;而在《魏小姐》中,魏忠賢則更進一步直接從男性變成了女性。《檮杌閑評》中的魏忠賢是一個爲了金錢名利不惜自甘墮落,委身他人做男寵的負面角色,這種對於魏忠賢的刻意醜化描寫,與此書創作於明末的時代性是緊緊相關的。而成書於清乾隆時期的《無稽讕語》中仍然保留了這種書寫,可見其作者王蘭沚應是受到了明崇禎前後同性戀小說的影響。

(二)寺廟泥塑

在《魏小姐》中,與書生歡好的魏忠賢本是寺廟中的一尊泥像,書生察覺情況有异後,“乃偕里衆入廟,抬像離座,見泥腹中空,貯人精盞許,衆曰:‘既能變形,又受生人精氣,後將沿門作祟,不可不早圖。’争取長鑱擊之,泥寸寸裂,揚簸入河中,怪遂絶,生亦竟無恙”(頁 59)。

袁枚(1716—1797)《子不語》中亦有記載寺廟塑像化而爲人,夜間來交歡者。《子不語》是清代著名文言筆記小説,目前所見的最早刻本是乾隆五十三年(1788)戊申本,故《子不語》成書時間必早於《無稽讕語》。其《木皂隸》一則云:

> 京師寶泉局有土地祠,旁塑木皂隸四人,垆頭銅匠,咸往祀焉。每夜衆匠宿局中,年少者夢中輒被人雞奸,如魘寐然。心惡之,而手足若有所縛,不能動,亦不能叫呼。旦起摸穀道中,皆有青泥。如是月餘,群相揶揄,終不知何怪。後祀土地,

[1] 〔清〕張廷玉等:《明史》:“魏忠賢,肅寧人。少無賴,與群惡少博,不勝,爲所苦,恚而自宫,變姓名曰李進忠。”頁 7816。

見一隸貌如夜間來淫人者，乃訴之官，取鐵釘釘其足，嗣後怪絶。[①]

兩則故事所叙同樣是廟祠中塑像化人，夜間主動前來交歡，白天則遁去。故事中少年/書生發覺端倪的主要綫索是相似的，《木皂隸》中，皂隸與少年雲雨後，"旦起摸穀道中，皆有青泥"；《魏小姐》中書生與魏忠賢雲雨後，"視帕上初無落紅，惟有泥汁沾染"（頁 58），"檢視衾席間剩瀋餘膏，皆淤泥漿汁也"（頁 59）。

而兩者的結局也是相同的，都是衆人在發覺异常後，合力采取措施（毁滅泥像/取鐵釘釘足），成功阻止塑像作祟，"嗣後怪絶"，"怪遂絶"。故《魏小姐》中塑像化人的描寫，或是受到袁枚《子不語》的啓發。

（三）妖精志怪

莊淑珺《王蘭沚及〈無稽讕語〉研究》云："文學形式上，《無稽讕語》屬於志怪傳奇小説。"[②]《無稽讕語》中有關同性戀的書寫，有許多則的主角其實都不是人類，而是妖邪精怪，《雞奸》寫的是田家子與雞，《夜光》寫的是書生與螢火蟲，《六郎》寫的是書生與荷花妖，《假彌子》寫的是男子與狐精。志怪的文學傳統肇始於先秦諸子，成熟於魏晋，其後唐傳奇與宋元話本推陳出新，至清筆記小説再度發揚。然而在《無稽讕語》以前，較爲著名的《宜春香質》《弁而釵》《龍陽逸史》等皆是傳統的志人小説，而將志怪與同性戀書寫相結合者並不多見，《聊齋志异》或是其中影響最廣者。《聊齋志异》中有《黄九郎》一篇，講述的是素有斷袖之癖的何子蕭，因慕色而喜歡上了少年黄九郎。黄九郎幾番拒絶後，勉强答應與何子蕭歡好。

---

① 〔清〕袁枚：《子不語》，《袁枚全集》第 4 册（南京：江蘇古籍出版社，1993 年），頁 328。

② 莊淑珺：《王蘭沚及〈無稽讕語〉研究》，頁 58。

黄九郎因爲母病托何子蕭向太醫求藥，太醫却發現何子蕭已病重。原來黄九郎是狐精，何子蕭因與黄九郎歡好次數過多而死。而後何子蕭借尸還魂，黄九郎爲何子蕭性命着想，撮合了何子蕭與自己妹妹三娘。何子蕭急需千金，黄九郎遂賣身予撫臺，待撫臺死後侵吞了他全部財産。

而在《俠女》中亦有男狐狸精做書生孌童的情節：

> 一日生坐齋頭，有少年來求畫，姿容甚美，意頗儇佻。詰所自，以"鄰村"對。嗣後三兩日輒一至，稍稍稔熟，漸以嘲謔，生狎抱之，亦不甚拒，遂私焉。由此往來暱甚。……女以匕首望空抛擲，戛然有聲，爍若長虹。俄一物墮地作響，生急燭之，則一白狐，身首异處矣，大駭。女曰："此君之孌童也，我固恕之，奈渠定不欲生何！"①

男主角顧生因爲少年的美貌而與其私通，最後纔發現原來所謂的少年其實是一隻白狐。

《無稽讕語》中多則同性故事采取了志怪書寫，尤其是《假彌子》一則與《黄九郎》《俠女》等篇一樣，選用狐狸精做主角。可見《無稽讕語》的内容取材或許受到了《聊齋志异》一定的影響。

(四)毁僧謗道

《無稽讕語》中《梅花庵》一則，講述的故事：某書生因貧困而上山采樵，迷路至一梅花庵，藉助藥草壯陽而與庵中姐妹三尼一同歡合，後又與來訪之絶色美少年卯二官一同飲酒行酒令，五人尋歡作樂並欲一同雲雨。忽然道士來襲，書生遂遁去。

《梅花庵》中書生與女尼及美少年，既飲酒破戒，又聚衆淫亂，

---

① 〔清〕蒲松齡著，張友鶴輯校：《聊齋志异會校會注會評本》（北京：中華書局，1962年），頁211—213。

而且從行文中可以推測,這種淫亂行爲在他們身上顯然不是第一次發生,而是習以爲常了。佛門本應是清净地,却如此藏污納垢,可見作者王蘭沚"毀僧謗道"之意。而這種"毀僧謗道"的思想,應是上承自明代世情小説,"毀僧謗道是明代世情小説的一大母題,文人們當然不會放弃以男風攻讦僧道這一殺手鐗"[①]。而王蘭沚此種思想,最有可能是受到了《金瓶梅》的影響。王蘭沚曾於其另一部小説《綺樓重夢》中云:"《紅樓夢》一書不知誰氏所作,其事則瑣屑家常,其文則俚俗小説,其義則空諸一切,大略規彷吾家鳳洲先生所撰《金瓶梅》而較有含蓄,不甚着迹,足饜觀者之目。"[②]由此可見,王蘭沚顯然是熟讀過《金瓶梅》的。而《金瓶梅》中正充滿毀僧謗道的描寫,如第九十三回《王杏庵義恤貧兒　金道士孌淫少弟》曰:

> 他這大徒弟金宗明,也不是個守本分的。年約三十餘歲,常在娼樓包占樂婦,是個酒色之徒。手下也有兩個清潔年小徒弟,同鋪歇卧,日久絮煩。因見經濟生的齒白唇紅,面如傅粉,清俊乖覺,眼裏説話,就纏他同房居住。晚夕和他吃半夜酒,把他灌醉了,在一鋪歇卧。初時兩頭睡,便嫌經濟脚臭,叫過一個枕頭上睡。睡不多回,又説他口氣噴着,令他掉轉身子,屁股貼着肚子。那經濟推睡着,不理他,他把那話弄得硬硬的直竪一條棍,抹了些唾津在頭上,往他糞門裏只一頂。原來經濟在冷鋪中,被花子飛天鬼侯林兒弄過的,眼子大了,那話不覺就進去了。[③]

金宗明身爲道士,却常常出入娼樓"包占樂婦",又與手下的兩個年

---

① 施曄:《中國古代文學中的同性戀文學研究》(上海:上海師範大學中國古代文學博士論文,2008年),頁75。

② 〔清〕蘭皋居士:《綺樓重夢》(臺北:建宏出版社,1995年),頁1。

③ 〔明〕蘭陵笑笑生撰,梅節校訂:《金瓶梅詞話》(臺北:里仁書局,2007年),頁1586—1587。

少徒弟私通，見新來的小師弟陳經濟面貌姣好，又與陳經濟雲雨。身爲出家人，私生活却如此淫亂，可見《金瓶梅》作者對於僧道之嘲諷。《無稽讕語》或亦受此影響。

（五）投胎贖罪

《無稽讕語》中《投胎》一則講述的故事：進士譚生有才無行，一日被梁上蛇所驚嚇，離魂附一青蒼蠅上。譚生於是趁機以蒼蠅身偷窺鄰居倪翁家美妾。不料數月後美妾産女，譚生離魂附嬰體，遂投胎成倪翁之女。後倪翁家道中落，譚生被迫嫁予六旬商人爲妾，生活凄苦，頻遭打駡。後又被賣入妓院，終死於瘡病。

與之相類似的因生活淫亂而被迫投胎成女身贖罪之事，又見於清人黄芝《粤諧》：

> 昔有劉翁自言能記三世事：初世爲童子師，悦男色。一生貌極美，某以酒醉生污之。生憤甚，投繯死。無何，某亦以疫疾死。氣初絶，有二鬼捽至一官府如王者居，見投繯生及平昔所污者，揶揄階下。既而王者出，傳言某既爲人師，所學何事，乃不自重，可謂衣冠禽獸。科其罪，罰作女子身，命鬼押出。衆請曰："須去其陽具爲淫孽報。"王允之，命鬼褫其褌割之，痛入心坎，瀝血嗚嘶，衆方散去。鬼神押至山東爲貧家女，及笄，歸一齷齪子，日與之淫，稍不從則撈掠數四，故放蕩無節，以瘵死。①

劉翁奸淫學生，衣冠禽獸；譚生則"素多淫行"（頁 53）"曩者污人閨閣，力勸不聽，反加白眼，今宜受此現報"（頁 54）。而後兩人皆投胎成女子，嫁人後受虐待以贖罪，劉翁"稍不從則撈掠數四"，譚

① 〔清〕黄芝：《粤諧》，收入〔清〕羅天尺、李調元等撰《清代廣東筆記五種》（廣州：廣東人民出版社，2006 年），頁 433。

生"稍不如意，撻詈交加"（頁 52），最終劉翁因"放蕩無節，以瘵死"，譚生則被賣入妓院，染上性病"未幾，竟以瘡死"（頁 55），王蘭沚的這種投胎贖罪的描寫，未必一定是受黃芝《粵譜》的啓發，然而此種情節套路實是其來有自。

三、藝術技巧

（一）人物

1. 被動者：女性化書寫

《無稽讕語》在同性戀書寫時，大抵皆明確區分被動者（被插入者）與主動者（插入者）。而在描寫被動者時，除《後庭博金》以外，皆極力描寫被動者之容貌艷麗，且將其柔弱化、女性化。

《林醜醜》："端好俊麗，雖美婦人弗及也。""遍體光膩，皓皓白皙。"（頁 26）

《男變女》："眉目婉麗。"（頁 95）

《貨兒郎》："貌頗妍，齒亦稚。"（頁 6）"俊美宛似羊車中人。"（頁 7）

《雞奸》："風韻翩翩。"（頁 28）

《夏德海》："皎皎白皙，年纔三五，鮮衣艷服，姣麗如處子。"（頁 29）

《夜光》："婉媚綽約，人世所罕見。"（頁 40）

《投胎》："容顏秀美，舉止風華。"（頁 50）

《魏小姐》："絕色姝麗。"（頁 58）

《大痴小痴》："眉目娟秀，如好婦人。"（頁 63）

《假彌子》："貌皎皎如桃花。"（頁 103）

如上所示，王蘭沚習於將同性關係中的被動者比作處子、美婦人,並且賦予其眉目娟秀、膚白光膩等陰柔特質。而這種女性化的特點在其性事書寫中則更爲明顯。

《林醜醜》:"接其櫻唇,偎其桃靨。""猩紅點點,不啻處子破瓜時也。"(頁 28)"嬌媚之態,畫筆難描。"(頁 29)

《男變女》:"豆蔻香苞,津津流潤。""皺眉掙拒,宛如處子之初經雲雨也。"(頁 96)

《夜光》:"股白如剥殼蒸雞子。"(頁 41)

《魏小姐》:"玉肌墳起,豆蔻含香,宛然處子也。"(頁 58)

《六郎》:"温婉嬌怯,無异處女。"(頁 72)

《假彌子》:"肌香體膩,柔媚温存。"(頁 104)

王蘭沚在男男性事的書寫中,重點强調的却是掙拒、落紅、處子破瓜等男女初夜時最鮮明的特徵。可見王蘭沚眼中的同性戀,只是對异性戀的一種模仿與替補。男子一旦進入同性戀中的被動者角色,就會自發地取代女性所應當發揮的功能,而完全喪失其本應擁有的男性特質,最顯著的就是其陽具的喪失與陰道、生子功能的產生。《假彌子》中,狐精在酒醉時被書生引刀斷其陽具;《男變女》中,書生罹患性病而喪失陽具,憑空生出陰道;《林醜醜》中,林醜醜身爲男子却十月懷胎而生子。"這種男越女界的文學想象所展現出的男男同性情欲,始終無法捨弃男女二元論的模仿性結構。在那些令人眼花繚亂的男歡男愛的情欲景觀中,恒久傳唱的依然是性别秩序與道德規範的音符。"①

2. 主動者:淫亂的雙性戀

《無稽讕語》同性戀中的主動者,往往並非單純的同性戀,同性間的歡好只是其性生活的調劑。並且《無稽讕語》中的主動者經常

---

① 陳静梅:《男越女界:論晚明兩部同性戀小説集的性别意義》,《南京師大學報(社會科學版)》2007 年第 4 期,頁 123。

與一男一女同時發生性關係,或者在剛認識了一名男子/女子後,緊接着在其引介下又結識了另一名女子/男子,並與其先後/同時發生性關係。

例如在《假彌子》一則中,男主與自己的妻子以及狐精三人長期同居,"自此三人同榻,百戲具陳。或狐交婦,而夫又交狐,重叠如山阜;或側卧婦於中,而夫與狐前後交攻。如山陰道上,應接不暇;曼衍魚龍,不可殫述"(頁 104)。再如《梅花庵》中,書生先是與庵中姐妹三尼酣戰通宵,翌日少年來訪,書生又邀請少年與女尼一同歡好,"生顧少年者曰:'卯郎,我塞陳倉,卿攻棧道,長予勁矢,水陸並進,問彼尚能翕張自逞否?'"(頁 101)《夜光》中,曾生先是迷路偶遇美婦熊夜光,與之共雲雨,又見美女胡栩栩,互相調笑,而後美少年胡三郎來訪,曾生又爲之神魂飛蕩,故意灌醉三郎,欲與之歡合。《六郎》中,仲生游覽西湖時,偶遇俊麗六郎,與之雲雨。後六郎又將其三姐引介予仲生爲妻。仲生與三姐婚後,仍與六郎三人同居,一同歡合。《男變女》中,書生家有妻子,外出經商又與僕人雲雨。書生患性病後陽具切去,生出陰道,由主動者變爲被動者。僕人由被動者變爲主動者,又與書生及書生之妻三人一同雲雨,"自此左宜右有,一箭雙雕,儼若齊人之處室矣"(頁 96)。

《無稽讕語》中的主動者們一面自稱有斷袖之癖,一面又與女子雲雨、結婚。他們與其説是同性戀,倒不如説是現代所謂的雙性戀。而他們在日常的性生活中,所表現出的這種淫亂的作風,也體現了作者王蘭沚對於同性戀群體本身即有着縱欲好色、放浪形骸的印象。

(二)叙事

1. 志人平鋪直叙,志怪伏綫千里

《無稽讕語》十餘則同性戀故事中,志人者如《後庭博金》《男變女》《夏德海》《投胎》《大痴小痴》《梅花庵》等，大抵采用第三人稱全知視角，開門見山，平鋪直叙。而在志怪之篇目中，如《雞奸》《夜光》《魏小姐》《六郎》《假彌子》等，則往往采用限知視角，精心布局，伏綫千里，玆以《六郎》爲例。

《六郎》寫仲生與三姐、六郎姐弟二人偶遇後的歡好故事，直至文末纔隱約點出二人乃是荷花妖所化。文章開篇寫仲生自視甚高，必欲得一絶世佳人纔肯婚娶，衆媒人譏諷其曰："似此苛求，人世間難乎其耦，會當覓諸天上，不則問諸水濱。"仲生則自我解嘲云："天上飛仙，恐未必締瓜下届。至若長安水邊、若耶溪畔，或庶幾一遇，未可知也。"（頁 71）這是本篇的第一處伏筆，預示後文仲生將於水濱艷遇，締結婚姻，且水濱亦與荷花之生長地相合。而後，仲生夏日出游，"（西湖）袤廣十餘畝，好事者植菡萏數千本于其中。每交夏五時，接天翠蓋、映日紅衣，不讓芙蓉錦城、海棠香國也"（頁72）。此處乍看是在描寫仲生游覽時所見之景致，實則是暗示稍後出場之六郎本體爲荷花。仲生對六郎一見鍾情，兩人你儂我儂，恩愛半月後，六郎邀仲生往家中做客，仲生欣然而往，却發覺二人所行"似是蓮塘舊路，但所見迥非前景"（頁 73）。此處作者已暗示，仲生所見皆非實景，而是幻化之虚境。而後作者形容六郎之住處，"上覆碧琉璃瓦，每户皆施紅幕，遍地盡貼翠茵"（頁 73）。六郎居所之紅緑裝飾，暗指荷花與荷葉之色。六郎見仲生適齡而未婚，於是將自家三姐憐憐引介予仲生。仲生見憐憐絶色姝麗，欣然成婚。婚後三人同居，日夜笙歌，快活似仙。然好景不長，"重陽後，姊若弟皆懨懨扶病，屢屢商略歸計。……又越匝月，其時爐火重簾，霜風吼屋，兩人病益憊，玉顔憔悴，談笑不歡"（頁 74）。入秋後姐弟二人逐漸病重，對應荷花夏日盛開，秋天衰敗。最終姐弟二人不得不與仲生分别。仲生終日相思，痛不欲生，於是欲回往日同居之所，"循向路而往，則剩有蓮塘，别無院宇，惟見平堤碧水，風蹙成紋，敗葉殘莖,蕭蕭瑟瑟而已”(頁 75)。於結尾處暗暗點出姐弟二人其實是荷花所化。

縱觀《六郎》全篇,作者自仲生未遇六郎時即已開始鋪墊,在行文中又處處設下伏綫,且其精妙處在於伏筆皆僅一兩句點到爲止,含蓄委婉,絲毫不顯突兀。即使至結局揭曉謎題,也只是隱約暗示,未曾點破。且以“敗葉殘莖”對應篇頭“接天翠蓋”,“别無院宇”對應篇中“蘭房秘宇”,首尾呼應,環環相扣,結構嚴謹,於謀篇布局處,猶顯匠心。

2. 詩文融合,夾叙夾詩

古典小説中詩文結合之傳統,濫觴於先秦,繼承於兩漢,而後唐傳奇“文備衆體”,至宋話本則臻於成熟,明清兩代小説空前繁榮,詩文融合之技法也愈發純熟。[①]而對於詩詞羼入小説的現象,贊揚者認爲其體裁賅備,措置有度;批評者則視詩詞爲附加閒文,徒供擺設,固當删削。而在《無稽讕語》的十餘則同性戀故事中,其詩詞之羼入亦呈現了此種兩極分化之趨勢。

(1)措置有度者

《投胎》一則中,進士譚生因“素多淫行”被迫投成女胎,不幸家道中落,被賣作商人妾,又遭主母嫉妒,頻受打駡,苦懷無所申訴,不禁吟詩以抒情:

> 悲深惟飲泣,恨極欲呼天。生死置身外,凄凉剩眼前。
> 烹鶊難爾療,煮鶴倩誰憐。悔煞前因誤,挑燈獨慘然。(頁 53)

《投胎》以史傳體書寫,采用第三人稱全知視角,本並不利於抒情,然而作者在此處加入這一段詩文,則彌補了此種不足。全詩首聯

① 郭傑:《中國古代小説中的詩文融合傳統》,《學術研究》1997 年第 4 期,頁 69—73。

"悲深""恨極"直抒胸臆,頷聯則從虚泛之抒情過渡至實際之境遇。譚生投胎二世,歷經生死,却越活越慘淡,竟淪落至此。頸聯"烹鶊難爾療"直刺主母之悍妒。李時珍《本草綱目》曰:"《山海經》云:'黄鳥食之不妒。'楊夔《止妒論》云:'梁武帝郄后性妒,或言倉庚爲膳療忌,遂令食之,妒果減半。'""煮鶴倩誰憐"則又悲己之身世。譚生上一世科場得意,連戰連捷,二十八歲高中進士,自是文采斐然。這一世雖投作女胎,但學問猶在,未出閣其閨秀之名已廣播邑中。不料却最終只得嫁與大字不識的商人作妾,焚琴煮鶴,無人能憐,今昔對比,更見淒涼。尾聯"悔煞前因誤"則點出譚生之所以淪落至此番境地,皆因此前淫行,暗扣戒淫之主旨。

且此詩之作用尚不僅限於此,後文中商人因搜得此詩,不識字遂以爲是情書,而對譚生連連掌摑。後雖澄清此詩並非情書,却又因詩中埋怨之詞而對譚生狠加鞭撻,直至流血。可見此詩還是引出下文的重要綫索。故雖只一處詩文,却兼具抒發人物情感、引出後文劇情、點出教化主旨三重功效,不可謂不重要。

(2)徒供擺設者

《梅花庵》一則中,書生與卯二官以及苹、蒿、芩姐妹三尼游戲,先約定以骰子不同數字及顏色對應不同之意象,而後一人摇三個骰子,根據所摇之骰子吟一句詩,其餘四人根據詩句猜測骰子之數字與顏色,輸者罰酒。之後又以"風""花""雪""月"四字依次背誦七言詩一句,遲者罰酒。此處游戲與背詩之篇幅占了全文的近百分之三十八,然而文中人物大段背詩的過程對於推動劇情、刻畫人物、渲染氛圍、寄寓情理等,皆没有任何作用。即使直接將這部分删去,對於故事之叙述、情感之抒發亦不會有分毫影響,甚至都不會妨礙行文之流暢,因爲即使拋去這一部分,前後之劇情亦可直接連接。則此處實爲毫無意義、徒供擺設的詩詞羼入。

四、思想與意義

(一)對同性戀的態度

王蘭沚《無稽讕語》中雖然有着十餘則的同性戀故事,然而無論是從人物塑造,還是情節架構來看,這種同性戀書寫都完全没有跳脱出傳統异性戀描寫的思維。《林醜醜》中作者塑造了一個只有男性存在的"南熏國",然而皇帝選秀、後宫争寵、外戚擅權、妖后禍國等,皆是傳統皇帝與后妃故事的套路,而林醜醜陽具萎縮、懷孕産子的情節,則更是將其生理特征亦從男性轉變爲女性。《男變女》中書生因性病不得不遭受閹割,且不久後下體自然生出陰道,與女子無异。《假彌子》中男主爲了讓狐精一心只做被動者而斬斷其陽根。《投胎》《魏小姐》皆是男子之靈魂而用女子之身體。《後庭博金》中的被動者是年過六十歲的老人,似這種隨着年趨老邁而自然喪失性能力者,亦稱得上是另類意義上的"閹割"。

上述種種對於被動者的閹割,甚至是變女的書寫,都是因爲作者以异性戀的經驗來要求同性戀,並且主觀地認爲同性戀中的被動一方必須承擔起原本女子應該扮演的角色。因此《無稽讕語》中的同性戀書寫,更多的是對於現實中异性戀關係的模仿。作者王蘭沚對於同性戀的定位,就像是异性戀的替代品與調味劑。在《六郎》中仲某和六郎一見鍾情,"從此朝朝暮暮,雙宿雙棲"(頁 72),然而如此纏纏綿綿半月之後,六郎却突然提出要將自家三姐嫁給仲某爲妻。仲某雖然起初因爲喜愛六郎的天人之姿而選擇拒絶,然而在見到美若天仙的三姐之後,便欣然求娶,不日便已成婚。六郎並非不喜仲某,正相反,六郎對仲某用情至深,即使是仲某婚後,依然和他們夫妻二人生活在一起。六郎自願做媒人爲自己的愛人牽綫搭橋，只是因爲他認爲同性相處只是一時怡情，"兩雄争長，究非居室之正"（頁73），娶妻生子纔是人倫大道。《無稽讕語》中絶大多數的主動方其實都是雙性戀，只有兩則例外：一則《夏德海》是紀實作品，並不受作者意念所左右；一則《林醜醜》中只有男子，且男子亦能懷孕生子，傳宗接代。由此可見作者王蘭沚的觀念：同性戀不過是偶爾餘興，异性戀纔是最終應回歸的正統。

（二）同性戀書寫的意義

1. 勸色戒淫

《無稽讕語》中雖然存在着不少露骨而淫靡的情色描寫，然而王蘭沚的目的却多在於勸色戒淫，而勸誡方式大抵是通過故事人物的悲慘結局，以達到警示世人的效果。

《林醜醜》中，地府判官言林醜醜雖然貌醜，却是福澤深厚之人，若强求外貌，反而有所不利。然而林醜醜貪圖美貌，執意换臉，最終爲五六十人輪流奸淫，方纔頓悟。王蘭沚以此告誡世人莫要執着於皮相與美色。

《投胎》中的進士譚生素多淫行，明明家有妻子，却猶愛奸淫别家閨閣女子。妻子多次極力勸諫，譚生却依然不知悔改，我行我素。於是譚生受驚嚇離魂投胎作女子，先是家道中落，被賣作商人妾，屢受丈夫與正妻責打，後又被賣入青樓，患性病而死。王蘭沚通過譚生此種坎坷經歷與悲慘下場，來警醒世人切勿素行淫亂，否則會遭因果報應。

《假彌子》中男狐狸精扮成彌子瑕與有夫之婦通奸，入夜前來，天明離去，竟達月餘之久。而後婦人外出之丈夫歸來，發現了兩人的奸情，於是淫人妻子者最終爲人所淫，丈夫將狐狸精亦納入了自己房中。最後爲了避免狐狸精與自己妻子雲雨，丈夫灌醉了狐精並用刀斬斷了狐精的陽具。

綜上所述，王蘭沚在《無稽讕語》的情節設置中，刻意使好色通奸者下場凄凉，以達到勸諫世人遠離淫色之目的。

2. 反映風土民情

《無稽讕語》中有《夏德海》一則，記叙的是王蘭沚在調任臺灣的途中，經過福建泉州，見泉州洛陽橋旁有一夏德海廟：

> 此間呼爲夏班頭，專主契兄契弟好合之事。如有思慕不能得者，默禱諸廟，雖或貧富貴賤懸殊，不難巧爲撮合。既合之後，備香楮冥鏹，煮猪臟一簋，偕來拜謝神佑。拜畢，以臟脂塗神口。香火極盛。（頁29）

王蘭沚雖將書名定爲"無稽讕語"，然而此則故事却應爲紀實。蓋閩地在明清之際男風盛行，而類似的保佑同性男子相戀的廟宇記載亦散見於其他小説。譬如袁枚《子不語》中《兔兒神》一則，即記載了福建的胡天保廟：

> 胡托夢于其里人曰："……今陰官封我爲兔兒神，專司人間男悦男之事，可爲我立廟招香火。"閩俗原有聘男子爲契弟之説，聞里人述夢中語，爭醵錢立廟，果靈驗如響，凡偷期密約，有所求而不得者，咸往禱焉。①

可見福建確有爲契兄、契弟之神立廟的風俗。而《無稽讕語》中的《夏德海》故事，一來詳細記載了夏德海廟的地理位置，在福建泉州洛陽橋旁，便於後人查考。二來較爲完整地叙述了從許願到還願的整個儀式過程，保留了當地珍貴的民俗。三來從側面反映出閩地當時的男風之流行，已到了可以單獨立廟且香火極盛的程度。綜上所述，《無稽讕語》確實較好地保留了地方的一些風土民情。

---

① 〔清〕袁枚：《子不語》，《袁枚全集》第4册，頁362。

五、結　語

《無稽讕語》因屢遭禁毀而鮮爲人知，故前人之研究成果甚少，更毋論針對其同性戀書寫之探析。本文先於現有之研究基礎上，進一步考察《無稽讕語》之版本，將《無稽讕語》收録故事由原先所認爲的一百零五則，新增《箏娘》《賽嫦娥》《貨兒郎》《雪裏紅》《珊珊》五則，以補充至一百一十則。繼而探尋《無稽讕語》中同性戀故事的内容來源，發現除了前人所論及的《林醜醜》仿寫《宜春香質》"月集"以外，《無稽讕語》在對於魏忠賢形象的醜化、寺廟泥塑化人夜來、妖精志怪的形象、投胎贖罪的情節、毀僧謗道的思想等方面，都較爲明顯地繼承自前代同性戀小説。可見作者王蘭沚的創作靈感，更多的是來源於其書籍閲讀，而非生活經歷。事實上，《無稽讕語》中也僅有《夏德海》一篇是對於作者現實中所見到的同性戀的描寫。

在藝術技巧上，首先在人物方面，王蘭沚對於同性戀中的被動者大抵采用的是較爲明顯的女性化書寫，甚至會通過斬斷陽根、生出陰道、投胎轉世等情節，將其從男性變爲女性。而同性戀中的主動者，則許多都是淫亂的雙性戀，在與男子歡合之餘，與女子亦有各色露水情緣，甚至於男男女女多人共赴雲雨的情况亦時有發生。其次在敘事方面，王蘭沚在志怪類的故事中常常用心布局，廣設伏筆，直到最後纔揭曉人物身分。然其志人類故事却往往平鋪直敘，相較前者，稍顯遜色。王蘭沚在敘事過程中還喜好夾敘夾詩，其中固然有措置有度、切合故事，爲文章添色增彩者，然而亦有連篇累牘、離題千里，於故事有害無益者。可見王蘭沚將詩詞羼入小説之功力仍尚欠火候。

在思想與意義上，首先作者對於同性戀的態度是否定多過肯定的，他大多數時候仍將同性戀視作“不正”之异類。然而從他本欲拆毁夏德海廟，最終却在土人的勸説下選擇罷手可以看出，王蘭沚雖然内心並不贊成同性戀，最終却仍歸爲無奈的妥協。而其同性戀故事中則藴含着勸色戒淫的主旨，通過淫亂者之悲慘結局，告誡世人應潔身自好。且從王蘭沚的描寫中亦可以窺見當時的部分民俗與風土民情。

《柳如是别傳》論錢謙益選録許友詩考

一、前　言

《吾炙集》是錢謙益（牧齋，1582—1664）晚年所編選的一部同時代詩人的詩選集，今存本《吾炙集》實收詩人共二十家[①]，從中可窺見牧齋選詩、品詩的部分旨趣。如《清初人選清初詩彙考》即曰："牧齋於所選諸作，偶亦爲之品題。遣詞造意，往往可窺其晚年論詩之旨，而與其他選本所作之簡扼評語者不同。"[②]近人陳寅恪（1890—1969）認爲《吾炙集》選詩在文學價值以外，還暗藏牧齋的政治意圖，《柳如是别傳》曰：

> 綜觀牧齋平生論詩論文之著述，大别可分二類。第壹類爲從文學觀點出發如抨擊何、李，稱譽松圓等。第貳類爲從政治作用出發，如前論推崇曹能始逾越分量及選録許有介詩篇章繁多等。……至牧齋選許有介詩，在順治十四年丁酉冬季游金陵時。此際牧齋正奔走復明運動，爲鄭延平帥師入長江

---

① 《吾炙集》目録列舉詩人二十一家，然而其中"皖僧幼光"與"西江半衲澄之"皆爲錢澄之，故《吾炙集》實際收録詩人僅二十家。

② 謝正光、佘汝豐編著：《清初人選清初詩彙考》（南京：南京大學出版社，1998 年），頁 39。

取南都之預備。[①]

許友(? —1663),初名宰,字有介,一名眉,字介壽、介眉,號甌香,福建侯官人。牧齋編《吾炙集》始於順治十三年(1656),觀許友詩則在順治十四年(1657)十月。《吾炙集》"侯官許有介"條下牧齋題詞云:"丁酉陽月余在南京爲牛腰詩卷所困,得許生詩,霍然目開,每逢佳處,爬搔不已。"[②]可見牧齋當時對於許友詩有極高的評價,所選詩集中亦是許友詩所占比例最高,多達一百零七首。陳氏則在文學觀點之外,又新開一政治視角,認爲牧齋解釋何以采許友詩獨多之言論"殊不足令人心服"[③],並指出牧齋選詩之際正致力於反清復明,迎接鄭成功(1624—1662)奪取南京,因此《吾炙集》選許友詩亦是爲此做預備。

陳氏雖未詳細論述收録許友詩篇章繁多與助鄭成功取南都之關係,但從陳氏所舉另一政治作用之例——推崇曹能始逾越分量,大抵即可窺知陳氏此間之邏輯。《柳如是别傳》曰:

> 前論牧齋熱中干進,自詡知兵。在明北都未傾覆以前,已甚關心福建一省,及至明南都傾覆以後,則潛作復明之活動,而閩海東南一隅,爲鄭延平根據地,尤所注意,亦必然之勢也。夫牧齋當日所欲交結之閩人,本應爲握有兵權之將領……牧齋固負一時重望,而其勢力所及,究不能多出江浙士大夫黨社範圍之外,更與閩海之武人隔閡。職是之故,必先利用一二福建士大夫之領袖,以作橋梁。苟明乎此,則牧齋所以特推重曹能始逾越分量,殊不足怪也。[④]

---

① 陳寅恪:《柳如是别傳》(上海,上海古籍出版社,1980年),頁949—950。
② 〔清〕錢謙益輯:《吾炙集》,收入《叢書集成續編》(臺北:新文豐出版公司,1988年),第116册,頁14。
③ 陳寅恪:《柳如是别傳》,頁949。
④ 陳寅恪:《柳如是别傳》,頁944。

陳氏認爲牧齋推崇曹能始是爲藉曹能始福建士大夫領袖之身分，結交閩海武將。以此推論，則牧齋選許友詩，亦是爲了藉許友閩人之身分與交際網絡，溝通掌兵權之將領，以達到復明之意圖。蓋從時間而言，順治十四年冬正乃陳氏認爲牧齋致力於復明運動之時；從地點而言，牧齋《吾炙集》所選許有介詩題詞云："余時寓清溪水閣，介周臺、卞祠之間，故落句云爾。"[①]牧齋選許詩時所寓之清溪水閣，亦是陳氏所謂復明活動之中心，《柳如是别傳》曰："鄙意牧齋所以於丙申春初由大報恩寺移寓丁氏水閣者，以此水閣位於青溪、笛步之間，地址適中，與諸有志復明之文士往來，較大報恩寺爲便利。由是言之，丁氏水閣在此際實爲準備接應鄭延平攻取南都計劃之活動中心。"[②]然此間尚有疑慮之處，牧齋雖言順治十四年十月得閲許友詩，然將許友詩陸續編選入《吾炙集》，則實未必在此時。綜上所述，陳氏認爲牧齋《吾炙集》多選許友詩實爲復明，其觀念確有其内在邏輯與理路，而若欲考證此種説法是否屬實，則首先需辨明以下幾點：（一）牧齋《吾炙集》編選許友詩之時間與時代背景，（二）許友是否擁有足以協助鄭成功攻取南都之能力與意圖，（三）牧齋選許友詩篇章繁多是否僅可能出於政治之考量。本文將主要就以上三個方面展開論述，今不揣疏漏，將拙見形諸文字，以就教方家學者。

二、《吾炙集》編選許友詩之時間與時代背景

《吾炙集》選許友詩有《學死》《學爲奴》《學織履》三首，此三首出自《讀周茂之[③]雜學詩有感和之》組詩九首。今周容（1619—

① 〔清〕錢謙益輯：《吾炙集》，頁14。

② 陳寅恪：《柳如是别傳》，頁1075。

③ "茂之"疑誤，應作"茂山"。

1692)《春酒堂詩存》六卷未見《雜學詩》[①]，然據鄭珊珊《許友年表》考證，此組詩應作於順治十七年(1660)許友出獄後。鄭珊珊《明清侯官許氏家族文學研究》曰："受周亮工被劾案牽連後，許友對清廷益加不滿。被釋回鄉後，憤而作《讀茂山雜學詩有感和之》組詩。……比起之前那些遺民詩的含蓄委婉，這些詩更具有强烈的反抗精神。"[②]又曰："此後，許友變得憤世嫉俗，畫風、詩風都有了明顯轉變，改畫枯木寒鴉，並作《學啞》《學聵》《學瞽》《學擔糞》《學死》等詩，以泄胸中不平之氣。"[③]此組詩創作之旨可見詩前自序：

> 嗚呼！事變至今，每念昔人教走之語，愴然懷中，尚能爲閒行緩步於邯鄲故道耶？書劍無成矣，去而作萬人之敵，予愧未能也。無已，則求爲一了百訖之計，向天公乞假，庶逸我以死乎？予愧未能也。無已，則給以半死之身，盲之，聾之，啞之，雖曰不死，而猶幾於死者之所爲乎？予愧未能也。無已，則憑此現在未死之身，置我朝市，則奴可，乞可；置我村野，則掏糞可，織履可。既不得死，尚自努力可乎？予愧未能也。無已，則惟有曼聲哀唱，作田氏門人，身雖未死，而豫辦死時齋糧，以消此欲哭不能、欲泣不可之歲月可也？然予終愧未能也。[④]

明朝滅亡時，許友不過二十餘歲，既未仕於前朝，亦算不得久沐皇恩。許友之親友中不乏出仕清廷者，其弟許賓(生卒年不詳)、其族兄許珌(1614—1671)、其子許遇(1650—1719)皆曾參加清朝科舉

① 〔清〕周容：《春酒堂遺書》，收入《清代詩文集彙編》(上海：上海古籍出版社2010年)，第66册，頁181—203。

② 鄭珊珊：《明清侯官許氏家族文學研究》(福州：福建師範大學中國古代文學博士論文2010年)，頁27。

③ 鄭珊珊：《明清侯官許氏家族文學研究》，頁20。

④ 〔清〕許友：《米友堂集》，日本内閣文庫藏清刻本，第5册，卷3，頁1。

並任官[①]。許友在順治初年的詩文中雖亦有感傷明朝滅亡的作品，但未有如此激憤悲愴者。許友本是家境富裕、用度奢侈之人，顧景星《許有介詩集序》曰："崇禎時，閩以僻境宴安，風俗華侈。有介家既給足，孌童舞女，詩酒談讌無虚日。"[②]然因無辜受累入獄數年，許友家道中落，其《與周減齋先生》述出獄返鄉後之悲苦曰："抵家但餘滿面風塵……家人面如塵土，慟哭傷心，告訴債主凌辱，伍伯索餉，真如刀鋸刻刻受也。近來朋友親戚，已絶往來，酒茗聚談，竟若瑶池王母之宴，安可得耶？寒家之屋，前後左右已分數姓，友所自居者，僅此屋十之一，主人反爲客矣。"[③]寥寥數語間已足見當日艱辛，許友反清之情緒日漸强烈亦始於此。上引自序中"欲哭不能、欲泣不可之歲月"，或不僅因於傷亡國之痛，亦深含家破之悲，鄭珊珊將此組詩繫年於順治十七年許友返鄉後，確實較爲合理。

《吾炙集》所選許友詩有《春日送馮吏部》一首，馮吏部未詳爲何人，然筆者據《明代職官年表》[④]《清代職官年表》[⑤]兩書檢索，明代(含南北兩京)自萬曆至弘光，清代自順治至康熙二年(1663，許友卒年)，吏部之尚書、侍郎、給事中，馮姓官員唯馮琦(1559—1603)、馮溥(1609—1691)二人。馮琦逝世時許友尚未出生，馮溥遷任吏部侍郎在順治十六年(1659)[⑥]，若"馮吏部"果爲馮溥，則是詩之作應不早於順治十六年。

又王士禛(1634—1711)《帶經堂詩話》曾云："予初以詩贄於虞

---

① 鄭珊珊：《明清侯官許氏家族文學研究》，頁 53—61。

② 〔清〕顧景星：《白茅堂集》，收入《清代詩文集彙編》(上海：上海古籍出版社 2010 年)，第 76 册，卷 34，頁 548。

③ 〔清〕許友：《與周減齋先生》，收入〔清〕周亮工編《尺牘新鈔》(上海：上海雜志公司，1935 年)，頁 287。

④ 張德信編：《明代職官年表》，合肥：黄山書社，2009 年。

⑤ 錢實甫編：《清代職官年表》，北京：中華書局，1980 年。

⑥ 錢實甫編：《清代職官年表》，頁 546。

山錢先生,時年二十有八,其詩皆丙申年少作也。先生一見欣然爲序之。……又采其詩入所纂《吾炙集》。”[①]王士禛二十八歲時應爲順治十八年(1661),此亦可證《吾炙集》至順治末年時猶在編選。

牧齋於順治十四年十月始得見許友詩,又《吾炙集》中有許友《同謝爾玄讀書山中》詩[②],詩題未避康熙名諱“玄”字,則此集底稿或成於康熙以前。因此較爲合理之推測是,牧齋順治十三年始編《吾炙集》,順治十四年十月初讀許友詩,後數年仍陸續搜羅同時期詩人包括許友之詩文,並於順治十八年左右完成今日所見之初稿。如此,則陳氏所言順治十四年冬這一時間點,就有必要再向後推延約四年。

陳氏言牧齋順治十四年復明運動之核心目的爲助鄭成功取南京,《先王實録》載南明永曆十二年(1658,順治十五年)五月十三日,“藩督師思明,開駕北征……議就温州界屬登岸,收復郡邑”[③]。《閩海紀要》曰:“五月,成功大舉兵,圖江南。……至是議欲大舉直攻襲南京。”[④]“藩”即指鄭成功,“思明”即今福建厦門。此次鄭師自水路北上,意欲直取南京,却不幸遇颶風,攻南都之計劃只得擱置。

次年,鄭成功再興師北伐,却大敗於南京城外。《先王實録》載,永曆十三年(1659,順治十六年)七月二十三日,“辰刻,虜大隊兵數萬抄出山後,直衝出左先鋒鎮之營。……左武衛、左虎衛在山下整捌死敵,但大勢已潰,獨力難支,亦在戰没”[⑤]。《清實録世祖章皇帝實録》(以下簡稱《清世祖實録》)載江南總督郎廷佐奏報曰:

---

① 〔清〕王士禛:《帶經堂詩話》(北京:人民文學出版社,1963年),卷8,頁194。

② 〔清〕錢謙益輯:《吾炙集》,頁19。

③ 〔清〕楊英撰,陳碧笙校注:《先王實録校注》(福州:福建人民出版社,1981年),頁173。

④ 〔清〕夏琳:《閩海紀要》,收入《臺灣文獻史料叢刊》(臺北:大通書局,1987年)第6輯,第117册,頁21。

⑤ 〔清〕楊英撰,陳碧笙校注:《先王實録校注》,頁215。

> 七月二十三日派滿兵堵賊諸營,防其應援,遂發總督、提督兩標緑旗官兵,並梁化鳳標營官兵,從儀鳳、鍾阜二門出剿。……次日五鼓齊出……我兵自下仰攻,鏖戰多時,賊始大敗。……陣斬賊衆不計其數,燒毁賊艘五百餘隻,餘孽順流敗遁。[①]

此次兵敗對鄭軍造成了較重的損失,鄭成功自此再未有北伐之舉,僅得據守思明,並於順治十八年退而東征臺灣。《先王實録》載永曆十五年(1661,順治十八年)正月,鄭成功集諸將密議曰:"前年何廷斌所進臺灣一圖,田園萬頃,沃野千里,餉税數十萬。……我欲平克臺灣,以爲根本之地。"[②]又,"二月,藩提師扎金門,候理船隻,進平臺灣"[③]。據陳氏分析,鄭成功此次轉攻臺灣,實對牧齋造成了極大的打擊,《柳如是别傳》曰:"鄭氏之取臺灣,乃失當日復明運動諸遺民之心,而壯清廷及漢奸之氣者。……牧齋以爲延平既以臺灣爲根據地,則更無恢復中原之希望,所以辛丑(順治十八年)逼除,遂自白茆港移居城内舊宅也。"[④]

綜上所述,牧齋若欲助鄭成功取南京,其主要活動時間應在順治十五年五月鄭成功首次揮師北進以前,實際上陳氏《柳如是别傳》論述牧齋之復明運動,其主要篇幅亦集中在順治十三年至順治十四年。若稍向後推延,則大抵亦應在順治十六年七月鄭成功圍南都以前。若遲至順治十八年,鄭師已大敗於南京,鄭成功亦已將目光轉移至臺灣,即使牧齋再一心復明,然局勢已定,亦不必做此無用之功。

---

① 未署作者:《清實録世祖章皇帝實録》(北京:中華書局,1985年),卷127,頁985。

② 〔清〕楊英撰,陳碧笙校注:《先王實録校注》,頁244。

③ 〔清〕楊英撰,陳碧笙校注:《先王實録校注》,頁244。

④ 陳寅恪:《柳如是别傳》,頁1183。

三、許友復明之意圖與能力

《清史列傳·文苑傳一》曰："許友，初名宰，字有介。福建侯官人。諸生。"[①]周亮工《書許有介自用印章後》亦曰"侯官諸生"。許友在明末爲諸生，諸生於"明清時指已入學之生員"[②]，入清後則不復科考。許友於明清兩朝皆未曾入仕，其個人之政治影響力實十分有限，若欲探求許友之於牧齋的拉攏價值，還需從許友交游往來的對象着眼。據鄭珊珊《明清侯官許氏家族文學研究》"許友主要交游考"一節考證，在諸多與許友往來密切的好友中，與清武裝勢力最爲相關者當屬周亮工（1612—1672）。

周亮工，字元亮，號櫟園，河南祥符人，明崇禎十三年（1640）進士，官御史，順治二年（1645）降清[③]，順治五年（1648）與許友相識。周亮工《書許有介自用印章後》曰："予入閩即首訪君，頗爲文酒之會。"[④]又周亮工《與有介》詩云："戊子之夏相與友。"[⑤]周亮工入閩在順治四年（1647），順治五年夏即與許友結交，顧景星《許有介詩集序》曰："順治初，周櫟園亮工官方伯，物色得之，奉爲上客。"[⑥]足見周亮工對許友之看重。許友卒後，周亮工亦多有感懷許友之詩文，如《書許有介自用印章後》曰："至今尚令浚兒慎藏之右所列圖章，皆君所恒用者。嗟夫！君不及見矣，見其恒用之章，輒如見君。繙

---

① 王鍾翰點校：《清史列傳》（北京：中華書局1987年），卷70，頁5729。

② 翟國璋主編：《中國科舉辭典》（南昌：江西教育出版社，2006年），頁150。

③ 王鐘翰點校：《清史列傳》，卷79，頁6574。

④ 〔清〕周亮工：《印人傳》，收入《叢書集成續編》（上海：上海書店，1994年），第38册，卷1，頁667。

⑤ 〔清〕周亮工：《賴古堂集》，收入《清代詩文集彙編》（上海：上海古籍出版社，2010年），第39册，卷9，頁102。

⑥ 〔清〕顧景星：《白茅堂集》，卷34，頁548。

閱諸章，如見君鼓大腹，以巨觥合面上時，不禁潸然而涕下也。”[①]

順治四年周亮工入閩。《清史列傳·貳臣傳乙·周亮工》曰：“四年，遷福建按察使，尋遷布政使。十一年，授左副都御史。”[②]周亮工在閩前後總計八年，歷任按察使、布政使。《清史稿·職官志三》曰：“提刑按察使司按察使，省各一人，正三品。……按察使掌振揚風紀，澄清吏治，所至録囚徒，勘辭狀，大者會藩司議，以聽於部、院，兼領闔省驛傳。”[③]又云：“承宣布政使司布政使，省各一人，從二品。……布政使掌宣化承流，帥府、州、縣官，廉其録職能否，上下其考，報督、撫上達吏部。三年賓興，提調考試事，升賢能，上達禮部。十年會户版，均稅役，登民數、田數，上達户部。凡諸政務，會督、撫議行。”[④]

據《清史稿》所載，按察使主掌司法，布政使則主管人事、財政，皆爲文職。然順治初年，清朝入主中原，南明尚在，福建亦多反清武裝勢力，周亮工實亦兼武職，並嫻熟於武事。據其長子周在浚(1640—1696)所記周亮工《行述》：“閩省既粗定，有司乏人，先大夫既入會城，以臬憲兼兵備、督學、海防三篆。”[⑤]林佶(1660—?)《名宦户部右侍郎周公亮工傳》亦曰：“(周亮工)以按察使署理兵備、海防、督學三道事。”[⑥]周亮工入閩次年四月，即帥衆誅殺抗清將領熊再法、秦登虎及所部三千人。黄虞稷(1629—1691)所撰周亮工《行狀》曰：“八閩以寧，先生之功大焉。”[⑦]順治九年(1652)鄭成功圍漳

---

① 〔清〕周亮工：《印人傳》，卷1，頁668。
② 王鍾翰點校：《清史列傳》卷79，頁6574。
③ 趙爾巽等：《清史稿》(北京：中華書局，1977年)，卷116，頁3348。
④ 趙爾巽等：《清史稿》，卷116，頁3346。
⑤ 〔清〕周在浚：《行述》，收入〔清〕周亮工《賴古堂集》附録，頁247。
⑥ 林佶：《名宦户部右侍郎周亮工傳》，收入朱天曙編校整理《周亮工全集》(南京：鳳凰出版社，2008年)，第18册，頁214。
⑦ 〔清〕黄虞稷：《行狀》，收入〔清〕周亮工《賴古堂集》附録，頁239。

州，周亮工奉命入守漳州。《賴古堂集》附録周亮工《年譜》曰："壬辰，四十一歲，是年海逆鄭成功反，漳、泉八郡震動，援剿大兵駐師泉州。時漳巡道乏人，巡撫張公謂公知兵，多戰功，檄公往署。公時在延平，聞檄從金戈鐵馬中馳入漳。未幾，賊退保厦門，漳圍解。"①

周亮工駐閩八年，數經戰陣，深得民心。周在浚《行述》曰："廷議先大夫嫻兵事，以先大夫治閩久，得閩人心。"②又云："計先大夫在閩前後八載，去邵，去漳，去汀泉，去延建，百姓攀轅卧轍，嚎哭震天地。去省之日，至於閉門毁橋梁，不使先大夫行。"③周在浚身爲人子，其言雖不免有誇飾處，然周亮工入閩多年，根基深厚，理應熟悉閩人閩事與清廷在閩地的武裝部署。鄭成功雖欲取南京，然根基猶在思明（今福建厦門市），且大軍遠征，難免後防空虚。《先王實録》載，永曆十二年（1658）六月，"二十六日，前提督報：虜親扎白沙，意欲窺犯思明，被援剿前鎮率兵殺敗。"④鄭成功於是年五月方揮師北上，六月即得清軍入白沙（今福建晋江市西南）之奏報，可見清軍亦曾試圖於鄭成功遠征時藉機攻剿其大本營。因此若能事先拉攏侵蝕清廷於閩地之軍事部署，亦對鄭成功抗清大有裨益。而若欲進一步探求牧齋是否曾試圖借許友拉攏周亮工以達到復明目的，則需明確兩個問題：（一）自牧齋於順治十四年冬致力於復明運動，至順治十六年七月鄭成功兩度興師北上，終大敗於南京，其間周亮工對於閩海武裝勢力之影響力究竟如何；（二）許友及周亮工是否有復明之意圖。以下詳述之。

《清史列傳·貳臣傳乙·周亮工》曰："十一年，授左副都御史。

---

① 未署作者：《年譜》，收入〔清〕周亮工《賴古堂集》附録，頁228。

② 〔清〕周在浚：《行述》，收入〔清〕周亮工《賴古堂集》附録，頁247。

③ 〔清〕周在浚：《行述》，收入〔清〕周亮工《賴古堂集》附録，頁248。

④ 〔清〕楊英撰，陳碧笙校注：《先王實録校注》，頁175。

十二年，疏陳閩海用兵機宜……疏下所司議行。……遷亮工户部右侍郎。"[①]周亮工於順治十一年(1655)離閩赴京任左副都御史，其後仍多上疏言閩事。《行述》曰："(周亮工)特上封章極言閩事，世祖皇帝密封下部，旋見施行。又以用兵機宜六事，世祖皇帝亦秘之，後俱蒙采擇行之。"[②]周亮工有關閩事之建言多獲采納，由此可見周亮工對閩海軍事之熟悉，連清廷亦十分認可。然周亮工遷户部右侍郎僅數月，即遭佟岱以貪污罪彈劾。《清史列傳・貳臣傳乙・周亮工》曰："佟岱列亮工貪酷諸款以聞，命亮工回奏。"[③]《清世祖實録》曰："(順治十二年五月十六日)己亥，浙江福建總督屯泰參奏原任福建左布政使今陞户部侍郎周亮工欺君虐民、大貪極惡，列款以聞。命周亮工回奏。"[④]"屯泰"即"佟岱"。同年七月初二甲申，《清世祖實録》載："户部右侍郎周亮工遵旨回奏，逐款陳辯。得旨：知道了，周亮工解任候勘，這辯款情節着該撫按一並詳察，確議速奏。"[⑤]周亮工五月受彈劾，七月解任候勘，同年十一月革職赴閩聽質。《清世祖實録》載："(順治十二年十一月初七)諭吏、刑二部，原任户部右侍郎周亮工被參一案，犯證俱在福建，若不質審，無憑結案。周亮工，着革職，發該撫按質審定擬具奏。"[⑥]周亮工《書丙申入閩圖後》亦曰："上初令回奏，解任候勘，尋左驗在閩，須對質而後讞可成，乃遷亮工復入閩，蓋乙未冬十一月也。"[⑦]

周亮工此次被彈劾革職，前後歷時數年，最終牽連竟達百餘人，連許友亦因此案赴京受審，今略述如下。周亮工《書丙申入閩

① 王鍾翰點校：《清史列傳》，卷 79，頁 6574。
② 〔清〕周在浚：《行述》，收入〔清〕周亮工《賴古堂集》附録，頁 248—249。
③ 王鍾翰點校：《清史列傳》，卷 79，頁 6575。
④ 未署作者：《清實録世祖章皇帝實録》，卷 91，頁 718。
⑤ 未署作者：《清實録世祖章皇帝實録》，卷 92，頁 725。
⑥ 未署作者：《清實録世祖章皇帝實録》，卷 95，頁 746。
⑦ 〔清〕周亮工：《賴古堂集》，卷 21，頁 200。

圖後》曰:"以丙申正月自石頭城解纜……自閩之杉關入樵川抵榕城,春將盡矣。"①順治十三年春,周亮工入閩質審,然質問之結果却頗有分歧,亮工入閩前與入閩後,相關涉案人之證詞頗有出入。《清史列傳·貳臣傳乙·周亮工》曰:"先是,亮工未就質時,按察使田起龍等據證佐定讞,謂亮工得贓四萬餘兩,應擬斬籍没。及亮工至,質問皆虚。巡撫劉漢祚疑推官田緝馨等受賄徇情,並逮送刑部。"②《年譜》亦云:"初,公未至閩,奉旨回奏,解任候勘,時劾公者以公身在京師,大懼,嚴督有司鍛煉其獄,刑死者三人,及公赴閩面質,事皆莫須有。……臬司程公上之撫軍,撫軍不敢任,以前後兩讞辭入奏。"③因供詞前後不一,順治十五年六月,周亮工又自閩返京,交刑部復審。《年譜》曰:"詔逮刑部復訊,六月出閩,十一月至京師就刑部候訊。"因關涉此案而被刑訊者多達千餘,同逮至京之閩人亦有上百。《行述》:"當是時,株連瓜蔓者千餘人。"④黎士弘(1618—1697)《卓初荔壽序》云:"故司農周櫟園先生,以任方伯時事爲言者所中,詔旨見逮,閩中父老子弟,從檻車赴質者約百十人。"⑤許友因與周亮工交好,亦在赴京之列。鄭珊珊《許友年表》曰:"十一月,與周亮工等被押抵京,就刑部候訊。"⑥

此後周亮工經刑部初審,三法司兩度復審,皆擬罪立斬。《清世宗實録》曰:"(順治十六年十一月初三)刑部題周亮工被參各款,内審實赦後贓銀一萬有奇,情罪重大,應立斬,家産籍没入官。"⑦又

---

① 〔清〕周亮工:《賴古堂集》,卷 21,頁 200。

② 王鍾翰點校:《清史列傳》,卷 79,頁 6575。

③ 未署作者:《年譜》,收入〔清〕周亮工《賴古堂集》附録,頁 229。

④ 未署作者:《年譜》,收入〔清〕周亮工《賴古堂集》附録,頁 250。

⑤ 〔清〕黎士弘:《托素齋文集》,收入《清代詩文集彙編》(上海:上海古籍出版社 2010 年),第 68 册,卷 5,頁 741。

⑥ 鄭珊珊:《許友年表》,《閩江學院學報》,2014 年第 2 期,頁 36。

⑦ 未署作者:《清實録世祖章皇帝實録》,卷 130,頁 1004。

曰:"(順治十七年二月二十九日)三法司議奏周亮工贜私逾萬,法不可赦,應如前擬立斬籍没。"[①]又曰:"(順治十七年四月三十日)三法司遵旨覆審周亮工一案,仍照前擬立斬籍没。"[②]

綜上所述,周亮工自順治十二年七月解任候勘後,便一直難以洗刷自身之貪賄嫌疑。自順治十三年春至順治十五年夏,周亮工雖在福建,却是戴罪之身,自身難保。其間他唯一一次接觸閩海軍事,也是爲了抗擊鄭成功。《行狀》曰:"先生就訊時,海寇乘虚襲閩。……勢危亟甚,中丞計無所出,市民倉皇叩中丞馬,請以先生任守禦事。中丞憮然曰:'吾幾忘司農。'率父老急走先生致懇,而以城西南壁射烏樓屬先生。"[③]從中可知周亮工解任後,即使身在閩地,非極特殊情况,皆無法觸及城防守禦等軍務,否則中丞不會完全遺忘周亮工之存在。

值得注意的是,許友及其族兄許珌皆對周亮工防守射烏樓、力抗鄭師一事大加稱許,許友爲此特意作《射烏樓紀事爲元亮先生》詩二首,其中有"健卒甲光深夜月,孤臣頭白五更霜""雅歌自昔稱名士,制勝原來拜上侯""安危全繫老臣憂"等句[④],贊揚了周亮工以一己之力保全城無虞之功勛。與許友關係頗好的族兄許珌亦有《射烏樓紀事》詩四首,自序曰:"丙申七月十七日,海寇突逼城下,城幾潰,諸大吏分派紳士守禦。時櫟園司農對讞至三山,紳士以公久諳閩事,僉請協守。城堵惟西南射烏樓最爲險要,即藉公彈壓其地。公甫登陣,以二炮殲二渠魁,遂多捍格功。因賦詩記四首。"[⑤]

---

① 未署作者:《清實録世祖章皇帝實録》,卷 133,頁 1024

② 未署作者:《清實録世祖章皇帝實録》,卷 134,頁 1041。

③ 〔清〕黄虞稷:《行狀》,收入〔清〕周亮工《賴古堂集》附録,頁 240。

④ 〔清〕許友:《米友堂詩集》,收入《清代詩文集彙編》(上海:上海古籍出版社,2010 年),第 144 册,卷 1,頁 708。

⑤ 〔清〕許珌:《鐵堂詩草》,收入《清代詩文集彙編》(上海:上海古籍出版社,2010 年),第 44 册,卷上,頁 514—515。

射烏樓事在順治十三年七月,當時許友尚未被牽連入獄,許家亦未因此敗落,許友此時並未有强烈的反清復明意願,反倒對於周亮工抵抗鄭成功軍頗爲認同。且許友與周亮工相識於順治五年,自此周亮工在閩地七年的主要活動便是抵禦以鄭氏集團爲首的叛軍,若許友復明意圖强烈,亦難以與周亮工成爲至交。

較之許友,周亮工協助鄭成功復明則更無可能。一是周亮工自入清以來屢屢立功,多次升遷,皆因其大力圍剿意圖復明之叛黨。周亮工之政治立場如此鮮明,即使後來被彈劾,上千人受刑訊,最後拷問出的罪名亦是貪賄,自始至終與叛亂無一絲一毫牽扯。二是周亮工曾力諫清廷除去鄭成功之父鄭芝龍(1604—1661)。林佶《名宦户部右侍郎周亮工傳》曰:

> 十年,上擢公爲都察院左副都御史。即疏言閩事,首論除降寇鄭芝龍。……先是,芝龍既降,其子鄭成功猶據廈門,屠漳州,刺殺總督,日以降愚我,冀緩援兵。朝廷亦羈縻芝龍以南安伯奉朝請。公之以中丞入也,極陳其逆狀,世祖密下公疏于部,遂執芝龍下獄。芝龍知公發其事,乃大恨,揮金謀報公。[①]

周亮工若與鄭成功有殺父之仇,則更無可能助鄭成功復明。

綜上所述,許友明清兩朝皆未入仕,個人之政治影響力較爲有限,若欲復明,僅能藉助周圍之好友,但許友好友中唯一曾掌兵權的周亮工,在順治十二年即因被彈劾而解任。若牧齋是爲政治因素編選《吾炙集》,則以許友在順治十四年前後之影響力,恐不足以令牧齋特地編選一百零三首詩入《吾炙集》。

---

① 林佶:《名宦户部右侍郎周亮工傳》,收入朱天曙編校整理《周亮工全集》,第 18 册,頁 215。

四、《吾炙集》版本與多選許友詩之原因

陳寅恪《柳如是别傳》曰："牧齋此集(《吾炙集》)所選同時人詩，唯有介之作多至一百七首。"[①]陳氏指出牧齋《吾炙集》選詩以許友詩爲最多，但陳氏未曾考慮到的一點是，古籍若經數百年之流傳，本即容易散佚，更何況牧齋之著作又曾遭清廷禁毁，今所存《吾炙集》是否爲全本即頗具争議，今《吾炙集》所存二十家詩人是否即牧齋最終選定之二十人亦難有確論。

謝正光、佘汝豐《清初人選清初詩彙考》載今存《吾炙集》之版本有"光緒二十八年(1902)怡蘭堂刻本、清抄本、民國四年(1915)至八年(1919)丁祖蔭刻《盧山叢刻》本"[②]。《中國古籍總目》更爲詳盡，其載今存《吾炙集》有四種版本：(一)中國國家圖書館藏清抄本《吾炙集》二卷；(二)國家圖書館、上海圖書館、南京圖書館藏清光緒二十八年(1902)怡蘭堂刻本《吾炙集》一卷；(三)光緒鉛印《佚叢甲集》本，未記藏於何處[③]；(四)丁祖蔭(1871—1930)《盧山叢刻十一種》甲集《吾炙集》一卷[④]。

國家圖書館所藏清抄本，雖《中國古籍總目》載爲二卷，然其實僅分爲卷上、卷下，實際内容仍與其餘版本之一卷相同。此版抄本半頁十行，行二十二字，無藏書印，亦無額外之序跋，因此不知爲何人何時所抄。今天津圖書館藏有清光緒三十三年(1907)南祴草堂鉛印《佚叢甲集》本，應即《中國古籍總目》所載《佚叢甲集》本。又

① 陳寅恪：《柳如是别傳》，頁 949。

② 謝正光、佘汝豐：《清初人選清初詩彙考》，頁 32。

③ 中國古籍總目編纂委員會編：《中國古籍總目集部》(北京：中華書局、上海：上海古籍出版社，2012 年)，第 6 册，頁 3055。

④ 中國古籍總目編纂委員會編：《中國古籍總目叢書部》(北京：中華書局，2009 年)，第 2 册，頁 918。

今臺灣新文豐出版公司《叢書集成續編》第116册所收《吾炙集》，即據丁祖蔭《虞山叢刻》本影印。除上述《中國古籍總目》所收録之版本外，哈佛大學燕京圖書館所藏中文善本古籍中，有一清抄本《吾炙集》，二册，不分卷，半頁九行，行二十一字，書前有"陳文田硯卿氏藏本""雨山竹堂"兩印，不詳爲何人何時所抄。此外，蔣寅《清集讀記》中記録了他於中國社會科學院文學所所見清人張進（生卒年不詳）抄本《吾炙集》，集中有張進《跋》曰：

> 右《吾炙集》一册，乃是牧翁所選同時人及門下士詩，大略欲續《列朝詩》之意。雍正癸卯重陽，假館過義門書塾，見此書於亂紙中。敬讀吾師後跋，知是師母王孺人手鈔，字畫端楷秀勁，頗效虞山馮氏書法。因向小山二世叔借歸，展玩累日，即于燈下傳鈔，其圈點亦皆仍之。潦草塗抹，他日當以正書重録。九月十三日夜石湖張進書於月吟樓。[①]

張進此《跋》作於雍正元年（1723）癸卯九月十三日，則此本雍正元年之抄本或爲現存已知時間最早之版本。筆者惜未能見此本《吾炙集》，僅能就目前所見國圖藏清抄本、哈佛燕京圖書館藏清抄本、怡蘭堂刻本、丁氏《虞山叢刻》本四種版本，統計其所收録詩人與對應之篇數如下表。表中自上而下所列之順序，即諸本中收録詩人之順序。怡蘭堂刻本與丁氏《虞山叢刻》本所編詩人順序與篇數皆同，故不另列。

表1　四種版本《吾炙集》所收詩人與篇數統計

國圖清抄本《吾炙集》	哈佛燕京《吾炙集》	怡蘭堂本、丁氏刻本
鑱後人曾遵王十二首	鑱後人曾遵王十二首	鑱後人曾遵王十二首
東海何雲士龍八首	太倉黄翼子羽二首	太倉黄翼子羽二首

① 轉引自蔣寅《清集讀記》，《文獻》1997年第1期，頁97—98。

續表

國圖清抄本《吾炙集》	哈佛燕京《吾炙集》	怡蘭堂本、丁氏刻本
太倉黄翼子羽二首	南陽鄧漢儀孝威六首	南陽鄧漢儀孝威六首
南陽鄧漢儀孝威六首	合肥龔鼎孳孝生二首	合肥龔鼎孳孝生二首
合肥龔鼎孳孝生二首	勾吴沈祖孝雪樵一首	勾吴沈祖孝雪樵一首
勾吴沈祖孝雪樵一首	廬山光熊幻住一首	廬山光熊幻住一首
廬山光熊幻住一首	西江半衲澄之六首	宣城唐允甲祖命二首
西江半衲澄之六首	宣城唐允甲祖命二首	廬陵趙嶷國子一首
宣城唐允甲祖命二首	廬陵趙嶷國子一首	秦人王天佑平格一首
廬陵趙嶷國子一首	秦人王天佑平格一首	舊京孤臣一是二首
秦人王天佑平格一首	舊京孤臣亦是二首	皖僧幼光六十八首
舊京孤臣一是二首	橘社吴時德不官七首	舊京胡澂静夫三首
橘社吴時德不官七首	皖僧幼光六十八首	宣城梅磊杓司一首
皖僧幼光六十八首	舊京胡澂静夫一首(自此以下爲第二册)	楚江杜紹凱蒼略二首
舊京胡澂静夫三首(自此以下爲"卷下")	宣城梅磊杓司一首	江上張項印大玉三首
宣城梅磊杓司一首	楚江杜紹凱蒼略二首	建昌黄師正帥先四首
楚江杜紹凱蒼略二首	江陰張項印大玉三首	舊京王潢元倬六首
江上張項印大玉三首	建昌黄師正帥光四首	東海何雲士龍八首
建昌黄師正帥先四首	舊京王潢元倬六首	西江半衲澄之六首
舊京王潢元倬六首	東海何雲士龍八首	橘社吴時德不官七首
侯官許友有介一百七首	侯官許友有介一百七首	侯官許友有介一百七首

通過上表可知,四種版本之《吾炙集》中所選詩人皆爲二十家("皖僧幼光"與"西江半衲澄之"皆爲錢澄之),僅先後順序略有不同,選詩數目亦僅微有差异。又據蔣寅《清集讀記》所載,南祕草堂

本與張氏抄本《吾炙集》所收二十家詩人亦與前述三種版本無异，所選篇目亦僅微有差别，唯張氏抄本後有"《吾炙集》之餘"，收袁宏道（1568—1610）、袁中道（1570—1626）、顧起元（1565—1628）、俞安期（生卒年不詳）、唐時升（1551—1636）、釋智舷（生卒年不詳）、馬洪業七人詩共計二十五首，據蔣寅所言，未知是否爲原本所有[①]。然筆者認爲此七家或非牧齋《吾炙集》所録，蓋《吾炙集》爲牧齋選《列朝詩集》後所編，《列朝詩集》據牧齋自謂"采詩之役，未及甲申（1644）以後"[②]，《吾炙集》則多補《列朝詩集》所未有之甲申以後詩人詩作。據孫之梅《錢謙益與明末清初文學》一書考證，今本《吾炙集》所收二十人中生平可考者，大抵皆爲牧齋選編《吾炙集》時尚在世，且與牧齋有詩文唱和者[③]。故張氏抄本中七家詩疑爲後人所補。

綜上所述，今存《吾炙集》諸本皆僅收録二十位詩人，然據徐兆瑋（1867—1940）考證曰：

> 《吾炙集》非完帙也。王漁洋《古夫于亭雜録》稱以詩贄虞山時年二十有八，其詩皆丙申年少作也。先生欣然爲之序，又采入所纂《吾炙集》。……陳確菴詩鈔有《錢梅仙五十贈言》詩，自注："梅仙與虞山同繫武肅，虞山序其詩，手書其警句入《吾炙編》，寄示京師各家。"……《鮚埼亭集外編·周徵君墓幢銘》："……常熟錢侍郎牧齋稱之，謂如獨鳥呼春，九鐘鳴霜，所見詩人無及之者。録其詩於《吾炙集》。"《牧齋有學集·題交廬言怨集》亦言《吾炙集》中有周茂之。……《柳南隨筆》載牧

---

① 蔣寅：《清集讀記》，頁 96、98。

② 〔清〕錢謙益：《題徐季白詩卷後》，見〔清〕錢謙益《牧齋有學集》，卷 47，頁 1563。按《列朝詩集》中雖亦有明亡後仍在世之詩人，然終究僅爲少數，牧齋編選《列朝詩集》大抵仍以甲申爲限。

③ 孫之梅：《錢謙益與明末清初文學》（濟南：山東大學出版社，2010 年），頁 371—379。

> 齋尺牘《與黄庭表與堅》云:"往從行卷中得見新篇,珠光玉氣,涌現於行墨之間,輒爲采録,收入《吾炙集》中。"[①]

今本《吾炙集》中顯然缺少了本應收録於集中的王士禛、錢𡸣(1625—1694)、周容、黄與堅(1620—1702)四人詩,雖此亦有可能爲牧齋初選録而終删去者,然如黄與堅之例,牧齋既已在書信中大加褒贊其詩並言收入集中,若最終删去,則難免失信於人。又蔣寅所見張進抄本有其師何焯(1661—1722)康熙五十五年(1716)三月《跋》曰:"康熙戊辰(1688)秋,從馮丈補之借得此《吾炙集》第一卷,約以閲五日即還屬余。以積雨留汪氏延古軒不歸,亡妻太原孺人手自鈔之。"[②]何焯自言其所借得之本僅爲《吾炙集》之第一卷,今未見何焯妻王氏所抄本,然據前引張進所言,張氏抄本應與王氏抄本大抵無异。若何焯所言不虚,則今存諸本《吾炙集》僅爲《吾炙集》第一卷,也因此王、錢、周、黄四人詩皆不見于今本《吾炙集》。

綜上所述,今本《吾炙集》並非完本,若僅以此殘存之首卷論牧齋選詩篇數之多寡,難免證據不足。即使僅在此第一卷中,牧齋收録錢澄之詩亦多達七十四首,則在今日所未能見之《吾炙集》其餘卷中,亦未必没有選詩篇數多過許友者。若僅以今本《吾炙集》選許友詩獨多,而認爲牧齋背後有特殊之政治意圖則易失之偏頗。且牧齋選許友詩篇章雖多,但牧齋亦曾不止一次地向他人稱贊許友之詩,王士禛《帶經堂集》中《方爾止言虞山先生近撰〈吾炙集〉,謬及鄙作,因寄二首》之二自注曰:"先生寓書云:'偶愛許友詩,因仿《篋中集》例爲此書。'"[③]又牧齋《徐存永尺木集序》:

---

① 〔清〕徐兆瑋:《吾炙集跋》,見〔清〕錢謙益輯《吾炙集》,收入《叢書集成續編》(臺北:新文豐出版公司,1988年),第116册,頁21。

② 轉引自蔣寅《清集讀記》,頁97。

③ 〔清〕王士禛:《帶經堂集》,收入《清代詩文集彙編》(上海:上海古籍出版社,2010年),第134册,卷14,頁102。

> 往存永談閩詩,深推其友許有介。頃游南京,見有介詩,每逢佳處,把搔狂叫,喜存永爲知言。……嗟夫!讀有介之詩,知閩之才士,與存永争能鬬捷者,後出而愈奇。……唐李牟,吹笛天下第一。……今存永、有介之詩,皆笛中第一也。……三年笛裏,關山無恙,尚期與存永、有介尊酒細論,開口而一笑也。①

若牧齋内心實不喜許友詩,僅爲復明運動纔勉爲其難,編選《吾炙集》以拉攏許友,則牧齋應諱於言及此事。然事實恰恰相反,牧齋在寫給友人的書信以及爲他人所作的詩集序中,皆一而再,再而三地稱揚許友詩,並且毫不吝嗇於表達自己的喜愛。牧齋若欲藉《吾炙集》拉攏許友,則僅須在詩集中極力贊美許友便已足够。若非内心確實喜愛,牧齋實不必在許友難以知曉的寫給他人的書信中推崇許友。

不僅是牧齋,許友詩亦多受當時其他詩人的贊賞,周亮工《讀畫録》曰:"有介畫如其詩,蒼楚有致,無一毫烟火氣。字畫詩酒,種種第一。"②且據周亮工所述,王士禛亦喜許友詩,《書許有介自用印章後》曰:"漁洋先生論詩最嚴,而特愛君詩,尤愛其七言絶句,手録之多至數十首。"③

除許友之好友周亮工,及與牧齋相熟之王士禛外,與許友從未有交集之人亦多有稱贊許友詩者,如朱彝尊(1629—1709)《静志居詩話》曰:"先生(許友)才兼三絶,名盛一時,愚山④最愛其詩,録之入《吾炙集》。要其篇章字句,不屑蹈襲前人,正如俊鶻生駒,未可

---

① 〔清〕錢謙益:《牧齋有學集》,卷 18,頁 788。

② 〔清〕周亮工:《讀畫録》,收入周俊富輯《清代傳記叢刊》(臺北:明文書局,1985 年),第 71 册,卷 3,頁 41。

③ 〔清〕周亮工:《印人傳》,卷 1,頁 668。

④ "愚山"應爲"虞山"之誤。

施以韝靮。"[①]清人田茂遇[生卒年不詳,順治十四年(1657)舉人]《十五國風高言集》曰:"有介諸作,有振衣千仞之概,有沿流九曲之情,淡如菊,清如竹,櫟園先生亟稱其人。"[②]以上諸人皆爲時代與牧齋相同或稍晚者,從衆人的評論中可以看出,並不存在衆人普遍以爲許友詩較一般,僅牧齋一人能欣賞許友詩之情況。若言牧齋《吾炙集》僅因喜愛許友詩而多選録之,亦非荒誕無據。

五、結　語

本文主要研究目的在於探究牧齋《吾炙集》選許友詩篇章繁多,是否如陳寅恪《柳如是别傳》所言與順治十四年牧齋在金陵之復明運動相關。首先,通過《吾炙集》中所選《讀周茂之雜學詩有感和之》三首、《春日送馮吏部》及《同謝爾玄讀書山中》,總計五首許友詩,輔以王士禛《帶經堂詩話》自述牧齋選王詩入《吾炙集》的時間,筆者推測《吾炙集》編選許友詩之時間應在順治十八年左右,較陳氏所言順治十四年冬延後約四年。而鄭成功在順治十六年七月已大敗於清軍,直取南都之計劃亦以失敗告終。故牧齋《吾炙集》編選許友詩時,復明已幾乎無望。

其次,若牧齋《吾炙集》選許友詩是爲拉攏許友助鄭成功復明,則許友應基本具備助力鄭師之能力。然許友於明清兩朝皆未入仕,個人之政治影響力較爲有限。而與許友交好之友人中,僅周亮工曾駐閩八年,嫻於軍事,屢立戰功。然周亮工於順治十二年七月因被彈劾而解任,此後數年皆爲此案所累,自身難保。且許友雖有感傷明亡之遺民思想,却並無反清復明之抗争意圖。周亮工更是

① 〔清〕朱彝尊:《静志居詩話》(北京:人民文學出版社,1980年),卷22,頁690。

② 〔清〕田茂遇、〔清〕董俞輯:《十五國風高言集》,收入《四庫全書存目叢書補編》(濟南:齊魯書社2001年),第41册,卷2,頁198。

守閩八年,數次與鄭師兵戎相見,更曾力諫清廷除去鄭芝龍,更無可能助鄭成功取南都。

再次,考證牧齋《吾炙集》之版本後發現,今存諸本《吾炙集》皆只收録詩人二十家,僅排序先後與所收篇數有微小差异。然據徐兆瑋考證,今本《吾炙集》至少缺漏了王士禛、錢嘏、周容、黄與堅四家詩。又據何焯所言可知,今本《吾炙集》僅爲《吾炙集》第一卷。因此若以許友在今所存僅餘一卷的《吾炙集》中篇章最多,而認爲許友必然在全本《吾炙集》中亦篇章最多,則不免失之偏頗。且牧齋曾數度在寫給他人的書信、詩集序中稱揚許友,與牧齋同時期或稍晚之人亦多有贊賞許友詩者,可見牧齋即使不爲政治意圖,僅出於文學之考量,亦可能多選許友詩入《吾炙集》。